Todo está en juego

Amor y Aventura

TODO ESTÁ EN JUEGO

Kate Noble

Traducción de Paula Vicens

VERGARA

Barcelona • Madrid • Bogotá • Buenos Aires • Caracas • México D.F. • Miami • Montevideo • Santiago de Chile

Título original: *Follow my Lead*
Traducción: Paula Vicens
1.ª edición: marzo 2012

© 2011 by Kate Noble
© Ediciones B, S. A., 2012
    Consell de Cent, 425-427 - 08009 Barcelona (España)
    www.edicionesb.com

Printed in Spain
ISBN: 978-84-15420-14-9
Depósito legal: B. 1.804-2012

Impreso por Novagrafic Impresores, S.L.

Para Harrison

Prólogo

Carta de una hermana a su hermano

25 de abril de 1821

Querido Jason:

Lamento decepcionarte de nuevo faltando a mi promesa. No puedo ir a Londres este año y, como seguramente supondrás, la razón no es otra que la misma del año pasado, cuando no pude viajar al sur y reunirme contigo en la ciudad: vuelvo a estar encinta. Lo más seguro es que te estés llevando las manos a la cabeza y exclamando: «¡¿Otra vez?! ¡Si la pequeña Anna no ha cumplido siquiera un año!» Yo reaccioné de manera similar. Byrne, por supuesto, acepta la culpa que le corresponde en este desafortunado estado de cosas... sin embargo no manifiesta ningún remordimiento, que yo pueda ver.

Si decides no posponerlo hasta que pueda reunirme contigo el año que viene, nadie te lo reprochará. Los hombres disponen de más libertad de acción en estos temas que nosotras, las del sexo débil. Ten en cuenta que nuestro padre se casó con nuestra madre cuando ya era casi cuarentón. Seguramente tú eres demasiado joven. Además, me sentiría mucho mejor si supiera que no vas a tener que enfrentarte a las hordas de mujeres casaderas sin ninguna orientación. Puede haber buitres, y tú, con esa cara lampiña, que todavía no has cumplido los treinta y posees un título, eres una pieza apetitosa. Lo sé, porque yo fui en su día una de esas mujeres.

9

A lo mejor podrías venir al lago este verano. Estoy segura de que a Anna le encantará que la visite su tío preferido (tú, sinvergüenza, el tío que le dio a probar el mazapán). Y Byrne dice que el señor Johnston, del Oddsfellow Arms, tiene un taburete en la barra reservado para ti... y una zona frente al establecimiento para cuando decidas caer redondo de cabeza en el barro.

Tuya afectísima,

JANE

Carta de un hermano en respuesta a la de su hermana

1 de mayo de 1821

Querida Jane:

Discrepo acerca de varios puntos de tu última carta, por el orden siguiente:

1. Los veintinueve años son una edad estupenda para que un hombre contraiga matrimonio.
2. No tengo la cara lampiña. Simplemente, la barba pelirroja no se nota tanto como la oscura. (Como bien deberías saber... ¿No tenías un ligero bigote en tus años de adolescencia?) Te prometo que mi ayuda de cámara refunfuña todas las mañanas mientras me rasura.
3. No soy una pieza de carne que haya que pesar, y escoger. Creo que en el espantoso y encarnizado mundo de maquinaciones matrimoniales que tienes en mente puede que sean las jovencitas en cuestión la presa, no yo.
4. Creo que seré capaz de manejar la que está destinada a ser una decisión bastante sencilla. Estaré bien sin ti.
5. Así que soborné a tu hija con dulces para gustarle... No fue difícil: era sobradamente inocente y propensa a ello.

Simplemente tuve éxito como tío allí donde tú fracasaste como madre. Gano yo.

En cuanto al señor Johnston y su taburete de bar... ¡POR DIOS, ESO FUE HACE CINCO AÑOS!

Tuyo afectísimo,

JASON

Carta en respuesta a la respuesta de la carta de una hermana a su hermano

17 de mayo de 1821

Querido Jason:

Puede que me consideres cruel e insensible, que creas que no sé que ya eres un hombre hecho y derecho. Te conozco lo bastante como para saber que, cuando te empeñas en algo, no cejas. Admiro lo decidido que estás a hacer esto por tu cuenta y riesgo, desde luego (algo que rara vez intentas). Pero como llevas mucho tiempo evitando la Estación y sus partidas de caza de altos vuelos, tengo que advertírtelo: no serás tú quien vaya detrás de esas mujeres. La presa vas a ser tú; tú serás el cazado; tú el acechado. Carne tierna que arrancar del hueso a tiras para marinarla, asarla y servirla en finas lonchas. (Perdona la metáfora. Byrne insiste en que en mi estado me vuelvo tremendamente carnívora.)

Dicho esto, la invitación al lago sigue en pie, por si cambiaras de opinión. Incluso me morderé la lengua, dado el caso, para no decirte: «Te lo advertí.»

Tuya afectísima,

JANE

P.D.: Ni he tenido ni tengo bigote. Pero, si comparas tu barba a la cara tersa de una mujer, dudo que tu ayuda de cámara refunfuñe por la dureza del trabajo... más bien debe refunfuñar por lo innecesario que es.

11

Carta de un hermano a su hermana
en tono enfadado y de protesta

24 de mayo de 1821

Jane:

Si paso por alto tu pulla acerca de mis escasos intentos de ser responsable (y acerca de mi barba, que puede que me deje crecer sólo para fastidiarte) es únicamente porque debo reunirme con los administradores, que desean que firme varios documentos ducales que tú, francamente, no entenderías. Pero eso no será hasta después de la sesión de la mañana en la Cámara de los Lores. Mis secretarios me dicen que ésta es una votación tremendamente importante. Así que, como ves, si soy capaz de estar a la altura de las exigencias de un ducado, seguramente puedo escoger a una novia entre un motón de enaguas.

Tuyo afectísimo,

JASON

Noticia sacada de las páginas
de un periódico sensacionalista
muy leído e influyente

25 de mayo de 1821

La noche pasada, en casa del señor y la señora R., hubo un tremendo revuelo durante la presentación en sociedad de su hija menor, en una fiesta trágicamente mediocre..., mediocre de no ser, claro, por el encierro del duque.

Lord C., duque de rancio abolengo, perteneciente a una gran casa y sin duda el marido más ambicionado de Inglaterra, fue encontrado encerrado en un almacén del sótano de casa del señor R., en St. James, no con una ni con dos, sino ¡con tres jóvenes debutantes!

Cuando las rescataron, la expresión del semblante del duque oscilaba entre la palidez del horror y el profundo alivio, puesto que cada una de las tres jóvenes aseguraba ser con ella con quien el duque había sido pillado en situación comprometida y que, por tanto, debía tomarla a ella en matrimonio. Afortunadamente, una de las espectadoras, la joven señorita F., cuya condición de debutante oculta una mente razonable y sensata, aplicó la lógica a la situación. Hábilmente señaló que lord C. no había puesto en un compromiso a ninguna de las tres, puesto que cada una había hecho de carabina de las demás y que, a menos que dos de las jóvenes estuvieran dispuestas a testificar que algo inapropiado le había ocurrido a la tercera, no podía decirse que hubiera habido allí nada inadecuado, aparte del descubrimiento de los tristemente aherrumbrados y pegajosos picaportes.

Como las codiciosas muchachas discutían acerca de cuál de ellas exigiría compromiso y reclamaría para sí al duque (y su enorme fortuna), su historia se fue a pique y le proporcionaron al afortunado hombre la más angosta de las vías sociales de escape.

No es de extrañar que el carruaje del duque haya sido visto saliendo de la ciudad por la carretera norte a primera hora de la mañana. Quien esto escribe no se lo reprocha. Tres debutantes chillonas bastan para llevar a cualquiera al borde de la locura... demos gracias a que el carruaje no lleva al duque más que al campo.

Carta de un hermano a su hermana

26 de mayo de 1821

Querida Jane:
Me parece que fui imprudente al rechazar tu invitación para que fuera a visitaros; por tanto, he decidido remediar mi error... inmediatamente. Y no te atrevas a decir: «Te lo advertí.»

Carta de una hermana a su hermano

Jase:
No temas. No voy a decirte: «Te lo advertí.» Dejaré que te lo diga Byrne.

JANE

1

En el que nuestro protagonista debe hacer frente a su peor temor

Mayo de 1822

Los treinta son una edad excelente para que un hombre se case. Es una cifra redonda. Leída en los periódicos, en una nota de anuncio de la boda, esa edad no resulta ni demasiado temprana ni demasiado tardía, sino más bien una declaración de madurez e inteligencia al mismo tiempo. Así que lord Jason Cummings, marqués de Vessey y, más recientemente, duque de Rayne, estaba decidido a hacerlo. Es decir, a casarse. A la redonda y prudente edad de treinta años.

Claro que había estado decidido a algo parecido el año anterior, a los veintinueve, una cantidad de años que, si bien no es redonda, es estupenda. La edad de la madurez; una edad a la que los hombres se desprenden de lo que les queda de juventud para abrazar el futuro, y el matrimonio es una manera rotunda de declarar tal intención. Después de todo, la mayoría de sus amigos ya estaban casados. Su mejor amigo del colegio, Nevill Quincy-Frosham, era la última persona que se le habría ocurrido que caería en la trampa de los curas, siendo como era, sin ningún género de duda, el ser humano más irresponsable de toda Gran Bretaña, a excepción tal vez de su hermano Charles. Pero Nevill estaba prendado de una inteligente heredera desde el invierno anterior. Ella era quien llevaba las riendas y servía el brandy, y Nevill, por increíble que fuera, no podía ser más feliz. También Charles había encontrado a una joven dispuesta a ver más allá de su comportamiento infantil y casarse con él. Así que, hacía ahora un año, Jason se había decidido a encontrar novia en el ritual anual de compraventa y explotación conocido como la Estación.

¡Ah, no había sido tan sencillo...! Jason no era tan desaprensivo. Por lo menos no lo era hasta que, durante la última Estación, a la todavía demasiado-temprana-edad-para-casarse de veintinueve años, se había visto perseguido, acechado y burlado por unas debutantes aniñadas demasiado entusiastas, con garras de acero, y por sus madres con malvados ojos de buitre.

Jason era lo bastante consciente de sus atributos, fueran buenos o malos, para saber que no era la clase de tipo sobre el que se abalanzan las mujeres.

Sin embargo, era duque. Un duque joven y, tal vez, uno razonablemente apuesto... a pesar de la maldición de ser pelirrojo. Puesto que era duque, además, sabía que la escasez de duques en edad de merecer de Inglaterra lo convertía en un raro espécimen, independientemente de que fuera pelirrojo y careciera de atractivo. Había esperado que su entrada en el mercado matrimonial fuera recibida con cierto interés.

Interés. Aquello era infravalorar la situación.

Jason llevaba años evitando los casos de Almack's, los bailes de puesta de largo, los tés con partidas de cartas y los monótonos conciertos de la «buena sociedad». Creía que se aburriría en ellos. Y se aburría. Pero lo que no había esperado era aburrirse y al mismo tiempo estar mortalmente asustado.

Había renunciado de golpe al plan de casarse a los veintinueve cuando lo habían encerrado en un sótano con las tres criaturas más pavorosas que hubiera conocido jamás: la señorita Rollins, la señorita Quigley y la señorita Halloway. Y en aquel momento se cuestionaba seriamente si sería prudente casarse a los treinta, viéndose como se veía acosado por las mismas señoritas Rollins, Quigley y Halloway en la fiesta al aire libre de Phillippa Worth.

—¡Señoritas, por favor! —exclamó, interrumpiéndolas a las

tres, que hablaban a la vez, al parecer dirigiéndose a él... pero ¡que el diablo se lo llevara si sabía de qué!—. Es muy... interesante volver a verlas.

Las tres sonrieron, abanicándose de una manera que suponían cautivadora, aunque la señorita Rollins se sirvió de su abanico con vigor un tanto excesivo y envió el demasiado lánguido de la señorita Quigley a un arbusto cercano. Mientras una horrorizada señorita Quigley abandonaba su posición para hurgar en el arbusto en busca de su abanico, las señoritas Rollins y Halloway cerraron filas.

—¡Y a nosotras nos ha sorprendido gratamente verlo de nuevo, excelencia! —dijo la señorita Rollins. La señorita Halloway asentía entusiasta. La señorita Rollins echó una ojeada a su amiga y competidora, y avanzó medio depredador paso hacia Jason—. Debe de ser el destino, excelencia. Pensándolo bien, mi padre ni siquiera creía que fuera a haber para mí Estación este año, y sin embargo... ¡nos topamos con usted en la primera fiesta al aire libre!

«Respira», se dijo Jason. Por lo menos estaba en mejor posición que la última vez que la señorita Rollins y sus amigas lo habían arrinconado. En primer lugar, se encontraban al aire libre, en el exterior, a plena luz del día, a la vista de docenas de otros asistentes a la fiesta. No podían encerrarlo en ninguna parte.

Por otro lado, sin embargo, en los jardines de Phillippa Worth había varios recovecos y árboles de ramas caídas, así como de arbustos podados en forma de animales, que podían esconder a una persona de los ojos de los demás invitados. De hecho, si Jason no se equivocaba, la señorita Rollins lo estaba dirigiendo hacia un arbusto enorme en forma de conejo en aquel preciso instante. A cada pasito que daba ella, él retrocedía uno. La señorita Quigley ya se había reunido con ellos y se había situado al lado de la señorita Halloway. Las tres parecían un pelotón de soldados rodeando al último resistente.

—Señoritas —dijo Jason, pensando rápidamente—. ¿Alguna de ustedes ha tomado ya un refresco? —Dirigió su mirada hacia la mesa de los refrescos, que se encontraba rodeada de gente, de gente cuerda, que iba encogiéndose en la distancia a cada paso que retrocedía—. Estaría encantado de traerles una taza de té o un ponche...

—¡Oh! —dijo la señorita Halloway, agitando las pestañas—. Me encantaría...

La señorita Rollins la interrumpió asestándole un codazo en el plexo solar.

—¡Pero Sissy!¡Un duque iba a traerme un ponche!

Una mirada fulminante de la señorita Rollins bastó para que la señorita Halloway se mordiera la lengua. Luego la señorita Rollins miró intensamente a Jason con tan fingida dulzura que no lograba ocultar su determinación.

—Vamos, vamos, Clarissa... No queremos que el duque se esfuerce demasiado. Después de todo, es tan popular que, si deambula por ahí, lo más probable es que lo aborden... que lo asalten, me atrevería a decir, otras personas.

«¡Qué buena idea!», pensó Jason con pesar.

—No tema, excelencia —dijo la señorita Rollins, llegando al extremo de palmearle el hombro para tranquilizarlo—. Lo mantendremos a salvo.

«Y tanto. El infierno es esto —pensó Jason—: que te arrinconen tres de las locas más oportunistas que haya creado jamás el sistema británico de ricos aristócratas en una fiesta al aire libre.»

Cuando, presa del pánico, urdía un plan de huida y valoraba si su mejor opción no sería saltar el seto bajo del muro sur, alguien acudió en su ayuda. Alguien que nunca habría permitido que pasara aquel aprieto.

—¡Señorita Rollins, señorita Halloway, señorita Quigley! —exclamó Jane, la hermana de Jason, corriendo a su lado y prácticamente derribándolo al colgarse de su brazo... y de paso arrancando ese brazo de las garras de la señorita Rollins.

—Lady Jane —murmuraron las tres señoritas, inclinándose en una reverencia.

—¡Qué... interesante verlas aquí! —Jane sonrió entre dientes.

Jason pensó que Jane corría el riesgo de amputarle el brazo, tanta era la fuerza con que se lo estrujaba mientras se esforzaba para parecer simpática.

—Jason, ¡te he estado buscando por todas partes! —se quejó, y luego les dijo a las jóvenes—: Lo siento muchísimo, pero reclaman a mi hermano en otra parte.

—¿Y qué parte es ésa? —preguntó la señorita Rollins descaradamente, haciendo un último intento de no soltar su presa.

Jane se limitó a levantar una ceja.

—Cualquier otra parte.

Y, dicho esto, se llevó a Jason lejos de las tres señoritas, la decepción de las cuales fue comparable a su alivio.

—¿Y bien? —le preguntó a su hermana en cuando ambos estuvieron a una prudente distancia.

—Y bien ¿qué? —repuso Jane, sin reducir el paso ni apartar los ojos de su destino.

—¿No vas a decirme: «¡Te lo dije!»? —le preguntó Jason, apretando el paso para alcanzarla—. O «estarías perdido sin mí» o, a lo mejor, «ya me darás luego las gracias».

—Lo hice, lo estás, y más te vale —contestó ella—. Pero, ahora mismo, estoy demasiado enfadada para decir nada de eso. —Jane echó un vistazo por encima del hombro.

Jason hizo lo mismo y vio a las tres señoritas lamentando su marcha o... más concretamente, a la señorita Rollins maltratando duramente a las otras dos con el abanico, dejándose llevar por la frustración más allá de cualquier cosa que pudiera considerarse un comportamiento educado.

—¿Cómo demonios se las han ingeniado esas tres para asistir a esta fiesta? —siseó Jane.

—Creo que Phillippa ha invitado a todos los que son alguien en este tipo de acontecimientos.

—¡Lo ha hecho! —exclamó Jane—. ¡A todos menos a ellas!

Jane pasó entre los invitados allí reunidos, todos ellos conocidos de buena familia. Pasó entre las bien educadas y recatadas señoritas y sus madres, entre los lores que se habían tomado la tarde libre, dispuestos a ponerse a la entera disposición de Phillippa Worth... y, la verdad sea dicha, todos lo estaban. Nadie podía ni quería tener en su contra a Phillippa Worth... lo que hizo que las palabras que Jane le dijo a ésta cuando se le acercó sorprendieran mucho a quienes estaban lo bastante cerca para oírlas.

—¿Has perdido la cabeza? —le gritó, poniéndose de puntillas para mirar a Phillippa directamente a los ojos.

Ésta la miró extrañada.

—Sólo la perdí en el momento en que consentí celebrar una fiesta en los jardines para tu hermano. Pero, desde entonces, estoy cuerdísima.

—Lamento mucho disentir —repuso Jane—. Dudo sinceramente que estés en tu sano juicio. ¡Me parece que sufriste una recaída cuando invitaste a esas tres!

Phillippa miró hacia donde Jane gesticulaba frenética y por fin vio a las tres ofensoras. La señorita Rollins había recobrado en parte la compostura y dejado de pegar a las otras dos: estaba reagrupando a sus amigas y dándoles órdenes. Desde aquella distancia Jason no oía lo que decían, pero tuvo la sensación de que estaban planeando un segundo asalto.

—¡Si no lo hice! —replicó Phillippa—. ¡Marcus! —llamó a su marido, sir Marcus Worth, que al instante se le acercó. Jason no conocía demasiado a Marcus, pero sí al hermano de éste, el marido de Jane, sir Byrne Worth. Obviamente Byrne estaba con su hermano cuando Phillippa lo había llamado, porque también él se materializó al lado de su esposa.

—¿Qué sucede? —preguntó Marcus, y enfocó sus binoculares hacia donde le indicaba su esposa que estaban las tres señoritas, a bastante distancia. Marido y mujer intercambiaron unas cuantas palabras en voz baja y Marcus se dirigió hacia las jóvenes. A Byrne le bastó una rápida mirada para seguirlo.

—¿Qué van a hacer? ¿Van a echarlas? —preguntó Jane—. ¿No podéis hacer algo sin provocar un escándalo?

En aquel momento Jason se planteó si no estaría más a salvo con las tres señoritas y a punto estuvo de sugerir que seguiría a los hermanos Worth... tan asesina era la mirada de Phillippa. Pero hombres más sabios que él habían caído en aquella trampa, así que decidió guardar silencio y dejar que discutieran los otros.

Además, desde que Jane y Phillippa, enemigas en su juventud, se habían casado con dos hermanos, todos ellos formaban parte del árbol genealógico de la familia Worth. Así que, independientemente de lo a menudo que hubieran discutido las dos, a ninguna le había quedado otro remedio que aceptar a la otra como amiga.

—Puede que tu marido use esos métodos tan groseros —replicó fríamente Phillippa—, pero el mío prefiere el encanto a la brutalidad.

Jason miró furtivamente por encima del hombro. Marcus Worth se estaba inclinando mucho (en su caso siempre era mucho lo que se inclinaba dada su excepcional altura) sobre la mano de la señorita Rollins, que, por lo que parecía, se reía tontamente. Mientras, Byrne caminaba con las otras dos. Era dudoso si su objetivo era llevarlas hacia el seto bajo del sur o no.

—No comprendo cómo han entrado, para empezar. —Jane dio una patada en el suelo, un gesto bastante inaudito en una dama lo suficientemente mayor como para haber dado a luz dos hijos.

—Ni yo... no se admitía a nadie sin invitación. Me he asegurado de que mi mayordomo las recogiera en la puerta.

—Pues entonces, ¿cómo han conseguido una?

—¡No... lo... sé...! Nadie rechazó la invitación. Todos los invitados han venido —repuso Phillippa. Luego, como una niña que resuelve un rompecabezas, se dio golpecitos con una uña en los labios—. A excepción de...

—Ahí va... —Jane puso los ojos en blanco.

—Antes de que mandara las invitaciones, Totty me dijo que no podría venir. Su amiga, la señorita Crane, celebra hoy algún gran evento al que se veía obligada a asistir, aunque no imagino qué puede haber más importante... Así que Mariah sugirió que le permitiera invitar a una de las damas de su círculo de beneficencia.

Jason rápidamente repasó su memoria para desentrañar quiénes eran aquellas personas a las que se refería Phillippa. No recordaba a la señorita Crane, pero sabía que Totty era la señora Tottendale, la antigua dama de compañía de Phillippa, que se había mudado a su propia residencia al formar una familia ésta y Marcus. Decía que los niños pequeños hacían el vino menos placentero. Y Mariah era la otra lady Worth, esposa del hermano mayor de los Worth, Graham. (Puesto que Graham había heredado la baronía, y tanto Marcus como Byrne habían sido nombrados caballeros por sus servicios a la corona, había tres sires y tres ladies Worth... algo que mareaba bastante a cualquiera que intentara asignar los asientos de una cena, o eso decía su amigo Nevill.) Mariah estaba en alguna parte entre la confusión de la fiesta, seguramente sermoneando a alguna pobre alma acerca de las necesidades de los huérfanos del condado.

—¿Qué amiga? —preguntó Jane, impaciente.

—La señora Pritchard... —Y Phillippa suspiró cuando todas las piezas encajaron—. ¡Que es prima de la madre de la señorita Rollins!

—¡Y, según tú, controlabas esta fiesta! —le espetó Jane con retintín.

—No puedo creer que Mariah tuviera segundas intenciones... Tal vez la señorita Rollins robó la invitación de la prima de su madre...

Mientras la conversación iba subiendo de tono, Jason se enfrentaba a la eterna pregunta. ¿Debía irse o debía quedarse? La refriega había llegado al punto en que quedarse podía significar tener que interponerse entre ambas. O, Dios no lo quisiera, que una de las dos lo metiera en ella preguntándole su opinión.

Por otra parte... le había prometido a Jane que no se iría corriendo. Se había prometido a sí mismo que se esforzaría en aquella fiesta por hacer lo que debía: encontrar una compañera de por vida, por más que en aquel momento tuviera la tentación de salir corriendo de allí.

—Ni lo intentes —le dijo Byrne, que se había situado detrás de él, lo bastante bajo para que no lo oyeran Phillippa ni Jane—. Ella se dará cuenta en cuanto retrocedas un paso.

Byrne se puso al lado de Jason y, habiendo dispuesto a las tres jóvenes de algún modo, se puso a escuchar las ráfagas conversacionales con tanta atención como el público de un partido de tenis.

—¿Cómo lo sabes? —preguntó Jason.

—Estamos en una fiesta al aire libre, en Londres. Tampoco he estado pensando más que en escapar.

—No puedo salir huyendo. Me he comprometido a esto. —Jason sacudió la cabeza—. Tengo que llevarlo a buen término.

—Recuérdame por qué estás tan decidido a casarte a los treinta —le dijo Byrne, arrastrando las palabras.

Jason no contestó de inmediato. Luego se encogió de hombros.

—Porque es lo que toca ahora.

No era una respuesta tremendamente perspicaz, pero no tenía una explicación mejor. Había tardado, pero había llegado a dominar todos los deberes que implicaba ser el duque de Rayne. Y Jason era lo suficientemente inteligente como para saber que no lo sabía todo. Así que, puesto que algunos detalles se le escapaban, había encontrado empleados de confianza capaces de conseguir sin duda que nada saliera mal. Eso no le preocupaba, ni a su familia tampoco. Marcus y Byrne habían asumido la tarea de investigar a conciencia a todos sus empleados. Jane ni siquiera había tenido que insistir; Jason se lo había pedido él mismo a los hermanos Worth.

Es más, el antiguo y noble apellido Rayne era fuerte y estaba seguro. Jason Cummings se había metido plenamente en el papel de su vida. Estaba contento. Se sentía cómodo. El matrimonio era lo siguiente de la lista. Además, todos sus amigos estaban casados. Así que no podía ser tan malo, ¿no?

Pero Byrne respondió a la declaración de Jason con una semisonrisa.

—Si tú lo dices —le contestó.

—Es sólo que... es un proceso más complicado de lo que imaginaba —dijo Jason, sorprendido de su propia honestidad.

Byrne se quedó un momento pensativo y luego miró a su esposa, que le estaba pidiendo a Phillippa que le proporcionara un árbol genealógico de cada asistente a una fiesta, incluso de aquellos a los que conocía desde hacía una eternidad.

—Bueno. Podemos pedir a las jóvenes elegibles que formen

una fila y tú señalas a la que más te guste. —Byrne sonrió—. Pero dudo que así encuentres una compañera afectuosa. —Cruzó una mirada con Jane y le guiñó el ojo—. Considera esto una batalla.

—¿Una batalla? —Jason levantó una ceja.

—Sí. Hay estrategias y tradiciones. Pero, y esto es lo más importante, hay normas. Debes protegerte. No dispares hasta tener un blanco seguro. Si un soldado depone las armas, tienes que tratarlo con amabilidad y todo eso. Para sobrevivir, simplemente tienes que aprender las normas y ser mejor soldado que cualquier otro del campo de batalla.

Jason levantó la otra ceja.

—Y tú te atuviste a todas esas normas mientras cortejabas a mi hermana, ¿verdad?

Byrne respondió con una carcajada.

—No. Pero las conozco lo suficientemente bien como para saltármelas impunemente. —Lo miró a los ojos—. Por desgracia, tú no eres yo, «excelencia».

—¿Insinúas que es mi título lo que nos diferencia en el modo de cortejar? —le preguntó Jason con sorna—. Te lo aseguro, soy plenamente consciente de ello.

—Eso y muchas, muchas otras cosas —repuso Byrne secamente—. Pero sí, eso te limita. Las chicas te adularán, se te echarán encima.

Jason puso los ojos en blanco. Él también lo sabía.

—Tienes que ser lo más estricto que puedas —prosiguió Byrne—. Verdaderamente, casi te convendría más simplemente escoger a una muchacha y dejar en manos de Jane el cortejo.

—Si fuera tan simple... —murmuró Jason—. Si pudiera convencer a Jane de que lo hiciera...

—¿Estás seguro? —La voz de Jane interrumpió su conversación—. ¿Completa y absolutamente seguro?

—Después de lo de la última vez, sí —dijo Phillippa, sonriendo.

—Magnífico. Jason —dijo Jane, haciendo que ambos hombres le prestaran atención—, me he asegurado de que no haya más invitados inesperados en las fiestas.

—Eso si vuelvo a ofrecerme para celebrar otra —murmuró Phillippa entre dientes.

—¿Cómo dices? —le preguntó Jane con brusquedad.

—Nada —respondió vivamente su cuñada.

—Bien. Como iba diciendo —continuó Jane, volviéndose hacia Jason—, debería presentarte a algunas señoritas encantadoras y «cuerdas».

2

En el que nuestro protagonista conoce a alguien un poco a la fuerza

Mientras el carruaje se alejaba de la mansión Worth de Grosvenor Square, Jason no pudo disimular su alivio. Después de haber sido formalmente presentado a las señoritas casaderas de las altas esferas, necesitaba marcharse lo más lejos posible. A Tombuctú o a la selva de la India. A las Américas o a la Luna. O por lo menos al otro lado de la ciudad.

Y necesitaba tomarse una copa.

El té había sido lo peor de todo, un té caliente demasiado dulce para un día cálido de mayo. Y había tenido que tomarse un estanque entero mientras charlaba con la hija del conde de tal y con la sobrina del vizconde de cual. De lo único que tenía ganas era de salir corriendo. Con su tendencia a esfumarse en alerta máxima, Jane lo había llevado de grupo en grupo de señoritas, todas ellas por fortuna muy educadas. Ninguna había intentado arrinconarlo detrás de los arbustos ni encerrarlo en un sótano para abordarlo.

Al recordar aquello se estremeció. Verdaderamente aquellas tres señoritas habrían podido alejar a un hombre de las mujeres para siempre.

La tarde no había sido terrible del todo. De hecho, Jane le había presentado a unas cuantas jóvenes capaces de ruborizarse y pestañear en los momentos adecuados sin tartamudear ni amenazar con desmayarse. ¡Dios, unas cuantas sabían incluso mantener una conversación amena! Una joven, la señorita Sarah

26

Forrester, si mal no recordaba, incluso había sabido tomarle el pelo.

—El seto sur.

—¿Sí? —Había levantado la cabeza al oír aquello.

—Creo que probablemente es la vía de escape más fácil. —La señorita Forrester lo había mirado directamente a los ojos, tímida y sonriente. Como él se limitara a guiñarle un ojo, continuó—: Puedo distraerlos un momentito, si le hace falta. Así podrá escapar corriendo.

Entonces el único sonrojado que tartamudeó fue él.

—¿Tanto se nota que me siento incómodo? —le había preguntado.

—No. A lo mejor he explorado el seto para ser yo la que salga corriendo. —La señorita Forrester había reído para sí misma. En aquel momento, la voz de su madre había interrumpido sus cavilaciones.

—Y tiene que ver la pintura de mi hija, lady Jane, ¡no hay nada igual! —decía, pavoneándose ante su hermana.

—Bueno, lástima. Me temo que me han pillado —le había susurrado la señorita Forrester.

—A mí también —le había contestado Jason igualmente en susurros, entre pesaroso y divertido, y luego había prestado atención a las otras damas del corrillo.

El recuerdo de aquel momento lo consoló, si no por otra razón, porque había sido el único pequeño éxito en un mar de mera supervivencia. La pregunta que Byrne le había planteado, así como lo que él había respondido le acosaban mientras el carruaje traqueteaba por las calles adoquinadas hacia el Támesis y Somerset House.

¿Por qué estás tan decidido a casarte?

Porque es lo que toca ahora.

«Porque es lo que toca.» Qué respuesta tan poco concreta y tan vacía. Sí, casarte era lo siguiente en la lista de su vida. Había asumido el papel de duque de Rayne. Había aprendido a llevar la hacienda. Y, si bien no se sentía realizado, al menos, la mayoría de las veces. estaba satisfecho. El matrimonio era lo siguiente. Seguramente no era la sentencia de muerte que todos sus amigos (casados) le aseguraban, infatigable pero alegremente. Desde luego que no. Al contrario. Sería la cura para la vaga soledad que había empezado a amenazar su vida. Sería un comienzo. Sería lo próximo.

Así que, ¿por qué no podía acallar aquella familiar y urgente necesidad de salir corriendo y esconderse?

Al menos, cuando aquella necesidad se apoderaba de él no tenía que irse lejos. Su conductor detuvo el carruaje con una sacudida en un lugar familiar, y sus criados abrieron la portezuela frente a Somerset House, un edificio neoclásico de grandes dimensiones situado a orillas del Támesis que albergaba las asociaciones más doctas de la época: la Royal Society (por todos conocida como la Royal); la Sociedad Londinense de Anticuarios, y la Sociedad de Arte Antiguo y Arquitectura del Mundo Conocido o, resumiendo, la Sociedad Histórica, refugio personal de Jason. De algún modo, durante los últimos años, a la par que se ocupaba de su patrimonio y... bueno, ejercía de duque, había conseguido terminar un largamente pospuesto trabajo académico titulado «Daños de la arquitectura medieval en las ciudades europeas después de las guerras napoleónicas». Y, una vez publicado aquel panfleto (en su propia imprenta, de la que se había convertido en accionista mayoritario hacía apenas una semana, pero publicado al fin y al cabo), había solicitado ser miembro de la Sociedad Histórica, y le habían aceptado. Ya podía usar a placer sus despachos y salones. Era básicamente su club, aunque distinto de White's o Brook's o del resto de establecimientos de St. James. Aquel club albergaba algunas de las mentes más preclaras del país, algunos de sus tesoros más interesantes y, lo mejor de todo: a absolutamente nadie de allí se le habría ocurrido que él fuera a proponerle matrimonio.

Se apeó del carruaje y saludó con la cabeza al cochero.

—Esta pequeña aventura tal vez me lleve más tiempo del previsto —dijo, lo que le valió una carcajada socarrona de Bones, que repuso:

—Sé lo que eso significa. Quiere decir que me vaya directo a casa a cenar y que a lo mejor volveré alrededor de las tres de la madrugada.

—Eso ha pasado una sola vez —lo rebatió Jason, pero sonriendo. Bones llevaba muchos años con él, y habían pasado juntos más de una desgracia, así que su informalidad con el patrón era fácilmente perdonable.

—Vete a cenar —le dijo Jason—. ¡Pero vuelve dentro de dos horas a recogerme!

Bones, que no quería desaprovechar la generosidad de su patrón, puso los caballos al trote antes de que el duque cambiara de idea.

Jason dio un profundo suspiro, saboreando la completa libertad. ¡Por fin! Por primera vez en todo el día se sentía liberado de la agotadora tarea de intentar encontrar una compañera, libre del peso de ser el duque de Rayne. Podía entrar en el edificio de varios pisos, con columnas, como un hombre cuyo único propósito era perfeccionar y entretener su mente con otros hombres interesantes.

¡Ah, la libertad!

Jason tomó hacia la izquierda por el patio, hacia el ala de la Sociedad Histórica, y fue entonces cuando chocó con la mano de la dama de cabello leonado que resultaría ser el origen del peor embrollo de su vida.

La señorita Winnifred Crane no tenía intención de chocar con el joven caballero. Realmente no era ésa su intención. Simplemente, él se abalanzó contra su mano. Verdaderamente nadie podía culparla de tener la mano tan extendida, aunque George lo hubiera hecho.

Todo había empezado al doblar la esquina de Aldwych hacia Strand, unos minutos antes de que apareciera el majestuoso carruaje en el que iba el pobre con el que había chocado accidentalmente. Estaba tan sorprendida de encontrarse frente a Somerset House, tan de repente, el edificio que albergaba todas sus esperanzas y aspiraciones, que por un momento le había fallado el coraje. Había tenido que detenerse en el patio y tomarse un momento para recuperar el valor.

«No dejes que esto te abrume», se dijo Winnifred, apretando

la carpeta contra el pecho. Por un momento deseó haberse puesto el abrigo grueso, porque un escalofrío le recorrió la espalda. Pero el abrigo estaba pasado de moda, y en Londres tenía que ir al menos tan a la moda como pudiera permitirse. Además, era un día cálido, y el escalofrío podía achacarse fácilmente a otros motivos aparte del clima. «No estás haciendo nada que contravenga sus normas, ni que vaya contra la ley. Te han invitado. Incluso tienes una carta de presentación.»

Mientras los caballeros con sombrero de copa y abrigo pasaban a su lado para subir o tras bajar los escalones y más de uno miraba con curiosidad a la mujer bajita parada junto a la fuente central, ella dio unos cuantos pasos inseguros.

Somerset House era un edificio con columnas, enorme, una de cuyas caras daba al Támesis y la opuesta a un patio de tamaño colosal. Puesto que era la sede de numerosas sociedades doctas y agencias gubernamentales, resultaba prácticamente imposible que Winn supiera dónde debía dirigirse exactamente.

Las oficinas navales estaban justo delante, eso lo sabía, porque eran fácilmente reconocibles por su cúpula central. Pero luego todo era un poco confuso. Recordó la descripción que su padre le había hecho del edificio. La Royal Society estaba... ¿a la izquierda? No, a la derecha. Tenía una hermosa galería de exposiciones, para los hombres que deseaban ver los progresos del mundo. La Sociedad Londinense de Anticuarios era su pariente más joven, relegada a unas cuantas habitaciones del ático y el sótano. Por tanto, las salas de la Sociedad Histórica tenían que estar a la izquierda del patio.

Se volvió y, con la determinación que infunde un propósito definido, se encaminó hacia su destino... hasta que una mano enorme de hierro la agarró del brazo.

—No tan deprisa —le dijo al oído George Bambridge, su primo, entre jadeos. Seguramente había estado corriendo para atraparla.

¡Maldita fuera su estampa! De no haberse detenido al lado de la fuente ya habría estado dentro del edificio. Habría llegado a su reunión con lord Forrester y George habría tenido que ventilar su ira a solas, en la calle.

—Me has dejado sentado en el parque con la condenada señora Tottendale —le dijo su primo en cuanto pudo recuperar el aliento.

—Y se suponía que ella tenía que impedir que me siguieras. —Winn puso los ojos en blanco—. ¿Cómo lo has sabido?

—¿Que vendrías aquí? Winnifred, no has hablado de otra cosa desde que llegamos a Londres —repuso George con una sonrisa de suficiencia—. Ni es tan difícil localizarte. ¿Quieres que te diga por qué?

—¿Porque soy la única persona del lugar que lleva falda? —aventuró Winn.

—¡Porque eres la única que lleva falda! —gritó George—. Y eso es porque no se permite la entrada a las mujeres en la Sociedad Histórica.

—Sí que se les permite —repuso ella tranquilamente—. Cuando hay exposiciones y conferencias, suelen venir mujeres.

—Eso son actos públicos. —El escaso pelo negro que le caía sobre la frente tembló peligrosamente. Si no tenía cuidado con aquel carácter suyo, revelaría a todo el mundo sus cuidadosamente disimuladas entradas—. A las mujeres les está vetada la entrada a los salones porque no son miembros de esta sociedad. Yo tengo que saberlo puesto que, de los dos, soy el único al que se puede considerar como tal.

—Sus estatutos no dicen absolutamente nada acerca de que las mujeres tengan prohibida la entrada —le contestó Winn, ateniéndose a la razón.

—¿Y cómo sabes tanto acerca de los estatutos de la Sociedad Histórica?

—Porque mi padre participó en su redacción y me lo dijo.

Aquello dejó cortado a George, que boqueó como un pez.

—Winnifred —empezó a decir con calma, pero sin soltarle el brazo—. Me siento responsable de ti, no únicamente porque soy el único pariente vivo que te queda sino, espero, por algo más. Así que, por favor, créeme cuando te digo que esto no es una buena idea. Si deseas tan ardientemente conocer a lord Forrester, procuraré invitarlo a cenar. Estoy seguro de que os encontrará, tanto a ti como a tu encaprichamiento por la historia del arte, tremendamente entretenidos. Pero aquí no. —Bajó la voz hasta convertirla en un susurro de desesperación—. ¡Y no ahora!

La reacción de Winn progresó de ligera incomodidad a irritación y luego a profunda ira durante la apasionada perorata de George, y apretó más su carpeta contra el pecho. Cuando terminó, le dijo muy despacio y con absoluta claridad:

—George, si quieres que abandone este edificio tendrás que sacarme a rastras de él, pataleando y gritando. —Clavó los ojos en él, con una mirada tan acerada que hubiera podido cortar el diamante—. Delante de toda esta gente a la que te mueres por impresionar. Puede que seas dos palmos más alto que yo y muchísimo más fuerte, pero ¿verdaderamente te parece que imponerte así a una débil mujer te conviene?

George no respondió. Por primera vez pareció darse cuenta de las posibilidades que había de que montara una escena. Hasta ese momento, hablando sin levantar la voz, eran dos personas normales y corrientes, aunque una de las dos fuera sospechosamente del género femenino; pero, al primer grito, aquellos hombres con sombrero de copa y abrigo que pasaban con la nariz levantada se fijarían en ellos.

Y, como Winn sabía bien, aquello le daría mala prensa a George.

Aflojó la presa sobre su brazo. Sólo un poco, pero lo bastante para que Winn pudiera apartarlo de él... y darle un manotazo al joven que pasaba a su lado.

—¡Qué demon...! —exclamó el caballero, ahogada y confusamente, retrocediendo unos cuantos pasos.

—¡Oh, Dios mío! —gritó angustiada Winnifred, cuando la carpeta cayó en el adoquinado y su contenido se desparramó—. ¡No!

—Yo opino igual —dijo el pelirrojo caballero, frotándose el dolorido puente de la nariz.

—¡Ex... excelencia! —tartamudeó George, que por lo visto reconocía a la víctima de la mano de Winnifred como el duque de algo.

Claro que ella le había dado un manotazo a un duque sin querer, se dijo, ruborizándose, pero no podía detenerse a salu-

32

darlo con una reverencia. ¡Tenía que recoger los papeles antes de que se le estropearan! ¡Sus artículos... su carta de presentación!

—¡Lo lamento terriblemente! —estaba diciendo George, intentando inclinarse y, al mismo tiempo, arreglarle el abrigo al hombre.

—Está bien —decía el duque—. Ya sabía yo que no acabaría este día sin que alguien me diera una torta.

—¿Podréis perdonarnos? —le preguntó George.

—No hay nada que perdonar. La sangre no ha llegado al río... creo. —Se irguió y luego, al darse cuenta de la aflicción de Winn, dijo—: ¿Necesita ayuda, señorita?

—Yo... —Winn dejó de recoger hojas—. ¡Oh, vaya! ¿Ya están todas? —Miró frenética a su alrededor. Y el corazón se le paró cuando vio una única hoja de papel flotando en la fuente.

Por el modo en que estaba doblada, supo lo que era.

—¡Mi carta! —gritó. Estiró el brazo, pero no la alcanzaba. Estaba a punto de correr el riesgo de subirse al borde de la fuente cuando una mano se posó en su hombro y la detuvo.

—Permítame —dijo el duque pelirrojo, e intentó recuperar el documento. Era un palmo y medio más alto que ella, pero apenas lograba alcanzarlo. Al final lo consiguió y le tendió la hoja chorreante a Winn.

—Gracias, excelencia —le dijo ella, aunque sólo tenía ojos para la carta. «Por favor, que no se haya estropeado. Por favor, que no se haya estropeado...»

—De nada... Además, le he encontrado una utilidad a esto de usar bastón. —Sonrió y luego hizo una leve reverencia—. Señorita...

Pero Winn, con el corazón en la garganta, fue incapaz de responder. Así que George llenó el silencio.

—Crane, ex... excelencia —tartamudeó, inclinándose brevemente—. Yo soy George Bambridge, su primo. Suelo veros en los salones de la Sociedad Histórica, pero parecéis siempre tan ensimismado que no he querido interrumpiros para presentarme.

—Ah, bien. Como parecéis saber, soy Rayne. Señorita, eh... Crane. —Se volvió hacia la silueta congelada—. ¿Estáis bien?

Pero Winn no lo estaba. Nada lo estaba. Porque...

—Se ha estropeado —logró decir con un hilo de voz...

Su carta. Su carta de presentación para lord Forrester, escrita de puño y letra por su padre, no era más que un montón de renglones borrosos sobre papel mojado.

—Lo siento muchísimo —se compadeció de ella el duque—. Ya veo que la página era importante.

¿Importante? Lo era todo. Era lo que le daba legítimo derecho a estar allí.

—No tiene importancia, excelencia —dijo George adulador, situándose al lado de Winn—. Sólo eran unas notas, ¿verdad, Winnifred? Lo siento, sire, pero tenemos que volver a casa. Mi prima tiene que... vestirse para una cena. Pero me preguntaba, sire, si asistiréis a la serie de conferencias de la semana próxima.

—No —dijo Winn distraídamente.

—¿No? —repuso el duque al ver que George no lo hacía.

—No, no tengo que vestirme para ninguna cena. Ni me voy.

—Winnifred... —le advirtió George, sin gritar pero casi.

—Tengo una invitación, George.

—Ya no la tienes —repuso él, mirando el papel húmedo que ella sostenía.

—De hecho, George, lamentablemente esa hoja sigue seca.

Mientras su primo la miraba inquisitivo, el duque levantó una ceja.

—¿Una invitación? —preguntó. Aquello había picado su curiosidad.

Entonces Winn lo reconoció. Hacía diez años era... Jason Cummings, marqués de... algo. Ahora era duque de Rayne. Y George estaba haciendo lo imposible para causarle buena impresión. Winn estuvo a punto de soltar una carcajada.

—Sí —dijo, erguida de nuevo, recuperada la entereza—. Tengo una invitación para reunirme con lord Forrester en la Sociedad de Arte Antiguo y Arquitectura del Mundo conocido a mi conveniencia. —Achicó los ojos—. Y ahora mismo me conviene bastante.

Dicho esto, agarró la carpeta y, con el brazo estirado para mantener lejos de sí la página mojada, esquivó limpiamente a George y al duque, encaminándose hacia la entrada oriental de Somerset House.

Los dos hombres la siguieron. George caminaba a su izquierda, sin quitar ojo a la carta húmeda, intentando descifrar qué era aquello tan importante para Winn que decía la tinta corrida. El duque caminaba a su derecha, con las manos a la espalda y la frente adelantada. Y... ¿era posible que estuviera silbando?

Cuando pisaron el suelo de piedra al unísono, Winn miró de reojo el perfil del duque. Un mechón de pelo increíblemente rojo le caía sobre la frente, por lo demás inexpresiva: un último rastro del niño en el hombre ya hecho y derecho. Sonreía abiertamente.

—¿Esto os divierte, excelencia? —le preguntó con el ceño fruncido.

—En absoluto. —Luego pareció reconsiderarlo—. Bueno, un poco. Un poquito.

—Os aseguro que mi reunión con lord Forrester no es nada divertida para mí —replicó ella, levantando la barbilla.

—¡Oh! No pretendía decir que su situación sea divertida. La mía lo es.

Como ella lo miraba inquisitiva, se explicó.

—Esto es lo más parecido a una aventura que he vivido en años.

Winn lo miró directamente a los ojos y luego sonrió un poco para sí.

—Es lo más parecido a una aventura que yo he vivido jamás.

—Excelencia, tengo que rogaros que no la animéis a hacer esto —terció George—. No sabe en lo que se mete.

—Evidentemente, porque acabamos de cruzar la puerta de la Sociedad Histórica.

Los tres se detuvieron en seco. Winn le lanzó a George una mirada rencorosa mientras el duque le indicaba por qué puerta debía entrar.

Winn tenía ante sí la pesada puerta artesonada de caoba. La

atraía, pero los pies no la obedecían. Se quedó mirándola fijamente.

Los caballeros que iban por el pasillo habían formado un corrillo al ver a Winnifred con sus dos acompañantes. Murmuraban con cara de sorpresa.

—¿Lo veis? —George se lo estaba diciendo tanto a Winn como al duque—. Está montando un espectáculo y todavía no ha pasado de la puerta. Te lo he dicho, Winnifred. Ninguna mujer ha entrado jamás en los salones de la Sociedad Histórica.

—Y yo te digo que no hay ninguna norma que lo prohíba —le contestó Winnifred, mirando furtivamente al duque.

—Eso es ridículo —dijo George.

—De hecho es cierto —repuso el duque arqueando las cejas, gratamente sorprendido.

—¿Cómo lo sabéis? —le preguntó Winn, asombrada.

—Porque he leído los estatutos. Bueno, no iba a unirme a un club sin conocer su reglamento. —El duque se encogió de hombros despreocupadamente—. Una de mis particularidades. Sin embargo —añadió, reconduciendo el tema—, el señor Bambridge también tiene razón. Hay ciertas normas implícitas.

Mientras George sonreía radiante y Winn cuadraba los hombros decidida, el duque se mesaba la barbilla, pensativo.

—No obstante, supongo que de nuestra falta de concreción vos podéis sacar ventaja, señorita Crane.

George lo miró con los ojos desorbitados.

—Vos... ¡Vos no podéis poneros de su parte...! —exclamó, y luego añadió—: Sire. —Inspiró profundamente—. Sé que sois miembro y yo un simple aspirante a serlo, excelencia, pero vos no sois un académico y yo sí. Y a los académicos como lord Forrester les importan mucho las apariencias. No va a gustarle la presencia aquí de mi prima. De hecho, los... —Dejó de hablarle al duque para inclinarse hacia Winn.

—Winnifred, esto es un error.

—Deja que cometa mis propios errores, George.

Y, dicho esto, Winnifred Crane avanzó y abrió la puerta.

Bueno, ¿qué podía hacer sino seguirla?

Jason no sabía por qué estaba acompañando a aquella mujer tan tremendamente decidida y a su controlador primo, ni por qué se sentía impelido a inmiscuirse en sus asuntos. Pero, una vez embarcado en aquello, no podía evitarlo.

A lo mejor se sentía culpable por haberle estropeado su aparentemente crucial carta. A lo mejor se debía a que era la primera mujer en casi dos Estaciones que no lo miraba con alguna expectativa en mente. A lo mejor era porque al golpearle la nariz con la mano le había quitado de encima todo el peso del día... el deprimente y aburrido día con el que cargaba. Su mente se había despertado de golpe y había dicho: «Bien, algo interesante, ¡por fin!»

Si hubiera sido una de aquellas damas cultas que tenían por objetivo las instituciones exclusivamente masculinas simplemente para hacerlos sentirse como unos completos canallas empeñados en mantener baja la autoestima del sexo débil, habría sido otra historia. Pero por alguna razón no creía que fuera ése el objetivo de aquella joven. Esas damas no se comportaban como aquella mujercita.

Y tanto que era bajita: apenas le llegaba al hombro. Le recordaba un gorrión. De un solo color. Llevaba el pelo castaño leonado cubierto por un sombrero de paja marrón adornado con una cinta también marrón, guantes de piel marrón claro y el vestido color barro, más oscuro.

Winn le echó un breve vistazo y él se sorprendió de que tuviera los ojos avellana, clarísimos. Pero todo lo demás... era como si nunca hubiera intentado destacar.

Ahora bien, en cuanto abrió la puerta de los grandes salones de la Sociedad Histórica se hizo notar.

Había algunos hombres presentes, de pie o sentados en conjuntos de sillas o de sofás, departiendo en voz baja. Si era acerca de la importancia de los manuscritos iluminados después de la invención de la imprenta o de una noticia del *Times* de ese día Jason nunca llegó a enterarse, porque en cuanto la señorita Winnifred Crane entró por la puerta, todas las conversaciones cesaron de golpe.

Jason bajó los ojos para mirar al pálido e inmóvil gorrioncito. Ella bajó los suyos para mirar nerviosa el folio que sostenía, pero siguió sin moverse de donde estaba.

De repente, Jason tomó las riendas del asunto. Se inclinó hacia ella y le susurró al oído:

—Sígame el juego, señorita Crane.

Aquello pareció sacarla de su ensimismamiento. Justo a tiempo para que el mayordomo de la Sociedad Histórica, Edwards, que se ocupaba de los asuntos internos de la sociedad con tanta eficiencia como discreción, se acercara a Jason.

—¡Edwards! —lo saludó éste jovial—. Creo que hoy se nos presenta una tarde interesante.

—Excelencia —lo saludó el mayordomo con una inclinación—. Señora —le dijo a la señorita Crane—. ¿Puedo serle de alguna ayuda?

Lo que, en clave, significaba: «¿Qué demonios está haciendo usted aquí?», se dijo Jason, reprimiendo una sonrisa.

La señorita Crane ni parpadeó por el tono de Edward, todo hay que decirlo.

—Sí, he sido invitada a una reunión con lord Forrester. ¿Puede llevarme hasta él?

Edwards respondió sin dudar un instante:

—Lo siento enormemente, pero lord Forrester no está en su despacho esta tarde. ¿Quiere dejarle una tarjeta de visita?

Tal vez fue por la mirada de desesperación de la joven al hallarse en aquella encrucijada, tal vez por la cara que puso George Bambridge, de alivio y hasta cierto punto de triunfo, como si él mismo hubiera frenado la locura de su prima, pero quizá, sólo quizá, se debió a esa pequeña parte de sí mismo que todavía disfrutaba metiéndose en líos y hacía tantísimo que no tenía ocasión de hacerlo.

Fuera por la razón que fuese, Jason se vio convertido en el blanco de todas las miradas asesinas cuando dijo:

—¿De veras? ¡Pero si hoy es martes! Los martes lord Forrester está siempre en su despacho. Además, vengo de comer con su esposa y su hija, y me han dicho que estaba aquí.

Edwards pareció completamente desconcertado antes de pa-

sar la mirada de la señorita Crane a Jason y a otro criado apostado junto a la puerta del fondo del pasillo. La puerta del despacho
de lord Forrester. Sin embargo, la cara de pánico del otro no le
sirvió de mucho. Edwards tendría que salir del apuro sin su ayuda, supuso Jason, ligeramente divertido viendo al estoico Edwards cortado.

—Si lord Forrester no puede recibirme hoy, puedo volver
—dijo la señorita Crane—. A diario. No tengo demasiadas obligaciones, así que puedo quedarme aquí y esperar todo el día.

Mientras George gemía, mortificado, Jason reprimió una risita. Y luego se puso abiertamente de parte de la muchacha.

—¿De veras? —preguntó, apenas capaz de mantenerse serio—. ¿Quiere una silla mientras espera? ¿Le apetece un té, tal
vez?

—¡Oh, no! —le sonrió ella—. No quisiera abusar de los re-
cursos de la Sociedad Histórica. Seguramente ya habré desayu-
nado cuando llegue. Pero... —Se frotó la barbilla, pensativa—.
Suelo sentirme débil por las tardes si no tomo un tentempié.

—Eso no podemos permitirlo —repuso Jason—. Imagínese
a una señorita como usted desfalleciendo por lo prolongado de
la espera para reunirse con lord Forrester. Sería una historia terrible.

—Pues entonces, tal vez sería mejor... sí, tal vez lo sería... que
dispusiera de una silla y una mesa, o quizá de un pequeño sofá,
para mí, aquí mismo, delante de la puerta principal. —Sonrió y
luego volvió sus ojos relucientes hacia el pobre Edwards—. Una
bonita manta sobre el regazo, una bandeja para el té. Incluso
podría traerme mi labor de ganchillo y trabajar mientras espero.

Ante la perspectiva de tener a una mujer desmayándose en la
entrada mientras esperaba ser recibida en audiencia o convir-
tiendo los salones de la Sociedad Histórica en su salita, Edwards
se dio por vencido.

—A lo mejor puedo localizar a lord Forrester —dijo en voz
baja—. ¿Quién debo decirle que pregunta por él?

—La señorita Winnifred Crane —dijo ella, con la voz clara
como una campana.

Aquello despertó murmullos.

«¿Winnifred Crane?», oyó Jason que preguntaba más de un caballero de los corrillos, todos los cuales habían estado observando la escena con sumo interés.

—¿Crane? —Edwards enarcó las cejas.

—Soy la hija de Alexander Crane —le explicó ella. Y luego añadió algo tan escandaloso, tan completamente inaudito, que todas las conversaciones cesaron de nuevo—: Pero su señoría me conoce mejor por otro nombre —añadió, con voz menos firme y cara de susto pero decidida.

Edwards siguió impasible hasta que ella dijo:

—C. W. Marks.

3

En el que nuestro protagonista no puede ayudar pero se ve involucrado

C. W. Marks.

No era aquél un nombre que despertara demasiado interés fuera de las cuatro paredes de Somerset House. No era como si acabara de asegurar que era Scarlet Pimpernel o el Cuervo Azul, por ejemplo. Entre aquellos muros, sin embargo, en el reino de la sociedades ilustradas de Gran Bretaña y las de Europa, era un tema misterioso sobre el que se especulaba mucho y que concitaba mucho interés.

«Increíble», pensó Jason. Apenas unas horas antes estaba mortalmente aburrido en una fiesta al aire libre.

La onda expansiva de las palabras de la señorita Crane, C. W. Marks nada menos, se difundió por los grandes salones como un incendio, ganando ímpetu cuando Edwards cruzó la sala hacia la puerta del fondo y le susurró algo al criado apostado junto a ella, que la abrió y entró, dejando a Edwards esperando fuera y a Jason esperando con George Bambridge y la señorita Crane... o, según parecía, C. W. Marks.

—¿Lo es usted realmente? —no pudo evitar susurrarle. La miró a los ojos, pero antes de que ella pudiera responder, George se le adelantó.

—Claro que no.

Winn volvió la cabeza con tanto ímpetu que Jason estuvo a punto de recibir un golpe por segunda vez ese día, en esta ocasión del ala de un sombrero de paja de señora.

—¿Cómo lo sabes? —le espetó ella.

—Soy catedrático de historia del arte en Oxford y te digo que tú no eres C. W. Marks.

—Eres profesor adjunto, no catedrático. —Inspiró profundamente y declaró, con más aplomo esta vez, como si la repetición reforzara su voluntad—: Y yo soy la autora de los escritos de C. W. Marks.

—Señorita Crane. —Edwards había vuelto y de nuevo Jason tuvo que inclinarse hacia atrás para esquivar el golpe del sombrero de paja. El mayordomo pareció dudar antes de decir—: Por aquí, por favor.

Por lo visto Jason estaba incluido en la invitación y debía seguirlo. Se había metido en aquel asunto con ella simplemente para... ¿para qué? Para ver cómo conseguía la entrevista a pesar de su primo. Echó un vistazo de reojo a George, que también se sentía plenamente autorizado a participar. Su primo, en los diez minutos que hacía que lo conocía, se las había apañado para rehacerse. Parecía de los que rechazan a las mujeres pero las miman.

Evidentemente aquel hombre no tenía ninguna hermana, se dijo Jason con sarcasmo.

Fuera cual fuese la razón por la que Jason había hecho suya la causa de la señorita Crane, podría haber dejado que se las apañara por su cuenta a partir del momento en que Edwards la invitó a ver a lord Forrester, presidente de la Sociedad Histórica de Arte y Arquitectura. Pero la posibilidad de que fuera C. W. Marks... bueno, aquello lo cambiaba todo.

Dos años antes, cuando Jason presentaba su largamente pospuesto trabajo sobre arquitectura medieval que iba a valerle la admisión en aquella sociedad, C. W. Marks había publicado tres artículos... y puesto patas arriba el mundo académico.

El primero era un análisis detallado del pluralismo en la corte de Enrique VIII, en la que el intelecto parecía fomentar la brutalidad. Un trabajo que tuvo muy buena acogida, publicado en las últimas páginas del periódico académico trimestral de la Sociedad Histórica. El segundo era un trabajo sobre la moderna glorificación artística de las batallas (las pinturas de grandes buques disparándose cañonazos mutuamente en el mar, los trabajos épicos de soldados muriendo de manera romántica en el campo de batalla típicos de Benjamin West) y de cómo el arte se negaba a reflejar las verdaderas penurias de la guerra.

Aquélla había sido la guerra de papel que había desempolvado a los académicos y les había hecho prestar atención.

No era un simple análisis de las pinturas, sino de cómo encajaban en una perspectiva cultural más amplia: en todo lo previo y todo lo posterior a la culminación de ese movimiento artístico. A diferencia de lo que la prudencia aconsejaba en un artículo académico, además, era de lectura amena. Eso, más que ninguna otra cosa, había hecho que el nombre C. W. Marks estuviera en boca de todos. ¡Se suponía que los artículos académicos no tenían que ser interesantes! Tenían que ser crípticos, para que la gente verdaderamente culta que los leía se sintiera superior puesto que era capaz de desentrañarlos. Pero, para cuando se publicó el tercer artículo, éste sobre *La carrera de un libertino* de Hogarth, una serie de pinturas sobre las que se había escrito a menudo pero pocas veces de un modo tan entretenido y con tanta profundidad: todos en el mundo académico se preguntaban quién era aquel C. W. Marks y de dónde demonios había salido.

De aquel último artículo, sin embargo, hacía ya un año. Mientras que la identidad de C. W. Marks había seguido siendo un misterio, el fervor por desentrañarlo había pasado. Hasta ese día, por lo visto.

Cruzaron los salones, con todos los hombres de pie, atentos y completamente en silencio. Lo único que se oía eran los tacones de las botas de la señorita Crane en el suelo de madera pulida. Cuando llegaron a la puerta del despacho de lord Forrester, Jason pensó que seguramente a más de un espectador se le desprendería la cabeza del cuello de tanto como retorcía. La señorita Crane, cosa que la honraba, continuó con la vista al frente, sin mirar atrás como suponía Jason que tenía ganas de hacer. Sólo cuando los hubieron admitido en la habitación y la puerta se hubo cerrado, entonces y sólo entonces oyeron una cacofonía de voces de los hombres reunidos fuera.

Pero aquellas voces ya no importaban. La única voz que importaba era la del hombre empequeñecido por el escritorio pantagruélico que tenía frente a sí.

—¡Señorita Winnifred! —Lord Forrester, un hombre de contorno tan voluminoso y tan jovial que, de haberse dejado crecer la barba, habría podido pasar por Papá Noel, saltó de la silla y corrió a saludarlos—. Tiene que perdonar que la trate con tanta familiaridad. Su padre me escribía tan a menudo para contarme cómo le iba la vida que, aunque no nos hayamos conocido nunca, tengo la sensación de haberla visto crecer ante mis ojos. —Tomó su mano y luego, mirándola con tanto orgullo como podría haberlo hecho un tío muy querido, se puso un poco melancólico—. El fallecimiento de vuestro padre... ha dejado el mundo un poco más oscuro. No sólo la Sociedad Histórica, sino también Oxford... y, por supuesto, era uno de mis mejores amigos.

De golpe Jason cayó en la cuenta.

—¡Alexander Crane! —exclamó. Todos los reunidos lo miraron extrañados—. Me había olvidado por completo. Claro... Fue profesor mío en Oxford. Era tremendamente estricto.

—Decano de la facultad de historia del arte, miembro fundador de la Sociedad Histórica de Arte y Arquitectura, autor de más de una docena de tratados sobre la contribución británica a la cultura de la humanidad... pues claro que era tremendamente estricto —repuso jovialmente lord Forrester—. Y se hubiera congratulado de oíros decir eso, excelencia. A propósito, ¿cómo os habéis visto envuelto en este asunto? —Hizo un gesto vago con la mano cuando dijo «asunto», como si él mismo no supiera qué pensar de lo que sus criados le habían transmitido.

Jason no se lo reprochaba.

—Supongo que me he topado con ello, lord Forrester. —Jason sonrió. Forrester se encogió de hombros, dando aquella respuesta por válida, y se volvió hacia el tercer miembro de la reunión.

—Y, señor Bambridge, habéis dejado otra vez Oxford, veo.

—Sólo durante los cursos de verano —se apresuró a explicar George—. Mi prima deseaba venir a Londres y yo no puedo dejarla aquí sin amigos.

Jason miró qué cara ponía la señorita Crane. Tenía una mirada asesina pero se reservó su opinión.

—Cuidado —reconvino a George lord Forrester—. Si os tomáis descansos sabáticos vuestros estudiantes olvidarán dónde está vuestra clase, y la facultad olvidará por qué sois vos quien enseña en ella.

Mientras George se ponía rojo como la grana, la señorita Crane aprovechó la oportunidad que su silencio le ofrecía para plantear lo suyo.

—Lord Forrester, sé que mi presencia aquí hoy os sorprende —empezó, con una voz más aplomada de lo que Jason había esperado.

—Como poco —entonó lord Forrester con seriedad—. Y lamento decir que tendréis que marcharos inmediatamente. Seguramente comprendéis que ésta es una docta institución de caballeros. Tratamos cuestiones históricas serias.

—No hay ninguna norma... —empezó a decir ella, pero lord Forrester la interrumpió con un aleteo de su mano.

—Hay normas implícitas, cosas que se sobreentienden —dijo—. No deseo disgustaros, pero tampoco deseo afrontar un motín de los miembros de la sociedad.

—Señor —dijo la señorita Crane, con la voz todavía más firme por la convicción—. He venido aquí hoy por invitación expresa vuestra —y, dicho esto, sacó una hoja de papel (que afortunadamente no era la mojada) de la carpeta, y la se la puso delante a lord Forrester—. Ésta es la carta que escribisteis a mi padre, hace poco más de un año. Llegó más o menos un mes antes de su... fallecimiento.

Lord Forrester leyó detenidamente el documento. Resoplaba a medida que lo hacía y, de vez en cuando, esbozaba una sonrisa.

—¿Y bien? —le urgió George. La curiosidad le podía—. ¿Qué dice?

—Le cuento cosas de mi familia, lo que hacen... cómo progresa la sociedad y, por supuesto, lo ávido que se ha vuelto el mercado del arte y de antigüedades durante el año último —dijo lord Forrester, arrastrando las palabras—. Pero supongo que os

45

gustará oír el trozo pertinente, Bambridge. Sí, aquí está. Escribí: «La sociedad y yo estamos de lo más impresionados por vuestro joven protegido, C. W. Marks. Por favor, seguid mandándonos sus artículos; son de lo más convincentes. Mejor todavía, mandadnos al señor Marks en persona en cuanto a él le convenga. La sociedad estará encantada de recibirlo y yo me alegraré de ver a mi viejo amigo.»

Lord Forrester dejó la carta, con una sonrisa en los labios aunque hubiera tristeza en su mirada.

—Mi padre estaba demasiado enfermo para viajar —dijo la señorita Crane en voz baja—. Pero planeaba viajar cuando se recuperara. Lo que, por desgracia... —Se aclaró la garganta y volvió a empezar. Buscó en la carpeta y sacó de ella tres fajos apretados de papeles—. Aquí están los primeros borradores de los artículos que firmé como C. W. Marks. Escritos de mi puño y letra, con todas mis correcciones y tachaduras.

—Tenéis que perdonarme, señorita Winnifred —dijo lord Forrester, y él también se aclaró la garganta—. Nunca se me ocurrió preguntarme por qué Alexander no me había mandado al señor Marks. —Miró brevemente a George—. Porque, veréis... Creía que ya lo había hecho.

Winnifred siguió su mirada y se puso pálida. George, por su parte, estaba tan colorado como la señorita Crane blanca.

—Yo nunca... Quiero decir... Yo nunca dije que fuera C. W. Marks —dijo George con voz ahogada.

—Os pregunté en una ocasión, la primera vez que vinisteis a verme para solicitar vuestra admisión —dijo lord Forrester—, por qué erais tan atrevido como para publicar usando un seudónimo.

—Sí, y yo os dije que no tenía ni idea de qué me estabais hablando —explicó George, aturullado.

—Claro que lo hiciste —respondió acalorada la señorita Crane—. Con un guiño y un gesto de cabeza... ¡y de repente todo el mundo quería patrocinar tu admisión en la sociedad! Me dan ganas... Me dan ganas de... —Frustrada, incapaz de terminar la frase, avanzó tres pasos hacia George, con la mano libre cerrada en un puño y la clara intención de golpearlo.

En aquel momento, Jason decidió que debía intervenir.

Se adelantó de inmediato y apartó a la señorita Crane de su primo. Poniéndole con demasiada familiaridad y de forma bastante posesiva la mano en la nuca, se inclinó y le susurró al oído:

—Ya casi os creía. Ahora no lo desaprovechéis.

Ella reaccionó. Centró su mirada avellana, a pesar de la rabia, recuperando la compostura. Luego asintió rápidamente y Jason apartó la mano.

Por desgracia, el segundo que tardó Winnifred Crane en calmarse fue todo lo que necesitó George Brambridge para inclinar la balanza. El hombretón se enderezó, se aclaró la garganta y sonrió obsequioso a lord Forrester.

—Nunca afirmé ser C. W. Marks, milord —dijo con mucha labia a su inquisidor—, porque sé la verdad.

—¿La sabéis? —preguntaron al unísono lord Forrester y la señorita Crane.

—Sí. La verdad es que C. W. Marks no es otro que el propio Alexander Crane.

Se hizo un silencio tan profundo en la habitación que habría podido oírse caer un alfiler en el vestíbulo

«Esto es demasiado para que lord Forrester la crea a ella», pensó Jason con ironía.

—¿Qué demo...? —empezó a decir la señorita Crane, pero se le atragantó la voz y no pudo terminar.

—Temo que mi prima siente la necesidad de hacerse un nombre ahora que ya no está bajo la protección de su padre. He intentado ocuparme yo de ella... y, de haber sabido lo que planeaba hacer hoy, hubiera puesto freno a esto inmediatamente. —Su voz era suave y melódica. Fuera lo que fuese George Bambridge, era un orador persuasivo—. Pero sé desde hace mucho que mi tío Crane fue quien escribió los artículos de C. W. Marks.

—Pero... ¡pero si no lo hizo! —gritó la señorita Crane—. Lord Forrester, mis primeros borradores...

—Winnifred, ¿no es cierto que en sus últimos años a tu padre le temblaban las manos a causa de la enfermedad y que tú te convertiste en su taquígrafa y escribías sus artículos para los periódicos, anotabas sus ideas y escribías sus cartas?

—Sí, pero...

—Estos primeros borradores no son otra cosa que eso. Siempre fuiste una ayudante muy intrépida de tu padre, pero ¿quién puede poner en duda que Alexander Crane tenía la mente que hacía falta para los trabajos de C. W. Marks?

—Y, puesto que soy hija suya, ¿no es posible que tenga una capacidad similar de pensamiento profundo? —le contestó la señorita Crane, con sarcasmo e impaciencia.

—Entonces ¿por qué no ha habido ningún nuevo artículo de C. W. Marks desde la muerte de tu padre? —respondió a su vez George, para ultraje de la señorita Crane.

—Tú... ¿Tú me habrías dejado intentar escribir y publicar un artículo mientras guardaba luto por mi padre y tenía que marcharme del único hogar que había conocido? —chilló ella, y clavó los ojos en lord Forrester—. Lord Forrester, debéis entender... con la muerte de mi padre carecía de fondos para seguir alquilando nuestra casa y el año pasado tuve que pasármelo sin estudiar, en... —Mientras se explicaba, sin embargo, seguramente se dio cuenta de lo que Jason veía: que su desesperación la perjudicaba todavía más, y que la duda iba haciendo mella en la expresión de Forrester. Le hacía falta un cambio de táctica—. Además... ¿por qué iba a publicar mi padre usando un pseudónimo? —preguntó sagazmente, abriendo una fisura en el argumento de George—. Había publicado mucho como Alexander Crane, no le hacía falta...

—Se la hacía para publicar artículos contrarios a varios de sus otros trabajos. Y la mitad de los trabajos de C. W. Marks lo son.

—Mi padre y yo siempre estuvimos en desacuerdo con la intención satírica de *La carrera de un libertino*. —La señorita Crane se enderezó—. Y en cuanto a la época Tudor, soy la única que tuvo largas conversaciones con él durante las sobremesas acerca de la influencia de Tomás Moro en la tipografía. Señor —dijo, volviéndose hacia lord Forrester, suplicante—. Si mi padre os escribió a medida que yo iba creciendo, como habéis dicho que hizo, entonces tuvo que describirme como su mejor alumna.

—Lo hizo. —Lord Forrester arqueó las cejas—. En más de una ocasión.

—Y lo era. Me he beneficiado de una educación de Oxford no sólo cuatro años sino casi treinta. Aprendí no sólo en el regazo de mi padre sino a la mesa de los educadores mejores y más brillantes del país. Y, os lo prometo, yo soy la autora de los artículos de C. W. Marks. Simplemente, deseo el reconocimiento que merezco por ello.

—Reconocimiento que no puedes tener, puesto que no tienes prueba alguna —conjeturó George—, y la única persona que hubiera podido proporcionártela lleva un año muerta. Dios la tenga en su gloria.

—¡Tengo una prueba! —gritó la señorita Crane y, luego, mirando durante un buen rato el documento abandonado mojado que tenía en la mano, susurró—: O la tenía.

—¿Qué es eso? —preguntó por fin lord Forrester—. ¿Puedo verlo?

Ella dejó la página delante de él. Tan empapada estaba que los bordes pesaban mucho y quedó plana, pegada a la mesa.

—Era una carta de mi padre. La escribió cuando se dio cuenta de que no podría venir a Londres para presentarme como C. W. Marks.

—¡Qué conveniente! —dijo despectivamente George. Un comentario que hizo que todos, incluido lord Forrester, lo miraran fríamente.

—¿Qué le ha pasado a la carta? —preguntó lord Forrester, levantando el borde de la hoja, completamente ilegible, con el extremo de una pluma y sacando las gafas para inspeccionarla más de cerca.

—Se ha caído en la fuente de la plaza —apenas susurró la señorita Crane.

—Eso puedo corroborarlo —intervino Jason—. La he pescado yo.

—Y habéis sido la causa de que se cayera dentro, para empezar —dijo la señorita Crane entre dientes.

Jason no pudo evitar sobresaltarse.

—Os ruego que me perdonéis, pero estoy de vuestra parte —le susurró. La señorita Crane tuvo la cortesía de ruborizarse y apartar la mirada.

—Lo lamento, querida. —Lord Forrester suspiró, levantando los ojos de la página—. Pero es completamente ilegible.

Si George Bambridge no hubiera soltado un suspiro tan audible de alivio, Jason estaba seguro de que habría podido oír los latidos del corazón de la señorita Crane. Qué estoica era, se dijo, viendo su semblante. Miraba directamente a lord Forrester, sin desviar los ojos, con el rostro más pálido con cada tictac del reloj. Era como si de repente hubiese caído en la cuenta de que nunca vería realizados sus sueños.

Era como si acabara de comprender que estaba allí encallada y que no había salida. Sólo lo inevitable.

Jason conocía aquel sentimiento demasiado bien.

Se quedaron allí un momento. La señorita Crane no se movía. ¿Se habría desmayado... estando de pie? Jason empezó a preocuparse hasta que se dio cuenta de que ya no dirigía su mirada a lord Forrester. Estaba mirando la pared situada a la espalda de éste.

Como la mayoría de las paredes de los salones de la Sociedad Histórica, el espacio que lord Forrester tenía detrás estaba abarrotado de pinturas de todas las épocas históricas concebibles. Jason intentó determinar a cuál estaba prestando tanta atención, pero no pudo descifrar su mirada. ¿Al Poole? ¿Al Durero? ¿A los bocetos de Rembrandt?

—Siento muchísimo haberos arruinado la tarde, milord —dijo George Bambridge, poniendo una mano controladora sobre el brazo de su prima—. Esto es un asunto complicado. Procuraremos no interrumpiros más. —Arrastró a la señorita Crane amable pero firmemente hacia la puerta y la abrió... y a punto estuvo de conseguir que el conde de Salisbury entrara trastabillando en la habitación. A nadie sorprendió que el público que habían dejado en los salones se hubiera reunido ante la puerta de lord Forrester con la esperanza de oír algo de lo que se decía dentro del despacho.

Se dijera lo que se dijese acerca del estoicismo británico, pensó Jason con sarcasmo, no conocía a un solo inglés que dudara en fisgar las conversaciones de otros. Y, ahora que podían ver la escena, tampoco apartaban los ojos de ella.

Mientras tanto, Winnifred seguía con los suyos fijos en la pared de detrás del enorme escritorio de lord Forrester. Incapaz de marcharse solo con dignidad, George miró a Jason mientras tiraba de la muchacha.

—Sé que tenéis cierta influencia en estas cosas, excelencia, y espero que esta confusión no influya en vuestra decisión respecto a mi solicitud de ingreso —dijo implorante.

—¡Lord Forrester! —dijo la señorita Crane, oponiéndose a los tirones de su primo y sin moverse de donde estaba—. Quisiera... Quisiera hacerle una propuesta.

—Winnifred, por favor —gimió George—. Debemos irnos.

—Si no puedo probaros que soy C. W. Marks —prosiguió ella, ignorando a su primo—, ¿puedo por lo menos intentar probar que tengo la formación, el talento, la creatividad... la imaginación necesarios para ser C. W. Marks? ¿Se tomaría en serio entonces mi demanda?

Lord Forrester la miró suspicaz un instante y luego echó un breve vistazo a los caballeros trajeados de negro que ella tenía a su espalda, observando como una bandada de buitres, esperando darse un festín con los restos de la carrera de la señorita Crane.

—Supongo que si eso quedara demostrado más allá de toda duda, tendría que hacerlo —dijo por fin, lo que suscitó risitas nerviosas de los escandalizados e indignados caballeros allí reunidos—. Pero la duda es difícil de superar. Y no estoy del todo seguro de que pueda ser eliminada por completo.

Ella asintió, tragó saliva y se permitió mirarse nerviosamente las manos. Pero cuando levantó los ojos otra vez volvía a arder en ellos el fuego de la determinación.

—Esa pintura que tenéis detrás —señaló—. La de Adán y Eva.

—¿El Durero? —repuso lord Forrester, mirando la obra hacia la que apuntaba su dedo—. Una representación particularmente espléndida del Renacimiento alemán.

—Sí que lo es —convino ella—. Pero ¿y si os dijera que no la pintó Alberto Durero?

Una conmoción recorrió la asamblea. Los monóculos cayeron. Incluso se oyó exclamar a alguien, por encima de los gritos y las protestas: «¡Como yo digo!»

Mientras, Winnifred Crane se limitó a inspirar profundamente.

—¿Y si pudiera probarlo?

4

En el que nuestro protagonista aparece de manera tan sólo anecdótica

—Verdaderamente, Winnifred, esto es el colmo, ¡incluso para ti!

George cruzó el pequeño vestíbulo como un gigante echando fuego por las orejas, ventilando su rabia. Las figuritas de cristal y las bagatelas de porcelana tintinearon sobre las superficies que las sostenían. Winn cruzó la puerta detrás de George, en silencio, y la cerró tranquilamente. Ahora que la reunión con lord Forrester había terminado (el momento para el que se había estado preparando, por el que había trabajado y que llevaba construyendo mentalmente desde hacía más de un año), Winnifred sentía una tranquila calma. Que George despotricara tanto como quisiera. Que discutiera y la coaccionara... ella había hecho lo que pretendía y ya...

Ya se había puesto en marcha: había dado el primer paso en el camino de la vida que deseaba. Ya no tenía más que dar los siguientes.

—¿Un cuadro? ¡Un maldito cuadro! ¿Cómo decides poner en peligro todo nuestro futuro por eso? —George se volvió hacia ella, pasándose las manos por el oscuro cabello—. Y es un Durero, por mucho que te empeñes en lo contrario.

Aquel cuadro la había fascinado desde el instante en que había entrado en el despacho de lord Forrester. Sabía que su padre lo había legado a la sociedad, por supuesto, pero que estuviera en la pared de lord Forrester... Al principio le había hecho gracia.

Era como si su padre estuviera velando por ella incluso entonces. Pero luego, cuando todo había empezado a desmoronarse a su alrededor y sus esperanzas de ser reconocida como C. W. Marks se desvanecían, se había dado cuenta rápidamente de que era su única, su última oportunidad de tener éxito.

—Lord Forrester —había dicho, cuando los murmullos y los gritos en los salones de la Sociedad Histórica habían remitido después de su última propuesta—. Como seguro que sabéis, mi padre se pasó los últimos años de su vida intentando compilar una exhaustiva biografía, una tesis y una lista de las obras de Alberto Durero.

—Por supuesto, me escribió a menudo hablándome de ello.

—A lo largo de muchos años adquirió numerosas obras para Oxford y unas cuartas para su colección privada... incluida ésta. —Señaló el cuadro sin título al que siempre se había referido simplemente como «el Adán y Eva».

Era un cuadro elegante que Winnifred había admirado durante años, una tela de pequeño tamaño, de no más de cuarenta y cinco centímetros de altura por sesenta de anchura. Adán, a la izquierda, dominaba la pintura. Eva, con aspecto joven e inocente, estaba a la derecha. Se cubrían las vergüenzas con hojas de higuera y el árbol de la ciencia del bien y del mal estaba entre ambos, iluminado desde detrás, llamándolos como la sirena que era. La manzana, reluciente y realista, estaba en la mano de Eva. Pero mientras que en la mayoría de representaciones de aquel momento, el más importante de la historia de la humanidad, la serpiente pendía del árbol, susurrando al oído de Eva, en aquella versión la serpiente rodeaba el tobillo de Adán para asegurarse su caída.

—Sí, y esta sociedad le estará eternamente agradecida por habernos legado una pieza tan importante en su testamento —repuso lord Forrester, arqueando las cejas.

Winnifred sonrió amablemente para que el caballero se sintiera un poco más cómodo: no planeaba recuperar el cuadro, y no quería que el presidente de la Sociedad Histórica ni ningún otro caballero que estuviera escuchándola pensaran tal cosa. Alberto Durero, el preeminente artista del Renacimiento alemán, era, por supuesto, uno de los pintores más famosos de la historia; incluso podía decirse que su fama estaba llegando al paroxismo. Una obra original suya valdría una considerable suma de dinero. Por el simple hecho de poner en duda su autoría ya estaba restando valor al Adán y Eva.

—Sí, estoy segura —dijo—. Ayudando a mi padre en su proyecto, mantuve correspondencia con varios entusiastas de Durero de toda Europa. —Miró duramente a George, que nada pudo hacer, estupefacto. Ni siquiera podía negar que ella hubiera estado trabajando en aquello ayudando a su padre—. Y empecé a creer que este cuadro en concreto, aunque es un hermoso ejemplo del Renacimiento alemán, no es obra de Durero.

—¡Eso es ridículo! —oyó protestar a George entre dientes. De hecho, no era la única con buen oído, porque lord Forrester cortó cualquier futuro exabrupto de George con una mirada.

—¿Cómo...? —Lord Forrester se aclaró la garganta—. ¿Cómo llegasteis a esa conclusión, querida?

Bueno, puesto que había tenido la audacia de plantearlo, ya no tenía sentido que se anduviera con evasivas. Aunque, puesto que George estaba escuchando con tanta atención, más le valía ser cuidadosa.

—Hay un caballero que se ha dedicado a archivar todos los documentos de Durero que han llegado a sus manos y que, cuando le mencioné este cuadro, me habló de varias cartas que había encontrado relacionadas con el mismo, escritas por alguien que parecía atribuirse el mérito de la obra. —Volvió a inspirar profundamente y prosiguió su discurso—: Debe admitir que hay algo que diferencia un tanto este cuadro de las otras obras de Durero; de hecho, incluso de sus otras representaciones de Adán y Eva. El efecto inacabado de las puntas de los dedos de las manos de Eva... como si ella fuera en sí misma la obra inacabada de Dios. Los óleos de Durero son detallistas; el efecto inacabado no era su estilo. El modo en que Adán se vuelve en la tela... apenas vemos un tercio de su cara. Durero, el retratista más influyente de su generación... ¿no nos enseña una cara? Y está el movimiento de... de las hojas.

Winn no pudo evitar ruborizarse. Una cosa de aquel cuadro

que siempre la había cautivado en la adolescencia, cuando los chicos eran más que nunca un misterio, era que daba la impresión de que, si soplaba una brisa indiscreta, se llevaría volando las hojas de parra pintadas.

Varios de los caballeros presentes, incluido lord Forrester, miraban atentamente el pequeño lienzo, examinándolo, dudando.

—Para ser completamente honesta, mi padre tardó semanas, meses, en incluir esta obra en su compendio —añadió Winn esperanzada, y luego se maldijo por ello. Porque George aprovechó su pausa para tomar aire y meter baza.

—Incluso aunque tu padre cuestionara la autoría de la obra, obviamente llegó a una conclusión sobre ella, porque nunca me habló del cuadro como otra cosa que como un Durero —arguyó.

Winn apretó los labios en un rictus amargo mientras los hombres que habían entrado en la habitación murmuraban su acuerdo con George. Incluso uno o dos le dijeron que «así se habla» y lo animaron con vacuidades masculinas de similar corte.

Incluso muerto, su padre, en opinión de los miembros de la sociedad, era quien tenía la última palabra en todo lo concerniente a historia del arte. Y allí estaba ella, ¡reconociendo que discrepaba!

—Da lo mismo —afirmó, acallando la cascada de voces—. Me aferro a la creencia de que esas cartas y documentos probarán que este cuadro no es de Durero.

—¿Puedo ver esas cartas? —preguntó frunciendo el ceño lord Forrester, apartando por fin los ojos del Adán y Eva.

—No... no las tengo —tuvo que admitir Winn.

—Por supuesto que no —replicó George—. Lord Forrester, no podéis considerar seriamente la idea de que el cuadro sea falso... De todas las personas que hay en el mundo, ¿ella es la única que lo ha descubierto?

—No creo que sea falso... Creo que está mal catalogado. Y no soy la única —contestó Winn, mirando a George—. Las cartas existen. Pero están en Basilea, Suiza, donde Durero vivía y estudiaba en la época de esta pintura. —Inspiró profundamente una vez más—. Tendré que recuperarlas.

Aquello levantó una oleada de comentarios que recorrió la habitación y llegó hasta el vestíbulo. Una mujer (por supuesto talludita) ocupándose de aquella misión, de un viaje como aquél, simplemente para probar una teoría... Bueno, ¡aquello era ridículo! ¡Absurdo!

—¿Excelencia? —Lord Forrester miró a Jason Cummings, repantigado en el alféizar—. ¿Qué opináis vos del asunto?

Todos los ojos se volvieron hacia el joven duque. Deseosa de plantear su propuesta, Winn había olvidado que estaba ahí. Aunque parecía despreocupado, natural, estaba segura de que había estado atento todo el tiempo.

—Bueno —dijo, arrastrando las palabras y frotándose la barbilla perezosamente—. O está completamente en lo cierto o ésta es la pelea de enamorados más complicada de la que he sido testigo jamás.

Los presentes en la habitación y fuera de ella estallaron en carcajadas. Winn notó que se ruborizaba intensamente. ¡Una pelea de enamorados, en efecto! Durante el último año había estado evitando a su primo todo lo posible. Pero no pudo evitar mirar de reojo a George: se había puesto colorado también pero, a pesar de ello, se le notaba aliviado.

—Sin embargo, no pide a la Sociedad Histórica que financie sus viajes ni su investigación —continuó el joven duque, que, para irritación de Winn, hablaba de ella como si no estuviera presente en la habitación—. Ni siquiera pide su admisión en esta institución. De hecho, lo único que pide es el merecido reconocimiento si tiene éxito. Y si falla... —La taladró con la mirada, sus ojos oscuros en diabólico contraste con su cabello intensamente rojo, tanto que, con la iluminación adecuada (y, por supuesto, si uno no lo conocía personalmente), lord Jason Cummigs habría podido pasar por el mismísimo Lucifer—. Si falla, a mí ni me va ni me viene. —Miró a lord Forrester—. Ni a ustedes. No veo razón para no considerar la propuesta.

Ésas habían sido las palabras que le habían valido a la señorita Winnifred Crane su trato con lord Forrester y que la habían llevado hasta donde estaba en aquel momento, en casa de Totty, donde George le echaba un sermón sin posibilidad alguna de hacer mella en su alegría.

Alegría. Excitación. Bullía de felicidad, tanto que tenía ganas de echarse a reír como una adolescente mientras se deshacía el nudo de la capa y se la tendía al mayordomo.

—Gracias, Leighton —murmuró, sonriéndole triunfal aun sin querer, de modo que el imperturbable hombre parpadeó dos veces y se puso colorado.

—Winn, querida, has conseguido ruborizar a Leighton —dijo Arabella Arbuthnot Tottendale, conocida cariñosamente como Totty, que bajaba las escaleras—. Y a George. ¿Debo suponer que tu incursión ha tenido éxito?

—No ha ido bien, Totty —dijo George intentando sacar sus hombros descomunales del abrigo—. No vas a creer el lío que ha armado Winnifred a propósito de... —Pero Totty lo interrumpió con un gesto dramático de su brazo.

—Diría que ésta no es una conversación que debamos mantener en el vestíbulo... donde desafortunadamente no hay jerez.

Winn pilló a Leighton poniendo los ojos en blanco, y los rumores de la servidumbre acerca de que Totty tenía un ojo oculto debajo de la mantilla debían tener algo de cierto, porque, aunque le estaba dando la espalda al mayordomo, dijo:

—Leighton, ¿tienes problemas de vista?

Él, por su parte, había recuperado su impasibilidad.

—No, señora —respondió con prontitud.

—Me alegro de oírlo. No me gustaría nada que tuvieras que ponerte gafas. Un lujo espantoso para un mayordomo. Ah, y ten a mano el abrigo del señor Bambridge; tendrá que irse enseguida si quiere vestirse para acompañarnos al teatro esta noche.

Dicho esto, Totty entró en la acogedora salita, se sirvió un generoso vaso de jerez y se instaló junto al fuego. Winnifred y George se vieron obligados a seguirla.

—Sigo sin entender por qué tengo que hacer el gasto de alojarme en un hotel —refunfuñó George—. Aquí hay suficiente espacio para mí, y tú misma me has dicho repetidas veces que hacías extensiva tu amistad de la infancia con las madres de ambos a sus descendientes.

Winn miró a Totty y se encogió de hombros. Pero la anciana dama le respondió con un guiño. Siendo niña, antes de ser una Tottendale, Totty había crecido en un sensato y aburrido pueblo del sur donde, por fortuna, podía encontrar lo único que desafiaba la sensatez y el aburrimiento en la puerta de al lado: a Clara y a Margaret, dos primas que se habían criado prácticamente como hermanas. Totty había ido de correrías con ellas hasta que las correrías se habían terminado y las tres se habían convertido en unas señoritas. Una dura pérdida que su amistad soportó. Tras casarse y tener hijos, siguieron intercambiando regalos y cartas, visitándose y pasando períodos de vacaciones juntas. Y cada vez que sobrevino la desgracia, cuando Totty perdió a su hijo y a su marido o cuando Winn perdió a Clara, su madre, la compartieron y, por consiguiente, contribuyeron a paliarla. Así que, cuando Winn por fin hizo acopio de valor para dejar Oxford e ir a Londres a probar suerte, Totty se ofreció inmediatamente a ser su carabina, su guía y su amiga. Y la joven no podía estarle más agradecida. Sobre todo en lo referente a George.

—Porque me has dicho en repetidas ocasiones que tienes otras intenciones con Winn aparte de ejercer de primo. —Lanzó una mirada suave pero inquisitiva a Winn, la misma que siempre que el tema de la relación de la joven con George salía a colación. Winn la eludió, tal como había hecho siempre—. Y, aunque, en general, me traen bastante sin cuidado las apariencias —prosiguió Totty—, vuestras madres se levantarían de la tumba y me matarían si creyeran que se había visto mancillada de algún modo vuestra reputación. Por tanto, y puesto que dudo que haya jerez en el infierno, que es donde, con franqueza, voy a ir, me mantendré cómoda en este mundo lo más posible. Además —miró a George con simpatía—, éste es un hogar «de señoras». Te darías un coscorrón contra el marco de las puertas todos los días.

Era cierto, incluso George se veía obligado a admitirlo. La casita de Bloomsbury Street era de lo más cómoda y estaba decorada con estilo y elegancia... para una dama soltera. Precisamente por ese motivo la había adquirido Totty dos años antes. Le había contado entonces a Winn en una carta que era porque, mientras vivía con Phillippa Worth, había descubierto que «cuanto más grande la casa, menos posibilidades de evitar las compañías desagradables». «Al ritmo que Phillippa se implica en actos de caridad —le había escrito—, es sólo cuestión de tiempo que un grupo de costura o alguna cosa odiosa parecida se apodere de un ala para siempre.» Así que ahora Totty tenía su casita, con su jardincito y sus escaleritas, y puertas demasiado pequeñas para la envergadura descomunal de George. Ya podía sentarse junto al fuego e ignorar las invitaciones a tés de caridad o al teatro si le apetecía quedarse en casa.

—Totty —le preguntó de pronto Winn—. ¿Qué te ha impulsado a ir al teatro esta noche? Creía que detestabas los aburridos cisnes enfermos de amor desahogándose entre los arbustos.

—Sí, y no tolero mucho más las obras teatrales. —Totty sonrió para sí—. Pero, para responderte brevemente, te diré que has sido tú, querida. He recibido una nota apenas cinco minutos antes de que volvieras... de Phillippa Worth. Decía que teníamos que acudir a su palco esta noche sin falta... Quería ser la primera anfitriona de esa tal Winnifred Crane.

Winnifred palideció y a George se le amorató la cara. Totty ronroneó:

—Como decía, ¿debo suponer que tu incursión ha sido un éxito?

—No ha... No ha ido exactamente como planeaba —dijo Winn con cautela.

—Tú lo has sabido desde el principio, ¿verdad? —George acusó a Totty—. Sabías que irrumpiría en la Sociedad Histórica y destruiría su buen nombre con esta farsa...

—Vamos, vamos, George —lo tranquilizó Totty dándole palmaditas en el dorso de la mano de la manera más cortés pero más desdeñosa posible—. Sólo sabía que Winn tenía una cita esta tarde, una a la que se suponía que tú no debías acompañarla... Sin embargo, te las has ingeniado de algún modo para deshacerte de mí justo cuando acabábamos de sentarnos a tomar un almuerzo que Leighton había tardado lo suyo en preparar y la has seguido. Pero me muero de curiosidad por saber lo que ha pasado.

Así que Winn le contó toda la historia: la autoría de los artículos de C. W. Marks; la carta de presentación de su padre sumergida en la fuente; el duque que, de entre todos, había abogado por ella de manera serena pero efectiva; que había visto el Adán y Eva en la pared, y que había tenido la osadía de proponerle a lord Forrester una... especie de apuesta.

—Pero en realidad no es una apuesta, porque él no pierde nada si gano y yo no pierdo nada si no lo hago, pero parece que tengo que organizar inmediatamente un viaje al continente —dijo para terminar. Y luego, apabullada por la gravedad del asunto, añadió—: Totty... ¿te parece que puedo tomarme un vaso de jerez yo también?

—¡Que me condenen si lo haces! —refunfuñó George, como un oso herido, desde su rincón.

—Vamos, vamos —lo reprendió Totty—. Esta muchacha tiene treinta años. Estoy segura que puede con un vasito de jerez —dijo, escanciando un generoso «vasito» para Winn.

—¡No me refiero a eso! —ladró George—. ¡Que me condenen si piensas viajar por todo el continente!

—No puedes impedírmelo, George. Como ha dicho Totty, ya soy madurita. No necesito un tutor.

—¡Nunca he conocido a nadie que lo necesite más! —gritó él, casi riendo—. Hasta la semana pasada, no habías salido de Oxford... y apenas lo habías hecho de las bibliotecas. Ha sido ridículamente fácil seguirte hasta Somerset House, simplemente porque no tenías ni idea de cómo llegar. ¿Te crees capaz de viajar por tu cuenta a Basilea, a Suiza?

—Tal vez lo sea o tal vez no. —Achicó los ojos—. Pero tengo que intentarlo.

—¿Y cómo pretendes pagarte ese viaje, Winnifred? —le preguntó George—. Totty no te lo pagará.

—No puedo... soy una mujer con un presupuesto reducido. —Totty levantó el vaso de jerez en un brindis a George.

—Y tú no dispones de fondos —prosiguió él, acercándose e inclinándose hacia ella. Dada su aventajada estatura y a que Winn estaba sentada, George era una amenaza de primera categoría.

Pero Winn se limitó a alzar la barbilla y mirarlo a los ojos fría y fijamente.

—¿Y quién tiene la culpa de eso? —lo acusó.

George contuvo la respiración y, luego, suspiró largamente, sin dejar de sostenerle la mirada.

—¡Cielos! Si vais a hablar otra vez de dinero, me voy a regañar a Leighton por aguar el jerez —suplicó Totty, levantándose y abandonando la habitación. Dejó a Winn y a George con las dagas desenvainadas.

—Es únicamente por... —empezó a decir Winn, rompiendo el silencio.

—Si tu padre...

—Es únicamente por tu culpa si no dispongo ya de mi herencia —terminó.

—No, no es así. Si tu padre hubiese querido que tuvieras los cuadros —arguyó George, prácticamente al dedillo—, lo habría especificado en su testamento. Habría aportado el dinero invertido en comprarlos.

Habían tenido aquella misma discusión tantas veces que Winnifred podía predecir casi al detalle lo que vendría a continuación. Ella argumentaría que la colección privada de cuadros de su padre era el producto de una vida de dedicación y de la gran mayoría de su sueldo y del dinero que había ganado. Había especificado en su testamento que sus bienes eran para su hija... y esos bienes consistían en aquellos cuadros, unas cuantas baratijas y poco más. No era una colección extensa y la mayor parte de las obras eran de pintores de segunda fila, pero formaban parte de ella un Clara Peeters, un Frans Hals, un Jean Fouquet y varias obras más de artistas de la Hegemonía holandesa del siglo XVII y del Renacimiento nórdico. Valían el suficiente dinero para que Winnifred viviera cómodamente el resto de sus días si los vendía... aunque eso no se lo había mencionado a George.

Su primo diría luego que su padre había adquirido aquellos cuadros con el pretexto de añadirlos a las impresionantes colecciones de la universidad y que, por tanto, pertenecían a la facultad.

Winn contraatacaría diciendo que, si tal era el caso, ¿por qué

62

nadie había armado entonces un escándalo por las obras de su colección que había dejado en testamento a entidades que no pertenecían a la facultad (como el Adán y Eva de la Sociedad Histórica)?

George alzaría las manos y diría que Winnifred no sabía nada de política académica.

Winnifred respondería entonces que entendía lo suficiente de política académica para saber que George no estaba haciendo otra cosa que apoyar las pretensiones de la facultad (y de hecho, instigándolas) para favorecer su ambición de ocupar la vacante de su padre y ser nombrado catedrático... pasando por encima de otros candidatos más conocidos y con más publicaciones en su haber. Si conseguía añadir la colección privada de Alexander Crane a la de la facultad, dejando a Winnifred sin un céntimo, se aseguraría el nombramiento.

Luego George argüiría que su padre nunca había tenido intención de que nadie se ocupara de ella.

—Además, tu padre sabía que alguien debía ocuparse de ti —dijo George con sinceridad.

Por lo visto aquella vez habían pasado directamente al final de la discusión. Winn tuvo que admitir que aquello había sido inteligente por parte de George.

—Yo —prosiguió su primo—. Tu marido.

Y ahí estaba por fin la raíz del problema. Los catedráticos de Oxford, aparte del prestigio de serlo, tenían otros privilegios de los que carecían los profesores. Uno de ellos era la posibilidad de casarse. Por tanto, George necesitaba llegar a catedrático para contraer matrimonio, y sólo podía llegar a catedrático si negociaba con la herencia de Winn. Y Winn se sentía utilizada, como una moneda sobre la mesa de juego, pero más que eso, más que la idea de que alguien la ganara o jugara por ella, la idea de casarse con George... Dios, la idea del matrimonio en sí...

Cada vez que George sacaba aquel tema Winn sólo quería una cosa: escapar a un lugar donde pudiera respirar, donde sentirse libre.

—Estamos prometidos desde que cumpliste quince años —dijo George suavemente.

—Pero no formalmente —susurró ella, aunque dudaba que George la hubiera oído.

—Llevas la mitad de tu vida sabiendo que vamos a casarnos. Nuestras madres lo planearon. Pero ahora que tu padre... francamente, ya no necesita que te ocupes de él, vas y te planteas esa ridícula idea de viajar por Europa y ser una erudita y pospones lo nuestro. —Se sentó frente a ella, en la silla que Totty había dejado libre junto al fuego. Salvó el hueco que había entre ambos con el brazo y tomó la mano de Winn, la retuvo, la obligó a mirarlo—. Te he amado toda la vida, Winnifred. Por favor, sácate de la cabeza esa idea de una gran aventura y regresa a Oxford. Casémonos. No nos preocuparemos por los cuadros de tu padre nunca más, porque estarán ahí mismo; podrás verlos siempre que te apetezca. La vida volverá a ser como debe ser; volverá a la normalidad.

Winn miró a George a la cara. Era la misma cara que había adorado de niña, que con el tiempo se había vuelto angulosa y desaliñada. La impaciencia lo empujaba hacia ella. Habría podido consentir. Conocía la vida en Oxford; sería la perfecta esposa para un catedrático. La habían preparado para ello, podía decirse. Cedería. Casarse con George era lo que todos los que la rodeaban habían esperado que hiciera...

Pero ya no tenía a nadie.

Sólo quedaba ella.

—La normalidad para ti es que corrija los trabajos de tus alumnos y que prepare tus clases —dijo ella.

—Eso no es... —Intentó interrumpirla, pero ella continuó.

—He escrito tus conferencias, fijado la publicación de tus artículos... Dios, yo misma he escrito largos fragmentos de esos artículos... ¡Maldita sea! ¡No me extraña que lord Forrester te confundiera con C. W. Marks!

—No deberías jurar, Winnifred —la reprendió George. Pero Winn no le hizo el menor caso.

—Me quieres como ayudante, no como esposa —arguyó.

—¡Eso no es cierto! —protestó George. Habría hecho un burdo intento de besarla (le veía la intención en la cara) para demostrarle su pasión, si ella no se hubiera levantado inmediatamente y empezado a caminar por la alfombra.

—Y, de paso, ¿cómo es posible que sea lo bastante inteligente para redactar tus conferencias pero no lo suficiente para ser C. W. Marks? ¿Cómo has podido decirle algo así a lord Forrester? ¿Cómo has sido capaz?

—Winnifred, yo... no creía que tú fueras la autora...

—Sí que lo crees. Creas o no que pueda haber escrito esos artículos, sabes que nunca habría intentado arrogarme el mérito del trabajo de mi padre, como le has inducido a creer. Debería darte vergüenza.

Estaba avergonzado. George tenía el don de ponerse como un tomate, como el muchacho que ella recordaba que había sido.

—No lo comprendes... ¿Cómo puede un hombre tener una esposa más famosa en su campo que él? —se quejó débilmente George—. Es ridículo. No puedes ser C. W. Marks.

—Gracias a ti, ahora tendré que probarlo. —Sacudió la cabeza—. Ya apenas te reconozco. El año pasado... Tendría que haber podido confiar en ti tras la muerte de mi padre, pero sin embargo... ¿Qué ha sido de mi primo? ¿Qué ha sido de mi amigo?

George se envaró.

—Tu amigo se ha cansado de esperar a que crezcas. Ya no eres una niña. No puedes ir en busca de aventuras. Una vida nos espera... No es un plan nuevo.

Vuelta otra vez al principio. Era una pescadilla que se mordía la cola. Estaban demasiado atrincherados en sus opiniones para resolver aquello. En el pasado, ella había intentado desvincularse. Había intentado expresar sus inquietudes, pero, en lugar de aplacar sus temores, George se había limitado a desestimarlos.

Y ahora, si decía que no deseaba casarse con George nunca... bueno, no volvería a ver jamás los cuadros de su padre, seguro. Peor todavía, estaría diciendo adiós a las perspectivas que se abrían ante ella. Y George... Había sido su amigo. Era duro renunciar a eso.

Pero si se casaba con él, perdería para siempre aquel aire fresco que le permitía respirar: la emoción de descubrir cosas nuevas y ver el mundo no sólo en los libros.

Había llegado la hora de acabar con aquella discusión... definitivamente.

—Tienes razón —dijo, y George levantó la cabeza, sorprendido—. Ya no soy una niña. Me he pasado la juventud en una biblioteca. Así fue como adquirí los conocimientos que he usado para hacer una insensata apuesta con lord Forrester esta tarde. Así que, puesto que estoy de humor para hacer apuestas insensatas, te haré una.

Inspiró profundamente mientras George esperaba, completamente inmóvil, a que ella dijera lo que tenía que decir.

—Deja que vaya a Europa e intente descubrir al autor del Adán y Eva. Si consigo probar sin ningún género de duda que el cuadro no es obra de Durero, entonces dejarás de apoyar a la universidad en su pretensión de que los cuadros son suyos y me permitirás disponer de mi herencia. —«Y me dejarás ir», añadió para sí.

—¿Y si no lo consigues? —preguntó George, avanzando dos pasos y acortando la distancia entre ambos.

—Si no lo consigo... —Winn se controló—: ¿Qué quieres?

—Sabes lo que quiero, Winnifred.

Ella tragó saliva y asintió.

—Si no lo consigo... volveré a casa y me casaré contigo inmediatamente.

—¿Sin más dilaciones? —George enarcó las cejas.

—Si eso es lo que quieres —dijo Winn, con el corazón desbocado—. Así pues... ¿aceptas la apuesta?

Cuando George cerró la puerta tras de sí unos minutos después, Winn no pudo evitar dejar escapar un profundo suspiro de alivio. A lo largo de los meses anteriores había empezado a ver a George cada vez menos como un primo y un amigo y más como un carcelero. Intentaba mantenerla dentro de su pulcra cajita. Pero tras haber hecho con él una apuesta tan arriesgada, veía una posibilidad de conseguir la libertad. Sólo tenía que ganársela.

—¿Y bien, querida? —le preguntó Totty desde las escaleras—. ¿Habéis llegado a alguna conclusión?

—A alguna —repuso ella y, luego, mirando fijamente la puerta, añadió—: Me gustaría entender por qué actúa así. ¿Por qué siente la necesidad de doblegarme de este modo?

Totty sacudió la cabeza.

—Nota que te escapas. Llevas siendo su futuro tanto tiempo como él el tuyo. A algunos hombres no les gusta que trastoquen sus planes. —Se acercó a Winn y la tomó del brazo—. Vamos, tenemos que vestirnos para ir al teatro.

—Tengo que hacer más que eso, Totty. Tengo que prepararme para viajar al continente.

George salió a Bloomsbury Street silbando. Estaba completamente convencido de que Winnifred fracasaría y él podría conseguir su cátedra. Además, por fin se casarían. Al cabo de dos o tres años, con ayuda de Winnifred, sería catedrático del departamento de historia del arte. Lo admitirían en la Sociedad Histórica y ocuparía su lugar entre hombres de entendimiento y cultos. Siendo Winn su esposa, podría pontificar acerca de sobredorados alemanes o arquitectura italiana o sobre lo que estuviera de moda dependiendo del momento. Tal vez incluso el Gobierno lo nombrara asesor histórico para algún chollo... desde luego esos cargos existían. Se convertiría en alguien importante, de buena posición, con dinero. La vida iría tal como él había previsto.

No tenía más que asegurarse de que Winnifred fracasara, se dijo George con una leve punzada de temor.

5

En el que nuestro protagonista hace una apuesta por su cuenta

A lo largo de las semanas siguientes, Jason pudo haber olvidado aquella tarde en la Sociedad Histórica con Winnifred Crane. Pudo haber seguido con su vida y con su búsqueda de esposa con tanta esperanza y emoción como hasta entonces. Sí, aquella tarde podría haberse diluido, haber quedado reducida a una simple anécdota, relegada al olvido hasta que alguien mencionara un cuadro de Adán y Eva o una joven parecida a un gorrión se la recordara.

La habría olvidado... de haber sido capaz.

—¡Acabo de enterarme! —gritó Jane en cuanto él entró por la puerta de Rayne House esa noche para la cena.

Ubicada en Grosvenor, Rayne House era una mansión lo convenientemente antigua y grande para sugerir a los vecinos la grandiosidad del apellido Rayne. También era convenientemente cavernosa para crear eco, así que, cuando Jane hizo su declaración, fue como si treinta mujeres la hicieran al mismo tiempo.

—Phillippa acaba de irse. Insiste, por lo visto, en ser la primera en entablar relación con Winnifred Crane. «Me da igual lo sabihonda que sea —ha dicho—. Si tiene los redaños de entrar en una de esas sociedades y solicitar su ingreso, tendrá las agallas de sentarse a mi lado en el teatro.» —Jane sonrió radiante—. Tú estabas en la Sociedad Histórica esta tarde, ¿verdad? ¿Cómo ha sido? ¿Qué ha pasado?

—No es una sabihonda* —repuso Jason ausente. Al menos él no creía que lo fuera. Puesto que no había tenido de hecho ningún contacto con damas doctas, en cierto modo suponía que podría distinguirlas por el color de las medias—. Es... franca.

Jane abrió todavía más los ojos si eso era posible.

—¿La has conocido? ¿De veras has conocido a Winnifred Crane? ¿Cómo es? No te imaginas la polvareda que ha levantado. Lo comentan en todas las sociedades y los salones de damas de la ciudad.

¿Si la había conocido? Jason estuvo a punto de soltar una carcajada.

—Sí, la he conocido. He hablado con ella. Ha sido una especie de... «chantajealpersonalparacolarse» —masculló, sorprendido de estar ruborizándose.

A Jane los ojos estuvieron a punto de salírsele de las órbitas.

—¿Tú tuviste algo que ver? —chilló—. Cuéntamelo todo. ¡Ahora mismo! Tengo que saber toda la historia antes de que Phillippa se entere... Bueno, quiero decir, antes de que otra persona se lo cuente...

Mientras Jane lo empujaba hacia la salita, lo obligaba a sentarse en una silla y escuchaba embelesada, Jason le contó cómo había pasado la tarde: desde el golpe sin contemplaciones de la mano errática de la señorita Crane hasta cómo ésta había irrumpido en los salones de la Sociedad Histórica, así como su pequeño papel en la farsa de conseguirle una audiencia con lord Forrester.

—Honestamente, he creído que tendríamos que cruzar el vestíbulo hasta la Royal y llamar a algunos de sus hombres con cabeza para la medicina, porque todos los que había en la habitación se han puesto pálidos cuando han visto a esa reina Elizabeth. —Jason suspiró, cogió el platito que le tendía un muy eficiente y silencioso criado y se metió el primero de muchos bocadillitos en la boca. Debido a los acontecimientos de la jornada se había saltado la comida y estaba hambriento.

* *Bluestocking*, juego de palabras intraducible. Equivale en español, además de a «sabihonda» a «medias azules». *(N. de la T.)*

—Pero Jason, no lo entiendo —Jane sacudió la cabeza y cogió en brazos al pequeño que le tendía una muy eficiente y silenciosa niñera. La pequeña Lissa, la última sobrina de Jason, hizo ruiditos y balbuceó satisfecha después de haber comido (de plácida saciedad, tal como había dado en llamarlo Jason). Observar a su hermana ejerciendo de madre era quizás el argumento más convincente para el matrimonio. Y observar a su sobrina regurgitar encima de ella era tal vez el argumento más convincente en contra de la procreación.

—¡Oh, Lissa! —refunfuñó Jane, tendiéndole la pequeña a Jason. Cogió un trapo de un criado y se limpió el vómito del hombro de su vestido verde oscuro—. ¡Es un Madame Le Trois nuevo!

—Sólo tú te lo pones para coger en brazos a un bebé de cinco meses —dijo Jason.

—Así que tengo que renunciar a ir a la moda porque he tenido hijos —le espetó Jane—. No, gracias. Y Byrne estará de acuerdo conmigo.

—¿Dónde está el hombre responsable de la creación de esta inquieta criaturita rolliza? —preguntó Jason, levantando a Lissa, que gorjeó alegremente y le agarró la nariz mientras él le hacía carantoñas.

—Ayudando a su hermano con algo del Departamento de Guerra —repuso Jane—. Y no intentes cambiar de tema. Respetas profundamente a tus colegas de la Sociedad Histórica. No comprendo por qué has decidido provocarles un síncope a esos ancianos ayudando a la señorita Crane.

—¿Por qué lo he hecho? —tartamudeó Jason—. Bueno... quiero decir... lógicamente...

¿Por qué lo había hecho? Una pregunta que se había estado haciendo todo el día. Honestamente, no tenía la respuesta. Cierto que ella lo había golpeado, pero él podría haber seguido su camino tras aceptar las disculpas de la joven. Desde luego había sido por simple educación que había recuperado el papel mojado de la fuente. Después podría haber puesto tierra de por medio. Pero iban los dos al mismo sitio, así que habría resultado raro que no la acompañara, ¿verdad?

70

Aunque no tenía por qué darle ánimos. Podría haber manifestado su acuerdo con aquel persistente George Bambridge y desanimado a Winnifred Crane. Nuevamente, sin embargo...

Ella tenía razón, en los estatutos no ponía nada específicamente sobre las mujeres. Y, por fuera de lugar que estuviera una mujer en la Sociedad Histórica, Jason sentía una absurda pasión por la lógica, sobre todo por la manera en que transformaba viejas normas autocráticas cuando se aplicaba. Podía fácilmente razonar y argüir que... ¡Oh, al diablo con ello! La verdad era...

La verdad era que lo había hecho porque era divertido, una travesura que no había causado daño alguno pero sí un gran revuelo. ¡Y llevaba tanto tiempo sin hacer travesuras!

Pero mientras Jason buscaba desorientado y a tientas una respuesta a la pregunta de Jane, meciendo a su sobrina en el regazo, su hermana terminó de limpiar el desastre y recuperó a la niña.

—¿Te ha impresionado? —le preguntó—. Por supuesto, yo sé poco de la señorita Crane, pero si Phillippa se sale con la suya, está a punto de convertirse en la debutante más famosa de este año.

—Es un poco demasiado mayor para ser debutante —repuso Jason. Y luego, con una mirada penetrante a su hermana, añadió—: Y no... no me ha impresionado. Al menos, no me ha causado la clase de impresión que tú sugieres.

—No, supongo que una joven que plantea un desafío al presidente de la Sociedad Histórica no habrá venido a Londres con la idea de casarse. —Jane suspiró—. A decir verdad, Jason, me da lo mismo por qué lo hayas hecho. Simplemente, estoy contenta de que lo hicieras. Imagina... ¡tú precisamente desempolvando a las vacas sagradas! —Se rio, y Lissa gorjeó—. Al menos todas esas jóvenes damas tendrán algo más que decirte aparte de hablar del tiempo o alabar tus ojos. ¡Oh, no, Lissa! —gritó Jane, con el otro hombro empapado de vómito—. ¿No podrías haberle hecho este regalito a tu tío?

Pero Jason no pudo más que sonreír a su sobrina con picardía. Luego, para no permitir que su hermana cambiara de tema, dijo:

71

—¿Alaban mis ojos?

Lo hacían, de hecho (y su pelo y, una vez, incluso sus dientes, como si fuera un caballo ganador).

A lo largo de las siguientes semanas, sin embargo, también hablaron largo y tendido de la escandalosa señorita Crane y su desafío. No sólo las jóvenes damiselas y sus madres comentaban su comportamiento (un sorprendente número de madres temía la influencia de la señorita Crane sobre sus hijas), sino que los padres, los hermanos y los caballeros distinguidos debatían también acerca del mismo y le preguntaban a Jason quién era aquella señorita Winnifred Crane y si realmente creía que podía probar que el cuadro no era auténtico.

Por aquellos días Jason vio que, en el libro de apuestas de White's, el nombre de la señorita Crane aparecía en todas y cada una de las líneas de la primera página. Luego echó un vistazo al *London Times*, en el que también se la nombraba, y se dio cuenta de que no iban a permitirle olvidar a la señorita Crane... porque toda Inglaterra estaba pendiente de ella.

—Tendrías que haber visto el comportamiento de la gente en el teatro, ¡algo de no creer! —había dicho Phillippa unos cuantos días después de su encuentro con la señorita Crane.

Estaban en una partida de cartas sancionada por los Worthy, puesto que Jason llevaba de carabina a Jane, estaba bastante a salvo de las peores aduladoras. Se cotilleaba, por supuesto, acerca de otro asunto.

—Todos estirando el cuello para ver un atisbo de la joven y siendo rechazados por el corpulento guardaespaldas que es su primo. Juro que no me divertía tanto desde hace años. —Phillippa suspiró, tiró un triunfo y se llevó la mano a la barbilla—. Y es una joven adorable con la que resulta divertido hablar. Me dijo que el estampado del vestido de la marquesa de Broughton... Recuerdas a Nora, ¿verdad? Bueno, pues que el estampado no era francés como ella creía... ¡sino eslavo! Nora se puso coloradísima... bueno, más de lo habitual. —La expresión de deleite de Phillippa se convirtió en un mohín encantador—. ¡Si pudiera quedarse en Londres! Estoy segura de que yo podría quitarle la fama de sabihonda. —Una vez hecha su jugada recuperó su viejo hábito de darse golpecitos en los dientes con la uña, ensimismada—. Es una pena que esté tan empeñada en seguir adelante e ir al continente. Hace años que no tengo a ninguna protegida. ¡Podría hacer tanto por ella!

—Gracias a Dios entonces que tiene un rumbo que seguir —murmuró Jane entre dientes.

—¿Qué dices? —preguntó Phillippa.

—Nada. Es simplemente que, puesto que yo he sido protegida tuya, no puedo evitar pensar que la señorita Crane estará mejor si va por su cuenta

Phillippa achicó los ojos.

—Tú no eras una protegida, tú eras un prototipo. El primer modelo siempre tiene fallos.

Intuyendo que estaba a punto de estallar un combate verbal, Jason decidió excusarse.

—¡Oh, vaya! No voy a jugar esta mano —dijo, levantando la voz. Dejó las cartas sobre la mesa y apartó la silla para levantarse. Ni Jane ni Phillippa lo notaron.

Mientras Jason cruzaba la habitación soltó el aire. Era la tercera situación tensa en tres días. Jane y Phillippa se las ingeniaban para ponerse a discutir siempre y reconciliarse al cabo de diez minutos, tras lo cual Jane volvía a centrarse en mantenerlo a salvo en su búsqueda de esposa. Por agradecido que estuviera de la presencia de Jane aquel año, Jason realmente detestaba aquellos diez minutos.

Se acercó a la mesa de los refrescos y se sirvió otra taza de té demasiado dulce, tomó un sorbo para probarlo y luego se volvió y chocó con una mano femenina, lo que tuvo el triste efecto de hacer que el líquido le salpicara la cara y la frente.

—¡Oh, excelencia! —gritó Sarah Forrester, dejando su taza—. Lo siento muchísimo. Quería coger la nata y no creía que fuerais a volveros...

—Tengo una pésima suerte con esto de girarme, por lo visto. —Jason suspiró, enjugándose la barbilla con su arruinado pañuelo de cuello—. Un día de éstos creo que me volveré hacia la izquierda en lugar de hacia la derecha.

—Ha sido culpa mía —le aseguró la señorita Forrester, cogiendo una servilleta de la mesa y humedeciéndola en la jarra de agua—. Tiendo a usar la mano izquierda, ¿sabéis?, por mucho que intente a obligarme a servirme de la derecha. He volcado más tazas de té de lo que me gustaría admitir. —Le sonrió mientras le secaba el cuello, con un descaro que, curiosamente, a Jason no le importó—. Consolaos: al menos el té estaba como mucho tibio.

—Sí. La falta de un refrigerio decente parece ser lo que me salva —dijo Jason mientras ella dejaba de mirar lo que estaba haciendo y lo miraba directamente a los ojos.

Los dos sonrieron.

—Señorita Forrester, encantado de volver a veros —saludó Jason. Para su sorpresa, estaba siendo sincero.

Se habían saludado apenas el día anterior, en una mediocre pero decorosa velada musical. Jason se inclinó ante ella, algo absurdo, puesto que un segundo antes ella tenía la mano en su cuello, y por eso ella se rio.

—Y yo a vos, excelencia —le respondió, haciendo una reverencia.

—¿Disfrutáis de la partida?

—Bueno —dijo ella, dejando la servilleta húmeda en la bandeja de un criado que estaba cerca—. Voy perdiendo.

—¡Oh, vaya! —dijo Jason arrastrando las palabras y mirándola a la cara mientras ella suspiraba y negaba con fingida pena. Tenía una cara bonita, una sonrisa a la que sólo cabía responder con amabilidad—. ¿A cuánto están las apuestas en vuestra mesa?

—Esperaba jugar por un penique la mano —le explicó ella—, pero mi compañera de juego es mi madre y ella no juega por una cifra tan baladí.

Jason frunció el ceño. ¿Era lady Forrester jugadora? ¿Apostaba tan fuerte que a su hija le preocupaba? Y en cuanto a lord Forrester, ¿lo habría aficionado a hacer apuestas descabelladas su esposa?

—Me da miedo preguntaros qué habéis estado apostando. —Jason se cruzó de brazos.

—Bailes. —La señorita Forrester arqueó una ceja.

—¿Bailes? —repitió Jason.

—He perdido tres cuadrillas, un vals y el baile que elija el caballero. Y tal como juego, no tengo esperanza de recuperarlos.

—Ya —fue todo lo que a Jason se le ocurrió responder—. ¿Y a quién le debéis esos bailes?

—A lord Darabont y al señor Threshing. —Señaló discretamente hacia la mesa a la que lady Forrester estaba sentada, entre Darabont y Threshing, dos hombres cuya fortuna y cuya educación respectivamente compensaban su avanzada edad y su falta de higiene dental, también respectivamente.

—¡Oh, madre mía! —repuso Jason.

—Precisamente —convino la señorita Forrester—. Lo peor es que mi madre juega estupendamente y, por lo general, suele ser la ganadora de su mesa. Debe tener un mal día —reflexionó—. A este paso no me quedará ni un solo baile que conceder durante una semana entera.

A Jason le dio un vuelco el estómago. No era un bailarín consumado; nunca había estado tan seguro de los pasos como su hermana, así que tendía a unirse a las cuadrillas y eso era todo. Pero tenía en la punta de la lengua pedirle a la señorita Forrester su próximo baile libre, antes de que ella se viera obligada a entregarlo a quien tuviera la mejor mano.

—¿Cómo va en vuestra mesa? —le preguntó la señorita Forrester antes de que pudiera manifestar su intención.

—¿En mi mesa? —exclamó él, fijándose en la mesa que acababa de abandonar—. Ah, bueno. Va tirando...

En aquel preciso instante Jason vio a Jane levantarse de la mesa. La voz de su hermana llegó hasta él por encima de las cabezas de los demás jugadores, como traída suavemente por la brisa. Discutía de uno de los temas de siempre con Phillippa.

—Ese té de medianoche fue idea mía, y eras tú la que estaba aterrorizada de que nos pillara la directora. No lo niegues...

—Señorita Forrester —dijo abruptamente Jason—, el aire está muy cargado aquí dentro. ¿Os importaría salir a dar un paseo por la terraza?

La duda cruzó la cara de la joven apenas un instante. Abrió

la boca para responderle, pero fue interrumpida por otra voz, ésta procedente de su mesa.

—¡Vaya, lord Darabont! —oyeron que decía lady Forrester—. ¿Otro vals? Oso decir que vais a tener a mi hija en pie toda la velada.

—Me encantaría —repuso la señorita Forrester. Y, tomando el brazo que Jason le ofrecía, salió con él a la terraza.

A la noche siguiente, Jason se las apañó para toparse con la señorita Forrester en Almack's, entre baile y baile con lord Darabont y el señor Threshing. También logró mantener cinco minutos enteros de conversación con ella antes de que Threshing llegara para reclamar a su pareja de baile.

Al cabo de dos días la vio en una conferencia y una muestra de artefactos. Compartía con Jason un cierto interés por las gentes y la cultura de la India, lo que fue para él una sorpresa y un placer.

—A mi padre le gusta que asista a conferencias como ésta —le susurró a Jason mientras el nutrido público se iba acomodando en los asientos—. Y mi madre lo detesta. Me parece razón suficiente para estar aquí... sedas y especias indias aparte.

Fue en esa conferencia que él le pidió que lo llamara Jason y ella le dio permiso para llamarla Sarah.

A lo largo de las siguientes semanas Jason se encontró con Sarah en varias reuniones sociales, en todas y cada una de las cuales ella fue lo más destacado de la noche. De hecho, si algo o alguien estaba reduciendo a la señorita Winnifred Crane y su misión a poco más que un murmullo en el fondo de la mente de Jason, esa persona era Sarah Forrester.

Hablaron acerca del tiempo y, de algún modo, la conversación derivó y se convirtió en una charla tonta sobre cuál de los asistentes a la reunión era más pelmazo, que acabó a su vez en un ataque de risa.

Él le habló de los caballos que había criado y de lo mucho que le gustaba cabalgar.

Ella le contó que había un cerezo detrás de la casa del párroco junto a la cual había crecido, y que muchas veces la habían castigado por robar las cerezas de la esposa del pastor.

En tales ocasiones, cuando su sonrisa era tan ancha y sus ojos tan brillantes, Jason pensaba que en ese momento era posible que fuera feliz. Entonces ella reía musicalmente y le confirmaba que lo era.

Esperaba enterarse de la opinión de Jane acerca de la señorita Forrester pero, en más de una ocasión, cuando se giró para presentarle a su hermana, ésta estaba discutiendo con Phillippa. Hasta que, en el banquete de los Whitford (en una noche tan pantagruélica que parecía una fiesta de la cosecha), Jason se apartó de Sarah para ir al encuentro de su hermana y se dio cuenta de que Jane agarraba a Phillippa del brazo y la pellizcaba. Aquello desencadenó otra discusión entre ambas que a él le resultó sospechosa.

—¿Qué estás haciendo? —le susurró a Jane cuando por fin estuvieron a solas, lo que no fue hasta que iban en el carruaje, camino a casa.

—¿Yo? —preguntó Jane, haciéndose la inocente—. Nada. Tú y yo vamos a casa. Por suerte la niñera cuida de Lissa perfectamente y, además, Byrne estará levantado hasta medianoche con ella. No me deja cogerla, ¿sabes? Siempre quiere ser él quien la acune.

—Me importan un bledo tus arreglos respecto a la niña con tu marido. Quiero saber por qué cada vez que intento que hables con la señorita Forrester estás enzarzada por arte de birlibirloque en alguna disputa con Phillippa Worth —le dijo Jason, perezosamente pero sin tapujos.

—¡Oh! —Jane se ruborizó—. Eso.

—Sí, eso —replicó Jason con frialdad—. Si tienes algo contra la señorita Forrester, Jane... te lo advierto, no voy a permitir que por tu esnobismo....

—¿Esnobismo? —exclamó ofendida su hermana. Pero luego, pasando por alto la ofensa, levantó una mano, conciliadora—: No tengo nada contra la señorita Forrester. Más bien al contrario. La encuentro una joven encantadora.

—Pero... —se le adelantó Jason.

—Pero tú me preocupas —contestó Jane.

Jason arqueó una ceja y ella dudó un momento antes de continuar.

Byrne me contó lo que te dijo... acerca de que yo cortejara a las jóvenes por ti.

Jason bajó la ceja.

—Con eso se refería a que de ese modo nadie volvería a tener ocasión de encerrarme en un sótano —arguyó.

—Sí, ya lo sé —replicó con sequedad Jane—. Pero he estado pensando en ello. Me he dado cuenta de que eso es exactamente lo que acabará pasando.

Jason la miró desconcertado.

—¿Crees que simplemente... voy a encargarte la tarea de escoger esposa para mí? Perdona, Jane, pero dudo que tengamos los mismos gustos en cuestión de esposas.

Jane entrelazó los brazos.

—Si me la hubieras presentado en algún momento durante las últimas semanas, la habría invitado a un té, a la cena benéfica de Mariah, a cualquier evento que se me hubiera ocurrido.

—Que es como tengo entendido que van estas cosas.

—No hace mucho que ir a veladas musicales y tés y meriendas campestres te resultaba aburrido. ¿Desde cuándo suplicas ir? ¡No hace mucho, habrías considerado cumplido tu deber y te habrías ido a la Sociedad Histórica o tal vez a alguna de las fincas y me habrías encargado a mí que cortejara a la señorita Forrester! —gritó Jane.

—¡No habría hecho tal cosa!

—¡Por Dios Santo, Jason! —Puso los ojos en blanco—. Tu ayuda de cámara me contó que, antes de mi llegada, el mes pasado, dejaste la casa con intención de ir a ver una obra de teatro y no volviste hasta después de haber pasado un fin de semana en Brighton.

—Yo... le dije que me iba.

—Le dijiste: «Puede que esta pequeña aventura dure algo más de lo esperado» —le respondió Jane, parafraseándolo.

—Y así fue —respondió Jason.

Jane se miró las manos, se controló y repuso con calma:

—Cuando nuestro padre enfermó, me habría gustado romperte la crisma por comportarte de este modo.

—Eso no es justo —repuso Jason, que ya bastante avergonzado estaba de su comportamiento de hacía cinco años sin necesidad de que se lo recordaran. Suspiró profundamente—. Cuando fui a Brighton, acababa de revisar los libros de cuentas con mis administradores. Me pareció que me merecía un poco de diversión. No le hacía ningún mal a nadie. —Jason le levantó la barbilla a su hermana con dulzura y la miró directamente a los ojos—. No voy a... abdicar de mis responsabilidades nunca más. Espero haberlo demostrado.

—Lo has hecho. Pero tienes tendencia... la tienes, Jason... a delegar. Siendo el duque de Rayne, ésa es una cualidad útil. No creo que fuera posible administrar una docena de fincas y ocupar un escaño en la Cámara de los Lores sin delegar en los administradores y los secretarios y los guardabosques. Pero, aunque estoy más que contenta de ayudarte a mantenerte a salvo de los buitres de la sociedad mientras escoges esposa, no voy a cortejarla en tu nombre. Cuanto más tiempo me mantenga más o menos alejada de la señorita Forrester, más te esforzarás tú por conocerla y saber si te gusta.

Jane se apoyó en el respaldo de su asiento y se puso a mirar por la ventanilla, con toda tranquilidad, pero atenta al mismo tiempo a la reacción de su hermano, que le daba vueltas al asunto.

En muchos aspectos Jane tenía razón: la vida le exigía constantemente delegar, pero detestaba delegar en aquel aspecto en particular. También era cierto que, antes de conocer a la señorita Forrester... a Sarah, había huido como alma que lleva el diablo de cualquier evento que contara con la aprobación de Jane. Había esperado todo un año a que Jane pudiera ir a la ciudad y ayudarlo a escoger esposa simplemente porque aquello le daba dentera. ¿Delegaba por desesperación? ¿Era menos auténtico como hombre, como duque, por ello?

Bueno, pues se acabó.

—Te sugiero que dejes de temer mi impulso de escapar y que hagas buenas migas con Sarah —dijo, arrastrando las palabras mientras su hermana levantaba una ceja—. Tengo una audiencia con lord Forrester, el padre de Sarah, mañana. —Tuvo el placer de ver cómo a Jane casi se le salían los ojos de las órbitas. Le sonrió—. ¿Tan poca fe tenías en mí que pensabas que también delegaría la misión de pedirle la mano de su hija?

El día siguiente llegó rápidamente y, antes de darse cuenta, Jason se encontró sentado en el carruaje, traqueteando por Strand camino de la Sociedad Histórica.

A decir verdad, no se lo había revelado todo a Jane la noche anterior. Claro que ella había intentado que dijera más, pero al final se había rendido o, mejor dicho, su marido, Byrne, la había hecho desistir de su implacable interrogatorio.

A veces le complacía tremendamente que Jane se hubiera casado con él. Sólo a veces.

No, no se lo había dicho todo a Jane, y una de las cosas más importantes que no le había confesado era que, quien había pedido la audiencia, había sido lord Forrester, no él. No tenía ni idea de por qué, pero, si el caballero era tan inteligente como sugería su reputación, tenía que ver seguro con la cantidad de tiempo que Jason pasaba en compañía de Sarah. Como un zagal enamorado, estaba seguro de que estaban a punto de regañarlo por no haber hablado antes con lord Forrester. Por no haber dejado claras sus intenciones.

Así que Jason decidió que no dejaría escapar la ocasión. Sus intenciones no sólo estaban claras, sino que iban más allá de lo que el anciano esperaba o, es más, de lo que probablemente se atrevía a esperar. ¡Su hija se casaría con un duque! ¡Pues que lord Forrester lo regañara por eso!

Tal vez había sido una decisión impulsiva, fruto de la conversación con su hermana de la noche anterior, pero en cuanto había dicho «pedir la mano» se había sentido... bien. O, si no bien... decidido.

Era lo que tocaba.

Así que, mientras los tacones de sus botas repiqueteaban por el vestíbulo y en los salones de la Sociedad Histórica, ignoró las miradas que lo seguían. De hecho, ni siquiera las notó. Saludó a unos cuantos caballeros, sorprendiéndolos inadvertidamente. Tuvieron que devolverle el saludo y mantener con él una torpe charla intrascendente mientras esperaba a que Edwards le comunicara a lord Forrester su llegada.

—Eh... —dijo el caballero de su izquierda, sir Gordon, cuyo rasgo más característico era su descomunal bigote—. Últimamente no os vemos, excelencia. Os perdisteis la conferencia sobre las reinterpretaciones clásicas de la arquitectura griega en la época Tudor.

—Sí —convino otro caballero. Jason sabía que se sentaba tres filas más arriba y dos escaños a la izquierda del suyo en la Cámara de los Lores, pero no conseguía recordar su nombre—. Creíamos que sería de su interés, excelencia.

—Siento habérmela perdido. Estaba ocupado esa noche —repuso Jason. Y lo había estado. Había sido la noche de la velada musical aprobada por Jane. Un evento normalmente doloroso que, en un día normal, habría evitado para asistir con placer a la conferencia, sólo que...

Sólo que no se sentía cómodo o, se atrevía incluso a decir, bienvenido en la Sociedad Histórica desde la tarde con la señorita Crane. Así que no había vuelto desde aquel día.

—Sí. La última vez que estuvisteis aquí fue bastante emocionante —prosiguió sir Gordon—. Tal vez demasiado. ¿Os hacía falta reflexionar un poco, quizá?

Mientras sir Gordon y el otro caballero lo miraban inquisitivos, Jason echó un vistazo a la habitación y se dio cuenta de que todos los presentes tenían la misma curiosidad por escuchar lo que tuviera que decir. La sensación de determinación con la que había entrado se hizo añicos.

No cabía duda de que no había pensado en las consecuencias de sus acciones aquel fatídico día, pero ¿qué tenían de malo? Desde luego, no había pensado que acabarían mirándolo de un modo raro y lanzándole indirectas. Persona non grata. Bueno, todo lo non grata que un acaudalado duque, miembro de la Cámara de los Lores por añadidura, podía ser.

Por ese motivo había evitado la sociedad durante las últimas semanas, pensó con disgusto. Normalmente, a Jason aquello le habría producido agitación, agobio. Habría tenido ganas de alejarse corriendo del escrutinio de aquellos hombres por su temeridad al haber apoyado a la señorita Crane. Al *stablishment* nunca le hace gracia que lo sacudan. Pero lo de salir corriendo era algo propio del antiguo Jason. El Jason actual sólo estaba enojado.

—Reflexionar viene de «reflejo», y me temo que un reflejo requiere un espejo, caballeros. Por eso no me sorprende que no haya aquí ninguno. —Se inclinó cómplice hacia ellos. Sir Gordon y su colega (y el resto de los presentes) hicieron lo mismo—. Dudo que os gustara lo que veríais.

Sir Gordon se quedó sin habla y se puso más colorado que la alfombra que tenía bajo los pies.

Por suerte, antes de que pudiera alterarse lo bastante para darle un guantazo en la cara, el mayordomo se acercó a susurrarle algo al oído a Jason.

—Bien, caballeros —dijo éste—. Los dejo para que «reflexionen».

Jason habría suspirado aliviado tras dejarlos, se habría aflojado el pañuelo, apoyado en la puerta y dado las gracias al santo de las situaciones engorrosas.

Lo habría hecho.

Pero no lo pudo.

Porque lo escoltaron inmediatamente hasta el despacho de lord Forrester y, tras los saludos, se encontró sentado frente al padre de la joven con la que pretendía casarse.

—Excelencia —le dijo el caballero amigablemente—. Gracias por venir a verme con tanta prontitud.

—Es un placer, señor —repuso Jason, con parecida amigabilidad, tratando de mantenerse a la altura—. Estoy a vuestro servicio.

—Excelente. —Lord Forrester sonrió—. Porque es un servicio lo que requiero de vos.

Jason arqueó una ceja. Tal vez, después de todo, no se trataba de Sarah.

—¿Señor? —preguntó, con una voz un tanto demasiado aguda para un hombre de treinta años.

—Lleváis algún tiempo sin visitarnos —empezó lord Forrester, levantándose y descorriendo las pesadas cortinas. La ventana daba al este, y la mañana ya estaba lo suficientemente avanzada para que el sol no incidiera directamente en las paredes y dañara los numerosos cuadros.

—Me temo que no os comprendo, lord Forrester. Nunca os había visitado. Aunque ésa es una situación que tengo intención de rectificar inmediatamente —empezó a enrollarse Jason—. Al fin y al cabo, habiendo pasado vuestra hija y yo tanto tiempo el uno en compañía del otro, es lo correcto que...

Pero la mirada divertida de lord Forrester lo dejó sin palabras.

—Sí, mi pequeña Sarah —dijo lord Forrester, con una levísima sonrisa en los labios—. La atención que le prestáis no nos ha pasado desapercibida a su madre, a sus hermanas ni a mí. Y, aunque os elogio el gusto, debemos dejar ese tema... y el hecho de que no me hayáis pedido permiso... para otra ocasión.

Jason levantó la otra ceja. Al paso que iba, se pasaría toda la vida con cara de sorpresa.

—Os referís a que no he visitado la sociedad desde hace algunas semanas —conjeturó Jason, y recibió un asentimiento de cabeza por respuesta—. Temo que eso es cierto. Confieso que no me he sentido demasiado cómodo con mis iguales desde... mi última visita.

—Desde que llevasteis la logística y hablasteis en favor de los intereses de la señorita Crane, querréis decir. —Lord Forrester sonrió, agitando la papada con júbilo al recordarlo—. Dios mío. La entrada de esa mujer en este despacho es la única bocanada de aire fresco que hemos tenido desde hace años. Alexander estaría orgulloso. No puedo pensar en las caras de los colegas sin reírme.

—Sí, bien, tendríais que verlas ahora —murmuró Jason, arrancando otra carcajada a lord Forrester—. ¿Por eso lo hicisteis? —le preguntó.

Esta vez el sorprendido fue lord Forrester.

—No teníais obligación de aceptar su desafío. Podríais haberle dado unas palmaditas y haberla mandado a paseo. —Jason miró al otro hombre—. ¿Le habéis consentido que sacuda el sistema por ver las caras de esos ancianos caballeros?

—Cuidado, excelencia. Yo soy contemporáneo de esos «ancianos» de ahí fuera —le advirtió lord Forrester con amabilidad. Se tomó un momento, miró por la ventana a la gente congregada alrededor de las fuentes del patio de Somerset House—. Sí, resulta interesante la atención que ha despertado la Sociedad Histórica en las últimas semanas. Hemos tenido más cuota de prensa y más solicitudes de ingreso que nunca y, desde luego, más de un museo interesado en esto. —Señaló el Adán y Eva de la pared. Tan inocente, tan inocuo y, sin embargo, en el centro del mayor escándalo de la Sociedad Histórica desde su fundación—. Es sorprendente cómo desempolvar las gafas de los ancianos hace que todo parezca nuevo. Como presidente, tengo que disfrutar de la atención.

Inspiró profundamente, luego dejó de mirar por la ventana para centrarse en Jason.

—Debéis perdonar que os hable sin rodeos, pero ¿sabéis cuántos colegas nuestros tienen poca o nula formación académica? Más o menos el setenta por ciento. —Lord Forrester suspiró—. Lo que tienen es dinero y una buena posición social.

—Y hay que incluirme a mí en ese setenta por ciento, supongo —dijo Jason arrastrando las palabras y arrellanándose en el asiento.

—Me temo que sí. Vos, sin embargo, habéis hecho más que la mayoría para merecer ser miembro de esta sociedad. De hecho, tenéis un trabajo publicado —dijo lord Forrester, claramente como un elogio.

Jason consideró conveniente no mencionar que quien había publicado su irrisorio trabajo de diez páginas había sido una editorial de su propiedad.

—Como la Royal Society, la Sociedad de Arte Antiguo y Arquitectura del Mundo Conocido se fundó con el propósito de promover nuevas ideas, de aprender acerca de nuestro pasado con la esperanza de orientar nuestro futuro. Los caballeros con mente académica pero infradotados podían reunirse con hombres de mayor fortuna interesados en su campo de estudio pero con otras obligaciones que les impedían adentrarse en él.

—En otras palabras, académicos que necesitaban patrocinadores y patrocinadores que necesitaban una afición.

—Precisamente. Y como en la Royal, en algún momento perdimos de vista esto. Así que, de nuevo como en la Royal, intento hacer lo que debo para corregir esta situación, antes de que nuestra sociedad quede reducida a poco más que a un club como el White's, aunque con mejores obras de arte.

Lord Forrester había enlazado las manos a la espalda y paseaba por la habitación como si diera una conferencia: una que llevaba algún tiempo preparando, se dijo Jason.

—Eso es verdaderamente admirable —repuso—, pero no entiendo qué tiene que ver eso con la señorita Crane.

—Pues que, si se supone que somos una institución docta, no podemos rechazar el aprendizaje... venga como venga. —Lord Forrester suspiró resignado y volvió a sentarse, acomodándose con rigidez—. Cuando empezó el alboroto acerca de la identidad de C. W. Marks —prosiguió—, Alexander me pidió que mantuviera en secreto que era él quien mandaba los artículos. Y, debo admitirlo, tuve ciertas sospechas de que podía ser el propio Alexander su autor. Marks es el nombre de soltera de su esposa, ¿sabéis? —Jason asintió y el anciano prosiguió—: A lo mejor era un estudiante, a lo mejor otro colega que quería mantener sus opiniones al margen de su trabajo oficial... ¡Pero nunca se me ocurrió que fuera su hija! Y debería haber pensado en ella, porque me había escrito en numerosas ocasiones hablándome de su talento. Me fastidia no haber caído en la cuenta. ¡Porque esos artículos...!

—Los he leído —intervino Jason de manera cómplice—. Son unos trabajos notables.

—Razón por la que os he elegido para esta misión —concluyó lord Forrester.

—¿A qué misión os referís?

—Necesito un escolta.

Jason se incorporó en la silla.

—Un escolta —repitió.

—Si la Sociedad Histórica ha despertado tanta atención, imaginad la cantidad de atención de la que está siendo objeto la señorita Crane —repuso lord Forrester.

Jason no tenía que imaginárselo, lo sabía. Phillippa Worth había tomado a la señorita Crane bajo el ala y la explotaba en la escena londinense. Según los periódicos, se la había visto en una fiesta con un vestido escarlata y en otra con un conjunto azul. Le habían pedido que acudiera y hablara a varios salones literarios. Y que el cielo ayudara a cualquiera de aquellas inteligentes señoras más tradicionales, porque si osaban hacerle un feo a la señorita Crane se lo estarían haciendo a Phillippa también. Y Phillippa sabría bien cómo devolvérselo.

De hecho había coincidido con la señorita Crane en alguna que otra ocasión. Iba mucho más guapa que en su primer encuentro. En lugar del conjunto marrón llevaba un vestido lavanda precioso de seda que resaltaba sus brillantes ojos avellana. Luego le habían dicho que Phillippa, que tenía dos hijos, suspiraba por una muchacha a la que vestir, y que estaba dedicando su atención y su dinero a la señorita Crane. Así que ahí estaba ella, resplandeciente, admirada, y siempre dominada por su formidable primo.

Tenía un aspecto profundamente abatido.

—Sí, está recibiendo mucha atención. Aunque no sabría decir si la desea o no —repuso Jason.

—No creo que la desee, porque no toda la atención que recibe es agradable —dijo lord Forrester—. Muchos quisieran verla fallar. Bueno, el señor Bambridge me ha comunicado que acompañará a su prima en el viaje...

—En tal caso la señorita Crane ya tiene un escolta —concluyó Jason—. Realmente no veo en qué otra cosa puedo seros de utilidad.

Lord Forrester se quedó mirando a Jason pensativo, frotándose la barbilla.

—¿Qué opinión tenéis del señor Bambridge, excelencia?

—No lo conozco demasiado. Honestamente, dudo que hubiéramos intercambiado más de cinco palabras antes del afortunado día en que la señorita Crane pisó esta institución.

—Pero un día como ése puede revelar el carácter de un hombre. Así que, ¿qué opinión os merece?

—Es un político —dijo Jason simplemente.

Lord Forrester echó atrás la cabeza con una carcajada.

—Una manera excelente de expresarlo. Sé que es un hombre bastante ambicioso. Y, antes de ese afortunado día, creía que tenía el talento para conseguir lo que ambiciona.

—Dijisteis que habíais creído que C. W. Marks era él —recalcó Jason. Algunas piezas del rompecabezas empezaban a encajar.

—Así es. Sin esos artículos de C. W. Marks en su haber, el señor Bambridge no ha publicado lo bastante para ser catedrático de Oxford. Viéndolo con otros ojos, me doy cuenta de que se dedica a medrar, pero dudo de su dedicación académica. Según los nuevos criterios de admisión en la Sociedad Histórica, me pregunto si el señor Bambridge es un buen candidato, hoy por hoy.

—Señor... —Jason se aclaró la garganta—. Estoy completamente de acuerdo con vuestra valoración del señor Bambridge. —Puesto que era duque reconocía a un adulador a un kilómetro de distancia—. Pero no tengo ni idea de qué tiene eso que ver con la señorita Crane.

Lord Forrester se inclinó hacia él, confabulador.

—De todas las personas a quienes les gustaría verla fracasar... ¿quién creéis que encabeza la lista?

George Bambridge. De eso no cabía duda. Veía los avances de la señorita Crane en su campo como un obstáculo para su propia carrera. Sin embargo...

—Aunque el señor Bambridge no desee que tenga éxito, ¿verdaderamente os imagináis a un hombre de su condición haciéndole daño? —preguntó Jason, alarmado.

—Por supuesto que no. Sería inconcebible. Pero la señorita Crane es hija de uno de mis más viejos amigos. Y una de las cosas que los hombres hacen por las hijas de sus amigos es procurar que estén lo más protegidas posible. Alguien que sea neutral en el viaje es la mejor protección que puedo ofrecerle.

—Señor —dijo Jason, entendiendo por fin el objeto de la

conversación—, me honra que hayáis pensado en mí, pero no puedo abandonar Londres para irme de viaje por el continente. He hecho promesas a mi familia y tengo algunas obligaciones aquí.

—Sentaos, joven. —Lord Forrester tranquilizó a Jason—. Tengo un amigo que se reunirá con ella en cuanto llegue a Francia. Sólo os pido que la acompañéis hasta el barco, a Dover.

—¿A Dover? —preguntó Jason—. ¿Eso es todo?

—También tengo que pensar en la sociedad. —El anciano suspiró—. Toda la atención que esta apuesta concita... Si alguna desgracia, Dios no lo quiera, le sucediera a la señorita Crane, la Sociedad Histórica cargaría con la culpa, ya fuese por implicarse o por no hacerlo. Así que he dispuesto una serie de acompañantes que se ocupen de ella en las distintas etapas. En cuanto al primo, no hay nada que hacer, pero, si pudierais dejarla en el barco a Dover sana y salva, lo consideraría un gran favor.

Dover estaba a un día de viaje, pasando por East Sussex. La finca de los antepasados del duque de Rayne, Crow Castle, estaba en la región, y hacía casi un año que no había tratado personalmente con su administrador. Podía ir hasta allí, dejar a la señorita Crane, y luego pasar unos días en Crow Castle para asegurarse de que sus asuntos estuvieran en orden. Sería poco más que una excursión de fin de semana.

También podría, pensó con una sonrisa irónica por la coincidencia, hacerse con el anillo de esmeraldas de su madre. A Sarah le quedaría bien. ¿No había mencionado algo acerca de que le gustaba el verde?

—¿Un favor lo bastante grande como para que me concedáis la mano de vuestra hija? —preguntó Jason, sorprendido de su propia franqueza pero, más que eso, de su propia seguridad.

Lord Forrester lo miró tranquilamente.

—Como he dicho antes, mi hija es tema para otra ocasión. —Esbozó de nuevo aquella sonrisa de querubín—. Y esa ocasión llegará cuando hayáis vuelto de Dover.

Jason se tragó aquello y se levantó. Lord Forrester era un jugador demasiado inteligente para decir que sí o que no abiertamente. Pero, de momento, con aquello le bastaba. Con una inclinación, dijo:

—Será mejor que inicie los preparativos, entonces.

Iba ya hacia la puerta cuando lord Forrester lo llamó.

—Y, cuando tengamos esa conversación, excelencia —dijo—, creo que os gustará mi respuesta.

6

En el que empieza el viaje
de nuestro protagonista

La carretera general de Dover, así bautizada por algún pragmático y escasamente romántico planificador urbano en algún momento de los dos últimos milenios, estaba desierta, así que era como transitar por ella desde Londres. El viaje a Dover, con buenos caballos y ejes y postas de refresco, duraba un día más o menos, dependiendo de la tranquilidad con que se lo tomara uno. La carretera iba desde Londres a Canterbury y, desde allí, a Dover, uno de los puertos con más actividad de Inglaterra. Era, por lo común, un viaje placentero por la campiña inglesa entre bucólicos pueblecitos.

Pero cuando un hombre tiene la misión de proteger a alguien y se la ha encargado el padre de la mujer con la que pretende casarse, la carretera general de Dover de repente parece llena de zonas apropiadas para las emboscadas, el sabotaje y las felonías.

Eso durante la primera hora.

Pasada la primera hora sin que se haya producido ninguna perfidia, el viaje se vuelve monumentalmente aburrido. Uno se cansa pronto de intentar localizar salteadores de caminos o carruajes sospechosos u hombres de letras ofendidísimos que intentan vengarse de una mujercita.

Uno empezaba a sospechar, se dijo Jason con sarcasmo, que lord Forrester estaba paranoico al pensar que la señorita Winnifred Crane se enfrentaba a un peligro externo.

Tenía que reconocer, sin embargo, que había una amenaza dentro del carruaje. El descomunal primo, cuyo principal interés era que la señorita Crane fracasara, ocupaba más de medio asiento del vehículo, refunfuñando y quejándose, con la cabeza asomada a la ventanilla.

A Jason nunca le había parecido más innecesaria su presencia. No sólo por las esporádicas y ruidosas arcadas de George Bambridge sino porque Winnifred Crane, enfundada en un grueso abrigo de lana beis impropio de la estación, estaba confortablemente instalada junto a la señora Tottendale, que también había decidido que la señorita Crane necesitaba ser protegida del señor Bambridge, aunque por razones completamente diferentes.

—Por todos los santos, George —dijo Totty, llevándose la petaca a los labios—. Si vas a sacar la cabeza por la ventanilla como un perro, al menos deja de dar patadas a tu compañero de asiento. Dudo que su excelencia aprecie los golpes en las espinillas.

—Lo siento muchísimo, excelencia —gimió George Bambridge, sentándose derecho al tiempo que se limpiaba la boca—. Voy perfectamente a caballo... de hecho soy bastante diestro. Pero ir en carruaje nunca me ha sentado bien.

—Es bastante comprensible, señor Bambridge —comentó Jason. Al fin y al cabo, por mucho que le disgustara George Bambridge, no era tan poco caritativo como para echarle en cara algo tan incontrolable como un estómago revuelto en un carruaje. Además, Jason también prefería cabalgar junto a los coches de caballos en lugar de ir en ellos. De hecho, habría preferido con mucho ir cabalgando en aquel momento. Pero su cochero, Bones, iba armado, sus escoltas eran fieles y, además... le había parecido que tal vez podría mantener con la señorita Crane una conversación interesante: alguna jugosa golosina que llevar a Jane para que suplicara por ella.

Intentó mirarla a los ojos mientras George apartaba la cortinilla y tomaba aire, pero sostenía el libro sospechosamente en alto y se sacudía de la risa.

—Si encontráis los viajes tan desagradables, señor Bambridge —prosiguió Jason, a quien aquellos hombros temblorosos habían dado pie—, me pregunto por qué habéis decidido hacer éste. Si detestáis no tener el control de vuestros movimientos, dudo que cruzar en barco el canal y luego hacer otro recorrido en carruaje por la campiña francesa os resulte fácil.

—Y por los Alpes —dijo una voz con regocijo desde detrás del libro—. No olvidéis los Alpes.

—Normalmente no lo paso tan mal. Con la ventana abierta y mirando un punto fijo en la distancia suelo estar bien. —George suspiró—. Pero os aseguro que habría preferido no hacer nunca este viaje.

—No tenías por qué venir —canturreó Winn, sin levantar siquiera la mirada del libro.

—Sí que tenía, y lo sabes.

—Y puesto que tú tenías, yo también. —Totty bostezó—. Las promesas hechas a los amigos son todas buenas y están bien, pero cumplirlas es absurdamente molesto. ¿Quién demonios quiere ir al continente?

—Yo —repuso inmediatamente la señorita Crane. Pero Totty la ignoró.

—Honestamente, en plena Estación, ¿teníamos que dejar Londres? Las mejores fiestas, la mejor comida, el mejor vino... ¿Crees que en los Alpes habrá burdeos del 93?

—A lo mejor podemos conseguir unas botellas por el camino. Pasaremos por la Borgoña. O por los alrededores. —Winn daba golpecitos en el suelo con un pie, nerviosa.

—¿Y cómo esperas conseguir una botella de burdeos del 93? —rezongó George—. Debe valer una fortuna.

—De la misma manera que conseguí los pasajes para cruzar el canal, George. —Por fin la señorita Crane lo miró por encima del libro.

George se puso bastante colorado y volvió a buscar el alivio de la brisa que entraba por la ventana abierta.

Por el modo en que los dos se habían mirado, Jason comprendió que se estaban diciendo más de lo que sugería aquel comentario. Y, puesto que era hermano de una más que conocida chismosa, estaba bien entrenado para querer saber más.

—Señorita Crane, si necesitáis fondos para vuestro viaje, estaré encantado de prestaros algún dinero —dijo, llevándose la mano al bolsillo del pecho—. En él tenía una bolsita llena de monedas. Nunca llevaba una fortuna encima, pero sí lo bastante para pasar unos días en el campo. Era un dinero que usaría, en caso necesario, para la reparación del tejado de los arrendatarios o para cavar un pozo.

—Gracias, pero no es necesario —repuso la señorita Crane con amabilidad—. Phillippa... quiero decir, lady Worth ha insistido en ser mi patrocinadora para este viaje. Ha escrito y dispuesto el alojamiento y la manutención por adelantado, y coches de caballos para nosotros en cada parada que hagamos. Todas las facturas hay que mandárselas a ella. —Bajó el libro y miró directamente a Jason con sus ojos avellana—. Lo siento; no tenía intención de hablar de algo tan vulgar como el dinero, pero mi primo no se ha alegrado de saber que había una persona, y nada menos que una mujer, dispuesta a financiar mis esfuerzos.

—No es que no me alegre, Winnifred, pero se supone, creo yo, que no debemos arrellanarnos y disfrutar de un viaje de placer a su costa —repuso George, escandalizado.

Jason sospechaba que el desagrado del hombre se debía no tanto a la idea de abusar de la generosidad de su benefactora sino más bien a que había contado con que la falta de dinero frenara las ambiciones de la señorita Crane.

—¡Oh, no seas tan remilgado, George! —terció Totty—. Una botella de borgoña no va a llevar a la bancarrota a lady Worth... que yo sepa. Ella sólo quiere que lo pasemos maravillosamente en esta empresa.

—Bueno, Totty, esto no es un viaje de placer y lo sabes. No nos pararemos a disfrutar de las vistas —puntualizó la señorita Crane.

—Vamos, vamos —dijo George—. No debes dar a lady Worth razón alguna para avergonzarse de su generoso apoyo a tus planes.

La señorita Crane dirigió una mirada asesina al señor Bambridge.

—Me sorprende que tengas tantos reparos morales acerca de

gastar el dinero de los demás. Eso nunca te ha impedido cenar a la mesa de mi padre prácticamente a diario... a su costa —repuso con calma.

Jason tuvo que mirarse los zapatos para ocultar la risa a los presentes. Pero algunos miembros del grupo tenían la vista más aguda que otros.

—Lo siento muchísimo, excelencia —dijo la señorita Crane, con cara de horror—. No hay tema más desagradable que el dinero.

—No os disculpéis, señorita Crane —repuso Jason descartando sus temores—. Por el contrario. Aprecio vuestra franqueza. Simplemente estaba pensando que tengo un hambre de lobo.

—¿De veras? —La joven le guiñó un ojo.

—Sí. Tengo fama de hincarle el diente a unos buenos pedazos de carne de ternera. —Se quedó ensimismado un momento y el ruido de sus tripas reveló lo que pensaba—. Pero nunca me había planteado mi tremendo apetito en términos económicos hasta ahora —terminó, contestándose a sí mismo, y una sonrisita divertida se dibujó en el rostro de la señorita Crane.

—Los hombres no suelen hacerlo, porque no son ellos quienes hacen tratos con el carnicero los domingos.

—Triste pero cierto —Jason le hizo un gesto con el sombrero—. Tengo que inclinarme ante la superioridad de vuestra lógica.

—No os inclinéis ante sus argumentos, excelencia —farfulló George desde el otro lado de la ventana—. Al menos no todavía. Las discusiones la divierten. Discutiría con un papa las virtudes del pecado.

—¿Y del demonio en una vida honrada? —Jason levantó una ceja—. Como vuestro padre, si mal no recuerdo.

—Sí. Le encantaba debatir en clase con sus alumnos. Y, por supuesto, durante las cenas de estudiantes que celebraba. —Volvió a sonreírle—. Si mal no recuerdo, vos mismo discutíais bastante entonces. Y os zampabais una considerable cantidad de asado al mismo tiempo.

Jason no pudo menos que incorporarse, encantado.

—¿Vuestro padre os habló de nuestras cenas?

Alexander Crane invitaba a unos cuantos alumnos a cenar una vez al mes, y a Jason le había sorprendido que lo invitara mientras había sido alumno suyo. Le había parecido remarcable; pero que Alexander Crane le recordara lo suficiente como para mencionárselo a su hija, ¡qué agradable y qué halagador!

La señorita Crane frunció el ceño, mirándolo de un modo extraño.

—¿Si me habló de ellas? —preguntó, y luego sacudió la cabeza—. Excelencia, no me recordáis en absoluto, ¿verdad?

—Eh... bueno... —farfulló Jason.

La señorita Crane volvió a sacudir la cabeza y a centrarse en el libro, sonriendo para sí. No habría podido decir si lo que le hacía gracia era su falta de memoria o su profundo bochorno. Porque el asunto quedó olvidado cuando pillaron un bache de la carretera y George Bambridge, con la cabeza por fortuna todavía asomada a la ventanilla, hizo un ruido impropio de un ser humano. Se disculpó, la señorita Crane enterró la nariz en su libro, Totty tomó un sorbo de la petaca... y vuelta a empezar.

Pararon muy tarde ya en una fonda, a las afueras de Dover, para cenar y descansar. Amanecería al cabo de pocas horas, pero la ocasión de tenderse en una cama era demasiado tentadora... Así que ocuparon las habitaciones que Jason había mandado reservar a un escolta. Había sido un día agotador: al final a George se le había asentado el estómago, Totty tomando sorbos de la petaca y echando cabezadas a ratos y Winnifred, cuya ansiedad por el viaje que tenía por delante era obvia por el modo en que balanceaba el pie y el modo en que de vez en cuando agarraba el pequeño camafeo en forma de corazón que llevaba al cuello, leyendo.

En cuanto a Jason, sólo estaría contento cuando la señorita Crane estuviera a salvo en su barco y su deber cumplido. Cuando pudiera volver a Londres y hacer... lo que tocaba.

Todos los miembros de la expedición se durmieron antes incluso de haber apoyado la cabeza en la almohada.

Pero, a pesar de lo ansioso que estaba Jason por dejar su carga e ir a lo suyo, cuando los primeros rayos de pálida luz rosada tiñeron el cielo fue la señorita Winnifred Crane la primera en bajar las escaleras.

Estaba sola en el pub (que por las mañanas se convertía en salón para el desayuno) cuando Jason la encontró. No podía llevar allí más que unos minutos, porque meditaba sobre las opciones dispuestas en la barra, que ahora era el bufé del recién servido desayuno, eligiendo un bollo. Miró por encima del hombro y luego, como no vio a nadie, golpeó el bollo contra la barra.

—Está un poco duro, ¿verdad? —le preguntó Jason, con los brazos apoyados en el quicio de la puerta, al pie de la escalera.

La señorita Crane dio un ligerísimo respingo, aunque lo bastante apreciable para que Jason sonriera. Enmarcada por la luz matutina que entraba por la ventana parecía una niña pillada en falta. Costaba hacerse a la idea de que era una mujer adulta y madura embarcada en una búsqueda desesperada.

—Un poco. Es probable que sea de ayer, pero servirá. —Lo dejó en el plato y puso una cantidad suficiente de jamón encima. Jason se unió a ella en el bufé y se frotó la nariz.

—¿No tenéis hambre? —le preguntó ella al ver que no tenía intención de llenar ningún plato.

—Por el ruido que ha hecho, ese bollo está más duro que una piedra. —Jasón miró la salchicha grasienta y los huevos moteados de... algo. Normalmente comía cualquier cosa en cantidades ingentes. Con frecuencia lo hacía. Una vez, estando en Oxford, lo habían retado a comerse piel de zapato hervida con un mejunje cuya lista de ingredientes seguía siendo un misterio para él... aunque estaba seguro de que incluía oporto, leche de vaca y salsa bearnesa.

Sin embargo, aquel desayuno particularmente poco apetecible, sumado a la perspectiva de otro trayecto matutino en compañía del estómago revuelto de George Bambridge...

—Tal vez sea mejor que espere unas horas para romper el ayuno. Al fin y al cabo, estaremos en vuestro barco dentro de más o menos una hora. Luego podré...

—¿Podréis libraros de nosotros? —Winn terminó por él la frase y se sentó a una mesa.

Jason tomó asiento a su lado. Apareció el camarero y le sirvió una taza de café. Al menos aquello, supuso, sería ingerible.

Tomó un sorbo.

No lo era.

—No os culpo, ¿sabéis? —Winn dio un mordisquito al bollo y tragó con dificultad—. No somos la compañía más maravillosa que pueda haber.

—¡No! —exclamó Jason—. Tengo negocios en la zona... y la conversación en el carruaje es agradable... a ratos.

—Claro que lo es. —La joven se rio y la suya era una risa muy agradable—. Eso cuando yo no estoy dando golpecitos con el pie en el suelo y George no está con la cabeza asomada por la ventanilla.

—Vos no tenéis la culpa.

—De hecho... —susurró ella—. En cierto modo la tengo.

Él arqueó una ceja.

—Ayer por la mañana le puse un poco de ipecacuana en el té —confesó.

—¿Por qué? —le preguntó Jason—. No creo que nada disuada a vuestro primo de acompañaros.

—Tenía que intentarlo —admitió ella—. Lo que debo hacer ahora sería mucho más fácil si no tuviera que preocuparme de que George me siguiera.

—¿Qué debéis hacer ahora?

Ella se ruborizó y tomó otro trocito de bollo duro.

—Ir a Suiza. Encontrar las cartas que demuestren la autenticidad del cuadro... o su falta de autenticidad.

En aquel momento Jason se dio cuenta de que aquella mujer le gustaba. No en el sentido romántico, claro, porque Winnifred Crane no parecía tener ni pizca de romanticismo, pero respetaba el deseo de la joven de seguir su propio camino en la vida. Era una oportunidad que él nunca había tenido y, a pesar de que no lamentaba los lujos de su ducado, apreciaba el fervor de ella. Le hacía... reflexionar. Reflexionar acerca de los «y si...» de su propia vida.

«Basta —se dijo—. Esto no es más que absurda nostalgia.» La admiraba. No obstante, se sentiría mejor cuando lograra desvincularse de los proyectos de aquella mujer.

—Señorita Crane. —Se inclinó hacia ella—. Os deseo sinceramente el éxito en vuestro viaje.

—Gracias —respondió ella, pillada por sorpresa.

—Y... —Se metió la mano en el bolsillo de la pechera y sacó unas monedas—. Si se diera el caso...

—Excelencia, por favor —dijo ella, negando con la cabeza—. Es completamente innecesario. Tengo dinero suficiente para pagarme el viaje.

—Esto no es para vuestro viaje. —Le cogió la mano y le puso las monedas en la palma—. Es para una botella de borgoña del 93. Si la queréis. —Se inclinó hacia ella un poco más—. Detestaría que hicierais todo este viaje sin daros un pequeño gusto.

Permanecieron un segundo inmóviles los dos, con las manos juntas sobre las piezas de metal. Una leve chispa de electricidad pasó entre sus dedos cuando él la miró a los ojos. Jason contuvo el aliento. Y, si no se equivocaba..., la señorita Crane también.

Extraño. Le causó a Jason la clase de extrañeza sobre la que habría reflexionado de haber tenido ocasión, pero en aquel momento George bajó ruidosamente las escaleras.

—¡Me comería un buey! —exclamó—. Estoy muerto de hambre. ¿No hay arenques con esos huevos?

—¡Por todos los santos, George! —exclamó Totty, que bajaba detrás de el—. Ayer te pasaste el día entero devolviendo. ¿De verdad te parece lo más conveniente llenarte el buche?

Sus manos se separaron, la señorita Crane tomó un bocadito de bollo y el momento pasó.

El puerto de Dover era un clamor de actividad con la pleamar de la mañana. Embarcaban los pasajeros y se cargaban las mercancías en las naves, la mayoría de ellas con destino a Calais, situado justo al otro lado del canal, pero algunas con destino a puntos más lejanos del Este de Europa, como Amsterdam o Bruselas. Voces distintas, distintas lenguas que se solapaban en una cacofonía y una mezcolanza incomprensible. Los hombres que supervisaban las poleas y los palés de carga llegados del continente dejaban poco tiempo y espacio a los viajeros novatos y los apartaban de en medio.

Habían salido tarde de la fonda. Primero, Winn había querido comprobar dos veces que lo tenía todo y, luego, Totty estaba segura de que había perdido un baúl.

Jason se daba por satisfecho de que hubieran llegado a Dover a tiempo... Tendría que acordarse de recompensar a Bones por sus dotes como conductor a contrarreloj.

—Quédate aquí —le ordenó al cochero, que ya era incapaz de adentrarse más entre el gentío. Jason observaba la masa humana mientras ayudaba a Totty y a la señorita Crane a apearse del vehículo—. Esta pequeña aventura puede que nos lleve más tiempo del esperado.

Los cuatro se abrieron paso entre los pescaderos, los vendedores de pasajes, los importadores que inspeccionaban sus artículos y los marineros todavía borrachos tras pasar una noche en tierra. Formaban una curiosa hilera de hormigas, caminando por el muelle seguidos por los mozos de carga, que llevaban sus baúles a la pasarela del *Phoenix*, el barco que cubría el trayecto diario entre Dover y Calais, donde los esperaba impaciente un agente de venta de pasajes.

—Por poco no llegan. Zarpamos dentro de cinco minutos —dijo el hombre a la ansiosa Winnifred, la ambivalente Totty y el reacio George, entregando un pasaje a cada uno. Dio un silbido y los mozos los adelantaron y recibieron órdenes acerca de dónde descargar el equipaje. Sucedió todo muy rápido.

Jason no creía que su misión fuera a ser tan fácil. Tan rápida. Pero allí estaba, en la pasarela del barco, a cinco minutos de haber cumplido su obligación con la señorita Crane y de verse libre de su compromiso con lord Forrester.

—¡Oh, no! Esto me lo quedo yo —le estaba diciendo a un mozo la señorita Crane, que aferraba su maletita con una mano y con la otra el guardapelo en forma de corazón que llevaba al cuello. Se volvió hacia él, vio que la miraba y le sonrió—. Esto está atestado. No quiero perderla con tanto trasiego de gente.

—Claro —convino Jason—. Me sorprende que hayamos encontrado a tiempo el barco.

—¡Y tanto! —La joven rio, incómoda—. Es un verdadero lío. Tengo que confesar que, por un momento, he temido que acabaríamos en un barco con destino a Dinamarca o algo parecido.

A pesar del barullo y de la multitud que abarrotaba el muelle, el silencio cayó entre ellos mientras ambos buscaban algo más que decir.

—Vamos, Winn —la llamó Totty, que ya había subido media pasarela—. ¡Estamos a punto de zarpar!

—Sí, Winnifred —convino George, que la precedía—, nada me gustaría más que localizar nuestros camarotes y bajar a dormir.

—Entonces date prisa, George —refunfuñó Totty, empujando al hombre, mucho más alto que ella, para que terminara de subir la pasarela.

—Señora Tottendale, señor Bambridge —gritó Jason—. ¡Suerte en el viaje!

No supo si lo habían oído, ocupados como estaban en subir a bordo, pero Totty se giró e hizo un gesto de despedida con la mano al tiempo que le lanzaba una mirada penetrante a la señorita Crane.

—Sí —dijo ésta, sin soltar el guardapolvo—. Parece que debo irme si no quiero perderme mi aventura. Gracias por vuestra amabilidad al haberme acompañado hasta aquí.

Jason le apartó la mano del colgante de oro y se inclinó sobre ella.

—Adiós, señorita Crane. Disfrute de su aventura. Estoy deseoso de saber en qué acabará.

—Lo estáis vos y lo está el resto de la Sociedad Histórica, sin duda. —Sonrió—. Haré cuanto esté en mi mano por que la historia sea lo más amena posible.

Él le soltó la mano y se separaron. Mientras la señorita Crane avanzaba unos pasos por la pasarela del barco que la llevaría a Calais, Jason se volvió para regresar.

Estaba bien, se dijo mientras deambulaba despacio por el

muelle. Había cumplido con su deber y la señorita Crane iba a ver mundo. Él era libre. Se sentía en parte melancólico al pensar en aquel gorrión desprotegido arrojado al mundo, pero también ligeramente celoso de la aventura que viviría.

No, aquello no era justo. Él ya había recorrido Europa, pensó, esquivando un montón de tripas de pescado bastante asqueroso que le revolvió el estómago. Tenía ante sí Londres, el matrimonio y el duro trabajo de administrar un ducado.

Bien. Le deseaba la mejor de las suertes a la señorita Crane. Si bien no había disfrutado lo que se dice de su compañía, ésta le había resultado estimulante, así como divertido el tándem de la buena y el villano que la acompañaba.

Desterró de su mente cualquier otro pensamiento acerca de la joven, en parte porque tenía que ocuparse de su propio futuro: se imaginaba encontrando la sortija de esmeraldas de su madre en el joyero de la familia; poniéndoselo en el dedo a Sarah Forrester; iniciando poco después un cómodo y satisfactorio recorrido por la senda del matrimonio. Se imaginaba disfrutando de lo que venía después de la ceremonia nupcial: la largamente honrada tradición de la noche de bodas. Tenía la vaga visión de una tranquila y pacífica vida a partir de entonces.

Sí, podía olvidarse de la señorita Crane en parte por todas aquellas razones, pero, sobre todo, porque, mientras pasaba por delante de un puesto de bollos, se dio cuenta de que estaba desfallecido de hambre.

Se detuvo, olfateó y prácticamente se abalanzó sobre la anciana que vendía los deliciosos dulces. Al fin y al cabo, se había saltado el desayuno. Así que se conformó con pedir media docena de bollos (no había conseguido dominar su propensión a pensar con el estómago cuando tenía hambre) y, en cuanto los tuvo en su poder, sacó el primero del envoltorio de papel y se lo llevó a la boca.

No lo mordió. No inmediatamente. Porque aquel instante tenía algo de inusitado: había localizado el perfume de levadura a pesar del espantoso tufo de pescado y gente de los muelles. ¿Simbolizaba que había encontrado por fin su camino en la vida? No. Frunció la nariz. Un pensamiento demasiado poético a aquella hora de la mañana. Seguramente era el hambre lo que le daba un barniz de rapsoda, y aquella tontería tenía fácil remedio.

Se volvió para mirar los barcos cargados de mercancías y pasajeros, abrió la boca y...

Algo no encajaba.

Y no era el bollo, porque ni siquiera lo había probado. Seguramente la vista le fallaba... Jason estaba seguro de estar viendo a Winnifred Crane, el pequeño gorrión, subiendo por la pasarela de un barco que no era el suyo.

No. El hambre le nublaba la vista. Tenía que ser eso. Miró el *Phoenix*, que estaba a punto de soltar amarras. Había dejado a bordo a la señorita Crane. Estaba seguro.

Entonces ¿por qué estaba igualmente viendo la diminuta silueta de la señorita Crane a bordo de aquel otro barco que tenía enfrente, aferrando la maleta y jugando nerviosamente con el colgante?

Tiró al suelo el paquete de calientes, deliciosos y fragantes bollos y salió a la carrera, zigzagueando para esquivar a la gente, hacia el barco. Chocó con un niño, que soltó una exclamación. Un hombre que supuso que sería el padre de la criatura intentó pegarle. Pero no tenía tiempo de detenerse, ni siquiera de gritar una disculpa. Subió corriendo la pasarela del barco y no paró ni cuando oyó a su espalda el prolongado silbido del capitán.

¿Se habría perdido? ¿Se habría desorientado entre la gente o seguido al marinero equivocado?

Una vez a bordo del barco, se abrió paso entre los marineros y otros miembros de la tripulación, la mayoría de los cuales charlaban en una lengua extranjera que Jason no tenía tiempo de identificar, hasta que dio por fin con la figurita de la única mujer que veía a bordo.

La agarró del brazo y ella se volvió dando un gritito.

Por suerte no le pegó.

—¡Oh! —exclamó la señorita Crane, mirando hacia arriba para verle la cara—. Excelencia, sois vos. Gracias a Dios. Pero ¿por qué estáis en...?

—En... el... barco... equivocado... —consiguió decir Jason

entre jadeos, doblando la cintura. ¡Caray! ¿Tanto llevaba sin hacer ejercicio? Estaba sin aliento.

—¿Perdón? —preguntó ella, desconcertada—. No os entiendo.

—¿Os está importunando este hombre, *Fräulein*? —Un fornido miembro de la tripulación se les acercó. Hablaba con un acento que Jason identificó como prusiano, tan marcado como sus bíceps.

—No, gracias —repuso ella—. Es un amigo. Pero no entiendo qué hace aquí.

—¡Estáis en el barco equivocado! —repitió Jason, aunque esta vez se le entendía mejor. Se irguió—. Esto no es el *Phoenix*.

Hubo una conmoción a su alrededor. Los hombres iban de un lado para otro, tirando de una soga aquí y dando vueltas a una manivela allá, pero Jason no les prestaba atención. Cogió a la señorita Crane del brazo y tiró de ella.

—Totty y Bambridge os estarán buscando desesperados. Vamos, aún podemos conseguirlo. El *Phoenix* todavía no ha zarpado.

El gorrioncito se resistía con todas sus fuerzas y el tripulante prusiano los seguía suspicaz.

—*Achtung!* ¡Alto! —gritó para llamar la atención de sus compañeros.

—Tenemos que apresurarnos —gritó Jason—. Todavía podemos lograrlo. Sólo tenemos que ir más depr... —Aquello fue cuanto pudo decir, porque el marinero con acento prusiano y brazos descomunales los alcanzó y le dio un rápido golpe en la nuca a Jason.

Con el suave balanceo, Jason mantuvo cerrados los ojos más de lo debido. Notaba una sensación placentera, como si lo estuvieran acunando, así que se permitió disfrutar de ella. Ojalá las mañanas hubieran sido siempre así. Podía seguir durmiendo un poquito más, al cálido sol, con la cabeza en la blanda almohada... aunque aquélla no parecía su almohada de plumas de siempre.

Era blanda, sí, pero más firme, e irradiaba su propio calor, como el regazo de una mujer.

Jason abrió un ojo apenas. Y se dio cuenta, en cuanto vio la tela marrón sobre la que descansaba su cabeza, que aquello era de hecho el regazo de una mujer. El del gorrión.

De repente los sonidos a su alrededor, los murmullos de voces y el chapoteo del agua se volvieron claros, agudos y dolorosos.

—Ya vuelve en sí —dijo ella, entrando en su campo de visión—. ¡Oh, excelencia! ¡Me teníais muy preocupada!

—¿Por qué... siempre que estoy con vos recibo un golpe? —le preguntó Jason todavía confuso.

—Lo siento muchísimo —repuso ella a la vez que otro caballero entraba en su campo de visión. Era el prusiano fornido—. El marinero Reinhard ha creído que me estabais raptando.

Jason se sentó de golpe. La cabeza le daba vueltas, pero acababa de recordar las circunstancias en las que se encontraban y no podía seguir tumbado.

—Señorita Crane... estáis en el barco equivocado. Éste no es el que va a Calais —dijo de un tirón, mirando alternativamente a la señorita Crane y a su protector germano—. Tenemos que irnos. Tal vez aún podamos coger el *Phoenix*...

—Me temo que no —dijo ella con calma—. Ya ha zarpado... y nosotros también.

Entonces Jason cayó en la cuenta. Toda aquella conmoción, tanto movimiento... El barco había levado anclas. El silbido que había escuchado no era para que lo detuvieran a él y le impidieran subir a bordo: era la señal para que la tripulación iniciara la maniobra y el barco zarpara. De repente se notaba mareado, con el estómago vacío. Se levantó y, a trompicones, se acercó a la borda y se asomó. No vio más que agua. Agua y, a lo lejos, Dover, disminuyendo en la distancia.

—¡Por todos los demonios! —exclamó. Su cabeza era un torbellino—. Dígales que regresen.

—*Nein* —dijo el tripulante—, perderíamos un día debido a la pleamar.

—¡Pero lleváis pasajeros que no...!

—No estamos en el barco equivocado —intervino la señorita Crane con suavidad—. Al menos yo no lo estoy.

Jason se volvió a mirarla, comprendiendo por fin la verdad. La confusión dio paso a una repentina claridad.

—¿Habéis perdido a Totty y a George entre el gentío y luego habéis conseguido pasaje en este barco?

—Sí —admitió ella.

—A propósito.

—Sí.

—Y, sin duda, dado el acento de este hombre, este barco no va a Calais, de donde yo podría regresar en un día.

—Me parece que no.

—Señorita Crane —le dijo Jason cuidadosamente, demasiado consciente de los muelles que empequeñecían—. ¿Podríais decirme por favor adónde se dirige este barco?

Winnifred se volvió hacia el tripulante plantado a su lado.

—*Herr* Reinhardt... ¿Adónde nos dirigimos?

—A Hamburgo —repuso él.

Winn se volvió hacia él, sonriendo turbada.

—A Hamburgo —repitió.

7

En el que nuestro protagonista pierde los estribos

Winn estaba segura de unas cuantas cosas en su cómoda (tenía que reconocerlo) vida. Estaba segura de que, a las cuatro en punto, toda Inglaterra hacía una pausa para el té. Estaba segura de que a Rembrandt le habría convenido una iluminación mejor en su casa. Estaba segura de que era competente zurciendo calcetines pero nunca tendría el talento con la aguja necesario para bordar otra cosa que no fuera un pañuelo.

Sí, de todas esas cosas estaba segura.

De lo que no estaba segura en aquel momento era de hasta qué punto puede enfurecerse un ser humano.

Porque Jason Cummings, duque de Rayne, estaba a punto de estallar como el volcán de Pompeya.

—¿Una semana? ¿Toda una condenada semana para llegar a Hamburgo? —rugió, caminando por una pequeña zona de cubierta, porque, dado que lo rodeaban Winn, el capitán del barco, Reinhardt y unos cuantos marineros boquiabiertos, uno de los cuales traducía las palabras de Jason al alemán para diversión del resto, no podía alejarse—. ¿No podéis hacer escala en Dunkerque, o en Amsterdam por lo menos?

El capitán, que por suerte hablaba inglés con fluidez, negó con la cabeza.

—Tenemos que estar en Hamburgo dentro de una semana con el cargamento o toda mi tripulación perderá la mitad de su paga. —Se encogió de hombros—. Y no les gustaría perder la mitad de la paga, ni siquiera para intentar complacer a un duque.

—El viaje no dura una semana entera, excelencia. De hecho sólo dura seis días —terció Winn y, cuando vio las pupilas dilatadas y la furia del duque, retrocedió prudentemente.

—No quiero oíros. Seis condenados días... no, el doble, porque tardaré otros seis en volver a Inglaterra. Eso es prácticamente una quincena. No puedo estar ausente quince días. ¡Tengo... responsabilidades!

—Entonces quizá no deberíais haberos metido de polizón en este barco —refunfuñó Reinhardt, y el capitán asintió.

—¡No soy un polizón! ¡No me he escondido de nadie en ninguna parte! ¡En todo caso he sido raptado! —Se volvió hacia el capitán—. A lo mejor vuestra tripulación no debería ir por ahí golpeando a la gente en la cabeza sin previo aviso.

—Señor, lo lamento. Mi hombre simplemente actuaba para proteger a una pasajera —repitió el capitán con cansancio, quizá por sexta vez ya—. Una pasajera... que ha pagado su pasaje.

Tanto Winn como el duque captaron la insinuación.

—¿Pretendéis que pague? —dijo su excelencia, atónito—. ¿Por el privilegio de que me rapten?

—Lo siento, señor, pero la compañía naviera contabiliza todos los pasajeros que desembarcan. Se les embarga parte del salario a mis hombres en función de su número. —El capitán echó un vistazo a los hombres que lo rodeaban.

Winn miró a derecha e izquierda. De repente, los amables marineros a los que había conocido al embarcar se habían convertido en una pandilla de forzudos cuyos músculos hacían patente el duro trabajo que realizaban a diario... y cuyas expresiones indicaban lo mucho que les desagradaba la idea de que les embargaran parte de su salario.

Su excelencia debió de notarlo también, porque se llevó la mano al bolsillo de la pechera para sacar la bolsa y dijo:

—No estoy de acuerdo con esa compañía para la que trabajáis. Éste parece un empleo desagradable.

—El mundo es desagradable, señor —repuso el capitán—. Pero os animo a que pidáis que os sea devuelto el importe del pasaje en las oficinas de la compañía. En Hamburgo.

Jason sacó la mano del bolsillo de la pechera... vacía. Luego comprobó los bolsillos de la cintura y se palmeó la ropa.

—¿Dónde...? —preguntó, a nadie en particular. Luego anunció a los congregados—: Mi bolsa ha desaparecido. ¡Alguien me la ha robado! —Echaba chispas—. En los muelles o... mientras estaba inconsciente... ¡Alguien me ha robado el dinero!

Antes de que nadie se exaltara, recibiera un puñetazo o fuera acusado, Winn suspiró y se adelantó.

—Yo lo pagaré. Yo pagaré su pasaje. —Rebuscó en el bolsillo lateral de su maleta y sacó las monedas que él le había entregado aquella misma mañana—. ¿Bastará con esto?

El capitán cogió el dinero, lo contó rápidamente y levantó la cabeza, sonriente, de un humor completamente distinto.

—Bienvenido a bordo del *Seestern*. Si tenéis equipaje... —Se le quitaron un poco las ganas de sonreír cuando vio la mirada furibunda que le lanzó el duque—. *Da*, bien, por favor, si necesita algo, háganoslo saber. ¿Desean literas contiguas? —dijo, arqueando las cejas y bajando la voz. Pero no lo bastante, porque, en cuanto el que traducía volvió al trabajo, los hombres reunidos a su alrededor soltaron una carcajada.

—¡No! —exclamaron los dos al unísono.

—Bien —dijo el capitán, con repentina severidad y la cara seria—. Éste es un barco respetable. El responsable de cualquier comportamiento inapropiado será lanzado por la borda. *Fräulein* Crane. —Centró en ella su atención—. Mi mujer viaja conmigo y, puesto que vos lo hacéis sola, estará encantada de teneros como compañera de viaje.

Ladró algunas órdenes en alemán a su tripulación y los hombres se dispersaron para volver a sus ocupaciones según lo programado. Winn se quedó sola con el monte Vesubio.

—Uf —se rio nerviosa—. No sabía que el barco se llamara *Seestern*. Sé que significa «estrella de mar», pero...

—No —la cortó él.

Winn suspiró.

—Lamento muchísimo que os hayáis visto implicado en esto. ¡No deberíais haberme seguido!

—No —convino él.

—¿No comprendéis que tenía que hacerlo? —le suplicó ella—. Tenía que librarme de George. Sólo habría intentado hacerme ir a paso de tortuga, detenerme a ser posible. Totty conocía mis planes y, aunque no le gustaban, se avino a tener a George ocupado para que yo pudiera conseguir esas cartas y...

—¡No! —rugió Jason, avanzando dos pasos—. ¿Habéis perdido del todo esa cabeza hueca que tenéis? Aunque George intentara deteneros, os está esperando alguien para escoltaros al otro lado del canal. ¡Habéis dejado plantada a esa persona, y las jóvenes damas como vos no deambulan por el continente solas!

—Tengo treinta años, así que no creo necesitar carabina...

—¡No! —volvió a exclamar él, esta vez levantando la mano para pedirle silencio—. Además, si tanta prisa tenéis por llegar a Suiza, a Basilea, ¡el modo más rápido de hacerlo es cruzando Francia!

—Pero... ¡si no voy a Basilea! —repuso ella—. Voy a Nuremberg. Allí vivía Durero. Mentí cuando le dije a lord Forrester que las cartas estaban en Basilea, porque George estaba escuchando y no quería que...

—¡No! —Volvió a levantar la mano—. No quiero oír ni una palabra más acerca de vuestros planes. No quiero tener nada que ver con ellos.

—Excelencia... una vez más, lo siento. No intentaba involucraros...

Esta vez, en lugar de simplemente levantar la mano, Jason le tapó la boca con ella. Luego suspiró. Fue un suspiro de sufrimiento.

—Tengo que confesar que desde el instante en que me topé con vos y me disteis el manotazo en la cara, junto a la fuente de Somerset House, he tenido la... la adolescente compulsión de seguiros el juego. Al fin y al cabo no hay ningún mal en pellizcarle la nariz al *stablishment*. Era divertido y punto. Cuando me pidieron que os acompañara a Dover lo consideré una pequeña molestia nada más, y estaba satisfecho de que vuestro viaje estuviera bien programado: gracias a lord Forrester y Totty estaríais adecuadamente protegida. Me consolaba con la idea de que la vuestra era una travesura puramente académica. Una pequeña aventura bien planeada no tiene nada de malo. —La mirada de Jason se ensombreció todavía más y la arrastró. Sus ojos castaños adquirieron la negrura del carbón—. Pero, puesto que me han secuestrado, extorsionado y robado en una sola mañana, estoy convencido de que Forrester tenía razón. Necesitáis que os protejan, pero ¡de vos misma!

—Perdonadme, pero no.

Pero Jason no le dejó añadir nada.

—Ya no estoy de humor para seguiros la corriente. Me niego a que me arrastréis a participar vuestros proyectos. Estoy hambriento, furioso y permaneceré atrapado en este barco dos semanas. Así que, durante ese tiempo, no quiero que me dirijáis la palabra.

Dicho esto, apartó la mano de su boca, giró sobre sus talones y se marchó en tromba bajo cubierta.

Winn se quedó sola.

Se frotó la barbilla, todavía caliente por el contacto de su mano. No debería haberse sentido tan insultada como se sentía. Al fin y al cabo, Winn era muy capaz de ver la situación desde el punto de vista de Jason, y él tenía derecho a estar furioso en aquel trance e indignado por su comportamiento. Se había escapado y permitido que sus compañeros se preocuparan. Había subido a bordo de un barco, ella, una mujer sola, resuelta a ir a un lugar en el que nunca había estado, donde no tenía ningún amigo. Y a él lo habían golpeado en la cabeza cuando intentaba, a su modo de ver, ayudarla, y se veía obligado a viajar hasta Hamburgo sin haber podido mandar una nota a su familia o a sus criados. Se veía obligado a estar apartado de su vida el tiempo suficiente para que tanto esa familia como esos criados enloquecieran de preocupación.

Y, puesto que ella era lo bastante magnánima para plantearse la situación desde la perspectiva de él, a lo mejor él, cuando se calmara, tendría la amabilidad de intentar planteársela desde el suyo. Todo cuanto había hecho, de lo primero a lo último, lo había hecho por necesidad.

Había sido un año revelador para Winn. Se había dado cuenta de que el tiempo cruel le había robado la juventud. La había pasado encerrada en una biblioteca. Había visto cómo un hombre al que conocía de toda la vida discutía y daba puñaladas por la espalda para añadir unos cuantos cuadros a la ya enorme colección de la facultad. Se había enfrentado a la terrible traición de George, que estaba decidido a anteponer sus intereses a los de su prima.

Por tanto, había tenido que mentir y decirle a lord Forrester que las cartas estaban en Suiza cuando de hecho estaban en Nuremberg. Había tenido que seguirle la corriente a George cuando éste había insistido en acompañarla, aunque disimuladamente hubiera intentado disuadirlo con un emético. Y había tenido que huir con la ayuda de Totty quien, todo había que decirlo, no aprobaba su plan pero tenía cierta experiencia en travesuras parecidas y fe en Winn.

Winn no le pedía nada más al mundo. Un poco de fe. Que aceptara que podía haber escrito los artículos de C. W. Marks; que podía viajar por su cuenta y explorar el mundo sin necesidad de que la encerraran en una biblioteca por su propio bien. «Eso —pensó mientras una ráfaga de aire le alborotaba el pelo bajo el sombrerito de paja y se agarraba a la barandilla para no caer—, y libertad para disfrutarlo.»

El barco escoró ligeramente a babor con el viento y Winn estuvo a punto de tropezar con un montón de gruesos cabos que dos marineros enrollaban en un enorme carrete. No estaba acostumbrada al movimiento de un barco porque nunca había subido a bordo de ninguno. Tendría que desarrollar... ¿cómo lo había llamado Reinhardt? ¡Ah, sí! «Piernas de mar.» No pudo evitar reírse. ¡Allí estaba ella, en un barco! Hasta entonces no había ido más que en bote de remos, ¡y se iba en barco a Hamburgo!

Impulsivamente, se sacó la aguja del sombrero y se lo quitó. Luego, con la cabeza descubierta, una sonrisa pícara y más agallas de las que creía tener, lo lanzó al agua.

Por primera vez desde la muerte de su padre, Winnifred no sentía el peso de la carga de las expectativas de los demás. Lo único que la movía eran sus propias ambiciones. Con la melena al viento se sentía libre porque había llevado a cabo su pequeño plan. Más todavía, había tenido éxito. La única fisura era la inesperada aparición de Jason Cummings.

¿Quién habría podido imaginar que aquel desgarbado y pomposo marqués de diecinueve años al que ella recordaba de las cenas de su padre, y cuyo principal interés en la vida era la arquitectura, ya fuera una catedral con contrafuertes o el impresionante voladizo de los pechos de una sirvienta, sería, una década más tarde, el duque que intentaría rescatarla? Y en más de una ocasión, incluida su ayuda en Somerset House. A pesar de todo, no estaba segura de encontrar fastidiosa su inmiscusión (después de todo había tenido que asumir el coste de otro pasaje y, puesto que el patrocinio de lady Worth no cubría su precipitado segundo plan, el dinero no le sobraría) o una gentileza, algo útil (¿habría podido entrar en el despacho de lord Forrester de no ser por él?).

Sin embargo, teniendo en cuenta su presente acritud, Winn dudaba que tuviera que contar con su presencia demasiado tiempo... que era exactamente lo que quería, lo que necesitaba.

Al fin y al cabo, había llegado a comprender que, si deseaba seguir su propio camino en este mundo, no podía confiar en nadie excepto en sí misma.

Serían seis días muy largos para Jason, un hecho al que tuvo que resignarse cuando descubrió que su «alojamiento» era poco más que una litera encajada entre varios barriles de pescado salado y otros tantos cajones de cerámica de Shropshire. Los alojamientos de los otros pasajeros eran más cómodos, pero, como le dijo el capitán cuando se quejó de que el pescado salado atufaba junto a su cama, él había sido el último en adquirir el pasaje... y las demás literas ya estaban asignadas.

—Pero, para su provecho —dijo el capitán con la máxima suavidad—, haré que trasladen el pescado salado.

Y así lo hizo. Lo sustituyeron por pájaros. Pájaros vivos, enjaulados y escandalosos.

Cuando no estaba en su alojamiento no estaba tan mal. Aparte del capitán y su tripulación, había a bordo sólo seis pasajeros, incluida la señorita Crane. Con grados distintos de educación, no todos hablaban con la misma fluidez el inglés. Una pareja de Hanover había visitado a su tía en York y un pastelero inglés seguía a su patrón a Sajonia-Coburgo para una estancia de tres meses en aquel ducado. Cuando Jason intentaba trabar conversación con ellos, o durante la cena, eran todos muy amables, se solidarizaban con su situación y se mantenían como poco a dos metros de él, permanentemente.

Era el único que sólo llevaba lo puesto y que dormía con pescado y pájaros.

Pero arriba, en cubierta, era tolerable. La mayoría de los marineros lo miraban, murmuraban algo entre dientes en alemán y luego se reían y se apartaban de su camino. Como había pasado un año en el extranjero siendo más joven, Jason hablaba pasablemente el alemán. Se manejaba bien en el dialecto de la Baja Sajonia y se defendía en bávaro, así como en alemán común. Por tanto, estaba bastante seguro de que una de las cosas que de pasada oía decir a la tripulación era «el duque fugitivo». Especulaban acerca de que tenía que ser un aristócrata muy pobre para que la pequeña *Fräulein* Crane hubiera tenido que pagarle el pasaje.

Y luego vio a *Fräulein* Crane en persona. Estaba acodada en la barandilla de babor, con la cara al viento. El sol iluminaba su perfil y pequeños mechones de pelo escapados del moño le flotaban sobre las orejas. Se preguntó por un instante dónde estaría su sombrero de paja, pero sin él estaba sorprendentemente encantadora a la luz vespertina. Tenía una expresión de profunda felicidad.

¿De felicidad? ¡Pues claro que era feliz! Estaba haciendo exactamente lo que quería. Jason había invertido la mayor parte de su energía durante los últimos cinco días evitando a Winnifred Crane. Y ella parecía completamente satisfecha de que lo hubiera hecho. Nada de histerismos. Ningún «por favor, perdóneme, he hecho algo terrible»; estaba tranquila y resuelta.

Aquello lo fastidió.

¿Podía ser tan insensata como para pensar que sería capaz de ganar la apuesta? Debería hacerla desistir...

No. No, no podía permitirse implicarse en aquello. Había cumplido con su deber y la había dejado en Dover. Su obligación con lord Forrester no iba más allá. Al día siguiente, cuando atracaran en Hamburgo, se alejaría de ella por completo. Debía volver a su propia vida, por supuesto que sí. Y Winnifred... era cabezota, tozuda y estaba completamente loca. Ahí estaba, en aquel barco, camino de Hamburgo... ¡completamente feliz!

Tal vez debiera hablar con la esposa del capitán. La dama era una perfecta inglesa; a lo mejor entendería su preocupación. Ella y Winnifred habían estado juntas todo el viaje. A lo mejor ella encontraría el modo de proporcionarle a la señorita Crane alguna protección durante su búsqueda demencial.

Podía hacerlo. Pero allí terminaría su implicación en el asunto.

—Seguramente se gasta todo el dinero en ropa —dijo uno de los hombres de la tripulación en alemán, interrumpiendo el hilo de sus pensamientos. El tipo levantó una expresiva ceja hacia el antes elegante abrigo de viaje, que olía a rayos tras cinco días sin quitárselo. Por lo visto había estado haciendo conjeturas sobre el dinero que tenía... o del que carecía.

—*Nein* —repuso su compañero, que no era otro que Reinhardt, el protector de la señorita Crane—. Perdió a las cartas. Todos los ingleses pierden su dinero a las cartas. —Mordió el cigarro—. ¡O se lo ha gastado todo en mujeres y su fea y gorda esposa lo ha echado de la isla!

¡Por el amor de Dios! ¿Nadie creía que le habían birlado la bolsa? Y, además, no iba preparado para aquel viaje precisamente, se dijo, achicando los ojos. Mientras los tripulantes se reían de su imaginaria oronda esposa persiguiéndolo hasta el barco, Jason se les acercó.

—*Guten tag* —dijo—. ¿Tenéis otro cigarro? ¿Podríais dármelo? —prosiguió en alemán coloquial.

El marinero del cual desconocía el nombre metió la mano en el bolsillo y sacó otro cigarro.

Reinhardt tuvo la gentileza de sonrojarse cuando lo fulminó con la mirada.

—*Tschuss.* —Jason sonrió y se hizo con la colilla del cigarro de Reinhardt para encender el suyo—. Y, dicho sea de paso, no estoy casado. —Luego, por añadidura, miró a Reinhardt de la cabeza a los pies y le guiñó el ojo.

Se alejó de ellos rápidamente, riendo entre dientes y, por los murmullos de sorpresa que oyó a su espalda, estuvo seguro de que acababa de dar a la tripulación del *Seestern* muchísimos más motivos para especular acerca de su situación financiera.

Sentía regocijo. ¿Qué demonios lo había poseído para actuar de un modo tan ridículo? Las travesuras solían ser uno de sus fuertes. ¡Dios! Hubo un tiempo en que sólo su hermana era más hábil que él en eso. Una vez él y Jane le habían robado el bote al vecino y lo habían subido al...

Pero de eso hacía una eternidad. Ahora era más o menos responsable. Era adulto.

Tal vez fuera por los cinco días que llevaba en alta mar. Podía deberse también a aquella delirante situación. O quizás el motivo fuera ella.

Se encaminó hacia la cubierta de babor del barco, dejando que la brisa se llevara consigo parte de sus cuitas. Pero, cuando llegó, descubrió que, mientras estaba ocupado molestando a Reinhardt, la señorita Crane había abandonado su atalaya y había desaparecido bajo cubierta.

Lo que Jason hubiera pensado decirle, fuera lo que fuese, ya daba igual. «Mejor así», pensó, dando una calada a su cigarro, bastante insípido y asqueroso.

Porque no iba a involucrarse con Winnifred Crane nunca más.

El *Seestern* remontó tranquilamente el Elba durante esa noche y atracó en Hamburgo justo cuando despuntaba el día. Una vez más, la única persona que bajó las escaleras antes que Jason (en este caso la pasarela) fue Winnifred Crane. En esta ocasión, sin embargo, no se encontraron serenamente en un salón de desayuno vacío, sino en el caos del puerto de Hamburgo.

Aquello era más parecido a Londres que a Dover, decidió Jason. El único propósito de la existencia de Dover era el tráfico portuario, mientras que Londres (o, en el caso presente, Hamburgo) era una próspera metrópoli con instalaciones portuarias. Aunque la aurora apenas iluminaba el cielo, los muelles bullían de actividad; los hombres ataban pesadas maromas a toletes y postes, gritando a las tripulaciones de cubierta, apretando y empujando las mercancías en plataformas unidas a poleas. Era igual que seis días antes en Inglaterra, sólo que en sentido inverso y en alemán.

En cuanto puso los pies en la superficie estable del muelle, Jason recuperó el equilibrio y suspiró, profundamente aliviado. Y entonces la gente que iba y venía lo empujó contra la pequeña señorita Crane.

—¡Ay! —fue la exclamación ahogada y previsible de ambos al chocar—. La señorita Crane se volvió y levantó la cara hacia a su agresor con mirada asesina. Luego, al ver que se trataba de él, su expresión se dulcificó y pasó a ser de torpe perplejidad, como si no supiera qué decirle.

Jason suponía que su cara reflejaba una expresión parecida a la de ella.

—Bueno... —empezó, y se quedó sin palabras, incapaz de dar con algo apropiado que decir.

—Bueno... —repuso ella, llevándose una mano al guardapelo y agarrando la maleta con la otra, con los ojos fijos en algún punto del lóbulo de la oreja de Jason.

—¿Sabéis cómo llegar desde aquí al lugar donde vais? —se le escapó.

—¡Ah! —Abrió mucho los ojos, sorprendida—. Sí. La señora Schmidt... quiero decir, la esposa del capitán, me dijo que me indicaría dónde tomar un simón.

—¿Dijo que os lo indicaría? —preguntó Jason, alisando algo la frente. Él había hablado con la señora Schmidt y ésta le había comunicado que se aseguraría de que la señorita Crane llegara a su destino. ¿Con eso se refería únicamente a subirla a un simón?

«No. No —se dijo Jason—. No puedes permitir que esto te afecte. No puedes involucrarte.»

—Sí. Estoy segura de que desembarcará enseguida. Estaba

116

muy preocupada por la descarga de sus pájaros. Se ha traído toda una colección de Inglaterra, ¿sabéis?

Jason se limitó a asentir brevemente. Sí, sabía perfectamente lo de los pájaros.

—Además, he estudiado el mapa de esta ciudad a fondo antes de llegar. Los coches de alquiler no pueden estar lejos —prosiguió la señorita Crane—. Presumo que la mayoría de los viajeros quieren llegar a su destino.

—Sí. Y vos tenéis que ir a...

—A Nuremberg —terminó por él la frase—. Y vos tenéis que ir a las oficinas de la compañía naviera. A recuperar el dinero por las molestias.

—Cierto —convino Jason débilmente. Luego reaccionó—: De hecho es vuestro dinero. Vos pagasteis mi billete.

—Y algún día podéis comprarme una botella de borgoña del 93 a cambio. —Sonrió—. Estamos en paz.

Ambos se quedaron en silencio, sin que ninguno de los dos supiera muy bien cómo acabar la conversación y despedirse. Hasta que...

—¡Ah, mis Crane...! —interpeló la voz de la robusta señora Schmidt, que maniobraba bajando con pompa la pasarela, a la cabeza de un número indeterminado de atribulados mozos cargados con el contenido chillón de su alojamiento—. Aquí estáis. Creía que habíais huido de mí.

—No me extraña —dijo Jason, buscando los ojos de la señorita Crane. La joven le lanzó una mirada asesina, pero él se limitó a encogerse de hombros. «Bueno, es cierto», decía aquel gesto. Ella puso los ojos en blanco para manifestarle sin palabras su desacuerdo.

—Bueno, no temáis, pues ya veis, estoy aquí —decía la señora Schmidt—. Excelencia, las oficinas de la compañía naviera están por ahí... Doblad tres veces a la derecha y una a la izquierda. ¡Oh, no! ¡Mucho cuidado con ese pájaro carpintero de pecho rojo! Se diría que están manejando un gorrión común. Ahora, señorita Crane —prosiguió, sin solución de continuidad—, tenemos que llevaros al sur de mi país de adopción. No temáis. Excelencia, la llevaré donde necesita ir.

Ya estaba todo dicho. La señora Schmidt tomó del brazo a la señorita Crane y la guio entre la desquiciante aglomeración de mercancías y hombres hasta que desaparecieron.

Después de haber doblado tres veces a la derecha y una a la izquierda, Jason se encontró delante de la enjalbegada entrada de la compañía naviera Schmidt und Schmidt. Se sentía un poco tonto, no sólo porque acababa de quedarle meridianamente claro que el capitán y la señora Schmidt eran los principales socios de la compañía y, por tanto, aquellos míticos supervisores que hacían balance de cuentas y metían miedo a los hombres amenazando con embargarles la paga, sino también porque, puesto que acababa de amanecer, el edificio no había abierto todavía sus puertas. Probablemente los secretarios, pasantes y gerentes que allí trabajaban estaban todavía desayunando, empezando la jornada, y no llegarían hasta pasadas unas horas.

Dada su condición de par, Jason habría podido enfurecerse. Habría podido vociferar y exigir el debido respeto. El problema era que, sin un penique, sin criados ni ninguna prueba obvia de su posición, nadie le creería. O, si lo hacían, no les importaría. Pero eso no implicaba que tuviera que aguantar tamaña falta de respeto del capitán Schmidt.

Lo que haría cuando volviera a casa, se dijo mientras regresaba deambulando a los muelles, sería adquirir aquella pequeña empresa y desmantelarla por completo. Pero no. Con aquello el capitán Schmidt se haría más rico de lo que merecía ser. Mejor sería que comprara su más directa competidora y llevara su negocio a la ruina. Conocía a un hombre que había hecho fortuna con una naviera, el señor Holt. Haría que su secretario concertara una cita con él, le pediría su opinión...

De momento, sin embargo, estaría encallado en Hamburgo unas cuantas horas. No tenía demasiadas opciones. La última vez que había estado en la ciudad, durante su viaje con Charles y Nevill, el hotel en el que se habían alojado era el único en el que se instalaba la aristocracia. Si encontraba a alguien conocido allí, quizás algún inglés que estuviera de viaje por el extranje-

118

ro, seguramente le serviría de garante. Y así podría regresar a Londres...

Un plan sensato. El primer atisbo de sensatez en seis días. Y, por primera vez en seis días, una sonrisa iluminó la cara de Jason Cummings. Puede que hubiera esperanza para él todavía.

Cuando dobló a la izquierda por última vez, esperaba ver el río Elba iluminado por el sol de la mañana y la actividad incesante de los muelles. Pero seguramente había doblado indebidamente a la derecha en algún momento, porque, en lugar de ver el muelle donde se habría contentado con matar el tiempo, vio de sopetón a la señorita Winnifred Crane.

Sola.

Se las había arreglado para encontrar el camino hasta la cochera de una gran hostería y estaba hablando animadamente con un hombre que cargaba equipaje en un simón. Estaban descargando y cargando otros simones y los pasajeros iban y venían hasta y desde el pequeño restaurante del establecimiento. Los hombres hablaban a gritos, daban de comer a los caballos, los erraban y los enganchaban. Y, en medio de todo aquello, el gorrioncito, gesticulando como una posesa, tratando de hacerse entender y dando nerviosamente un saltito cada vez que el caballo que tenía al lado intentaba resoplar en su cabeza descubierta.

Maldita fuera su estampa. La había perdido de vista sólo media hora y ya se había metido en alguna clase de embrollo. ¿Dónde demonios estaba la señora Schmidt?

De repente cayó en la cuenta de que, si el capitán Schmidt le parecía un aprovechado, era probable que la señora Schmidt no le fuera muy a la zaga. Probablemente ambos consideraban que el otro lo era, pensó tristemente.

«No —su razón volvió al ataque—. No lo hagas. No te involucres en sus alocados proyectos. Vete al hotel. Prosigue tu camino. Tú tienes tus planes y ella los suyos.»

Entonces vio cómo encorvaba ella los hombros y se llevaba la mano al guardapelo, tardaba un momento en rehacerse y luego, con un profundo suspiro, intentaba comunicarse con el hombre otra vez.

En aquel instante supo que daba igual lo que su razón le dictara y a qué autoprotección intentara apelar. No podía convencerse de que no debía involucrarse. Si se iba, la culpa lo reconcomería y no lo dejaría en paz hasta que los pies lo devolvieran a aquel lugar. No podía marcharse corriendo.

Descartó la idea de encontrar a un amigo en el hotel en cuanto hubo dado el primer paso hacia la cochera. Cuando cruzaba el patio, el sentido común lo había abandonado ya por completo. Porque, cuando por fin se situó al lado de la señorita Crane y ella volvió la cara hacia a él, sorprendida, lo único que se le ocurrió decir fue...

—Bien, ¿adónde vamos ahora? A Nuremberg, ¿verdad?

8

En el que nuestra pareja estudia los aspectos económicos del viaje

—Excelencia, es completamente innecesario... —dijo, después de haber intentado hablar sin éxito varias veces.

—Es probable, pero lo estoy haciendo igualmente. —Jason miró al serio cochero y luego posó la mirada en el cartel de la entrada de la cochera. SCHMIDT UND SCHMIDT, ponía. ¡Pues claro!—. Intentamos llegar a Nuremberg, ¿cierto?

—Yo lo intento, excelencia —dijo ella, pero Jason no le permitió proseguir.

—Pues me parece que os estáis equivocando de simón.

—A mí no. Simplemente intentaba averiguar...

—¡Cochero! —le gritó al hombre, y luego se puso a hablar en el dialecto alemán que correspondía—. ¿Va este simón a Nuremberg?

—*Da* —respondió el cochero.

—¿Lo veis? —exclamó ella—. La señora Schmidt me ha dicho que debía tomar este simón, y yo simplemente intentaba averiguar...

—¿Cuánto cuesta el billete? —le preguntó Jason al cochero en alemán.

La suma que le dijo era exorbitante.

—¿Por qué cuesta tanto? No queremos ir más que a Nuremberg —le respondió Jason.

—*Da*, pero este simón pasa también por Berlín, Leipzig, Dresde, Dusseldorf, Frankfurt...

—Ya veo. —Jason enarcó las cejas—. ¿Vais a todas esas ciudades antes de ir a Nuremberg?

—*Da* —fue la escueta respuesta del cochero.

En aquel momento Jason ya no pudo seguir ignorando a la señorita Crane, que le tiraba de la manga. Se volvió hacia ella.

—¿Qué demonios le estáis diciendo? ¿Y qué os dice él? Llevo veinte minutos intentando sacarle algo.

—Señorita Crane, ¿habláis alemán? —le preguntó Jason, sorprendido.

—Pues claro que hablo alemán —dijo ella, ofendida.

—¿En serio? —le preguntó descaradamente Jason—. ¿Qué dialecto?

Ella boqueó, como un pez.

—Por lo menos soy capaz de leer en alemán perfectamente. —Luego, al cabo de un momento, añadió—: Alemán renacentista.

Jason puso los ojos en blanco, aunque contuvo las ganas de llevarse las manos a la cabeza.

—En tal caso —dijo, suspirando—, ¿deseáis vivamente disfrutar de todos los paisajes de las provincias alemanas? Porque este coche os llevará zigzagueando por el país siguiendo un trayecto parecido a las puntadas de un bordado. Es un vehículo turístico.

—Pero... ¡No! —gritó ella—. ¡Le he especificado a la señora Schmidt que necesitaba llegar a Nuremberg cuanto antes!

Jason se limitó a señalarle el cartel de Schmidt und Schmidt de la cochera.

—Me parece que el precio de un pasaje turístico es más del gusto de la señora Schmidt que el de un trayecto más directo, os haga llegar o no cinco días más tarde de lo previsto. —Se esforzó por mirarla a los ojos—. A veces la gente tiene sus propios motivos para prestar ayuda, señorita Crane.

Ella levantó la cabeza y lo miró con dureza.

—En tal caso, excelencia, ¿cuáles son los vuestros?

Era una pregunta que debería haber esperado, pero que no esperaba. Tardó un momento en responder y, antes de que pudiera hacerlo, ella lo esquivó.

—Gracias por vuestros servicios de traducción, pero me las arreglaré para encontrar el simón correcto por mi cuenta.

Se marchó sorteando a la gente y los caballos, y ya había llegado casi a la puerta de la hostería, donde probablemente pensaba preguntar, cuando Jason la atrapó.

—Para ser tan menuda camináis muy deprisa —refunfuñó—. No voy a marcharme, así que dejad de correr. ¿Tenéis amigos en Nuremberg, señorita Crane?

—¿Los tengo...? —repuso ella enigmática—. Pues claro que sí. Me he estado carteando con el señor Heider durante los dos últimos años. Es un hombre que ha dedicado la vida a archivar la obra y los escritos de Durero, un verdadero seguidor. Y, antes de eso, mi padre mantuvo correspondencia con él durante años.

—¿Se trata de un caballero soltero? —le preguntó Jason.

Ella achicó los ojos.

—No. Tiene esposa y resulta que es más viejo que Matusalén. Decidme, ¿tendéis siempre a pensar lo peor o simplemente es que no confiáis en nadie?

—No confío en nadie —respondió Jason sin rodeos—. La cuestión es que, para gente como los Schmidt y otra parecida a la que conoceréis durante el viaje, sois un blanco fácil. Lo sé porque yo fui un blanco fácil en otros tiempos. —Le asaltó el recuerdo de cómo lo había desplumado cada tabernera, hostelero y tendero durante su viaje por el continente, y su inexperiencia como viajero—. La gente intentará abusar de vos.

Ella se dio por vencida.

—Para ser franca con vos y puesto que no sé lo que queréis de mí, ¡sólo puedo considerar vuestra continua presencia como una imposición!

—Lo único que nunca he pretendido durante el poco tiempo transcurrido desde que nos conocemos ha sido imponerme a vos —le contestó Jason—. De hecho, más bien al contrario.

—Entonces ¿por qué me perseguís? ¿Intentáis hacerme cambiar de opinión y que regrese, como George, o intentáis meterme en vuestra cama, como todos los hombres de los que pensáis protegerme? Honestamente, ambas posibilidades dan otro tinte a vuestras razones para correr tras de mí y embarcaros en ese navío.

Jason apretó la mandíbula. Pero decidió ignorar aquella pulla y responder a su primera pregunta.

—Queréis conocer el motivo que me mueve. Es sencillo, señorita Crane. La culpa. Lord Forrester me encargó que os ayudara y, hasta que no os vea a salvo en manos de vuestro amigo no me sentiré absuelto de ese deber. —A punto estuvo de mencionarle la relación familiar que le uniría con lord Forrester a través de Sarah. Pero algo lo impulsó a guardarse aquella información—. Me lo impiden mi educación inglesa —dijo en cambio— y una hermana que me rompería la crisma si se enterara de que había abandonado a Winnifred Crane a los Schmidt del mundo.

—¡Oh! —repuso ella. De hecho, parecía que sería la única respuesta que le daría, porque no tenía otra.

—Así pues —prosiguió Jason viendo que ella se quedaba callada—, ¿hemos terminado de ventilar la frustración? ¿Podemos ir a buscar el simón que nos conviene? Porque, por mucho que querría hacerlo, no puedo abandonaros.

Se disponía a abrir la puerta de la hostería cuando alguien la abrió desde dentro y a punto estuvo de darle en la cara.

—¡Cuidado! —le dijo en alemán el fornido hombre que salió disparado.

Jason señaló hacia la puerta severamente. Las acusaciones de la señorita Crane por lo visto le habían afectado más de lo que creía.

—¡Cuidado vos! —le gritó al otro, demasiado irritado para protestar en otra lengua que no fuera la inglesa.

La señorita Crane alzó una manita y lo agarró del brazo para detenerlo.

—Excelencia —empezó a decir—, estoy notablemente frustrada. Estoy desconcertada, en una ciudad desconocida, enojada porque no consigo hacerme entender. Y vos os presentáis de repente haciendo de salvador después de haberme estado ignorando durante seis días en un viaje durante el cual la única compañía que he tenido ha sido la de la señora Schmidt, que, por lo que parece, planeaba sacarme el dinero. —Tragó saliva y arqueó una ceja—. Lo que equivale a decir, dando un rodeo, que siento haberos hostigado y haber puesto en duda vuestros motivos. Ha sido muy poco amable de mi parte.

—¡Ah! —repuso él, parpadeando. Curiosamente, aquellas palabras habían logrado apagar su rabia considerablemente—. Gracias.

—Pero, por favor, tened en cuenta que tengo una... misión. Una misión que ha acaparado mis pensamientos durante bastante tiempo. Soy desconfiada por naturaleza. —Tomó aire y se estremeció levemente en su grueso abrigo—. Y, por favor, tened en cuenta que tengo que moverme rápido, que el tiempo es un factor importante para mí. Y que otro factor es... el dinero.

Jason frunció el ceño, entendiendo por fin.

—Lady Worth no tenía idea de este cambio de ruta y no tomó las medidas oportunas.

—Efectivamente.

—Seguramente os dio algún dinero para gastos personales, para imprevistos.

—Lo hizo. —La señorita Crane asintió con la cabeza—. Pero George insistió en custodiarlo y yo no habría podido evitar que lo hiciera sin levantar sospechas. El único dinero que llevo encima es el que gané con la venta de los artículos de C. W. Marks: quince libras. Menos que eso desde que compré el pasaje del *Seestern*. —Alzó la cara para mirarlo, suplicante—. Bastará para que una persona llegara a Nuremberg, pero no dos. De hecho, creo que estaréis más cómodo yéndoos a casa.

Jason tomó su mano y la apartó de su manga. Winn llevaba guantes y él no, pero incluso a través de la piel notó aquella pequeña descarga. Fue una descarga como las que notaba de niño cuando frotaba los pies en la alfombra y luego tocaba un picaporte riendo tontamente.

—Dadas vuestras capacidades idiomáticas —le dijo, soltándole la mano—, creo que os daréis cuenta de que soy un recurso válido para vos, no un estorbo. En cuanto al dinero...

Jason rebuscó un poco en sus bolsillos y sacó un tarjetero de oro con filigrana de plata que no contenía ninguna tarjeta de visita.

—De esto sacaremos unos cuantos chelines. De esto también —dijo, señalándose la aguja del pañuelo, mustio y en deplorable estado. Se miró el sello ducal de la mano derecha—. De esto no, por desgracia. Los futuros duques de Rayne renegarían de mí si me deshiciera del sello.

La señorita Crane se quedó pensativa un instante. Su expresión era inescrutable.

—Dejadme hacerlo —le dijo Jason, muy serio. Luego, con una pálida sonrisa, añadió—: He llegado hasta aquí accidentalmente. Bien puedo completar la misión a propósito.

Tal vez la idea de embarcarse sola en una aventura la atemorizara. Tal vez había llegado a la conclusión de que la fluidez con la que Jason hablaba el idioma le sería útil. Pero, funcionara como funcionase su enrevesada mente, al final se limitó a encogerse de hombros.

—Supongo. —Suspiró con resignación—. No puedo impediros que toméis el mismo simón a Nuremberg que yo.

—Supongo que no —convino Jason.

—Entonces quizá lo mejor sea que busquemos... nuestro simón.

—Mi querida señorita Crane. —Jason sonrió burlón—. Eso se parece sospechosamente a un permiso para que viajemos juntos. ¡Qué tremendamente agradable es que le necesiten a uno!

Ella lo miró inmediatamente a la cara, con los ojos avellana encendidos de indignación.

—No os necesito, excelencia. —Cuadró los hombros—. No necesito a nadie.

Jason se acobardó. No esperaba tanta vehemencia. Ella también pareció pensárselo porque, tan rápidamente como había aflorado, su indignación desapareció bajo una sonrisa exagerada.

—¿Podemos ir a... buscar un prestamista? —Miraba el tarjetero que él sostenía.

—Sí —se avino él, borrando de su cara cualquier rastro de sorpresa. Luego le cogió la mano. Fue un acto impulsivo por su parte, sí, pero su piel sentía una curiosidad de la que su mente no había adquirido conciencia todavía. Se preguntaba si aquella descarga eléctrica se produciría con el más mínimo contacto. Se la llevó de la mano, alejándola del ruido y el estiércol de la cochera—. Luego buscaremos un simón y después... la prueba de que sois C. W. Marks.

Ni que decir tiene que, a aquellas alturas del viaje, les hacía falta un poco de conversación. El problema era que Winn no tenía ni la más remota idea de lo que decir.

Habían encontrado un comerciante dispuesto a adquirir los extravagantes objetos personales del duque por una suma ridículamente baja. Winn sospechaba que si hubieran vendido el tarjetero y la aguja de corbata por lo que valían realmente podrían haberse costeado todo el viaje a Nuremberg y posiblemente unas cuantas semanas en París por añadidura. Pero el hecho fue que les dieron por ellos lo suficiente para comprar los billetes del simón que iba directamente a Nuremberg y seguía luego hasta Múnich, y les quedó todavía un poco para costear el alojamiento de su excelencia durante el viaje, dado que tardarían dos días al menos en llegar a su destino.

El simón iba medio vacío. El único ocupante aparte de ellos era el alemán fornido que antes había estado a punto de arrollar a Jason. Por suerte se contentaba con dormir. Por desgracia roncaba tan fuerte como un oso.

Winn echó un vistazo al relojito que llevaba prendido en la pechera del abrigo marrón de lana. Dos días. Dos días con el roncador alemán. Dos días con Jason Cummings, duque de Rayne, mirándola desde el asiento de enfrente.

La joven no sabía qué pensar de aquel hombre. Creía en el motivo que le había planteado. Al fin y al cabo, no le preocupaban ella ni su causa, no se jugaba nada con su triunfo o su derrota. A menos, por supuesto, que hubiera hecho alguna apuesta sobre ella en uno de esos clubes de caballeros... aunque no creía que así fuera. No parecía un hombre aficionado a pasatiempos de caballeros tales como apostar por cualquier nimiedad; más todavía: no parecía importarle en qué medida ella lo consiguiera... siempre y cuando él lo hiciera.

127

Después de todo, se había pasado seis días en un barco ignorándola por completo. Que la acompañara en aquel momento se debía, y había insistido en ello, puramente a su sentido del deber.

¿Tenía que dar las gracias a alguien tan consciente de su deber? ¿Tenía que dar las gracias a alguien cuya presencia era superflua? ¿O, debido a eso precisamente, debía ignorarlo? Aunque su presencia, fruto del deber y superflua, fuese un consuelo.

Al fin y al cabo, daba igual lo que él creyera. No le necesitaba. No hablaba alemán con fluidez, cierto, pero se las habría apañado. Tenía poco dinero, pero no le faltaba ingenio. No le necesitaba y, mejor todavía, por primera vez en la vida, felizmente nadie la necesitaba a ella.

Pero ¡qué absurdamente incómodo era! Hasta entonces habían estado siempre en compañía de Totty y George o él la había ignorado en el barco. Era como si fuera la primera vez que estaban realmente... juntos. Por eso Winn era completamente incapaz de encontrar un tema del que hablar. Una lástima, se dijo, porque... estaba viviendo la gran aventura de su vida. ¡Quería disfrutar de ella!

Volvió a consultar brevemente la hora. Sólo habían pasado treinta segundos. Serían dos días muy, muy largos. Dos días con Jason Cummings, duque de Rayne, mirándola desde el asiento de enfrente. Y dos días soportando aquel olor.

Winn no era una de esas delicadas flores que llevan consigo a todas partes una bolsita perfumada para olerla cada vez que se topan con gente cuya higiene personal deja mucho que desear. Pero en aquella situación habría deseado serlo, ¡vaya que sí!

Intentó respirar por la boca y situarse lo más cerca posible de la ventana. Abrió un poco más la cortinilla.

—Podéis decirlo —dijo el duque, arrastrando las palabras—. No sois lo bastante artera como para ser educada en este caso.

—Excelencia, oléis espantosamente mal —le dijo ella apresuradamente.

Él soltó una carcajada, echó atrás la cabeza y gritó a pleno pulmón, divertido.

—Dios, lo sé. Estoy empezando a darme asco a mí mismo. —Se pasó una mano por la barba, que a lo largo de aquellos seis días le había crecido espesa y muy roja. Otra semana y podría rivalizar con la venerable barba de un filósofo. Curiosamente definía la forma de su barbilla de un modo bastante agradable. Incluso habría podido definirse como desenfadada hasta cierto punto... de no haber olido tan mal, claro.

—Confieso que he notado cierto olor en la cochera, pero no me he dado cuenta de que erais vos hasta que...

—Os habéis visto obligada a estar confinada en este pequeño espacio conmigo.

—Exactamente. Es un olor como a... pescado y a... algo más que no consigo...

—Ese algo más eran pájaros. —Viendo la cara que ponía ella, añadió una aclaración—: Me he estado alojando con la colección de la señora Schmidt.

—Imagino que los pájaros estaban bastante a gusto con vos, excelencia, teniendo en cuenta cómo oléis a pescado.

—Imagináis bien. —Sacudió la cabeza. Luego, tras echar un vistazo al caballero que roncaba sin ningún pudor a su lado, se inclinó hacia delante y le hizo una seña para que se acercara, cosa que ella hizo... conteniendo la respiración—. Creo que será mejor que, teniendo en cuenta lo apretados que estamos, que no me llaméis excelencia.

—¿Por qué?

Él evitó contestar un momento.

—Porque la gente... los hosteleros, los cocheros... tienden a servir lo mejor a la aristocracia, y a subir los precios en consonancia. Es algo que aprendí cuando viajé por el continente.

Ella lo estudió, apretando el guardapelo. Era algo que hacía siempre que estudiaba un problema, un hábito que la había obligado a cambiar la cadena dos veces durante el último año.

—Creía que los aristócratas nunca pagan la factura.

—Pues sí, acabamos haciéndolo. Y, si nos ocupamos de nuestros asuntos, hasta las leemos. Un capricho nuestro. —Hizo un gesto con la mano, desestimando aquella clase de preguntas—. Pero dudo que, paremos donde paremos, estén dispuestos a aplazar el pago... Digamos que mejor evitar el problema de entrada.

Ella lo miró y ladeó la cabeza.

—En tal caso, ¿cómo queréis que os llame?

Él se encogió de hombros sin comprometerse.

—¿Señor? ¿Jason? ¡Eh, tú!

—¿Qué tal, señor Cummings? —propuso ella. La idea de llamarle Jason (pensara o no en él en tales términos) era al mismo tiempo demasiado interesante y demasiado abrumadora.

—No creo que respondáis a un «¡eh, tú!» —comentó con una sonrisa.

—Señor Cummings —saboreó las palabras—. Resulta...

—¿Vulgar?

—Anticuado —respondió él—. Aunque supongo que es la mejor opción.

Se hizo de nuevo el silencio y sólo se oía el ruido sordo del coche de caballos.

Ya estaban bastante lejos de la ciudad. Por la ventanilla (que Winn había abierto completamente en cuanto su excelencia... no, el señor Cummings... le había permitido reconocer que apestaba) desfilaba un bucólico paisaje campestre de ondulantes colinas verdes con pueblecitos al fondo. Y vacas. Muchas, muchas vacas.

Discretamente, Winn echó otra ojeada a su reloj. ¡Madre mía! ¡Aquello no se acabaría nunca!

—Sólo han pasado sesenta segundos desde que consultasteis la hora la última vez.

Ella levantó la cabeza y se encontró con sus ojos. No había sido tan discreta como pensaba. Luego vio que él tenía los ojos más puestos en el reloj de su pechera que en ella y se puso colorada... por más de una razón.

—Es de estaño. El reloj —especificó—. Si creyera que tiene algún valor lo habría vendido... no ya esta mañana sino hace semanas, cuando planeaba mi viaje. —Vio que él arqueaba una ceja—. De verdad. Vendí todo cuanto tenía de valor para aumentar la cantidad obtenida con mis artículos de C. W. Marks. Tuve que gastar un poco para ir a Londres y estar presentable. Lo único que he conservado y que puede valer algo es este guarda-pelo. Era de mi madre. En realidad no tengo otra cosa suya... así que no estaba dispuesta a renunciar a él... —dijo, arrastrando las palabras, pero se interrumpió al verlo boquiabierto y mirán-dola con sus ojos oscuros.

—Señorita Crane, ¿acaso he dicho yo algo acerca de vuestro reloj o de su valor?

—No, pero lo estabais mirando y...

—Lo estaba mirando porque sentía curiosidad por saber si estaba cerca la hora del almuerzo y preguntándome si nos deten-dríamos para comer.

—¡Oh! —musitó ella. Miró avergonzada su relojito de esta-ño un instante y luego no se le ocurrió otra cosa que mirar de nuevo por la ventanilla.

—Tengo una curiosidad —dijo Jason, imponiéndose a los ronquidos de su compañero—. Habéis mencionado que os pagaron lo debido por la publicación de los artículos de C. W. Marks. Podríais haber presentado ese dinero como prueba de que vos los escribisteis.

—Bueno, sí, me lo estuve planteando. Por desgracia, los cheques del banco se expidieron a nombre de mi padre, y fue él quien los cobró sin endosármelos. Me entregó el dinero en efec-tivo. Ningún banco del mundo puede determinar el origen del dinero en efectivo, a diferencia del de un cheque.

—Eso es muy cierto —le dijo Jason—. Pero el hecho de que el dinero esté en vuestra posesión tiene que tener algún peso.

Winn soltó una carcajada.

—Según George, pude haberlo obtenido fácilmente vendien-do mi melena.

Jason miró fijamente la mata de pelo que ella se había recogi-do en la nuca.

—Qué raro. No veo que os hayáis cortado el pelo.

—No me lo he cortado. —Se llevó inconscientemente la mano a un mechón suelto—. Pero la lógica nunca ha sido el fuer-te de George. —Cuando hubo devuelto el mechón de pelo a su lugar se quedó con la mirada perdida un instante, recordan-do—. Estuve a punto de hacerlo. Para completar la cantidad que

131

me hacía falta para este viaje. Sin embargo, puede que no haga concesiones a la vanidad, pero me gusta mi pelo. —Se puso colorada y se quedó callada cuando se dio cuenta de lo que acababa de decir. Una cosa era llenar el silencio con una charla intrascendente y otra muy distinta confesar que era presumida.

—Eso me lleva a preguntarme una cosa —dijo él, terminando de inmediato con aquel silencio que la mortificaba todavía más—. Si disponíais de tan pocos fondos, ¿por qué os habéis arriesgado a emprender este viaje?

Winn parpadeó dos veces, atónita por su falta de perspicacia.

—Porque soy muy buena en lo que hago y me gustaría que me reconocieran el mérito que merezco —le explicó, con absoluta naturalidad.

—No. Ésa es una razón, pero no la verdadera razón. —Volvió a inclinarse hacia ella—. ¿A qué se debe esta... desesperación?

Ella lo miró nuevamente a los ojos.

—A que quiero ser libre.

Al ver que él arrugaba la frente supo que quería saber toda la historia. Y aunque por una parte sabía que darle aquella información era un gesto más íntimo que llamarlo por su nombre de pila, por otra lo consideraba algo inevitable. Al fin y al cabo la había acompañado a Dover, se había subido al barco equivocado tras ella y, en aquel momento, recorría las provincias del sur de Alemania con ella. Para bien o para mal, participaba en su viaje y bien podía enterarse de por qué.

—Es una larga historia —empezó, echando un vistazo al alemán para asegurarse de que roncaba de verdad—. ¿Sabéis que mi padre coleccionaba cuadros?

Y se lo contó. Aunque al principio entre titubeos, toda la historia salió al fin. Que la facultad tenía inmovilizada su herencia debido a sus reivindicaciones y que George la apoyaba. Que George maquinaba para ocupar la cátedra vacante en la facultad. Luego le contó lo de su apuesta con George y lo mucho que estaba en juego.

—Un momento —la interrumpió Jason—. ¿Lleváis prometida con George Bambridge desde los quince años?

—Prometida no. —Suspiró—. Él pretende casarse conmigo, en todo caso. Y yo no tengo intención de seguir soportando sus pretensiones.

—¡Por el amor de Dios! —Su expresión era de incredulidad—. ¿Qué habéis estado haciendo durante estos años?

—Ayudando a mi padre —repuso ella—. Se fue apagando lentamente y, sin mi madre, alguien tenía que ocuparse de él. Además, lo único que le gustaba era enseñar, y yo demostré ser su mejor alumna. Necesitaba a alguien que lo ayudara en su trabajo y me tenía a mí. Necesitaba que alguien llevara su casa y me tenía a mí. A medida que progresaba su enfermedad... —Se le quebró la voz y no quiso o no pudo acabar la frase—. Me necesitaba —dijo al final simplemente—. Me necesitó durante mucho tiempo.

—Y eso os agobiaba.

Winn parpadeó, atónita.

—No... no. Amaba a mi padre. Era mi obligación ocuparme de él.

—Pero no dejaba de ser una carga. —Sacudió la cabeza—. Sed tan educada como os plazca, pero mi hermana y yo pasamos por lo mismo con nuestro padre. Es una carga que te aplasta si lo permites.

Ella asintió con la cabeza, turbada por su franqueza y por la verdad que acababa de decir.

—Sí, está bien. Tal vez fuera una carga un poco pesada. Quizá por eso inventé a C. W. Marks: para dar voz a toda mi formación; para tener una válvula de escape y evitar que me aplastara el peso de las necesidades de mi padre. —Achicó los ojos y añadió con convicción—: Y puesto que ya no está conmigo, ahora que no soporto esa carga, me niego a que me acogoten de nuevo y me obliguen a ocupar nuevamente ese lugar.

Jason asintió en silencio. Lo estaba digiriendo, lo comprendía. Y una curiosa sensación lo invadió. ¡Qué raro era encontrar alguien capaz de entender!

—Lo comprendo, ¿sabéis? —dijo, sacudiéndose aquella idea—. Comprendo la necesidad de demostrar la valía de uno.

Ella no pudo evitar echarse a reír.

—Por favor, exce... señor Cummings. ¿Cuándo habéis tenido vos que demostrar vuestra valía?

Aquello lo dejó de piedra. Abrió la boca pero no articuló palabra.

—En las clases de vuestro padre —dijo por fin—. Nunca he trabajado tan duro en toda mi vida.

—Recuerdo el modo en que hablaba de vos —repuso ella con una sonrisa—. Decía que era una lástima que fuerais duque... o marqués, como erais por entonces. «Una mente aguda desperdiciada», solía decir.

—Por lo que parece, me recordáis bastante bien de mi época en Oxford —dijo Jason—. ¿Tan gallardo era?

A Winn le costó reprimir un bufido de escarnio. El muchacho al que recordaba no tenía nada de gallardo. Era desgarbado, creído, sensiblero y se vestía de un modo ridículo. Y era tan engreído como para creerse el nuevo Brummell con su abrigo de color morado.

—Os recuerdo porque asistía a esas cenas que mi padre ofrecía a sus alumnos preferidos.

—¿Lo hacíais?

—Sí, y me tomasteis por la hija de once años de la cocinera. —Sonrió con sorna—. Dos veces. Fue por culpa de lo bajita que era. —Como Jason se había quedado boquiabierto se apiadó de él y prosiguió—. Creo que mi padre decidió cuando tenía dieciocho años que debía presentarme a algunos caballeros de mi misma edad. De ahí las cenas.

Jason frunció la frente.

—¿Y el pobre Bambridge, qué? ¿Vuestro padre desconocía acaso sus... intenciones?

—Las conocía —repuso ella, pero se guardó la explicación. Al fin y al cabo no le leía la mente a su padre, fuese o no su mejor alumna. Evitó la mirada del duque entrelazando las manos sobre el regazo—. Pero quedó demostrado repetidamente que la inmensa mayoría de los jóvenes de la facultad sentían interés por sus libros y sus sirvientas pero no por la respetable hija del profesor. —Se encogió de hombros—. En todo caso, al cabo de unos años dejé de asistir a las cenas. Yo me hacía mayor y los alumnos eran siempre molestamente jóvenes. Pero durante los años que asistí a ellas también asistíais vos. De ahí que os recuerde.

—¿Y qué recordáis? —le preguntó Jason sonriente—. ¿Mi agudo intelecto? ¿El ingenio de mi conversación?

—Recuerdo que comíais tanto que devorabais bandejas enteras de comida. —Sonrió—. También recuerdo que erais tan delgado que le comenté a mi padre si no llevaríais corsé.

La sonrisa se le borró de la cara inmediatamente. Tenía una expresión tan seria, tan pensativa, que Winn empezó a asustarse. ¿Se habría extralimitado?

—¡Pero ahora no! —dijo de sopetón—. Que no lleváis corsé, quiero decir. Evidentemente. —Se puso todavía más colorada si eso era posible—. No es que necesitéis llevarlo, claro. Os habéis vuelto muy... equilibrado. Proporcionado.

—Señorita Crane, ¿os importaría cambiar de tema? —le pidió Jason.

—No, por supuesto —repuso ella de inmediato.

Pero el problema era que no sabía qué otro tema sacar a colación. A pesar de los momentos compartidos en el pasado (que él no recordaba, pensó ella con sarcasmo), no daba con ningún tema común. La incomodidad volvió a instalarse entre ambos. Sería verdaderamente un viaje muy largo, se dijo Winn, mirando de nuevo por la ventanilla.

Aparentemente no era la única que notaba el incómodo silencio (bueno, el silencio que podía haber con aquellos sonoros ronquidos al lado), porque Jason fue el primero en lanzarse al vacío.

—¿Es como esperabais que fuese? —le preguntó.

—¿Cómo?

—El continente. —Se sonrojó y señaló el bucólico paisaje que los rodeaba—. Mencionasteis que no habías viajado mucho...

—Nunca había salido del país, y de Oxford... pocas veces —aportó ella voluntariosa.

—Bien. Yo... me preguntaba si la campiña alemana está a la altura de vuestras expectativas.

—¡Oh, sí! —respondió ella inmediatamente. Luego, sin embargo, frunció el ceño mientras contemplaba las colinas de pastos y las ovejas y las vacas que punteaban el paisaje. Estaban demasiado lejos de los Alpes para ver las montañas a lo lejos, y por tanto...—. De hecho, me recuerda bastante el campo inglés. Creía que sería diferente.

Él sonrió, seguramente reprimiendo la risa.

—Sí, por desgracia las ovejas y las cabras de una colina se parecen mucho a las ovejas y las cabras de otra colina, pertenezca ésta al país que pertenezca —dijo, y adoptó luego una actitud introspectiva, llevándose una mano a la barba y acariciándose la barbilla—. Italia es diferente. También lo es Francia... bueno, no es tanta la diferencia en el aspecto como en la sensación que produce su campiña. Hay algo en el aire que embriaga. En el sur de España... cuando llega uno al Mediterráneo, el cielo es de un azul que no has visto nunca y que nunca volverás a ver por mucho que lo busques.

Ella se lo imaginaba: la brisa en las hojas de los árboles que salpicaban la orilla arenosa de un mar tremendamente azul... Ya lo había visto, pero sólo en los cuadros. Sólo en la biblioteca.

—¿Habéis estado allí? En el Mediterráneo y en todos esos lugares.

Jason asintió.

—El modo en que el sol ilumina el agua... Creedme, las acuarelas no le hacen justicia.

—Sin embargo, escogisteis quedaros en Inglaterra —le dijo ella, y observó cómo se miraba con notable interés la punta de los zapatos, sin apartar los ojos de ellas.

—Es mi hogar. Todo el mundo necesita un hogar. Además, soy el cabeza de uno de los mayores ducados del país. Vivir en Inglaterra no es para mí tanto una elección como...

—¿Un deber? —sugirió ella con una sonrisa—. Por lo visto el deber os tiene bastante atrapado.

Ya fuese porque decidió ignorar aquel comentario o porque tácitamente lo aceptó, en cualquier caso algo oscuro afloró en su mirada antes de adoptar una expresión de nostalgia.

—Pero estoy contento de haberlo visto. De haber visto el mar. No creo que pudiera conformarme con mi vida sin haber visto ese azul.

136

—Entonces será el primer lugar al que vaya cuando finalice este viaje.

—Deberíais hacer una lista —le respondió Jason con una sonrisa.

—¡Oh, ya la he hecho!

—¿Puedo verla? —se irguió en el asiento. Aquello había picado su curiosidad.

—No la he redactado. Pero existe. Es una lista de lugares a los que tengo que ir y de cosas que tengo que probar o que ver todavía.

Él levantó una ceja.

—¿Una lista de cosas que tenéis que probar todavía? Ponedme un ejemplo.

Ella pensó brevemente.

—El helado. No había tenido ocasión de probarlo hasta que hace dos semanas Phillippa... lady Worth me lo sirvió en una fiesta. Una maravilla. —Luego puntualizó—: El helado, no la fiesta.

Él se rio, sólo un poco, sólo lo bastante como para que Winn frunciera el ceño.

—¿Por qué es eso tan gracioso?

—Porque supongo que si esa lista empieza por el helado, entonces tiene que ser tan larga como el camino a Damasco. Espero que al final de esa lista vuestra haya algo más... interesante.

—El helado es tremendamente interesante para alguien que no lo ha probado nunca —repuso ella—. ¿Qué creéis que hay en mi lista?

Por alguna razón, aquello le arrancó una carcajada.

Y entonces... como el sol atraviesa las cortinas, ella captó la idea.

—¡Ah! Una lista de cosas que no he probado todavía y que sean más interesantes que el helado. Muy bien, señor Cummings, ya habéis conseguido tergiversar la conversación con insinuaciones.

—Lo siento. No he podido evitarlo... —Se rio, incapaz de evitarlo—. Mi hermana Jane detestaba que le tirara de los rizos...

metafóricamente... pero tampoco podía evitarlo. No creo que os hayan hecho rabiar en toda vuestra vida.

—Raramente. —En esta ocasión Winn no pudo evitar sonreír al oír su juvenil carcajada—. Pero vos lo habéis conseguido. ¿Estáis orgulloso?

—Mucho.

También ella tuvo que reírse entonces. Así de fácil fue. La tensión y la incomodidad se habían desvanecido hablando de viajes y de insinuaciones. Estaba cómoda en su presencia, la obligada intimidad de su cercanía había dejado paso al principio de una mutua amistad.

Por supuesto, aquello no podía durar.

—Puesto que tenéis tantos elementos por tachar en esa lista vuestra, esperemos que el buen George Bambridge no nos alcance pronto —comentó Jason estirando las piernas y poniéndose más cómodo para echar una cabezada. Cerró los ojos.

George. ¡Cielos! Había conseguido estar dos minutos enteros sin pensar en él.

—¿De veras creéis que nos seguirá? —le preguntó un tanto alarmada.

Él abrió un ojo.

—¿Después de esa apuesta de la que me habéis hablado? Claro que lo hará. Además, ¿creéis honestamente que va a serle tan difícil seguirnos la pista? Es indudable que tenéis aspecto de inglesa. Por suerte, no sabe que yo os acompaño en este viaje, así que es posible que crea que viajáis sola, pero... —Se encogió de hombros—. Pero vos lo conocéis mejor que yo. La pregunta pertinente es, señorita Crane, si vos creéis que os seguirá.

Winn permaneció en silencio un rato, meditando acerca de aquella pregunta. Sí, Winn tenía que admitirlo. Sí, George iría tras ella. Más todavía, sería capaz de encontrarla. Tenía más dinero y hablaba la lengua del país mejor que ella.

¡Qué estúpida había sido! ¿Cómo demonios había podido creer que le daría esquinazo en Dover y ahí se acabaría todo? Su falta de precaución era deplorable.

Miró a Jason Cummings. Estaba quieto, intentando conciliar el sueño. Por escasa que fuera la experiencia en el mundo de

Winn, estaba familiarizada con los subterfugios y las tácticas militares. Había leído libros enteros sobre el tema. Y una de las leyes fundamentales era utilizar cualquier método de camuflaje que uno tuviera al alcance.

—En tal caso, señor Cummings... —Se aclaró la garganta—. Creo que será mejor que no me llaméis por mi nombre. Mi primo estará buscando a Winnifred Crane y, por tanto, no seguiré usando ese nombre.

Él abrió los ojos.

—Parece razonable. —Se encogió de hombros—. ¿Qué preferís? Supongo que C. W. Marks tampoco sirve. ¿Otro nombre de pila, quizá? ¿Lark? ¿Sparrow?

—Estaba pensando... —Se mordió el labio mientras tiraba del guardapelo—. ¿Qué tal señora Cummings?

9

En el que nuestro protagonista se declara

—Eso es absurdo —dijo entre dientes Jason.

Esperaban en el patio de la bulliciosa posada Stellzburg. Su simón se había detenido para pasar la noche en una pequeña población llamada también, cómo no, Stellzburg, cuyo único propósito era por lo visto servir de escala entre ciudades más grandes y cuyo tamaño era poco mayor que el patio en el que se encontraban. Mientras el conductor hablaba con el encargado de los establos, saludándolo como a un amigo, y lo ayudaba a desenganchar los caballos, dirigió con gestos a sus pasajeros hacia la puerta de la posada, donde el posadero, un hombre de cara rubicunda y aspecto práctico, aguardaba a sus recién llegados clientes.

—Será mejor que digamos que somos hermanos —le susurró luego a Winn.

—A lo mejor si fuera un palmo más alta y, además, pelirroja... —le contestó ella—. Por estar casados el alojamiento nos saldrá más barato: en lugar de pagar por dos habitaciones pagaremos por una. Y es menos probable que George recele de una pareja casada que de unos hermanos.

—Sí, y si alguien llegara a enterarse vuestra reputación se resentiría y a la mía no le irá mucho mejor. —Jason sacudió la cabeza.

Winn contuvo el aliento cuando se aproximaban al posadero. Como el que hablaba bien el idioma era Jason, fue él quien al final se dirigió al hombre. ¿Seguiría adelante con su plan? Podía tirar de él y ponerle ojitos, darle lo que sabía que eran argumentos sólidos. Para empezar, estando como estaban tan lejos de Londres, nadie se enteraría de aquello. Además ya estaba en la treintena y consideraba un ultraje la idea de que su reputación necesitara ser protegida. Al fin y al cabo, se ocupaba desde hacía mucho de su reputación y lo había hecho perfectamente. Por último, su reputación no tendría que haber salido nunca a colación.

Pero, aunque consideraba lógica su propia postura, Winn sabía que Jason tenía razón teóricamente en varios puntos... a los que no había hecho alusión: ella no tenía práctica ni naturalidad para fingir estar casada; le resultaba demasiado incómodo dirigirse a él por su nombre de pila, y no estaba completamente segura de que él supiera el suyo.

Pero, cuando estuvieron delante de su sombrío posadero y de su soporífero compañero de viaje, Winnifred sonrió e hizo lo posible para parecer una agradable viajera y pasar desapercibida. Buscó, encontró y apretó la mano de Jason.

Poder cogerle la mano a aquel hombre le causó una sensación muy rara. Era un completo desconocido pero, hasta el momento, él no había tenido reparos en tocarla y le había cogido la mano en la cochera de Hamburgo, le había acariciado los dedos al entregarle el dinero para la botella de borgoña... En ambas ocasiones ella había sido muy consciente de la sensación que le producía. A lo mejor él se había criado en un entorno más cariñoso, pensó. Winn había contado con la adoración de sus padres cuando era niña, pero su padre no era de los que expresaban su amor físicamente. Abrazos, caricias y besos en la mejilla habían desaparecido al morir su madre. No estaba acostumbrada a que la tocaran.

Sin embargo, le cogió la mano a Jason. Y, cuando él miró hacia abajo, cuando la miró, supo que estaba tan sorprendido como ella.

—¿En qué puedo ayudaros? —preguntó el severo posadero sin la más leve sonrisa.

Por una parte, Winn sintió alivio de que hablara inglés, pero realmente le extrañó.

—¡Ah, bien! ¡Habláis inglés! —exclamó Jason, con lo que Winn volvió a centrarse en lo más pertinente en aquel momento—. Deseamos alojamiento para esta noche. Soy el señor Cummings. —Luego miró de reojo a Winn y tomó aire—: Y ésta es mi esposa, la señora Cummings.

En cuanto hubo declarado que eran marido y mujer, soltó la mano de Winn y puso la suya en la nuca de ella, en el pedacito de piel descubierto entre el pelo y el cuello de su vestido. Winn no pudo evitar dar un respingo.

Fue un respingo muy leve y brevísimo, pero la sangre se le contagió, se puso colorada y el posadero los miró suspicaz.

—¿Cuánto tiempo lleváis casados? —preguntó, sin poder ocultar su suspicacia (aunque quizás era cosa del acento alemán).

—No mucho —dijo Jason, apretándole la nuca con ternura para que no volviera a dar un respingo y acariciándole un mechón de pelo con el pulgar... de modo que ella se puso todavía más colorada.

—Cuatro días —terció Winn.

—Todavía se está acostumbrando a su nuevo apellido, ¿sabéis? —apuntó Jason, mirándola a la cara. Su sonrisa era para el posadero, pero le sostuvo la mirada, suplicando... algo. ¿Que no dijera nada? ¿Que se relajara? Antes de que pudiera entender qué, Jason volvió la cabeza sonriente al posadero y Winn sonrió forzadamente y le siguió la corriente.

—*Mein Herr!* —saludó el posadero al otro ocupante del simón, el durmiente y roncador alemán, que por primera vez desde que se habían convertido en compañeros de viaje estaba despierto y despejado.

El hombre abrazó al posadero como a un amigo al que hacía mucho que no veía. Continuaron hablando en alemán, tan rápido que Winn no pudo seguir su conversación.

—Le está preguntando cómo ha ido el viaje —le susurró Jason al oído inclinándose hacia ella—. Por lo visto nuestro compañero tiene que recorrer estos caminos varias veces al año. Ahora el posadero le pregunta... ¡Oh, maldita sea!

Siguió una pausa. Winn observaba con miedo mientras el

142

fornido roncador con el que habían compartido el simón los miraba... primero a ella y luego, calculador, a Jason. Después se volvió hacia el posadero y soltó una parrafada que hizo sonreír al hombre.

—Bienvenidos, señor y señora Cummings —dijo, mirándolos—. Seguidme y os mostraré una habitación muy bonita.

—¿Qué ha pasado? —le preguntó Winn en un susurro mientras trotaba para mantenerse a la altura de las largas zancadas de Jason. Él vio que se estaba rezagando y aflojó el paso.

—El posadero le ha preguntado si de verdad estamos casados.

Winn abrió unos ojos como platos.

—¿Y qué le ha dicho el otro... el que ronca?

Jason la miró con una sonrisita.

—Le ha dicho que claro que sí. Que sin duda lo estamos. Nos hemos pasado todo el trayecto discutiendo y apenas le hemos dejado dormir.

Ella sonrió también, sintiendo una oleada de alivio. Jason volvió a cogerla de la mano.

—Vamos. No sé vos, pero yo me muero por comer algo y darme un baño.

Siguieron apresuradamente al posadero y Winn volvió la cabeza para mirar a los ojos al roncador (como había dado en llamarlo), que, sentado a la mesa, los seguía con la mirada, con un plato de comida y una pinta de cerveza delante. Cuando sus miradas se cruzaron, ella asintió.

Winn no estaba segura. La posada estaba llena a rebosar. Pasaban clientes por delante de ella constantemente. Pero, cuando más tarde rememoró aquel momento con la calma suficiente para plasmarlo en el papel, habría jurado que el Roncador, desde el fondo de la atestada sala, por encima del borde de su jarra de cerveza, le había guiñado el ojo.

Resultó que la posada Stellzburg era una de aquellas paradas al borde la carretera en la que cobraban absolutamente por todo. No había bañera... al menos no una que pudieran permitirse.

Pero había un arroyo frío de agua clara a unos metros de distancia, detrás del establecimiento, en el bosque. Le trajeron a Winn una jarra de agua a la habitación, con la que pudo lavarse la suciedad acumulada durante una semana de viaje.

Habían decidido que sería prudente (mejor dicho, necesario) gastar el dinero en el lavado y el planchado de la ropa de Jason, para eliminar cualquier rastro de olor a pescado o a pájaro. Mientras tanto, el posadero le había prestado (por una pequeña suma) un poco de ropa.

Jason le contó a Winn que había visto a una criada lavando su camisa sobre una roca mientras nadaba.

—¡El lino más fino del mundo! —se lamentó, y Winn puso los ojos en blanco.

Habían considerado innecesario comprar una navaja y jabón para que Jason se afeitara. Una cama, dos almohadas, una manta... todo incrementaba poco a poco el importe, pero, puesto que aquellas habitaciones eran las únicas disponibles en kilómetros a la redonda, poco podían hacer al respecto.

Bajaron al comedor esa noche y se pusieron a discutir para repartirse un plato de salchichas con esa pasta típica que los alemanes llaman *spaetzle*.

—No hay manera de que me quede satisfecho con medio plato de comida, señora Cummings —comentó Jason mordaz mientras Winn se cruzaba de brazos.

—Y yo no soy capaz de terminarme un plato entero, señor Cummings —repuso Winn, haciendo un gesto significativo con la mano para indicar su escasa estatura—. Nunca he comido mucho y, ahora mismo, dejar comida sería un desperdicio.

—No me extraña que comáis como un gorrión —protestó entre dientes Jason.

—¿Decíais algo? —preguntó Winn, incapaz de oír sus palabras por encima del barullo del comedor.

—Nada. —Luego, mientras servían una bandeja de salchichas que olían a gloria en la mesa de al lado, añadió—: No creo que un plato más de comida nos arruine.

—Habláis como alguien que nunca ha tenido que preocuparse por el dinero.

Jason hizo un gesto apaciguador con las manos. Bien, por lo menos estaban interpretando su papel de casados de manera convincente.

—Veamos si puedo convencer al cocinero para que nos sirva más... —dijo Jason, dándole una palmadita en el hombro y levantándose de la mesa.

A Winn le pareció que refunfuñaba mientras se alejaba: «Ahora sé cómo se siente George Bambridge.»

Cuando se hubo marchado, seguía notando el calor de su mano en el hombre. El calor que había pasado de esa mano a través del práctico vestido de sarga a su piel. Había dejado el abrigo en la habitación, porque, por una vez, el ambiente era lo bastante cálido para que estuviera cómoda sin él. Pero el escalofrío que le recorrió la espalda podría haberse atribuido al frío. Jason la tocaba de vez en cuanto de manera informal, sin ningún pudor, y la turbaba con mucha facilidad.

Bueno, no se lo permitiría, así de simple, se dijo mientras el camarero servía las bebidas: medio vaso de cerveza para ella y una pinta entera para Jason. Como no estaba demasiado acostumbrada a tomar cerveza, bebió un sorbo despacito. Hizo una mueca y se rio porque la espuma le tocó la punta del a nariz. Levantó enseguida la cabeza, pero nadie había notado su risita.

Se había quedado sola en el comedor, así que Winn aprovechó la oportunidad para observar cuanto la rodeaba. Llevaba varias semanas sin que la dejaran sola ni un momento. Por primera vez no tenía que soportar la vigilancia de George ni a los londinenses adulándola por ser el último hallazgo de Phillippa Worth. ¡Oh, Jason la había dejado sola en el *Seestern*, sí!, pero, a decir verdad, los Schmidt la habían tenido tan vigilada como en Londres.

La soledad era el estado natural de Winn. Mientras había sido la cuidadora y la ayudante de su padre, los decanos de las facultades, con un guiño y un asentimiento de cabeza, y sin tener en cuenta su género, le habían permitido acceder a la colección de la biblioteca Bodleian, a la de la Christ Church y a otras. Tal vez, cuando encontrara lo que había estado buscando su padre, podría contemplar a sus anchas... Se había pasado horas a su aire, enfrascada en los libros, sola en una biblioteca. Era una observadora nata. En una biblioteca, sin embargo, no era posible ver nada parecido a aquello.

El comedor de la posada Stellzburg bullía de vida, de un tipo de vida que la había estado eludiendo hasta entonces: la energía y la emoción que buscaba. Viajeros, hombres en su mayoría, casi todos desconocidos los unos para los otros, bebiendo y riendo. El posadero, su mujer y los criados se abrían paso a codazos, sirviendo bebida y comida, sonrientes, haciendo de vez en cuando algún que otro comentario ácido que arrancaba una carcajada a los parroquianos. Lo hacían completamente a las claras, sin embargo. De un modo incluso respetable. Resultaba un tanto decepcionante.

—Por un instante me habéis parecido tremendamente feliz, pero vuelvo y ¿fruncís el ceño? —le preguntó Jason volviendo a sentarse a la mesa—. Eh... Tenéis espuma en la nariz.

—¡Oh! —Winn se puso muy colorada. Jason se llevó la mano al bolsillo, pero estaba vacío.

—Maldita sea —dijo, tendiéndole una servilleta de tela de la mesa—. Olvidaba que ésta no es mi ropa. El pañuelo no está donde suelo llevarlo. No. Ahí no —le indicó, haciéndole señas con un dedo. Ella volvió a frotarse, pero seguramente falló nuevamente, porque Jason le cogió la servilleta y, sujetándole la mejilla con una mano, le limpió la punta de la nariz con delicadeza—. Ahora sí, perfecto. ¿Por qué fruncís el ceño otra vez?

—¿Lo hago? —preguntó ella, bastante acalorada, supuso ella, por la cerveza—. ¡Oh, estaba reflexionando!

—¿Reflexionando? ¿Sobre qué, por todos los demonios? —Jason estaba perplejo.

—Acerca de que la realidad pocas veces hace honor a lo que uno espera. —Viendo su cara de desconcierto, prosiguió—: Creía que el comedor de una posada sería más... subido de tono. Más parecido a un burdel.

Jason se quedó de piedra.

—¿Habéis estado en un burdel?

—No, pero los he visto en ilustraciones. Hay alguien tocando el violín en un rincón, sirvientas con los pechos al descubierto. Además, me gustaría conservar algunas ilusiones. Estamos en la campiña alemana y ni siquiera he visto un par de trajes tradicionales —se quejó.

Jason echó atrás la cabeza y soltó una carcajada, despertando una curiosidad que la risita de Winn no había concitado.

—Las expectativas son una pesada carga. A lo mejor encontraremos algunos trajes típicos en Nuremberg. Por ahora, sin embargo, alegraos de estar entre alemanes.

—¿Por qué? —preguntó Winn, arrugando la frente.

—Porque son lo bastante lógicos para servirnos y cobrarnos sólo ración y media de comida. —Sonrió.

—Gracias —dijo ella, asintiendo.

Al cabo de un rato el posadero en persona les sirvió la cena. Olía estupendamente a mantequilla y Winn consideró brevemente si no habría sido capaz de comerse un plato entero.

—*Danke* —le dijo al posadero antes de que éste le sirviera el ansiosamente esperado manjar. Jason le pasó un brazo por la espalda con instinto posesivo, haciéndole ver al posadero que, de hecho, estaban casados.

—*Bitte.* —El hombre les sonrió. Curiosamente, por primera vez desde que lo conocían, el posadero había renunciado un tanto a su severidad, lo que le daba un cierto encanto—. Espero que estén disfrutando, ¿sí? —prosiguió en inglés, sin servir la comida de la bandeja.

—Sí, mucho —le respondieron.

—Cuatro días casados... —El posadero sacudió la cabeza, sonriente.

—Mañana hará cinco —puntualizó Jason—. Esa bandeja parece muy pesada —le comentó. Se le había hecho la boca agua y Winn no se lo reprochaba—. Podéis dejarla sobre...

Pero el hombre iba demasiado a lo suyo para poner siquiera la bandeja de comida delante de los dos hambrientos clientes.

—Recuerdo cuando yo llevaba cuatro días casado. Mi mujer... ¡Era tan joven y encantadora que nos pasamos una semana entera sin salir del dormitorio!

—Vaya... bien —comentó Winn—. Pero tenemos un poco de hambre, ¿sabéis? Por eso de no salir... Así que si pudierais...

En aquel momento el posadero se volvió y habló a los presentes en alemán con su voz atronadora. Todos los comensales los aclamaron y se pusieron a dar palmas al unísono, repitiendo la misma palabra que el posadero les había dicho al final: *«Kuss.»*

—¿Qué demonios dicen? —preguntó Winn, completamente desconcertada.

—Les ha dicho a todos que somos recién casados —le susurró Jason. Dudó un momento y añadió—: Y luego les ha dicho que... ¡Oh, seguidme la corriente! —Se inclinó y la besó.

No fue un beso romántico, ni siquiera cariñoso. Simplemente apretó fuerte los labios contra los suyos, pero bastó para que la habitación estallara en vítores, y para dejarla sin aliento.

Jason se apartó y saludó a los presentes con un brindis, levantando su jarra y bajándola enseguida. Winn, bastante confusa, miró al posadero y vio en los ojos de éste un destello de escepticismo. Aquello había sido una prueba. Había hecho que la clientela los incitara a besarse para comprobar en qué punto empezaban a sentirse incómodos: el testimonio del Roncador no le había convencido del todo. Pero el beso, por lo visto, lo hizo, porque dejó la bandeja de comida y dijo, sonriente:

—*Tschuss*. ¡Buen provecho! También estarán hambrientos por la mañana, lo sé bien.

Cuando el posadero los dejó solos con los brindis y los gritos de todo el mundo, a Winn dejaron de zumbarle los oídos y se dio cuenta de que ya podía tachar otra experiencia de su lista de cosas por probar: que la besaran en público. Estaba segura de que se había saltado varias de las etapas que conducían a la situación que acababa de vivir.

—Poco ha faltado —le susurró Jason con los ojos fijos en su plato. Luego la miró—: ¿Puedo convenceros para que os comáis mis zanahorias? Nunca he podido con ellas. Por eso de ahorrar hasta el último penique, por supuesto.

—Ah... Claro —repuso ella, volviendo a la realidad—. ¿Qué opinión os merecen los nabos?

—Estoy decididamente a favor.

—Estupendo. Por favor, comeos los míos. —Ya respiraba

mejor. Era muchísimo más fácil hablar de cosas nimias, de nabos y zanahorias, que reprimir el impulso de perder la compostura y sonreír o echarse a reír... o dejarse llevar por el pánico. Porque Jason no parecía que fuera a sonreír ni a reír ni a dejarse llevar por el pánico, claro. Al contrario; parecía relajado, incluso jovial, mientras intercambiaban zanahorias por nabos.

Una vez más, Jason tenía ventaja sobre ella. No porque pudiese tener más experiencia que ella en besar a alguien en un comedor público. No. Lo único que le importaba era propio de su género, porque, del más burdo cretino al genio más educado y erudito, todo hombre con hambre queda profundamente fascinado por la comida que tiene delante.

Jason se dedicó a su plato mientras Winn miraba fijamente el suyo, apabullada, con una sola idea. A lo mejor fingir que estaban casados había sido una proposición arriesgada.

10

En el que nuestra pareja acuerda la distribución de la ropa de cama

Se retiraron poco después de terminar la cena, entre los brindis y los buenos deseos de los parroquianos. Winn estaba colorada como nadie la había visto nunca mientras abandonaba apresuradamente la habitación con la cabeza gacha. Jason saludaba a la gente e incluso estrechó la mano a unos cuantos de los caballeros más ebrios.

Cuando llegaron a su pequeña habitación, Winn agradeció el silencio... mientras duró. Lo que, estando allí Jason, no fue mucho.

—Por un momento he creído que el posadero nos había descubierto. —Jason sonrió, sentándose en el borde de la cama para sacarse la botas—. ¿Sabéis cuándo he pensado que nos echaría? —Una bota cayó al suelo y la otra la siguió ruidosamente—. Cuando he ido y he pedido un plato pequeño para vos. Puede que haya insinuado que no estaba familiarizado con vuestros hábitos alimentarios. La esposa del posadero ha dicho que ningún hombre que lleve sólo cuatro días casado sabe exactamente lo que come su mujer. Y, aunque la mujer es un poco corpulenta, me parece que su comentario no iba destinado a mí sino a su esposo, porque desde luego a él no le ha pasado inadvertido. —Se quitó la chaqueta y la dejó a un lado—. Habéis interpretado muy bien el papel de novia vergonzosa, por cierto.

—Gracias —dijo ella en voz baja—. Pero no creo que haga falta que interpretéis el de novio con tanta... alegría.

Jason levantó la cabeza.

—Simplemente hacía mi papel... en una farsa de vuestra elección.

Winn le enseñó las palmas, conciliadora.

—Cierto —convino.

—No es que yo quisiera besaros. El posadero prácticamente me pidió que lo hiciera. Y si los hombres querían estrecharme la mano para felicitarme no podía impedírselo, ¿verdad?

—He dicho que tenéis razón —contestó ella.

—¡Oh! ¿La tengo?

La muchacha guardó silencio. Se acercó a la silla sobre la que descansaba su maleta, abrió ésta y buscó el camisón de franela entre sus escasas pero necesarias pertenencias, sacando algunos objetos para ello. Notaba los ojos de él en la espalda todo el tiempo.

—Lo siento. Es que es muy raro oír esas palabras saliendo de la boca de una mujer. ¿Podríais volver a decirlo? —le preguntó con sorna. Luego la sorna desapareció—. Winnifred, ¿qué es eso?

Ella se volvió hacia él, con el objeto que había llamado su atención en las manos.

—Es el cuadro de Adán y Eva.

Jason saltó de la cama y, de un solo paso, cruzó la habitación para situarse junto a ella. Le arrebató la tela sin marco de las manos.

—Lo habéis... ¿Lo habéis robado? ¿Cómo? Dios mío... ¿Lo sabe Forrester?

—No lo he robado. Es una copia. Como referencia. Y por supuesto que lord Forrester lo sabe; él fue quien mandó hacerla para mí. —Lo miró con sorna—. Si hubierais prestado atención, os habríais dado cuenta de que el original es un veinticinco por ciento más grande. A tamaño natural no cabría en mi maleta; es demasiado pequeña.

Jason le devolvió el cuadro y ella volvió a su maleta para sacar el camisón de franela. Mientras se cambiaba detrás del pequeño biombo del rincón, le dijo, levantando la voz:

—Y, por favor, no me llaméis Winnifred. Prefiero que me llamen Winn.

—¿Lo preferís? —respondió Jason, al que ella no podía ver—. Pero oí a Bambridge...

—Lo sé —respondió Winn desde detrás del biombo—. Es el único que se niega a llamarme Winn.* Creo que no le gusta la coincidencia con el verbo. Sobre todo porque soy mujer.

—Cierto. Deberíais limitaros a los adjetivos... o los sustantivos, quizá —repuso él, y se le notaba que sonreía—. Prudencia.

—Violeta.

—Blanca.

Winn salió de detrás del biombo. Estaba nerviosa, aunque era absurdo que lo estuviera. Iba tapada de los pies al cuello y, para mayor seguridad, se había puesto el camisón sin quitarse la camisa ni las medias. Como se vio luego, también era innecesario que estuviera nerviosa, porque Jason miraba fijamente el cuadro que sostenía y no levantó siquiera la cabeza.

—Sencillamente no lo veo, Winn —dijo por fin—. A mí me parece un Durero.

—Pero algunos detalles apuntan a que lo pintó un artista diferente.

—¿Cuáles? —le preguntó Jason, tendiéndole el cuadro—. Enseñádmelos.

—Bueno... Para empezar no lleva firma. Durero tenía un monograma distintivo: una «D» mayúscula combinada con una gran «A» chata. Era una firma simbólica, matemática... y fácilmente reconocible.

—No me parece gran cosa —respondió Jason—. Durero no firmó todas sus obras: algunos trípticos y su primer retrato...

Ella sacudió la cabeza.

—Normalmente uno encuentra su firma si mira con la suficiente atención. Además, las obras sin firmar, por lo general, son obras inacabadas. Pero de acuerdo —le concedió. De pie a su lado, muy cerca, casi rozándole el brazo con la mejilla, siguió con el dedo la silueta de Eva—. Mirad la fluidez de la forma, el movimiento. Durero sugiere movimiento, pero no acción. En

* El diminutivo de Winnifred, Winn, se pronuncia igual que *win*, «ganar», de ahí el comentario de la protagonista. *(N. de la T.)*

este caso podéis prácticamente notar cómo Eva tira de la manzana del árbol.

Señaló la silueta, intentando mostrarle a qué se refería, pero cuando levantó la cabeza, los ojos de Jason no estudiaban el cuadro sino que la miraban a ella, aunque rápidamente prestó atención en la obra que sostenía.

—¡Ah! Pero en la obra de Durero sí que hay movimiento, sin embargo. Valgan como ejemplo su *Martirio de los diez mil cristianos* o sus acuarelas italianas. No podéis decir que Durero no fuese un pintor magnífico, un retratista cuyo modo de pintar el cabello ya por sí solo lo identificaba como... ¿Por qué me miráis así?

Ella no podía evitarlo: estaba sonriendo.

—Lo habéis estado estudiando, ¿verdad?

Jason arqueó una ceja, sonrojado por el cumplido.

—Lo más probable es que las lecciones de vuestro padre me marcaran profundamente.

Se quedaron en silencio un momento, apenas un tictac del reloj, pero sus ojos se encontraron y fueron incapaces de hacer otra cosa que quedarse inmóviles. La Tierra siguió girando sobre su eje, sin embargo, y tuvieron que moverse.

Retrocedieron un paso. Winn le cogió el cuadro de las manos y volvió a guardarlo en su maleta.

—En cualquier caso, no discuto el genio de Durero. Lo único que pongo en duda es que esta pintura sea de Durero. Comprendo por qué se ha considerado que lo es. —Puso la maleta en el suelo y se volvió hacia él—. ¿Qué demonios estáis haciendo?

Jason se había tumbado en la cama cuan largo era, como un gato antes de dormirse.

—¿Qué creéis que hago? Me voy a dormir.

—¡Ahí no! —repuso ella, consternada.

Jason levantó la cabeza.

—Si no duermo aquí, ¿dónde voy a hacerlo?

—¿En la silla? —le sugirió ella, indicando con un gesto la silla que acababa de dejar libre para él.

Jason soltó una risita.

—No... mi querida esposa.

—Pero... pero... —tartamudeó ella.

—Por Dios Santo —refunfuñó Jason—. No he dormido en una cama, ni en algo parecido a un jergón siquiera, desde hace más de una semana. Ahora mismo puede que esta cama esté llena de bultos, pero es lo mejor que he visto desde que salimos de Inglaterra. No tengo la menor intención de violaros... Estoy demasiado exhausto para proponérmelo siquiera. De hecho, no tengo intención de desvestirme. Pero tampoco tengo intención de dormir en esa silla. Si lo consideráis más adecuado, hacedlo vos... y disfrutad del dolor de espalda que tendréis por la mañana.

Winn miró la silla, luego la cama y, por último, le lanzó a Jason una mirada asesina. Él suspiró.

—Si os hace sentir mejor, dormiré encima de las mantas y vos podéis dormir debajo.

La mirada asesina de Winn se volvió dubitativa. Le echó un último vistazo a la silla (que, tenía que admitirlo, parecía bastante incómoda), se envaró y se acercó al que ya era su lado de la cama. Él le sonrió cuando se tendió y se tapó hasta la nariz. Winn bajó un poco las sábanas y sopló la vela.

Permanecieron acostados.

Winn cerró los ojos pero, por cansada que estuviera, cada centímetro de su cuerpo era consciente del hecho de que estaba acostada a un palmo de otra persona: de un hombre. Aunque aceptara que no tenía malas intenciones y estuvieran separados por la barrera de las mantas y las sábanas, tenía los nervios de punta. Y Jason no se había equivocado: el colchón estaba lleno de bultos.

Se acurrucó bajo las mantas, intentando calentarse. Luego abrió un ojo y miró a Jason. Tenía los ojos cerrados y su respiración era profunda y pausada. Era la viva estampa del bienestar, imperturbable a pesar de la situación... y Winn nunca había sentido tanta envidia de alguien.

Antes de que pudiera fantasear acerca de asfixiar al durmiente duque con una almohada o hacer tal vez alguna de esas travesuras infantiles que nunca había tenido ocasión de cometer (como meterle la mano en un cuenco lleno de agua), Jason demostró que las apariencias engañan.

—Por todos los demonios, mujer. Noto cómo pensáis.

¿Qué podía decir ella? Que pensaba en su proximidad, en su pecho subiendo y bajando... Que pensaba en el modo en que la barba pelirroja le perfilaba la mandíbula...

—Creo que nos hemos equivocado al elegir el apellido... —soltó.

—¿Cummings? ¿Qué tiene de malo? —repuso Jason, sin abrir los ojos—. Al fin y al cabo, es mi apellido.

—Precisamente por eso. Si George consigue seguirnos hasta aquí, sospechará de una joven pareja de ingleses cuyo apellido es, casualmente, el vuestro, vaya o no acompañado de un título nobiliario.

Jason se desperezó, abrió un ojo y entrelazó las manos en la nuca con indiferencia, de un modo irritante.

—Lo escogisteis vos y, en cualquier caso, ya no podemos cambiarlo. —Se inclinó hacia ella y le palmeó la cabeza, condescendiente—. No temáis, pronto estaremos en Nuremberg y podréis devolverme el apellido en cuanto os deje con vuestros amigos.

Winn se libró de su mano y dijo:

—Gracias.

Él sonrió, cerró los ojos y se dispuso a dormir de nuevo.

Winn intentó imitarlo pero, antes de que lo hubiera conseguido, Jason volvió a hablar.

—¿Sabéis? —dijo, arrastrando las palabras—. Hay una cosa que no entiendo. —Volvió la cabeza y la miró—. Si habéis estado carteándoos con ese hombre de Nuremberg, ¿por qué no coge él papel y pluma para apoyar vuestra causa? Sois, por lo que parece, una mujer inteligente y sensible. Obtened la prueba desde vuestro escritorio, en vuestra biblioteca, y conseguid el dinero de Bambridge. Después embarcaos en vuestras aventuras. ¿Qué necesidad tenéis de realizar este viaje demencial?

Lo supiera o no, Jason le estaba planteando la pregunta fundamental acerca de sí misma. Así que no es de extrañar que se tomara su tiempo para responderle.

—Porque si no me hubiera ido ahora, nunca lo habría hecho. —Suspiró—. Me habría quedado en mi biblioteca.

—Sí, pero... habría sido muchísimo más cómodo para ambos si os hubierais quedado en esa biblioteca —repuso Jason, volviendo a cerrar los ojos y acomodándose sobre el colchón.

Winn arrugó la frente al apoyarse sobre los codos.

—Así que preferiríais que me hubiera conformado con mi vida campestre... ¿por un simple colchón?

Jason abrió los ojos de golpe.

—¿Sinceramente? Tal vez.

Winn entrecerró los párpados.

—Fuisteis vos quien insistió en acompañarme. Sois libre para iros cuando queráis.

—¿Lo soy? —repuso él—. Sois demasiado ingenua, demasiado confiada. ¿Qué habéis aprendido hoy? La gente pretende engañaros, quiere manipularos en su propio beneficio. Una mujer que viaja sola podría ahorrarse tiempo y comprar directamente un billete para el harén turco en el que acabará.

—Para empezar, no estamos siquiera remotamente cerca de Turquía —repuso ella, acalorada—. Además... Perdonadme, pero no puedo ser al mismo tiempo una joven ingenua, una cabezota tontorrona embarcada en una aventura y una soltera que no debería aburrir al mundo con su presencia sino enclaustrarse en su biblioteca y mantenerse en segundo plano. —Inspiró profundamente. Lo había dicho sin reflexionar, por rabia. Algo curioso, puesto que ella casi nunca se enfadaba. Seguramente se debía al cansancio, pensó—. Planteáoslo de la siguiente manera —prosiguió con calma—. Tenéis treinta años, ¿cierto? La misma edad que yo. Hasta ahora no habíais considerado la idea de casaros y llevar una vida tranquila en el campo. —Se rio un poco—. Es curioso, pero, de los dos, vos sois quien piensa en un retiro y yo la que quiere ver mundo.

Jason se puso de lado para mirarla.

—Esa valoración no es justa. Vos tenéis una lista de cosas todavía por ver y probar... y yo también. Pero mi lista está llena de responsabilidades. Además, no considero que el matrimonio sea un final.

—Ni yo —se apresuró a convenir ella—. Pero el mundo espera cosas distintas de vos que de mí. Y soy plenamente cons-

156

ciente de cómo me ven los demás. Me consideran una solterona cuya vida está en una biblioteca, que ha perdido su oportunidad para ser feliz ocupándose más de un viejo que de los jóvenes. Mi vida se ha terminado.

»A vos, en cambio, os consideran joven y viril: tenéis toda la vida por delante. Podéis hacer lo que deseéis. Aunque os planteéis casaros, vuestra vida comienza ahora.

—Winn... —Jason suspiró profundamente—. ¿Qué intentáis decirme? —Las ganas de dormir se estaban imponiendo a su deseo de obtener una respuesta.

Ella también se estaba quedando dormida. Así que, mientras se acurrucaba bajo las mantas, le respondió simplemente con otra pregunta:

—¿Por qué, si somos los dos de la misma edad, a mí se me considera acabada y a vos en la flor de la vida?

Dos días después

Los muelles de Hamburgo tenían tan poco interés para Bambridge como los de Londres o los de Dover. Los pescadores y pescaderos, con sus gritos y sus canciones, no lo deleitaban tanto como a su prima, y menos en una lengua extranjera. Para George, todo aquel ruido no era más que un molesto zumbido. Pero lo había logrado: la había seguido hasta allí.

Hacía unos veinte minutos que el barco que cubría el trayecto entre Dover y Calais se había hecho a la mar cuando George se dio cuenta de que Winnifred no estaba. Aquel barco siempre iba abarrotado, pero ese día lo estaba más incluso debido a que muchos jóvenes iniciaban la gran aventura de su viaje por el continente. Eran muchachos de buena familia, así que George consideró prudente detenerse a conversar con ellos, por cortesía nada más... Él no era de los que dejan pasar la ocasión de congraciarse con alguien. Pronto sería catedrático de la institución educativa más prestigiosa del país. Nunca se sabe. Uno de aquellos jóvenes podía haber sido alumno de la misma o serlo todavía y tener un padre capaz de influir en la opinión del decano.

Hablaron con él brevemente... y todos ellos, puesto que acababan de pasar varias semanas en Londres, habían oído hablar de la señorita Winnifred Crane. Mencionaron que el anuncio del comienzo de la expedición de Winn había salido publicado en el *Times* de ese día. George hinchó el pecho orgulloso cuando les explicó que viajaba con ella. A lo mejor aquella pequeña aventura no era tan mala idea al fin y al cabo. Aunque estaba seguro de que terminaría de una forma tremendamente decepcionante tanto para su prima como para los lectores de los periódicos, si gracias a ella le mencionaban en el *Times*, describiéndolo quizá como un historiador apasionado y, quizá también, minimizando el papel de Winnifred en todo aquello... Pero entonces un joven caballero le preguntó si podían conocer a la señorita Crane.

George achicó los ojos y se desinfló. Tenía la misma sensación que siempre que alguien sentía curiosidad por su prometida, pero sonrió y les dijo que estaba bajo cubierta con su compañera, de modo que los jóvenes se pusieron en marcha para ir a buscarla. Sin embargo, no había nadie a quien encontrar.

—¿Winn? Estaba en cubierta, contigo —le dijo Totty, gesticulando—. ¿Puedes alcanzarme la maleta? —Le indicó dónde estaba, en un estante alto—. Toda esa gente dándome codazos... Necesito tomar algo.

—Totty... Winnifred no está en cubierta —dijo George, con el rostro ensombrecido.

Totty levantó una ceja.

—¡Oh, vaya! En tal caso sí que me hace falta un trago.

Cuando hubieron registrado todo el barco de proa a popa, ya se habían adentrado demasiado en el canal para retroceder y era mejor llegar a puerto. Tras desembarcar en Calais tomaron el primer barco de vuelta a Dover. Al fin y al cabo, una vez que George hubo descubierto que Winn nunca había embarcado, todas las piezas encajaron y llegó a la conclusión obvia: le había estado mintiendo desde el principio, todo el tiempo. No iba a Suiza, a Basilea... porque entonces habría sido innecesaria aquella huida, ya que él la hubiera alcanzado allí. Así que la pregunta lógica era: ¿adónde se dirigía?

En ocasiones como aquélla George deseaba haber profundizado más en su campo. Si hubiera sabido más cosas de Durero, habría tenido alguna idea de dónde iría probablemente Winnifred a buscar sus papeles.

—Bueno, ¿pintó algo en Italia? —le sugirió Totty en un intento de ayudar—. A lo mejor ha tomado un barco hacia Italia. ¡Tiene que ser maravilloso! —Lo arrastró por los muelles de Dover hacia unos cuantos buques italianos—. Unas vacaciones en Italia, en un clima cálido, con buen vino...

—No lo creo —replicó George—. La mayoría de los barcos que van a Italia zarpan del oeste del país: de Plymouth y por ahí. Deberíamos empezar por los barcos alemanes. Después de todo, Durero era alemán, ¿me equivoco?

A partir de ahí no fue difícil encontrar las oficinas de la naviera Schmidt und Schmidt de Dover ni tampoco obtener la copia de la lista de pasajeros del *Seestern,* en la que constaba que la señorita Crane había adquirido un pasaje antes de que éste zarpara con la pleamar vespertina.

George no perdió tiempo ni escatimó dinero para comprar su propio billete a Hamburgo. Para su disgusto, tampoco lo hizo Totty.

—¡Dios Santo! ¡Claro que voy contigo! —exclamó ésta cuando le vio la cara de preocupación—. ¿Y si la han secuestrado? No estoy dispuesta a quedarme sentada en casa esperando noticias.

—No la han secuestrado —repuso George con enojo—. Se ha ido por su propia voluntad, y cuando le ponga las manos encima...

—Ésa es otra de las razones por las que te acompañaré —le espetó Totty—. Por imprudente que pueda parecer lo que ha hecho no permitiré de ningún modo que vayas solo a su encuentro.

—¡Maldita sea, Totty! —gritó él—. ¡Vas a retrasarme!

Totty se acobardó al oír aquello, y George inmediatamente lamentó el exabrupto. No era propio de un caballero educado gritarle a una mujer de la edad de Totty. Pero llevaba mucho tiempo frustrado: aquélla era la última muestra de ello.

—No tengo intención alguna de retrasarte, George —dijo ella, con deliberada lentitud—. Pero iré contigo.

Pues sí. Lo había acorralado. Y, cuando lo acorralaban, George era tremendamente maleducado. Sin embargo, en vez de convertir a Totty en el blanco de su frustración (o a Winnifred, como realmente deseaba hacer), se limitó a descargarla sobre la barandilla del barco más tarde, esa noche, mientras levaban anclas.

Y ya estaban en Hamburgo.

Dar con el rastro de Winnifred y enterarse de cuándo había llegado fue tan sencillo como encontrar las oficinas de Schmidt und Schmidt. Después de todo, era su prima. Cuando no tenía miedo, hablaba y actuaba sin precaución alguna. Tenía que haber hablado con alguien, contado sus planes, dicho adónde se dirigía.

Totty podría haber intentado decirle que esperaran un día, para descansar un poco en un hotel. Pero él se lo hubiera reprochado.

No podía llevarles más que dos días de ventaja, quizá tres.

11

En el que nuestro protagonista se dedica al pescado

—Winn. Winn, despertad. —Jason dio un ligero codazo a la joven, que dormía sobre su hombro.

No se despertó de inmediato, sino que se arrebujó más entre las sábanas.

Jason no se lo reprochaba. Los dos últimos días viajando en carruaje habían sido agotadores. Su ropa, lavada y planchada sólo hacía dos noches, estaba tan arrugada como la cara de un anciano. Habían pasado mucho tiempo como sardinas enlatadas en el simón.

Ni que decir tiene que no era la manera de viajar a la que Jason estaba acostumbrado. Normalmente, si tenía que salir al extranjero, se mandaban cartas por adelantado para que tuviera los pasajes y las mejores habitaciones en las mejores posadas. Esas cartas llevaban el sello del duque de Rayne y, cuando llegaba, lo hacía acompañado de criados con librea que dejaban claro a los posaderos y a los hosteleros exactamente quién era sin necesidad de que él abriera la boca.

Pero esta vez no había criados de librea esperándolo. No lo había precedido ninguna carta de papel caro, a un penique la hoja. Nadie garantizaba en las casas de postas que las facturas serían saldadas satisfactoriamente. Tenía poco más que un viejo anillo en el dedo, lo que para un posadero provinciano de la Alemania rural significaba menos que el hecho de que tuviera muy poco dinero.

Era curiosamente liberador. Sencillo.

Menos sencillo era fingir ser un plebeyo recién casado con una esposa colgada del brazo.

En algún momento del día anterior habían cruzado la frontera entre Hesse y la Baja Sajonia. Esa noche habían vuelto a detenerse en otra posada al borde de la carretera y repetido la actuación de Stellzburg. Aunque esta vez ya tenían la práctica suficiente para hacerse pasar por una pareja de recién casados, porque nadie puso en duda que lo fueran, ni nadie les prestó atención. Nadie le dio palmaditas en la espalda a Jason cuando subía las escaleras, lo que sabía que había hecho feliz a Winn.

Una vez en la habitación, no tuvieron que negociar para ocupar la cama ni mantuvieron ninguna conversación profunda. Estaban demasiado agotados.

No fue hasta la mañana siguiente, cuando Jason ya había descansado y se había despejado, que éste se dio cuenta de lo inquietante que se había vuelto la situación.

La mañana anterior, Winn, a pesar de lo exhausta que estaba, se había levantado otra vez antes que él y trasteado por la habitación, tratando, aunque sin éxito, de no hacer ruido. Pero no era el ruido lo que lo había despertado. Dormía demasiado profundamente para que así hubiera sido. Lo despertó la depresión en el colchón. Era del tamaño de Winn y de forma ovalada, como si hubiera dormido hecha un ovillo... y estaba alarmantemente cerca de él.

No quiso especular acerca de aquella proximidad ni sobre el hecho de que lo había despertado que ella se levantara. A la mañana siguiente, es decir, esa misma mañana, tuvo que enfrentarse al hecho de que Winn tenía la cabeza apoyada en su hombro.

Algo, algún leve ruido procedente de fuera, lo despertó brevemente antes de que amaneciera y descubrió una cosa realmente chocante. A pesar de la ropa de cama que los separaba, de algún modo había conseguido pasarle el brazo por debajo de la cabeza a ella y la estaba acunando. Winn, hecha un ovillo a su lado, con las rodillas contra su cadera, buscaba su calor.

Ya no había podido conciliar el sueño.

Ese día llegaron a Bavaria, el principado al que pertenecía

Nuremberg. Habían recogido otros pasajeros en la segunda posada: una madre con su hijo pequeño. Hablaron poco, porque el Roncador alemán estaba... roncando, y la madre estaba empeñada en impedir que su hijo tuviera los dedos pegajosos y que tocara algo del vehículo. Jason se había cambiado de sitio y se había sentado al lado de Winn para protegerla (vale, y para protegerse a sí mismo) de la pegajosidad de aquellos deditos.

Aquello no daba pie a relajarse.

Era extraño, pero tener tan cerca a Winn, pegada a su costado, tan consciente y despierto como le hacía estar, se estaba volviendo algo natural para él. Cuando ella no ocupaba aquel espacio era mucho más consciente del aire frío que se colaba dentro del vehículo. Cuando habían empezado aquel viaje juntos, cuando le había tocado la mano en el comedor del desayuno, antes de llegar a Dover, la descarga entre ellos había sido agradablemente desconcertante. También intrigante. Después de cogerle la mano en la cochera había decidido conscientemente intentar tocarla de nuevo: tocarle la mano, la nuca, limpiarle la espuma de cerveza de la punta de la nariz, ver si aquel estremecimiento que lo había recorrido se producía de nuevo.

Habían transcurrido apenas unos días y aquellas leves sacudidas, aquellos leves toques, eran como una droga para él. Eran algo que su organismo necesitaba... a diario. Algo que mantenía cálido su costado e impedía que el aire frío invadiera el ambiente.

Simplemente, no podía dejar de buscar su contacto. Aparentemente, ni siquiera mientras dormía.

—Winn —dijo, con un poco más de rudeza, aunque acariciándole el hombro con el pulgar—. Winnifred, ya hemos llegado.

—Os dije que no me llamarais así... —farfulló ella, pestañeando.

—Las situaciones desesperadas requieren medidas desesperadas —respondió Jason con sarcasmo—. Además, creía que iríais sentada y sacando la cabeza por la ventana como un cachorro. Hemos llegado a Nuremberg.

La noticia hizo que Winn apartara la cabeza de su hombro cuando el coche de caballos se detenía en el patio. Los otros pasajeros estaban impacientes por apearse, pero Winnifred se les adelantó y salió por la puerta con tanto ímpetu que a punto estuvo de abalanzarse sobre el joven criado que estaba colocando unos ladrillos en el suelo para que bajaran cómodamente.

El aire frío se coló dentro y ocupó el espacio que ella acababa de dejar libre.

Cuando la alcanzó ya había cruzado medio patio, taconeando sobre los adoquines de Nuremberg con vigor e intensidad.

—¿No olvidáis nada? —le dijo Jason, poniéndose a caminar a su lado.

—¡Oh, sabía que me alcanzaríais! —Le hizo un gesto con la mano, ausente, mirando las calles, probablemente buscando letreros e indicadores: intentando encontrar el camino.

—Me refiero a esto —repuso Jason, levantando su maleta.

En cuanto Winn la vio se detuvo en seco.

—¡Oh, Dios mío! —gritó, intentando arrebatársela de las manos—. Hoy no doy pie con bola.

—¿Por qué lo decís? —Jason sonreía, sin soltar la maleta, permitiendo que sus dedos tocaran los de ella, reacio a dejarla ir.

—Porque he olvidado la maleta, claro, y... me he dormido sobre vuestro hombro. —Se ruborizó y se puso a hablar rápido para disimular su embarazo—. Tiene que ser por la excitación. ¡Por fin estoy aquí! Estoy en Nuremberg y sólo tenemos que encontrar a *Herr* Heider y tendré las cartas y...

—Sí, la mayoría de la gente se queda dormida cuando está excitada —repuso Jason con sarcasmo pero sonriendo—. Vamos, mujer. Yo llevaré la maleta. Así si os quedáis frita en medio de la calle debido a la excitación no os la dejaréis.

Ella arrugó la frente con escepticismo, pero soltó la maleta y permitió que Jason se ocupara de ella.

—Estupendo —dijo él, escrutando los edificios que los rodeaban. En las esquinas había placas con el nombre de las calles—. Ahora, ¿adónde vamos?

—Ahora vamos a buscar a *Herr* Heider —repuso ella, enfilando hacia el este.

—¿Y dónde vive *Herr* Heider? —Jason se situó a su lado de una zancada.

Winn lo miró con recelo.

—En la casa de Durero, por supuesto.

Nuremberg (Nürnberg para los de la zona) era una ciudad medieval amurallada, con su castillo y los correspondientes rastrillos. Construida a orillas del río Pegnitz, era una ciudad de piedra y ladrillo marrón lo suficientemente pequeña como para recorrerla a pie y, si uno era un buen caminante, por entero. La vida campestre de Winn y la buena salud de Jason los hacían a ambos aptos para ese paseo.

Cruzaron por puentes peatonales que no sólo iban de orilla a orilla del río sino que soportaban la carga de numerosos edificios. Era un día claro de cielo azul. Los arbustos y los árboles estaban en plena floración y la gente había salido a la calle para ocuparse de sus asuntos. El vocerío de los comerciantes era una cacofonía de vida. Jason y Winn atravesaron un parque por el que paseaban las damas de buena familia, protegidas por parasoles. Winn pensó que aquello se parecía mucho a Hyde Park, el parque londinense, aunque el modo de vestir de los paseantes y sus voces eran diferentes de lo que habitualmente se veía y oía en Inglaterra. Cruzaron el Hauptmarkt, junto a la iglesia de Nuestra Señora, la hermosa catedral. Lo formaban hilera tras hilera de puestos de productos frescos, carne de los granjeros locales y pescado de río.

¡Y los juguetes! Winn se detuvo de sopetón cuando vio las muñecas mecánicas de madera que podían batir palmas o caminar unos cuantos pasos cuando se les daba cuerda. Aquel modo brusco de detenerse tuvo consecuencias: Jason chocó con su espalda.

—¡Ay! —gritaron ambos, y Jason agarró a Winn del brazo para que no se cayera.

Jason se recuperó primero.

—¿Sabéis? Si queréis podemos quedarnos a echar un vistazo por el mercado.

Winn, que se había estado fijando en todo, desde el movimiento del mercado hasta la arquitectura medieval de los edificios, bajó de pronto la mirada.

—No —repuso—. Deberíamos continuar. Tenemos mucho que hacer, no puedo perder tiempo. —Volvió a mirar uno de los juguetes mecánicos—. Pero es todo tan interesante y tan... distinto.

—Es la primera ciudad extranjera que conocéis —comentó Jason—. Estaremos en Hamburgo escasamente unas horas, y las escalas en Stellzburg y el los otros puntos al borde de la carretera no cuentan. Es natural que queráis entreteneros un poco.

—Sí, pero no puedo. —Se apartó, llevándose la mano al guardapelo—. Quiero verlo todo, pero puedo hacerlo luego. Después de...

Después de localizar las cartas que le hacían falta, por supuesto. Después de asegurarse su lugar en el mundo. Entonces podría deambular por los mercados de Nuremberg, de Roma y de Tombuctú si le apetecía. Pero...

—Vamos... —La voz de Jason era la voz de la tentación—. Quitaos el abrigo. Quedaos un momento. —Le sonrió. El torcido encanto que no tenía de joven (o que por lo menos a ella no le había impresionado lo más mínimo) se manifestó en toda su plenitud... y fue terriblemente efectivo, lo supiera él o no.

—¡Eh...! —tartamudeó Winn—. Yo, eh... yo llevo puesto el abrigo porque cojo frío fácilmente. Aunque sea junio, me ha parecido más práctico...

—Ya. Durante las dos últimas noches he notado vuestros pies helados a través de capas y capas de calcetines y ropa de cama. Tengo una ligera idea de vuestra... temperatura. Sin embargo, lo de que os quitéis el abrigo era un modo metafórico de decir que os detengáis un momento a disfrutar.

—¡Ah! —Winn se serenó—. Ya lo sabía.

—Ya, ya. En cualquier caso, es una pena que debáis perderos la belleza de la ciudad la primera vez que la visitáis —argumentó Jason en conformidad—. Así que, ¿qué os parece si optamos por un término medio? No nos detendremos pero caminaremos más despacio. —Le ofreció el brazo y, con una sonrisa insegura, ella lo aceptó.

—Pero no nos desviaremos de nuestro rumbo —puso como condición Winnifred cuando habían dado ya unos pasos.

—Como no podría ser de otro modo, señora Cummings.

Consiguieron llegar a la casa de Durero, en Zisselgasse, pero sólo después de dar un rodeo por el Castillo, que conservaba las murallas intactas. Se usaba como mercado y era un punto de interés turístico. Puede que también se detuvieran a tomar nata y pasteles, pero sólo porque estaban los dos hambrientos después del viaje (y a lo mejor Jason logró meterse tres pasteles en la boca, pero eso no tiene nada que ver). En realidad sólo tardaron unos minutos en dar aquel rodeo, pero, cuando llegaron paseando del brazo a casa de Durero, un edificio de cinco pisos que se alzaba orgulloso en una esquina de la calle, Jason lo lamentó de inmediato.

Porque, de pie ante la puerta de la casa, había un grupo de varios caballeros que observaban a un hombre que hablaba en el idioma nativo mantener un agrio diálogo con una mujer mayor, la dureza de cuya mirada desmentían sus manos y sus modales. El hombre siguió hablando con vehemencia e intentando mantener abierta una de las dos hojas de la puerta, mientras la mujer del interior no paraba de golpearle las manos.

Winn clavó los dedos en el brazo de Jason para que se detuviera.

—¿Qué está pasando? —le preguntó.

—No lo sé —le susurró él—. Perdonadme —le dijo al caballero más cercano. Jason vio que no podía tener más de veinte años, aunque era tan engreído que sintió vergüenza ajena.

—¡Gracias a Dios, alguien que habla inglés! —exclamó el jovenzuelo, llamando la atención de unos cuantos de sus amigos.

Jason observó burlón cómo el chico se guardaba un frasquito.

—¿Habláis alemán? —le preguntó y, cuando Jason asintió,

prosiguió—: ¿Podéis decirnos que diablos está diciendo nuestro guía? —Hizo un gesto con la mano hacia los dos alemanes que discutían—. Le hemos pagado para que nos enseñara las vistas, y Henry, ese de ahí... Todos somos alumnos de Cambridge, pero él es el único que verdaderamente estudia... Pues Henry ha insistido en ver esta maldita casa. Y, por lo visto, ahora esta... ama de llaves no nos permite entrar.

Jason arqueó una ceja.

—Bueno, yo...

El joven miró la ropa arrugada de Jason y el práctico vestido de Jane y, evidentemente, tomó una decisión.

—Estamos realizando nuestro *grand tour*. ¿Sabéis lo que es?

—Eso creo —repuso Jason, intentando disimular el sarcasmo—. Querida, tú sabes a qué se refiere, ¿verdad?

—Me parece que sí —respondió Winn, siguiéndole la corriente con naturalidad—. Se llama así cuando los jóvenes caballeros viajan por el continente para ver las maravillas del mundo.

—Sí, bueno. Hasta ahora hemos visto más bien las maravillas del interior de un pub —repuso el joven—. Pero Henry no ceja y no entendemos ni una palabra de lo que está diciendo.

—Deberíais haber prestado más atención en clase de lengua —lo reprendió sin acritud Jason.

El otro lo miró fríamente.

—Sí, bueno. Es que pertenecer a la aristocracia consume mucho tiempo. Soy Frederick Sutton, hijo del barón Sutton.

Por el modo en que arqueó la ceja se veía que consideraba que Jason tendría que haber reconocido aquel nombre. Por desgracia, no le resultaba familiar.

—¿Y vos, señor? ¿Puedo preguntaros a qué... profesión os dedicáis?

—Soy empleado de banca —le respondió Jason, a la vez que Winn decía: «Pescadero»—. Soy un empleado de banca que solía trabajar para su padre... como pescadero —se corrigió rápidamente.

—De pescadero a empleado de banca. Sois tremendamente ambicioso —repuso Frederick Sutton. Luego se metió la mano en el bolsillo y sacó unas monedas—. Puesto que los sois tanto, ¿tendrías acaso la amabilidad de hacernos de traductor?

Jason miró los chelines y luego a Winn, que, reprimiendo admirablemente la sonrisa, se limitó a encogerse de hombros, tomar las monedas y metérselas bajo el corpiño.

—¡Oh, *graatias, senor!* —dijo luego con un acento extranjero increíble—. *Mi padre no va a creer que encontramos un barrón de veras. Querrido, ve a oír los alemán y di qué dice.* —Empujó a Jason hacia los que discutían, que no paraban de hablar, pisándose, armando un barullo incomprensible.

—Vuestro guía está diciendo que le entregará a la señora una buena cantidad de dinero —tradujo Jason—. Y la señora... La señora dice que la propietaria de la casa es ella y que no admite más visitas. El último grupo que trajo el guía destrozó... —Miró de golpe a Winn—. Destruyeron unos documentos.

Se quedó mirando a Winn, que se puso terriblemente pálida pero luego se envaró y levantó la barbilla. Curiosamente conmovido por su determinación, Jason estuvo a punto de sonreírle. Antes de que pudiera volver a centrarse en la conversación, sin embargo, ésta se acabó con un «*Nein!*», un portazo y el ruido de la llave en el cerrojo.

—Aquí tenéis la respuesta, por lo que parece —le dijo Jason a Frederick Sutton.

Frederick suspiró, aliviado.

—¡Por fin! Bien, muchachos. Me parece que ya hemos tenido suficiente educación por hoy —les dijo a los del grupo.

—Pero Freddy —protestó uno, que no podía ser otro que el estudioso Henry—, si todavía no hemos visto nada: ni el castillo, ni la iglesia de San Lorenzo...

—La educación tiene otras facetas, Henry —le respondió Frederick—. ¡Es hora de aprender acerca de las variedades locales de esa exquisitez llamada cerveza!

Los jóvenes celebraron la idea, pero Henry estaba algo alicaído.

—¡Si no son siquiera las diez y media! ¡Oh, está bien...! Pero sólo si vamos a un pub que haya tenido algún papel histórico... —Y con esto Henry se aplacó y el grupito de jóvenes caballeros prosiguió su camino sin mirar atrás una sola vez para ver al pescadero convertido en empleado de banca y su mujer.

—¿Cómo ha sido? —le preguntó Winn cuando el grupo dobló la esquina y se perdió de vista.

—¿Cómo ha sido qué?

—Encontraros con vuestro yo más joven.

—Yo no era... Quiero decir que... Nunca fui tan horrible a los veinte años —se mofó Jason. Luego le preguntó, dubitativo, escurriendo el bulto—: ¿Creéis que lo era?

Winn se encogió de hombros y le sonrió, compasiva.

—Bueno, es muy desconcertante —le respondió por fin, abatido.

Winn ya se había acercado a la casa de Durero y estaba llamando a la puerta .

Al advertir que nadie le abría volvió a llamar con inusitada insistencia.

—¡*Herr* Heider! —acabó por gritar—. ¡*Herr* Heider! ¡Sé que estáis ahí!

Por fin corrieron los cerrojos y alguien abrió la mirilla.

—Ingleses, ¿no? —La mujer que había protegido la puerta del asalto de los jóvenes universitarios ingleses que merodeaban por la calle minutos antes se asomó por la pequeña abertura.

—Sí, he venido a ver... —empezó a decir Winn, aliviada. Pero se interrumpió cuando una de las hojas de la puerta se abrió de par en par.

—¡Nada de ingleses! ¡Nada de turistas! ¡Esta casa está cerrada al público! ¡Váyanse... emigren a otra parte! —La mujer volvía a tener una mirada acerada e intentó cerrar de un portazo, pero en esta ocasión no pudo porque Jason se lo impidió con una mano, aunque le costó bastante.

—Señora... —masculló entre dientes Jason—. Antes de que digáis que la casa es vuestra, ¿sois por casualidad la señora Heider? —le preguntó, mientras miraba de reojo significativamente a Winn.

—*Da* —repuso la señora Heider, aliviando la presión sobre la mano de Jason—. *Ich bin Frau Heider.*

—*Frau* Heider, he venido a ver a vuestro marido —le dijo Winn, sin perder un instante—. Soy Winnifred Crane... ¡La hija de Alexander!

Cuando les permitieron entrar en la casa donde Alberto Durero había vivido y pintado, Jason esperaba sentirse sobrecogido. Notar el fulgor de lo que quedaba del genio. Pero estuvo bastante seguro de que entraba en una casa normal, aunque desordenada y sucia. Una casa de Nuremberg en obras, y de luto.

Tapices, espejos y relojes estaban cubiertos de tela negra; manteles negros caían en pliegues sobre las superficies. Ni siquiera el relativo desorden de los trabajos de albañilería conseguía ocultar la profunda pena que había en la casa.

—Disculpad la escena, señorita Crane, pero desde que mi marido compró la casa nos han estado invadiendo estudiantes y artistas de hasta el último rincón de la Tierra —les explicó en inglés con marcado acento alemán *Frau* Heider, parándose a descansar junto a una de las dos gruesas columnas que flanqueaban la entrada de la casa. Se frotó la frente con el borde del delantal, cansada de la dura mañana.

—*Herr* Heider nació en Berlín, pero es un admirador entusiasta de Durero —le explicó Winn a Jason—. Tanto que, cuando vino en peregrinaje a Nuremberg hace uno o dos años y vio esta casa, la compró.

—*Da*, mi Wilhelm tenía que salvarla, me dijo. Vendió el negocio de mi padre en Berlín, que yo y sólo yo había heredado, nuestra casa... —*Frau* Heider calló un instante, con la mirada perdida. Le temblaron las manos y se alisó el delantal—. Pero hizo un gran trabajo. Tendríais que haber visto este lugar antes: se caía a pedazos. ¡Costó mucho tiempo y dinero simplemente lograr que fuera habitable!

—Con el dinero de la visita podríais haber pagado las reparaciones —sugirió Jason, y vio que *Frau* Heider se ruborizaba.

—Wilhelm aceptaba a todos los viajeros... ¿turistas? —dijo, preguntando de manera tácita si había usado la palabra correcta.

Jason le sonrió con amabilidad.

—Creo que queréis decir «peregrinos», señora.

—*Da*... peregrinos. Estudiantes, amantes del maestro Durero, vienen y mi marido no puede de buena fe echarlos. Los estudiosos son buenos, amables... pero los alumnos borrachos causan más desperfectos —repuso *Frau* Heider—. Hemos pedido a la ciudad de Nuremberg que adquiera la casa, como palacio histórico, pero la ciudad no tiene dinero. Así que intentamos hacer las reparaciones viviendo aquí y traer la colección de Durero de mi marido, *da?*

—Sí, *Frau* Heider. Es por la correspondencia por lo que quiero ver a vuestro esposo —empezó Winn, pero la mujer no la escuchaba.

—Y, luego, el mes pasado, mientras descargaba baúles de cartas de Berlín... se desplomó... y me dejó. —*Frau* Heider se cubrió los ojos con una mano temblorosa. Jason miró a Winn. Su corazón compasivo, y tal vez el cariño que le tenía a aquel hombre, se le notaba en la cara.

—¡Oh, *Frau* Heider, cuánto lo siento! Si lo hubiera sabido...

—Y ahora tengo que vérmelas con ese guía gorrón... no, no es eso —y *Frau* Heider usó un término que Jason decidió no traducir para Winn, por mucho que lo mirara de aquella manera tan inquisitiva—. ¡Con él y con sus clientes borrachos!

—Espero que no me incluyáis en esa categoría —le comentó Jason sonriente.

Frau Heider parpadeó brevemente y relajó los hombros.

—Por supuesto que no, señor, por supuesto. Lo siento. He sido una anfitriona deplorable. Por favor, seguidme. —Los condujo hasta un juego de sillas que había junto a la chimenea de la habitación contigua—. ¿Cómo conocisteis a mi marido? —le preguntó a Jason.

—Bueno, yo... —logró decir éste antes de que Winn interviniera.

—Veréis, *Frau* Heider. Yo soy la hija de Alexander Crane, y llevo carteándome con vuestro marido desde hace varios años.

Frau Heider arrugó la frente.

—¿Vos habéis estado escribiéndole a mi marido?

—Sí —respondió Winn precipitadamente—. Llevábamos algún tiempo intercambiando correspondencia acerca de la obra de Durero, sobre todo porque mi padre es un erudito...

—Perdonadme, pero ¿estáis diciéndome que mi marido se estuvo carteando con jovencitas?, ¿desde cuándo?

—¡Oh, varios años! Y no creo que escribiera a otras jóvenes, sólo a mí. Enterarme de su muerte me ha dejado helada. Por lo que escribía parecía tan vigoroso siempre...

—¿Vigoroso?

—Animado. Apasionado.

—¿Apasionado? —le preguntó *Frau* Heider con voz estrangulada.

—¡Sí! —exclamó Winn, completamente ajena a la situación—. Recuerdo una vez que me escribió acerca del boceto de un desnudo que había descubierto...

Mientras Jason observaba la escena que se desarrollaba, dos cosas le quedaron meridianamente claras. La primera, que *Herr* Heider había mantenido en secreto aquella correspondencia y, la segunda, que para evitar que la ya conmocionada *Frau* Heider se viniera abajo, tendría que prestarle su apellido a Winn unos cuantos días más.

—¡Querida! —la interrumpió Jason, mirando sonriente la cara pálida de horror de *Frau* Heider—. Tal vez sea un buen momento para contarle a *Frau* Heider que estamos en nuestra luna de miel y cuál es nuestro propósito.

Winn lo miró con curiosidad, confusa. Él se inclinó hacia ella y le besó la mejilla al tiempo que le susurraba al oído:

—Al fin y al cabo no obtendréis lo que deseáis si la señora cree que su marido le ha puesto los cuernos con vos.

—¿Qué? —preguntó Winn y, luego, viendo por primera vez la expresión de consternación de *Frau* Heider, por fin lo entendió—. ¡Oh! —exclamó—. Os aseguro, *Frau* Heider, que mis cartas a vuestro marido eran de contenido puramente académico. Después de todo sólo tengo ojos para... mi querido Jason, aquí presente. —Puso la mano sobre la de él y se la apretó, estrujándole los dedos. Pero fue como si con aquello aliviara la presión de la cara de *Frau* Heider, que se relajó y dijo:

—Por supuesto. —Suspiró—. ¡Qué tonta soy! Mi Wilhelm nunca tuvo ojos más que para el maestro Durero y, cuando lograba que me prestara atención, para mí.

—De hecho —dijo Winn amablemente—, no queremos abusar, pero tenemos una misión entre manos.

—¿Una misión? —A *Frau* Heider se le iluminó la mirada—. ¿Una misión en la que mi marido tiene algo que ver?

—Exacto.

—¡Un misterio! —exclamó *Frau* Heider alegremente—. Nada me gusta más que un buen misterio. Decidme, querida, ¿en qué puedo ayudaros?

—Su marido me habló de unas cartas. —Winn tomó su maleta de manos de Jason y sacó la copia del Adán y Eva—. Unas cartas que encontró, escritas de puño y letra por Durero, sobre este cuadro de Adán y Eva.

Frau Heider cogió la tela y la miró atentamente con aquellos ojos suyos de un gris acerado.

—No lo conozco, pero yo no colaboraba en el trabajo de mi marido —dijo la mujer.

—Bueno, veréis, según las cartas que encontró...

Mientras Winn exponía el propósito de su visita, omitiendo convenientemente la información a cerca de George y varias apuestas, *Frau* Heider escuchó atentamente todo cuanto decía, interrumpiéndola de vez en cuando para pedirle a ella que hablara más despacio o a Jason que tradujera.

—*Frau* Heider, por favor, decidme si tales cartas siguen en vuestro poder. Os estaré eternamente agradecida —terminó Winn.

La mujer los miró a ambos una vez más, y Jason contuvo el aliento.

—Sí, querida. Al menos, eso espero.

Tras decir esto, se levantó y les indicó con un gesto que la siguieran. Winn y Jason subieron detrás de ella las escaleras hasta el tercer piso, donde las reformas no habían progresado tanto como en las habitaciones de la planta baja, pero que al menos parecía sólido y estaba ordenado... a excepción de una habitación.

Se detuvieron frente a una puerta del extremo del pasillo. *Frau* Heider se sacó un abultado llavero del bolsillo de delantal, buscó la llave adecuada y la introdujo en la cerradura nueva de latón.

—He tenido que cambiar la cerradura de esta puerta —les explicó la mujer.

Abrió para que pudieran entrar en un caos absoluto. Había documentos amontonados en cajas por todas partes, así como cuadros y grabados en cajones mal cerrados, del suelo al techo.

—El trabajo de la vida de mi marido —dijo lúgubremente *Frau* Heider.

—¿Lo dejaron así esos alumnos borrachos...? —preguntó Jason, siguiendo a Winn, que se movía por la habitación con delicadeza.

—Sólo en parte. Me temo que mi Wilhelm esta vez no llegó muy lejos en su reordenación.

—¿Esta vez? —le preguntó Jason.

—Lo reordenaba todo una vez al año. La mudanza de Berlín fue especialmente... ¿desastrosa? Sí, desastrosa.

Jasón miró a Winn, que se había quedado inmóvil. Tenía entre los dedos un trozo de antiguo pergamino cuya tinta era casi ilegible. Probablemente tenía siglos de antigüedad, si era de la época de Durero.

—¿Winn? —le dijo Jason con dulzura—. ¿Estáis bien? —Cuando la muchacha apartó los ojos del pergamino, vio su mirada resuelta.

—Estoy bien —afirmó—. Pongámonos a trabajar.

12

En el que se encuentran las cartas, se pierde la esperanza y llegan visitas inesperadas

Dos días. Eso fue lo que tardó Winn en encontrar lo que buscaba. Dos días se pasó enclaustrada en la habitacioncita del tercer piso, completamente enfrascada en su búsqueda. Dos días que Jason pasó en la planta baja con *Frau* Heider, preguntándose qué demonios estaría pasando en aquel agujero atestado.

Había estado con ella, claro. Había intentado ayudar a Winn lo mejor que había sabido, pero cuatro horas descifrando apretada caligrafía alemana en tinta descolorida sobre viejos papeles amarillentos era todo lo que aguantaba antes de necesitar un poco de aire. Por supuesto, Winn no le había permitido abrir las ventanas, ni que tocara los documentos sin llevar guantes finos de algodón. Frau Heider, a la que no interesaba en absoluto Durero y que tenía también, como Jason, su límite, también le había dejado vía libre a la señorita Crane y se había marchado.

—¿Os parece lo mejor? —le preguntó Jason, sin intentar disimular su preocupación—. Que trabaje con tanto ahínco...
—Estaban en la cocina, cortando el pan, el queso y las verduras que *Frau* Heider acababa de traer del mercado.

Había dejado para Jason la misión de deshacerse de otro grupo de ávidos estudiantes (franceses en esta ocasión) y de su entusiasta guía. Habían decidido que a un joven de aspecto severo le sería más fácil disuadir a los visitantes que una dama anciana. No se habían equivocado.

—Ni siquiera duerme —añadió Jason, apartando la pava del

fogón de leña y vertiendo su humeante contenido en una tetera.

Frau Heider, una vez convencida de que estaban casados y enterada del trabajo de Winn, había decretado que se quedarían en la habitación de invitados, en la que afortunadamente había una cama. Era una antigua cama poco usada, aunque con el colchón desigual y lleno de bultos, pero al fin y al cabo una cama. Winn y Jason se habían limitado a encogerse de hombros: curiosamente, se estaban acostumbrando a tener que dormir forzosamente juntos. O, al menos, se dijo Jason, él se estaba acostumbrando.

Aquella primera noche, cuando *Frau* Heider se fue a la cama, él se quedó en la planta baja unos minutos, intentando decidir si acostarse o reunirse con Winn. Ya había pasado varias horas con ella, sin embargo, forzando la vista para descifrar caligrafías ininteligibles, y se le cerraban los párpados de cansancio. Así que decidió dormir, pensando que Winn no tardaría en acostarse. Al fin y al cabo, después de cenar había dicho que pasaría sólo una hora más o menos en la habitación del fondo del pasillo.

Ya casi amanecía cuando despertó y descubrió que no estaba; no había ninguna depresión del tamaño de Winn en el colchón, a su lado. De haber sabido que no estaría allí, pensó enfurruñado, habría podido meterse bajo las sábanas.

A la noche siguiente ocurrió lo mismo. Winn subió al cuartito después de la cena, dejando a Jason con *Frau* Heider. No podía impedírselo, por mucho que el agotamiento se le notara. Winn era como un cable tenso de la cabeza a los pies, estaba concentrada únicamente en repasar el contenido de la colección de *Herr* Heider. Así que volvió a irse solo a la cama... aunque no durmió toda la noche. Pasadas las doce, cuando la casa estaba en silencio, fue al cuartito del final del pasillo y llamó con suavidad a la puerta.

No obtuvo respuesta. Se asomó al interior y encontró a Winn con la cabeza apoyada en el escritorio. La vela apenas ardía. Se acercó y le sacudió el hombro. No se movió.

—Winn —susurró.

Nada.

—Winnifred —dijo, más fuerte.

—Dejad de llamarme así —se quejó ella débilmente, todavía con los párpados cerrados.

—Vamos, tenéis que dormir —insistió él. Pero ella le apartó las manos.

—Sólo descansaba los ojos.

—Y Napoleón sólo sentía un leve interés por la política internacional. Vamos. —Sin que ella ofreciera resistencia, la tomó en brazos y la bajó al dormitorio que compartían. Pesaba menos que un gorrión.

Antes de apoyar la cabeza en la almohada ya estaba profundamente dormida y se acurrucó del modo que él ya conocía tan bien.

Una vez más, cuando se despertó, al alba, fue porque Winn no estaba en la cama, aunque en esta ocasión su huella hubiera quedado impresa en el colchón.

—Es su pasión. —*Frau* Heider se encogió de hombros amablemente—. Las personas con una pasión son ciegas a todo lo demás. Como mi Wilhelm. A veces pasaba días o semanas sin salir de su estudio. Yo le llevaba comida, le hacía dormir... Yo era la única persona capaz de mantener su conexión con el mundo. —Esbozo la triste sonrisa melancólica que tenía siempre que hablaba de Wilhelm, que en los últimos días había sido el tema habitual de conversación—. No voy a mentiros... en cierto modo ella es la respuesta a mis oraciones. Una persona de talento que se ocupa de ese embrollo de cuadros y de documentos y de grabados que yo no... —murmuró.

—Sé que tiene talento, por supuesto. He leído sus artículos. Es sólo que no...

—¿Que no pensasteis en el trabajo que le habría llevado escribirlos? —*Frau* Heider rio entre dientes—. Creedme, señor Cummings —dijo, poniendo un platito de nabos cocidos en la bandeja—. Mi Wilhelm podía estar enfrascado en sus libros durante días, arruinándose la vista con antiguos escritos. Mientras estuvo aquí, yo solía... —Hizo un breve pausa y se miró las manos con tristeza, como si sus dedos hubieran perdido el propósito que les había encomendado—. Las personas como Wilhelm, y vuestra Winnifred —continuó por fin—, pueden tener todo el talento del mundo, pero necesitan que alguien como nosotros cuide de ellas. Ya lo descubriréis.

—Winn insiste en que no necesita a nadie. —Jason sacudió la cabeza.

—¿Y vos la creéis? No conocéis demasiado bien a vuestra esposa. —*Frau* Heider rio entre dientes.

—La conozco lo suficiente para saber que no le gustan los nabos —repuso él, que sacó el platito de nabos de la bandeja, lo sustituyó por la tetera y se la llevó escaleras arriba.

«Dos días», pensaba Jason mientras subía la bandeja a la tercera planta. Dos días y no sabía si Winn había dormido siquiera cuatro horas en total. *Frau* Heider tenía razón: por mucho que le gustara a él tener que ver con los asuntos de la Sociedad Histórica y asistir a alguna que otra conferencia, no tenía ni idea de lo laborioso que era el proceso para descubrir los hechos. Lo único que podía hacer era maravillarse, intentar ayudar y preparar bandejas de comida.

¿Hasta qué punto conocía realmente a la mujer a la que estaba escoltando por el continente? Se habían conocido hacía una década, de manera superficial, aunque, desafortunadamente, él no se acordara. Hacía... ¿cuánto? Tal vez un mes que había chocado con su mano en el patio de Somerset House. Sin embargo, seguía sorprendiéndolo.

Sabía que era una luchadora decidida, tan concentrada que casi daba miedo. Exigía independencia y se aferraba a esa libertad basándose en su capacidad para discutir. Jason sabía que la curiosidad de Winn era la razón por la que le recordaba un gorrión, corriendo de un lado para otro y fijando su atención en lo próximo, lo nuevo, lo desconocido; absorbiendo el mundo con infantil asombro: el mundo todavía la asombraba. Eso era lo que más le gustaba de ella

Jason llamó con los nudillos a la puerta del final del pasillo y entró sin hacer ruido en el cuartito.

Dos días y a Jason le pareció que apenas había hecho mella en la montaña de papeles. Los documentos estaban repartidos por la habitación en montones que formaban una hilera, siguiendo algún tipo de cronología. Los cuadros en cajas habían sido trasladados a la habitación contigua. Jason se había ocupado de trasladarlos, claro, para que Winn pudiera concentrarse por completo en los documentos. El pequeño escritorio y la silla llevaban allí desde el día anterior, y sobre él, como el día anterior, entre dos montones de antiguas órdenes de trabajo y listas de suministros escritos en alemán del Renacimiento, descansaba la cabeza de Winnifred Crane, profundamente dormida.

Dormida parecía diminuta. Siempre era menuda, pero mientras dormía la bravuconería en la que se escudaba desaparecía y era frágil y delicada como una muñeca. Jason dejó la bandeja junto a su cabeza y posó una mano en su nuca, en la estrecha franja de piel que inconscientemente consideraba suya. Winn no dio un respingo ni se removió. Él se inclinó, acercándosele más. Quería asegurarse de que seguía respirando...

Otra cosa que Jason sabía de Winn era que aquella mujer podía dormir como un lirón.

—¡Winn! —Le sacudió el hombro con suavidad y luego, viendo que no reaccionaba, más enérgicamente—. ¡Winn, las cartas se queman!

Aquello sí que la despertó. Levantó la cabeza de golpe, con tanto ímpetu que se dio contra la nariz de Jason, que retrocedió a trompicones con los ojos llenos de lágrimas.

—¡Ay, cuidado! —gritó. Fue un sonido ahogado porque se había llevado las manos a la nariz.

—¡Cuidado vos! —repuso ella, con la mano en la coronilla—. ¡Tenéis la nariz más puntiaguda de la Cristiandad! —Antes de que él pudiera protestar con vehemencia, Winn miró a su alrededor—. Los documentos... ¿Fuego?

—No... No hay fuego. —Jason se palpaba la nariz. Viendo que no la tenía rota y que, gracias a Dios, no le sangraba, se sintió lo suficientemente bien para bajar la mano—. Tenemos que dejar de encontrarnos así.

—¡Oh, gracias al cielo! —Winnifred suspiró y apoyó una mano con delicadeza encima de uno de los montones de papeles del escritorio. Luego, mirando de reojo a Jason, le preguntó—: ¿Estáis llorando?

—¿Qué? No —dijo Jason rápidamente, parpadeando para quitarse la humedad de los ojos—. Yo... Nosotros hemos pensado que debíais comer. —Indicó con la mano el plato que había en la mesa junto a su codo. Mientras ella inspeccionaba la comida, él echó un vistazo a la habitación—. Deberíais abrir una ventana, dejar entrar un poco de aire. No me extraña que os hayáis dormido... otra vez.

Si recordaba cómo la había llevado en brazos a la cama la noche anterior, no se le notó.

—No podemos abrir las ventanas. ¿No comprendéis lo delicados que son estos documentos? El aire los estropea... —La sacudió un ligero escalofrío. Se quitó con delicadeza un guante de algodón y tomó del plato una rebanada de pan con queso mientras repasaba con la mirada los papeles del suelo.

—¿Habéis encontrado lo que buscabais? —le preguntó Jason.

—Por desgracia, no. —Winn suspiró, frustrada—. Pero he conseguido dilucidar qué cartas escribió de puño y letra el maestro Durero y cuáles no. Ese montón de ahí —señaló hacia donde él estaba— son notas y notaciones matemáticas. Ése —indicó otro montón— son ejercicios de proporción humana. Nada concluyente, desde luego no son borradores ni nada que forme parte de los *Cuatro Libros* del maestro,* pero son la clase de cosas que la mayoría quemaría por considerarlas carentes de valor. *Herr* Heider los encontró en un baúl, en la tienda de un anticuario. Asombroso, ¿verdad?

—Sí —convino Jason inclinándose a mirar los documentos—. Pero ¿dónde están vuestras cartas, esas que hablan del cuadro de Adán y Eva?

—Ése es otro problema —repuso Winn, tomando un bocado de pan y queso, cerrando los ojos y haciendo un ruidito de placer por saciar el hambre. Jason tardó un instante en darse cuenta de que seguía hablando—. Alberto Durero pintó a Adán y Eva varias veces. Hay un cuadro de 1507 y un grabado de 1504 suyos.

---

* *Vier Bücher von Menschlicher Proportion*, obra teórica de Durero sobre la proporción humana. *(N. de la T.)*

Eso es innegable. Así que cualquier carta que recibiera en la que se mencione un Adán y Eva puede referirse a ellos.

—Pero vos pensáis que vuestro Adán y Eva se pintó en 1490, ¿no es así? ¿No podemos simplemente guiarnos por las fechas de las cartas? —le preguntó Jason, cogiendo carta tras carta con cuidado.

—Podríamos... —dijo Winn, sonriendo—. Si nuestros antepasados hubieran tenido la amabilidad de fechar todas las cartas que mandaban. Además, ¿quién dice que Durero las recibiera en la misma época en que se pintó el cuadro? Yo he escrito teoría y crítica sobre obras de un siglo de antigüedad. —Miró el pedazo de pan de mantequilla que sostenía—. Añadid a eso que las páginas son prácticamente ilegibles y que mi conocimiento del alemán de la época renacentista no es tan bueno como creía —admitió a regañadientes—. Estoy a punto de quedarme bizca con esto.

—Habéis aguantado treinta horas más de lo que nadie habría aguantado... o al menos de lo que habría aguantado yo —admitió Jason—. Pero... siempre habéis dicho que esas cartas existen, ¿no?

—¡Por supuesto que existen! —exclamó Winn, frustrada—. ¡Ahora no voy a rendirme!

—No, me estáis malinterpretando —se apresuró a aclarar Jason—. Me refería a que habéis dicho siempre «cartas», en plural.

—Sí —dijo Winn, cayendo por fin en la cuenta—. *Herr* Heider me habló de cartas, de una correspondencia. Así que tendría que haber más de una carta del mismo autor.

—Tenéis que clasificarlas de un modo distinto. Tenéis que encontrar las cartas escritas con la misma caligrafía, no las que tratan sobre un mismo tema.

Winn dejó la comida en el plato, con los ojos fijos en Jason. Su expresión era de completo asombro.

—¡Oh, Jason, qué idea tan buena! ¡Es una idea brillante!

Y, antes de que él pudiera darse cuenta, probablemente antes incluso de que ella se diera cuenta, Winn saltó de la silla, cruzó de dos zancadas la habitación y lo besó.

Fue como si lo arrollara una ola. Cuando la había besado en la taberna de la posada Stellzburg, en su cabeza imperaba la idea de sobrevivir, y la reacción de ella había sido de sorpresa y poco más, por lo que él recordaba. Pero aquello... aquello fue pura emoción: gratitud, alegría, desesperación... todo ello procedente de aquel cuerpo esbelto apretado contra el suyo, de aquellos brazos que le abrazaban el cuello, de aquellos labios dulces pegados a su boca.

Se apartó al cabo de unos segundos, buscando su mirada, confundida y bastante avergonzada. Sin saber cómo, Jason le había abrazado la cintura y la estaba atrayendo hacia sí. La mantenía allí, impidiendo que el aire frío llenara el espacio que ella ocupaba. Luego la soltó.

Winn retrocedió hasta el otro extremo de la habitación. Por desgracia, pensó Jason, el cuartito era demasiado pequeño para que hubiera demasiada distancia entre ambos. No pudo hacer otra cosa que mirarla, y ella no pudo hacer otra cosa que mirar el pedazo de suelo que los separaba.

«Tiene que ser el aire», pensó Jason: el aire denso que en los últimos segundos había ardido como fuego.

—Yo... bueno, necesito un poco de aire —dijo por fin, llenando el silencio, hasta entonces sólo enturbiado por el sonido de su respiración—. Así que iré a... a dar un paseo.

No esperó para comprobar su reacción. Ni siquiera la miró mientras abría la puerta y salía. Bajó las escaleras y salió a la calle reviviendo mentalmente, una y otra vez, de manera incesante, los últimos minutos. Una sola idea coherente conseguía abrirse camino en su caos mental: ¿Qué demonios acababa de suceder?

Habría besado a Jason, otra vez, de haber estado éste en la habitación.

Apenas una hora más tarde Winn localizó las cartas que buscaba. Allí estaban. Las había puesto en montones distintos porque una hablaba sobre todo de la educación como grabador de Durero en Suiza, concretamente en Basilea, y en la otra se mencionaba un cuadro de Adán y Eva. Le ardían los ojos y estaba mentalmente exhausta, pero allí estaban. Lo sabía.

Puesto que Jason no estaba allí, se contentó con bajar corriendo las escaleras con las dos cartas y abordar a *Frau* Heider con su maravilloso hallazgo.

—¡*Frau* Heider! —la llamó.

La encontró en la cocina, enluciendo con una llana una esquina maltrecha de la habitación.

—¡Las he encontrado! ¡Las he encontrado! —gritó entusiasmada, mientras entraba.

—¡Ah, *wunderbar*!* —repuso *Frau* Heider—. ¿Podría verlas? —Le tendió una mano sucia de yeso que Winn miró consternada—. ¡Oh, no..., tenéis razón! Mejor que no las toque.

—¿Dónde está Jason? —le preguntó Winn, con el corazón en la garganta—. ¡Tengo que enseñárselas!

—Ha salido, niña. —*Frau* Heider hizo un gesto con la llana en dirección a la puerta—. Ha dicho que le hacía falta tomar el aire.

Winn se puso colorada y corrió hacia la puerta, con las cartas, sus preciadas cartas, todavía en las manos.

—¡Ha ido hacia el Hauptmarkt, querida! —le gritó *Frau* Heider, y luego, mientras la joven salía en tromba, soltó una risita. El hecho de descubrir, ya fuese una carta o un sentimiento, era siempre inspirador.

Winn nunca había tenido mucha suerte encontrando gente en las aglomeraciones. Dado que pertenecía al extremo bajo del espectro, lo único que podía hacer era ponerse de puntillas y rogar ver un atisbo de pelo y barba rojos. Acababan de dar las doce y el mercado bullía de mujeres que compraban carne para la cena de esa noche, de hombres haciendo trueques y comerciando con productos y semillas de las granjas situadas fuera de las murallas. Otros paseaban entre los puestos de los artesanos, llenos de muñequitas y juguetes mecánicos, botones de madera

* En alemán, «maravilloso». (*N. de la T.*)

tallada y pequeños cofres cuyo único propósito era adornar y recordar a la gente que había estado en aquel mercado un cálido día de verano.

En medio de todo aquello estaba Jason.

Lo encontró pasados unos minutos. Salía de una tiendecita del extremo nordeste de la plaza. Llevaba un paquete envuelto en papel en la mano que Winn supuso que sería un bocadillo de algún tipo. Corrió hasta chocar con él, con tanta fuerza que Jason se tambaleó hacia atrás.

—¡Uf! —Se quedó sin aire mientras retrocedía, alejándose del marco de la puerta que lo había parado—. Para ser tan pequeña, dais unos buenos golpes —dijo, y ocultó discretamente el paquetito detrás de la espalda—. ¿Planeáis causarme tantos daños físicos como podáis?

—¡Lo siento! —exclamó Winn, conteniendo una carcajada—. Bueno, en realidad estoy muy contenta. ¡Las he encontrado!

—Las habéis encontrado —repitió Jason. Luego, cayendo en la cuenta, añadió—: ¿Las habéis encontrado? ¿Habéis encontrado las cartas?

Ella hizo un gesto de asentimirnto y se sacó las cartas del bolsillo de la falda.

—El párrafo que me hacía falta es muy breve, pero está justo aquí. —Le indicó los renglones que había buscado en la página, con las manos todavía enfundadas en los guantes de algodón. Jason se situó detrás de ella para mirar la hoja por encima de su hombro.

—Es prácticamente ilegible —le dijo por fin, con el aliento en su oído—. ¿Podéis leerlo? —Como ella asintiera, le pidió—: Leedme el párrafo.

Cuando lo miró, Jason tenía la cara alarmantemente cerca de la suya y Winn olvidó por un instante que estaban en el atestado Hauptmarkt.

—Creo que... al menos, estoy segura de que tengo razón, pero creo que dice lo siguiente. —Se aclaró la garganta y leyó el fragmento—: «Deseo honrar a mi maestro y amigo por su simpatía. Una vez dijisteis que admirabais mi trabajo, por lo que os

185

envío el último, del primer hombre y la primera mujer. Mi madre, a la que en todo debo someterme, lo considera un pecado de orgullo y dice que debo librarme de las pinturas, que me honro con ellas a mí más que a Dios. Cuando nos vimos en Basilea, me sugeristeis que estudiara... —Winn hizo una pausa y entrecerró los ojos—: Creo que la palabra que viene ahora significa "horticultura", pero sinceramente no tengo ni idea. —Se aclaró la garganta y continuó—: Espero que mi ejercicio esté a la altura de vuestras expectativas.»

Winn levantó la vista de la carta, la dobló cuidadosamente y se la guardó en el bolsillo.

—A partir de ahí habla de luteranismo en términos velados, y eso es todo —añadió.

—¿Eso es todo? —dijo Jason, con un escepticismo que no fue del agrado de Winn—. ¿No hay más cartas con esa caligrafía?

—Sí que hay una —repuso ella, sacándosela con cuidado del bolsillo—, pero habla fundamentalmente de las técnicas de grabado que Durero estudió en Suiza y de algunas otras cosas banales, no del cuadro de Adán y Eva.

—Con esto no es suficiente. —Jason la cogió de la mano—. Vamos. Volvamos a la casa, a ver si hay más cartas en algún otro baúl de *Frau* Heider.

—¿No es suficiente? ¿A qué os referís? —le preguntó Winn, mientras él procuraba tirar de ella para no perderla entre el gentío del Hauptmarkt.

—A que no basta para demostrar que es de vuestro Adán y Eva de lo que se está hablando.

—¡Por supuesto que sí! Es exactamente como *Herr* Heider me la describió. Dice que se vieron en Basilea, que quien lo pintó mandó el Adán y Eva... el primer hombre y la primera mujer... a Durero.

—¿Exactamente como os la describió *Herr* Heider? ¿Estáis diciéndome que habéis viajado al continente por capricho, con la idea de que esto era prueba suficiente de la... autoría del cuadro? —La cara de asombro de Jason era un poema—. ¿Hay alguna fecha en esa carta? ¿Se habla en algún momento de forma y de técnica, aparte del estudio de la horticultura? ¿Hay alguna prueba de que Durero recibiera el cuadro? Aparte de eso, ¿es el autor de las cartas un artista reconocido?

—No lo creo —dijo Winn—. Pero en esa época, y justo en ese período, no había muchas pintoras cuya obra fuera reconocida.

Jason se detuvo de sopetón en el centro de uno de los famosos puentes de piedra de Nuremberg.

—¿Es la carta de una mujer?

Winn asintió.

—La firma María F... No entiendo el apellido, aparte de la inicial.

Jason echó atrás la cabeza y soltó una carcajada.

—¡Por todos los santos! ¡Esto es incluso peor!

—¿Peor en qué medida? —preguntó Winn.

—La Sociedad Histórica deducirá que estas cartas son obra de una jovencita impresionada por un artista que le envió un boceto porque lo adoraba... no este cuadro, no una obra seria, no algo merecedor de ser tomado en serio.

A Winn le hervía la sangre. Se libró de la mano de Jason.

—Bastará para sembrar la duda —dijo.

—No, no bastará —repuso muy serio Jason—. Así que espero que haya más intercambios entre Durero y esta tal María F. y que contengan un relato detallado de los talentos de María como artista y la relación entre ambos, porque de lo contrario...

Winn achicó los ojos y carraspeó. Luego, claro, se volvió y caminó con brío hacia la casa de Durero, con Jason pisándole los talones.

Doblaron la esquina y vieron el edificio, que estaba igual que a su llegada, hacía unos días. Sólo que esta vez no se apelotonaban a su puerta los estudiantes para entrar. Quien pretendía hacerlo era un profesor. George. Totty, a su lado, parecía a la vez preocupada y aburrida, si aquello era posible. Les había salido al paso *Frau* Heider, cuya cautela, manifiesta con Winn y a Jason, no iba por lo visto con otros.

En cuanto vio a George, Winn se quedó helada, inmóvil, incapaz de seguir avanzando ni de retroceder. Por suerte, Jason tuvo la sensatez de tirar de ella hacia la casa siguiente. Desde la calle no los veían pero ellos oían la conversación.

—Veréis, mi prometida es una gran admiradora del maestro Durero —decía George, sonriente, desplegando su encanto para mitigar cualquier temor que su corpulencia pudiera causarle a *Frau* Heider—. Pero es un poco atolondrada. Nos hemos separado hace un momento y me preguntaba si no habría venido aquí. —Apoyó una mano sobre la de la mujer madura, que se ruborizó.

—¿Atolondrada? —siseó Winn, indignada, obligando a Jason a hacerla callar.

—¿Qué me decís de vos, inglés, y de vuestra fascinación por Durero? —le dijo *Frau* Heider amablemente, su severidad convertida en calidez por el afectuoso semblante de George—. Pero lo siento. Aquí no ha venido ninguna joven sola.

—¿Estáis segura? —insistió George—. Es bajita, de pelo castaño, no muy agraciada.

—¿No muy agraciada? —repitió Winn, incrédula.

Jason puso los ojos en blanco y, renunciando a hacerla callar de palabra, simplemente, le tapó la boca con una mano.

—¿Bajita? —Se notaba cómo se le movían los engranajes del cerebro.

—¡Sí! —exclamó George—. Se llama Winnifred Crane. Lo siento, no me he presentado. Soy George Bambridge, profesor de Oxford. El padre de Winnifred era mi mentor...

A medida que George hablaba, la cara de comprensión de *Frau* Heider se convirtió en cara de sorpresa y luego de rabia. Jason y Winn observaron cómo la mujer primero se indignaba y luego abría la puerta de par en par para que entraran George y Totty.

—Tenemos que marcharnos. Ahora mismo —dijo Winn, después de apartarse la cálida mano de Jason de la boca.

—Cierto. Volveremos cuando se marchen —convino Jason.

—No, no lo entendéis. Tenemos que marcharnos de Nuremberg. —Winn salió a la calle. Luego, viendo que no había nadie espiándolos desde las ventanas de la casa de Durero, echó a correr tan deprisa como era capaz.

—Winn, ¿adónde vais? —le gritó Jason, intentando pillarla—. ¡Winn!

Arabella Arbuthnot Tottendale, cariñosamente conocida como Totty, no era de las que se bajan del burro, ni literal (montaba a caballo notablemente bien y siempre lo había hecho, a pesar de la falta de práctica durante los últimos años) ni metafóricamente.

Los planes de Winn de viajar sola al continente la habían dejado profunda y completamente asombrada, pero se había mantenido en sus trece. La había acompañado y la había ayudado lo mejor que había podido. Además, se decía Totty, siempre había sido un desastre impidiendo las travesuras, así que ¿por qué no participar en aquélla y asegurarse de que resultara lo menos escandalosa posible?

Por supuesto, su querida amiga Winn se las había apañado para encontrar el modo de que fuera todo lo escandalosa que podía ser haciéndose acompañar por un duque soltero en sus aventuras por el continente. Aquella niña siempre superaba sus expectativas. Sin embargo, el comportamiento de Winn no la descolocó. Lo que la dejó estupefacta, apabullada y, sí, descolocada, fue la reacción de George Bambridge.

Habían recorrido el tedioso trayecto entre Dover y Hamburgo, tras los pasos de Winn, sin la menor traza de los estallidos de temperamento que George había demostrado tener por momentos antes de su partida. Unos estallidos de los que Totty no había tenido conocimiento hasta entonces, pero que temía que Winn conocía mejor de lo que decía.

Por eso Totty había insistido en acompañarlo. Haría lo posible para calmar a George, pero se temía que les sería demasiado fácil dar con el paradero de Winn, y no iba a permitir de ningún modo que la muchacha se enfrentara a solas cara a cara con George.

Quizá Winn pensaba lo mismo y por eso había permitido

que el duque de Rayne la siguiera como un amante. Al menos, ellos suponían que se trataba del duque de Rayne.

Cuando habían ido a las oficinas de la Schmidt und Schmidt de Hamburgo, se habían encontrado con el estereotipo de la eficiencia alemana, aunque sorprendentemente era una mujer inglesa de nacimiento: la señora Schmidt.

—Sí, le dije a la joven cómo llegar hasta la cochera —les había dicho la señora Schmidt después de asegurarse no sólo de qué pretendían de Winn sino de su solvencia económica. Se había metido en el bolsillo la moneda que George le había entregado—. Estaba desesperada por llegar a Nuremberg. Qué la esperaba allí, no lo sé. Siempre estaba parloteando sobre cuadros antiguos y molestando a la tripulación con banalidades, preguntando para qué sirven las jarcias o cómo navegan guiándose por las estrellas. Una joven extrañamente ingenua.

George había asentido comprensivo.

—¿No sabéis a qué lugar de Nuremberg pretendía ir?

—No —había respondido la señora Schmidt—, pero ese duque amigo suyo tiene que saberlo.

Tanto George como Totty se habían quedado helados.

—¿Qué duque? —había preguntado finalmente George.

Como la señora Schmidt se había limitado a encogerse de hombros, le había enseñado otra moneda.

—Al menos creo que era un duque. Eso decía que era, pero no me enseñó ninguna tarjeta ni nada parecido. Subió apresuradamente a bordo después de que lo hiciera la señorita Crane, cuando estábamos a punto de zarpar.

—¿Era pelirrojo? ¿Bastante alto? No tanto como yo, claro —había puntualizado George con una sonrisa con la que Totty sabía que pretendía que la gente se sintiera cómoda.

—Sí —había confirmado la señora Schmidt—. Tenía el pelo rojo como el sol abrasador. La señorita Crane y ese caballero apenas hablaron mientras estuvieron a bordo, pero corrían rumores, ya sabéis...

Por fin Totty había recobrado la voz.

—Sí, tenemos cierta idea de esos los rumores, gracias.

—No sé si la tenéis, porque uno de los hombres de la tripulación dijo que el caballero le guiñó un ojo... a él, aunque eso no tiene nada que ver —había dicho la señora Schmidt con impertinencia, molesta porque la hubieran interrumpido mientras contaba su jugosa historia—. Ojalá estuviera aquí mi marido, pero ha tenido que emprender otro viaje. Él podría deciros más de ese hombre, porque yo de hecho me relacioné muy poco con él.

Tras dejar las oficinas de la naviera Schmidt und Schmidt y librarse de la avariciosa compañía de la dama, George había estado cada vez más taciturno mientras se dirigían a la cochera a la que la señora Schmidt decía que había mandado a Winn.

Había permanecido alarmantemente silencioso cuando el mozo del establo les había dicho que una mujer que encajaba con la descripción de Winn había adquirido pasajes para ir a Nuremberg con un hombre pelirrojo.

Seguía reinando el silencio mientras *Frau* Heider, sentada a la mesa de la cocina, frente a ellos, les contaba que Winn se había presentado como la señora Cummings y el caballero pelirrojo como su marido.

Era aquel silencio lo que más inquietaba a Totty. El señor Tottendale, Dios lo tuviera en su gloria, había sido un hombre a veces colérico... al que la propia Totty provocaba más que nadie. Daba vueltas a la casa en un ataque de furia, pero luego se serenaba.

George no estaba dando vueltas a la casa para descargar su justificada frustración. Y, por el ramalazo de cólera del que ya había sido testigo Totty, sabía que era perfectamente capaz de hacerlo. No. En vez de eso se estaba reprimiendo y conseguía que *Frau* Heider cantara como un canario.

—No puedo creer que la señora Cummings tenga tan poco corazón como para dejar plantado a su prometido y casarse con otro —dijo ésta cuando George hubo expuesto una particularmente edulcorada versión de su romance con Winn para su atenta audiencia.

Totty estaba impresionada a su pesar por la elocuencia de George hablando en alemán. Las cosas que aquel muchacho podría haber hecho de haberse molestado en aplicarse.

—No es que no tenga corazón. Me temo que ha sido culpa

mía. Discutimos acerca de esas cartas y se marchó. No la apoyé como debería haber hecho. ¡Y ha estado tan protegida siempre, es tan ingenua...! Me da miedo que ese hombre pelirrojo, el señor Cummings, se esté aprovechando de ella. Decidme —le pidió George con calidez, sin perder la calma—, ¿ha encontrado la señorita Crane... eh, la señora Cummings, por casualidad esas cartas?

Frau Heider vaciló un instante, lo bastante para que George dijera con la voz quebrada por la emoción:

—¡Lo siento tanto! Yo sólo... Que encontrara esas cartas fue el deseo de su padre moribundo... Él fue quien le metió todas esas ideas en la cabeza. Todo cuanto quiero yo es que mi querida Winnifred regrese, y si ha encontrado esas cartas... quizá, quizá no se ha casado. Tal vez vuelva a casa.

Frau Heider miró a Totty para confirmar la historia de George. ¿Qué podía hacer ella? No le estaba mintiendo a la señora, sino planteándole las cosas desde su propio punto de vista.

—Está muy disgustado —dijo secamente, en su alemán de colegiala—. Se pregunta si Winn habrá encontrado las cartas que buscaba.

Frau Heider cloqueó viendo los ojos llorosos de George y se levantó para coger la tetera. La llenó de agua caliente y, mientras dejaba reposar el té, puso una bandeja con pan y queso delante del joven, sonriendo comprensiva.

—Sí —les dijo a ambos—. La señorita... la señora... Winn acaba de irse hace apenas media hora. Me ha dicho que había encontrado las cartas y que tenía que ir a decírselo a su marido, que había salido a dar un paseo por el mercado.

George se levantó de golpe, derribando la silla en su intento por alcanzar la puerta.

—¡No tardarán en volver! —le gritó *Frau* Heider mientras se alejaba—. Al menos, eso espero. ¡Oh, Dios mío! —La mujer, de aspecto delicado, se estrujó las manos de un modo decididamente poco alemán—. ¿Se habrá casado de verdad esa joven o no? ¡Cómo me gustaría que este asunto estuviera ya zanjado!

—Y a mí, *Frau* Heider —dijo Totty, que seguía sentada. Habría seguido a George para asegurarse de que no encontraba a

Winn de inmediato... de no haber estado viendo con el rabillo del ojo a la joven y a... ¡quién lo iba a decir!, al duque de Rayne, que todavía seguían fuera, en la calle.

—Tranquila, no la encontrará —dijo.

Frau Heider la miró inquisitiva.

—¿No tendríais algo un poco más fuerte que el té?

13

En el que fracasa el intento de subterfugio de nuestro protagonista

—¡Deteneos, Winn! —bufó Jason, cuando por fin la alcanzó a medio camino, cerca de la entrada de la cochera a la que habían llegado hacía dos días. Tenía las piernas más largas, sí, pensó sarcástico, pero aquello no le servía absolutamente de nada, porque ella no sólo era capaz de zigzaguear y escurrirse entre el gentío impunemente sino que estaba lo bastante desesperada para hacerlo.

»¡Winn! —Consiguió agarrarla del brazo y detenerla. Luego, doblándose por la cintura, intentando recuperar el aliento, jadeó—: Esperad... un... momento.

Ella también jadeaba, y tenía la piel brillante de sudor. Pero mientras que Jason necesitó un minuto para recuperarse de la persecución —y posiblemente del aspecto de Winn—, ella por lo visto no.

—No tenemos ni un momento, Jason. ¡Tenemos que irnos de aquí inmediatamente! —repuso Winn precipitadamente, con los ojos brillantes de miedo y excitación.

Y antes de que Jason pudiera preguntarle por qué o cómo o dónde iban, Winn se soltó y se metió en la barahúnda de la cochera.

Casi una semana en Alemania y dos días sin hacer otra cosa que leer apretada caligrafía alemana renacentista tenía que haber mejorado el dominio que tenía Winn del idioma considerablemente, porque leyó de corrido la lista de la pizarra escrita con tiza de los coches y sus respectivos destinos, escogió uno y fue hacia él decidida.

Eso, o lo había escogido rápidamente al azar.

Fuera lo que fuese, Winn había escogido el simón que estaba a punto de partir. Se pondría en marcha al cabo de pocos minutos.

—¿Por qué éste precisamente? —le susurró Jason al oído.

—Éste va a Viena —le respondió ella, también susurrando—. Y es el único que sale hoy con ese destino.

—¿A Viena? —exclamó Jason. Más de una cabeza se volvió hacia ellos—. ¿Para qué demonios vamos a Viena?

—Os lo explicaré por el camino, pero ahora está a punto de irse... ¡Vamos! —gritó ella, agarrándolo de la mano y tirando de él hacia la portezuela del simón.

—Un momento. —La obligó a detenerse—. No lleváis la maleta.

—Una renuncia con la que tendremos que apechugar —repuso ella.

—Todo el dinero está en esa maleta —le siseó al oído—. No podemos comprar los billetes.

Jason la vio palidecer y luego apretar el guardapelo en forma de corazón que llevaba al cuello.

—Está bien —dijo entonces con decisión—. Seguidme la corriente.

Tardó apenas unos segundos en valorar la situación. El cochero no había subido todavía al pescante, pero todo el equipaje había sido cargado en la parte posterior del simón. El último mozo se alejó para ir a cargar maletas en otro vehículo. El único que vigilaba el coche de Viena era un muchacho que sostenía las riendas de los caballos e iba recogiendo el dinero que le entregaban los pasajeros al subir al vehículo.

Jason se envaró y se dirigió al muchacho que retenía los caballos.

—¡Perdón! —exclamó jovialmente en alemán.

El muchacho lo miró y los caballos piafaron. Jason se dio cuenta de su suerte cuando vio lo joven que era el chico y lo poco acostumbrado que estaba a controlarlos. A lo mejor era lo bastante novato para dejarse intimidar.

—¿Dónde está el conductor? ¡Debo hablar con él sin falta de esos asientos tan malos!

El muchacho miró a derecha e izquierda, palideciendo, y tartamudeó un poco antes de lograr decir por fin:

—Ha entrado... a coger lo que necesita para el viaje.

«Más bien para terminarse la pinta de cerveza», pensó Jason, pero se guardó el comentario.

—Bien, hablaré contigo, pues. ¿Qué clase de empresa chapucera es esta que pretende que yo comparta el coche con otras personas? Soy el hijo de un barón. Seguramente tenéis algo que sea más de nuestro agrado —dijo, con lo que esperaba que fuera un calco de la actitud de Frederick Sutton, hijo del barón de Sutton, para que el otro dejara de mirar la puerta del carruaje.

—Esto es... un coche de línea —respondió el muchacho, inseguro.

—Por desgracia, así es. Lo único que quiero es ver el ballet de la ópera de Viena. ¿Tengo que soportar esta situación para poder hacerlo? ¿Tengo que ir apretujado al lado de un pescadero o un empleado de banca cualquiera? —Mientras soltaba aquel discurso, Jason conminó a Winn con la mirada a que subiera al vehículo.

»¡La tapicería ni siquiera es de terciopelo! —exclamó teatralmente Jason, y suspiró.

El muchacho se encogió de hombros.

—Lo lamento, sire —dijo.

Jason soltó esta vez el suspiro de los justamente ofendidos.

—Seré el hazmerreír de todos mis amigos. Tendrás suerte si no te dejo en evidencia y me marcho a Viena... andando.

—¡No, sire! ¡Por favor, no lo hagáis! —exclamó horrorizado el chico—. Acabo de conseguir este trabajo y seguro que lo perderé si un pasajero decide irse andando.

Jason miró al joven muy circunspecto.

—Bueno. Sólo por esta vez... supongo que puedo adaptarme. No se lo mencionaré al conductor si tú no lo haces.

El chico asintió efusivamente y Jason giró sobre sus talones y subió al carruaje.

Dentro, los escasos pasajeros lo recibieron con indiferencia, y Winnifred Crane lo miró con decidido interés. Jason levantó una mano en cuanto ella abrió la boca para plantearle la primera de las cuatro mil preguntas que probablemente tenía para él, obligándola a guardar silencio. Pasaron los segundos y se convirtieron en minutos antes de que llegaran a sus atentos oídos unos pesados pasos procedentes del exterior.

—Hans —llamó alguien de voz profunda en alemán, y después eructó—. ¿Estamos listos? ¿Todo el mundo ha subido?

—Sí, señor —repuso el muchacho.

Un considerable peso subió al pescante. Se notó por el ruido que hizo y por el balanceo.

—¡Bien! —dijo el conductor—. ¿Algún inconveniente?

Siguió una brevísima pausa, durante la cual Jason notó que se le formaba una gota de sudor en la nuca. Antes de que pudiera resbalarle por la espalda, sin embargo, Hans, el mozo de cuadras, respondió con su vocecita:

—No, señor. Ningún problema.

El conductor hizo chasquear las riendas y partieron. Jason y Winn iban cómodamente instalados en el vehículo.

Menos de dos horas después los echaron, lo que no fue tan cómodo, por supuesto. En cualquier caso, no habría durado. No podrían haber recorrido todo el trayecto hasta Viena. Habría paradas para cambiar el tiro y que los pasajeros comieran... y una parada nocturna durante la cual descubrirían que eran polizones y que no podían pagar la habitación. A pesar de todo, Jason esperaba llegar un poco más lejos.

Seguía sin tener idea de por qué iban a Viena. Winn había sido incapaz de darle una explicación en el carruaje, porque dos pasajeras, dos damas, iniciaron una incesante cháchara y sólo callaban en cuanto Jason y Winn abrían la boca para decir algo. Entonces se hacía un silencio tal que Jason habría jurado que podía oírlas escuchar.

Así que tuvieron que ignorarse mutuamente hasta que por fin las damas se quedaron dormidas. Lo que resultó ser la perdición de Winn y Jason.

Habría sido mejor que hubieran seguido callados todo el viaje, desde luego.

—Ahora, ¿os importaría decirme por qué hemos tenido que marcharnos de Nuremberg tan precipitadamente que nos hemos visto obligados a dejar allí todo el dinero?

Y eso fue todo. Aquélla era la única frase que tuvo que decir que no tendría que haber dicho. Porque, como Jason ya tendría que haber sabido, las alemanas que dormitan en los transportes públicos tienen la sospechosa capacidad de oír y entender además el inglés a la perfección.

—¡Cochero! —gritó una de las damas, incorporándose y golpeando el techo del carruaje. El simón se detuvo de inmediato y el cochero se apeó, seguido por los pasos ligeros de Hans, el muchacho al que Jason había embaucado.

Mientras la escandalosa y, ahora que Jason lo pensaba, fea y verrugosa mujer, divulgaba atropelladamente, en alemán, claro, por la ventana del carruaje, todo lo que acababa de oír decir a Jason, él observaba al chico, que tenía los ojos desorbitados, y que palideció cuando el cochero se volvió hacia él con el puño levantado.

—¡No! —rugió Jason bajándose de un salto del carruaje. Lo rodeó corriendo hasta el otro lado y se interpuso entre el conductor y el muchacho—. No ha hecho nada para que le peguéis —gruñó, sujetándole el brazo al cochero.

—¡Me ha costado dinero! —dijo el hombre con desdén—. Le hace falta aprender la lección. ¿Acaso queréis aprenderla vos por él?

Jason captó los efluvios de la cerveza en el aliento del cochero y renunció a acercar la nariz a la cara del hombre. Sólo se había peleado una vez en la vida, y la suya había sido una pelea decididamente individual. El individuo había sido él, que había acabado boca abajo en el barro, delante de un pub llamado Oddsfellow Arms, cerca de la casa de su hermana. Sin embargo, le gustaba pensar que podía aguantar un combate cuerpo a cuerpo.

Estaba equivocado.

Ni siquiera una vida entera bebiendo cerveza podía menguar la tremenda fuerza que el cochero había adquirido controlando a diario, del alba al anochecer, un tiro de caballos. Aunque Jason logró asestarle una combinación de golpes en el vientre, el cochero le descargó a él una rápida sucesión de puñetazos en la cara y las costillas. Cuando cayó de rodillas, le dio una patada en el torso y lo dejó tirado al borde de la polvorienta carretera, gimiendo de dolor.

Con el rabillo del ojo y la vista borrosa, Jason distinguió al cochero levantando otra vez el puño contra el pequeño Hans y quiso interponerse entre ambos a pesar de todo. Primero intentó sentarse, pero era evidente que el otro lo había dejado fuera de combate. No podía salvar a Hans de la paliza. Pero Winn sí.

Saltó del simón e interpuso todo su ser, por pequeño que fuera, entre el corpulento cochero y el asustado blanco de la ira de éste.

—¡No os atreváis! —rugió Winn, mirando a la cara al cochero—. Debería daros vergüenza.

Jason consiguió ponerse de pie con dificultad y observó cómo el gorrión se enfrentaba al elefante.

—¡Debería daros vergüenza! —chilló, lo suficientemente fuerte para que las colinas desiertas de la campiña devolvieran el eco.

Tal vez el cochero no entendiera lo que Winn le decía en inglés, pero entendió el modo en que lo miraba y bajó el brazo, indeciso. Volvió la cabeza cuando oyó voces procedentes del carruaje.

—He sabido que estaban metidos en algún tipo de lío en cuanto han subido. ¿No te lo había dicho, Uta? —la más corpulenta de las dos damas decía en alemán, acomodándose para ver mejor el drama que se desarrollaba fuera.

—¡Oh, déjelos, cochero! —dijo Uta, la otra dama—. Debemos proseguir viaje. —Le enseñó su reloj de bolsillo para recordarle la hora.

—De todos modos no merece la pena —gruñó el cochero. Le echó un último vistazo desdeñoso a Jason, que había conseguido levantarse y situarse al lado de Winn, entre el cochero y el chico, respirando pesadamente. Se encontrara en el estado que se encontrase, el cochero se desentendió. Subió al pescante, hizo chasquear las riendas y el vehículo se alejó a toda marcha por la carretera hasta desaparecer en la distancia.

Jason, Winn y el joven Hans se quedaron en el polvoriento borde de la larga carretera, con Nuremberg a su espalda, Viena por delante y nada más que colinas moteadas de ganado entre ambos puntos.

Jason se tenía por un hombre razonable. Sólo había perdido los estribos una vez y, para ser justos, por culpa del alcohol. El resultado había sido, como tantas veces le recordaban, que había acabado boca abajo en el barro. Pero, dado que en las últimas horas se había visto forzado a convertirse en fugitivo, tenía los nervios de punta. Le había dado una paliza un corpulento bávaro, además, y se estaba aferrando a su sentido común con todas sus fuerzas.

Ahí estaba Winn, sin embargo... y sus pequeños dedos suaves e insistentes.

—¡Uf! —gimió cuando aquellos deditos le tocaron con cierta brusquedad las maltrechas costillas.

—¡Oh! Lo siento... —se disculpó de inmediato Winn, volviendo a hurgar en el mismo punto—. ¿Os duele ahí?

—Sí, ¡por eso he dicho «uf»! —gruñó Jason en tono de advertencia, para que Winn se apartara.

En vez de eso, ella se volvió hacia el chico, Hans, que estaba a su lado, de pie, temblando en silencio.

—¡Oh, Hans! —le dijo en inglés. Que el chico la entendiera o no es dudoso, pero la miró con sus grandes ojos inocentes—. ¿Estás bien? ¿No estás herido? Deberías echarle una mano a Jase... eh, al señor Cummings. Se ha llevado una paliza por ti.

Hans asintió solemne, dio unos pasos hacia Jason y... de repente, le asestó una patada en la espinilla.

—¡Me habéis costado el trabajo! —gritó y, luego, giró sobre sus talones y echó a correr en dirección opuesta, de regreso a Nuremberg.

—¡Espera! —le gritó Winn—. ¿Adónde vas?

—¡A casa! —gritó el chico por encima del hombro, y siguió alejándose por la carretera, más rápido de lo que Jason o Winn podían correr para alcanzarlo.

—¿Qué hacemos? —preguntó Winn, preocupada—. ¿Deberíamos ir tras él?

Aquella preocupación fue el detonante: el ligero cambio de tono, la inquietud, el miedo. Jason estalló como no habría podido hacerle estallar ningún golpe, ningún puñetazo. Estalló en carcajadas, pero no en unas carcajadas normales de alegría. Aquella risa no parecía proceder de su propio cuerpo sino de otro que estaba perdiendo rápidamente todo el autocontrol.

—¿Qué demo...? —preguntó Winn—. ¿Os han dado un golpe en la cabeza? ¿Estáis confundido?

—¿Que si estoy confundido? —repitió, incrédulo, Jason—. Probablemente. Pero lo mío no es nada en comparación con lo vuestro.

—¿Qué...?

Fuera lo que fuese que iba a preguntarle no lo hizo, porque las carcajadas de Jason cesaron repentinamente.

—¡Vos! ¡Por fin, por fin os preocupáis por algo! ¿Y es por él?

—Es un niño.

—¡Es un paisano que habla el idioma y que sabe lo que hace y adónde va! Y vos os preocupáis por él... —Jason empezó a acercarse a ella a pequeños pasos.

Aunque estuvieran en medio de la carretera y pudiera alejarse en cualquier dirección, no podría escapar de él. Había tardado dos semanas, pero por fin estaba furioso, con toda razón, y ambos llevaban mucho tiempo posponiendo aquella conversación.

—Os he visto agarrar vuestro guardapelo angustiada mientras intentabais decidir vuestro siguiente movimiento. Os he visto pasar por un millar de emociones, pero nunca había notado el menor rastro de preocupación en vuestra voz. No. Estáis demasiado centrada en vuestra misión para que se os ocurra preocuparos... no sólo de mí, que he sacrificado muchísimo para estar aquí, sino de vos misma. Y ahora vais y ¡os preocupáis por ese chico! ¡Es el único de los tres que tiene adónde ir y que sabe cómo llegar! ¡Al chico no le pasará nada!

Winn se envaró y lo miró, indignada.

—Como ya os dije en una ocasión, no me hace falta que estéis aquí. No necesito que me acompañéis por el continente.

—¡Oh, claro que me necesitáis! —bramó Jason—. Y esto es lo más espantoso de todo el asunto. Sé que no soy el mejor protector del mundo, pero, si no estuviera aquí, no imagino lo que podríais haber llegado a hacer o dónde estaríais a estas alturas. No habláis el idioma, no os dais cuenta de si alguien os estafa... Nunca... nunca pensáis, Winn. ¡Oh, sí! Pensáis en vuestros cuadros y vuestras cartas y en la historia que habéis aprendido en los libros, pero no tenéis... ¡sentido común!

—¿Vos vais a darme discursos acerca del sentido común? —bufó Winn—. ¿Vos, que corréis a embarcaros al buen tuntún en un buque que está zarpando hacia un puerto desconocido?

—Sí, ¡porque vos os montáis al buen tuntún en un simón con destino a Viena, nada más y nada menos! ¿Os importaría decirme de una vez por qué lo habéis hecho?

—Con mucho gusto —le espetó ella, hurgando en su bolsillo para sacar las cartas que con tanto orgullo le había enseñado aquella misma mañana—. Porque vos habéis dicho que necesito una prueba irrefutable. Porque vos habéis dicho que más valía que rezara para que hubiera más cartas sobre el cuadro. Y, puesto que George ha invadido la casa de Durero, ya no podemos regresar allí, así que se me ha ocurrido que puede que haya otras cartas... en Viena.

Jason levantó una ceja, invitándola con cinismo a que se explicara mejor.

—En estas cartas... —Las agitó delante de sus narices—. Cuando empieza a hablar de luteranismo, menciona que asiste a los servicios religiosos de Stephansdom, que es la catedral de San Esteban. Está en Viena, que es donde vive la artista que pintó el Adán y Eva. Ahí será donde encontremos la otra mitad de la correspondencia: las cartas escritas de puño y letra por Durero.

—Fantástico —dijo Jason, aplaudiendo despacio—. No, no. No pongáis esa cara. Vuestro razonamiento es digno de elogio. Es una idea redonda... excepto por unos cuantos detalles.

—Como cuáles. —Winn arrugó la frente.

—Como que, si esas cartas de Durero existen, para empezar, no hay garantía alguna de que la familia de esa María F., fuera quien fuese, las haya guardado a lo largo de los últimos tres siglos. Y, en caso de que lo haya hecho: ¿no os parece que unas cartas escritas por el maestro Durero habrían salido antes a la luz?

—Posiblemente no. Al fin y al cabo, el cuadro de Adán y Eva no fue descubierto hasta hace cincuenta años y se atribuyó erróneamente a Durero... —arguyó Winn, cuya seguridad empezaba a flaquear.

—Pero vuestro razonamiento no explica por qué demonios hemos tenido que abandonar Nuremberg con tanta precipitación —prosiguió Jason, haciendo caso omiso de lo que ella había dicho—. ¡Sin recoger la maleta con vuestra ropa, la copia del cuadro y todo nuestro dinero!

—¡Porque George estaba allí! —le gritó ella—. Ha conseguido encontrarnos. ¡Teníamos que irnos!

—George no iba a estar siempre allí. Podríamos habernos ido más tarde. Nuremberg es una ciudad grande. ¡Podríamos haber encontrado un lugar donde escondernos durante la tarde y haber vuelto por la noche a recuperar nuestras cosas, en lugar de largarnos de allí como si nos persiguieran los Cuatro Jinetes del Apocalipsis!

—Nos habría encontrado. —Winn sacudió la cabeza—. Y, si no lo hubiera hecho, se las habría ingeniado para tener a *Frau* Heider comiendo en la palma de su mano. En cuanto hubiéramos vuelto, ella se lo habría dicho. Vos no lo conocéis.

—Tenéis razón, no lo conozco... pero sé lo suficiente para que me dé pena —contraatacó Jason que, cuando vio el dolor en los ojos de Winn, supo que diciendo aquello, más que vilipendiando su sentido común o sus planes para encontrar la otra mitad de las cartas, había ido demasiado lejos; pero no pudo callarse. Se sintió tan bien ventilando su cólera de aquella manera que pasó por encima de cualquier objeción que la voz del sentido común pudiera plantearle—. Así es. Siento pena por George Bambridge. A causa de vos. Vos, pequeña, diminuta, insignificante Winnifred Crane, le habéis tomado por idiota. Por supuesto que os ha seguido hasta aquí. Si os conoce, como yo estoy empezando a conoceros, probablemente está loco de preocupación sólo de pensar en vos viajando sola por el continente.

Pero lo peor de todo es que, si en cualquier momento de los últimos quince años hubieseis tenido las agallas de decirle a George que ya no queríais casaros con él, ¡podríais haberos ahorrado todo este lío!

Winn le dio un bofetón.

Desde que se conocían, Jason se había topado accidentalmente con su mano y mucha otra gente lo había golpeado con toda intención. Sin embargo, nunca había notado el escozor con tanta intensidad como cuando Winnifred Crane aplicó toda la fuerza de su furia a la bofetada.

Lo que le dolió no fue la mano, ni la marca roja que ésta le dejó en la cara sin afeitar, sino las lágrimas que se agolpaban en los ojos de Winn, a punto de correrle por las mejillas.

Se la quedó mirando, controlando las emociones que había dejado aflorar durante los últimos minutos, durante las últimas semanas. Respiraba entrecortadamente y se llevó la mano a la mejilla. Le ardía.

A diferencia de él, la respiración de ella era profunda, controlada.

—¿Creéis que no sé que me he metido en este lío yo sola? —le dijo, sin levantar la voz—. Lo sé perfectamente. Pero, y me alegro de ello, es un lío que no os concierne.

Dicho esto, se envaró a su manera característica y echó a andar por la carretera en la misma dirección que había seguido el carruaje apenas diez minutos antes.

—Winn... Winn, esperad... ¿Adónde creéis que vais? —le gritó Jason.

—¡A Viena!

No se volvió para decirlo, así que no vio a Jason frotarse la mejilla y, con un suspiro, ponerse a andar, rígido y dolorido, tras ella.

14

En el que nuestra pareja
aclara malentendidos

El sol se estaba poniendo por el oeste y la sombra alargada de Winn se extendía por delante de ella mientras se dirigía hacia Viena, oyendo los pasos de Jason a su espalda. Éste no la perdía de vista, pero se mantenía a una distancia prudente de unos veinte pasos, para que no lo pillara desprevenido si se le ocurría pegarle de nuevo.

A Winn le daba igual que la siguiera. Si procuraba que no la alcanzara, al final seguramente él se cansaría de mirarle la espalda y, cuando llegaran a un lugar civilizado, se daría cuenta de lo inútil que era continuar siguiéndola. Se había propuesto pasar sola el resto de la jornada y así estaba dispuesta a seguir: sola.

Tampoco le importaba haber pegado a alguien con intención por primera vez en su vida. Jason se lo tenía merecido, total y absolutamente. ¿Cómo podía alguien... cómo podía Jason... que prácticamente le había rogado acompañarla en su aventura, llamarla de pronto cobarde y, sobre todo, decirle que no tenía sentido común?

¡Cobarde! Empezar aquel viaje había sido su acto más valeroso. Tenía miedo de abandonar la comodidad de lo conocido en Oxford y la amistad de Totty para avanzar resueltamente hacia su independencia, y para permitir que esa independencia estuviera a merced de algo tan tremendamente débil como una apuesta...

Oía mentalmente una voz machacona, débil pero persistente,

que le recordaba que el comentario de Jason sobre la cobardía se refería al modo en que trataba a George. Aquella vocecita se convirtió en una cuña de culpabilidad, irritantemente clavada en alguna fisura interna, de la que le resultaba imposible librarse. Pero no iba a pensar en aquello de momento. Tenía que seguir furiosa, porque esa furia era lo que la obligaba a poner un pie delante del otro y seguir avanzando.

Lo cierto era que, mientras que lo de «cobarde» le hacía hervir la sangre, lo de que no tenía «sentido común» al menos le daba risa. ¡Que no tenía sentido común! De los dos, ¿cuál tenía una ligera idea de lo que valía un chelín? ¿A quién le habían vaciado la bolsa en los muelles de Dover, de modo que Winn había tenido que cargar con sus gastos? Ella había planeado aquella aventura, por lo menos, y efectuado una investigación de semanas, a escondidas, para llevarla a cabo lo mejor posible, mientras que el otro había decidido subirse al carro a último momento, como quien decide que, en lugar de administrar sus fincas o de sentarse en la Cámara de los Lores, esa semana se dará un garbeo por Bavaria.

Cierto, no había tenido el suficiente sentido común cuando había dejado su maleta en casa de Durero, con *Frau* Heider, pero al menos había tenido la suerte de llevar en el bolsillo las cartas que necesitaba. Y al menos, pensó con un leve escalofrío, mientras el sol se hundía tras el horizonte, llevaba un vestido caliente y unas botas resistentes y prácticas. Como la ira le caldeaba la sangre, ni siquiera echaba en falta su grueso abrigo de lana... que también había dejado en casa de Durero, al cuidado de *Frau* Heider. A punto estuvo de echar un vistazo por encima del hombro, para ver si Jason temblaba en su ya raído abrigo de verano.

Pero no lo hizo. Continuó andando. Pasaron dos, quizá de tres horas antes de que estuviera lo bastante cansada para pensar en hacer un alto para pasar la noche. En las horas transcurridas no habían visto casi nada que pudiera servirles de refugio y habían pasado poquísimos carruajes por la carretera.

La única vez que había conseguido que se detuviera un vehículo (un carro lleno de paja que serviría de forraje para los animales de alguna granja, tirado por dos caballos) había tenido que admitir que no tenía un céntimo. Cuando el carretero (un hombre más amable y más discreto que el del simón) había mirado su colgante de oro, ella se había puesto pálida y se lo había metido en el puño. Su falta de decisión había bastado para que el carretero sacudiera la cabeza, hiciera chasquear las riendas y pusiera los caballos de nuevo al trote. Mientras, Jason había estado observando, acortando la distancia que los separaba unos diez pasos, así que Winn había echado a andar con más brío después de aquel episodio, decidida a poner tanta tierra de por medio entre ambos como antes.

Esta vez, sin embargo, el frío nocturno se había apoderado de los campos y Winn estaba haciendo esfuerzos para seguir avanzando sin que se le cerraran los ojos, así que decidió que tenía que detenerse. Pero ¿dónde? Parecían estar bastante lejos de cualquier ciudad, pueblo o incluso de la granja de quien fuera el propietario de los interminables campos que recorrían. Estaba lejos de todo... y tan terriblemente cansada... Su rabia se había aplacado hacía cerca de una hora, dejándola emocional y físicamente exhausta. Todo lo que tenía que hacer era descansar en alguna parte. Y, puesto que los ojos se le cerraban, junto a la carretera, en el campo moteado de montones de heno a punto para ser recogido en balas, sería un lugar tan bueno para hacerlo como cualquier otro.

Salió del camino decidida y entró en el sembrado. Escuchó los pasos de Jason, que no dudó en seguirla ni cuestionó sus motivos. De haberse podido leer las expresiones de los pasos, Winn habría jurado que las de Jason eran de alivio. Pero mientras se acercaba a un montón de heno, se volvió y lo miró, por primera vez desde que su bofetada había resonado en la campiña alemana. Era una advertencia: una que Jason fue lo suficientemente inteligente para no ignorar. Se desplazó hasta la bala de heno contigua a la que Winn había escogido y se fabricó rápidamente un lecho de paja. Ella, que lo miró hacerlo con el rabillo del ojo, siguió su ejemplo.

Cuando se tumbó, boca arriba, miró el cielo, por fortuna limpio de nubes, iluminado por las estrellas relucientes como diamantes. Era cuarto creciente; faltaba todavía poco más de una semana para que fuera luna llena. Entonces el cielo palidecería y su cruda luz apagaría el brillo de las estrellas, que serían menos impresionantes, menos infinitas.

Pero en aquellos instantes, con la Vía Láctea sobre su cabeza, miles de millones de puntos de luz giraban en su propio cosmos. Winn no podía evitar sentirse pequeña, y sola.

Era la primera vez en su vida que dormiría a la intemperie. Podría haber disfrutado de la experiencia, habérsela tomado con sentido de la aventura. ¡Dormir sobre el heno bajo las estrellas! ¡Qué maravilla! ¡Otra cosa que tachar de su lista! Pero lo cierto es que era la primera vez que las cosas le habían ido lo bastante mal para tener que hacerlo. Temblaba ligeramente. Era menos cómodo de lo que había supuesto. Sus errores la habían conducido hasta allí. ¿Qué otros errores estaría cometiendo o iba a cometer?

Aquélla fue la primera vez en todo el día que Winn no supo qué haría a continuación. Un ápice de duda hizo mella en su confianza. ¿Y si no había ninguna carta que encontrar en Viena? ¿Y si no conseguían siquiera descubrir la identidad de María F.?

No, no debía pensar en plural, se reprendió. Continuaría el viaje sola. Al fin y al cabo, había intentado hacerlo todo sola y así había empezado.

Aquello no era cierto, se dijo. Llevaba aproximadamente tres minutos viajando cuando Jason Cummings, duque de Rayne, se había visto envuelto en su aventura. Maldita fuera su estampa. Era la primera vez desde hacía una semana que podía dormir sola.

Se le hizo un nudo helado en el estómago y se puso a temblar más al relente. Era curioso. Siendo niña nunca había tenido que compartir su cama con nadie. Estaba acostumbrada a dormir sola, pero era muy consciente del espacio que la separaba de Jason cuando habían pasado sólo... ¿cinco días? ¿Realmente habían pasado sólo cinco días?

Era como si hubiera estado allí siempre, porque su presencia permeaba todos los aspectos de su vida: durmiendo vestido encima de las mantas mientras ella lo hacía debajo; con una mano posada dulcemente en su nuca. Nunca había buscado su contacto, pero ahora que le faltaba, se sintió como si la marea de su cuerpo hubiera refluido y sólo pudiera rogar para volver a la orilla. En algún momento, sin saber cómo había sucedido, Winn se había hecho adicta al tacto de Jason.

Era como mínimo desconcertante.

«No importa, sin embargo, ya no», se estuvo repitiendo mientras temblaba acurrucada en el montón de heno, en la oscuridad. A partir de entonces se defendería sola. Al fin y al cabo, también cuando hubiera completado su misión intentaría seguir su propio camino: un camino en el que no tenía lugar un duque, un par del reino. Ella estaba luchando por su independencia con uñas y dientes, y no permitiría que nada, ni siquiera el curioso efecto que el tacto de Jason Cummings tenía sobre ella, se interpusiera en su camino.

De momento, todo cuanto tenía que hacer era pasar la noche. Todo cuanto tenía que hacer era dormirse y, cuando se despertara, ponerse otra vez a caminar. Ya se preocuparía por el hambre cuando notara sus punzadas. Ya se preocuparía por el dinero cuando le hiciera falta. Por ahora, no tenía que hacer nada más que dormir.

¡Si al menos no hubiera hecho tanto frío!

¿Dónde estaba su abrigo? A lo mejor tendría que haberse arriesgado a toparse con George y vuelto a la casa... aunque sólo fuera por la calidez de aquel grueso abrigo. Se estremeció y se tapó con la paja, volvió a estremecerse y volvió a taparse. «Duerme —se decía—. Cuando duermas no notarás tanto el frío. Y el sol saldrá brillante enseguida... Simplemente, duerme.»

De repente, suavemente, notó la calidez contra su espalda, envolviéndola. O, más bien, a Jason abrazándola.

—¿Qué hacéis? —le susurró Winn. Le castañeteaban los dientes—. Apartaos. Fuera.

—La rabia no os aporta suficiente calor —le dijo él al oído. También le castañeteaban un poco los dientes—. Y no voy a permitir que muráis congelada sólo porque estéis resentida conmigo. Por la mañana podréis seguir despreciándome.

Winn repasó sus opciones brevemente. Podía apartarlo de

una patada, levantarse y cambiarse a la siguiente bala de paja o pasarse la noche caminando por la carretera, a la pálida luz de la luna.

Pero el cuerpo de Jason era tan cálido...

—Sigo yendo a Viena por mi cuenta —dijo por fin, apoyando la cabeza en el hueco de su brazo.

—Tomo nota —repuso Jason, apoyando la barbilla rasposa en su coronilla.

Cuando Winn dejó de temblar y se relajó en la calidez de aquel abrazo, su desesperación cedió y se durmió profundamente.

A la mañana siguiente, cuando el alba tiñó el cielo y el sol les calentó la piel, empezaron su jornada de viaje, en silencio. En esta ocasión, sin embargo, Jason caminaba al lado de Winn. Mantenían la boca cerrada, pero su estómago hablaba por ellos. Llevaban cerca de una hora de caminata cuando desgarró el aire un terrible gorgoteo proveniente de las tripas de Jason.

Winnifred lo miró de reojo, sin decir nada.

—Lo siento —rezongó Jason—. No he comido nada desde el desayuno de ayer.

—Creía que teníais un bocadillo —comentó Winn, rompiendo inadvertidamente su autoimpuesto silencio.

Cuando Jason la miró extrañado, puso los ojos en blanco y se lo explicó.

—Ayer, cuando os encontré en la plaza, salíais de una tienda con un paquete. Supuse que sería algo de comer, dado que por lo visto os hace falta comer a todas horas. No me digáis: ya os lo habéis comido. —Suspiró, desilusionada.

—¡Ah! —repuso Jason, cayendo en la cuenta por fin—. No era comida.

—¿Os gastasteis el dinero en algo que no era comida? —Winn puso unos ojos como platos y se llevó las manos a la cabeza—. Jason... ¡Y vos decís que yo no tengo sentido común!

—No era nuestro dinero. Eran las monedas que Frederick Sutton me dio —refunfuñó Jason, buscando en el bolsillo del abrigo y sacando el paquetito envuelto en papel de estraza—. Además, puede que no fuera sensato, pero era para vos —murmuró, tendiéndoselo.

Winn alzó la cabeza.

—¿Para mí? —Aceptó el paquetito con delicadeza, porque ahora veía que era demasiado pequeño y alargado para ser un bocadillo. En cuanto lo tocó notó su fragilidad.

Mientras ella lo desenvolvía con cuidado, Jason miraba su cara con atención.

—Me pareció que a todo el mundo le conviene un detalle para recordar su primer viaje al extranjero.

Era una muñeca. Una de aquellas muñequitas de madera con un mecanismo que les permitía mover la cabeza de lado a lado y subir y bajar los brazos. Era una de las que tanto le habían gustado. Había estado admirándola brevemente durante su primer paseo por Nuremberg para encontrar la casa de Durero, hacía apenas unos días.

Y la muñeca estaba encomiablemente pintada como si llevara el traje típico de Bavaria.

Winn sonrió apenas, atónita. Accionó la llavecita de la espalda de la muñeca y observó cómo el juguete movía los brazos y la cabeza en una danza curiosamente repetitiva destinada a hacer las delicias de los niños y, aparentemente, de la propia Winn, porque no pudo evitar sentir que algo encajaba en su interior: su propio mecanismo de relojería cobró vida. La calidez la invadió gracias a aquella muñequita. No tenía ni idea de cómo había sobrevivido el juguetito a los acontecimientos del día anterior y de la última noche, pero estaba más que encantada de que lo hubiera hecho.

—Gracias... —logró decir tímidamente, mirando apenas a Jason, que estaba haciendo un gran esfuerzo para no parecer demasiado pendiente de su reacción.

—Bueno —dijo bruscamente—, como ya he dicho, no era cara y, técnicamente, tampoco era mi dinero.

—Entonces, gracias, Frederick Sutton —dijo ella.

Incapaces de decir nada más sobre el tema y puesto que no tenían la seguridad para hacer otra cosa, se pusieron a caminar de nuevo. Volvieron a quedarse callados y Winn fue a su pesar tremendamente consciente de aquel silencio. El día era claro y fresco, de una belleza innegable, con la brisa puntuada por el sonido de los pies de Jason sobre el polvo, junto a los suyos, adaptando el paso al de ella, cuyas zancadas eran evidentemente más cortas. No podía evitar estar completamente pendiente de la mano de Jason, balanceándose al costado... Si la hubiera acercado apenas un milímetro sus nudillos se habrían rozado...

No es que ella quisiera que lo hiciera, por supuesto. Se abrazó, apartando la mano de la posibilidad. Todavía seguía dando vueltas a las acusaciones que le había lanzado él el día anterior... y al modo en que ella había reaccionado. Si en lugar de Jason se lo hubiera dicho otra persona... Si, por ejemplo, Totty hubiera expresado su inquietud acerca de sus acciones, ¿habría reaccionado de aquel modo? ¿Se habría indignado tanto?

—Y hay otra cosa. —La voz de Jason irrumpió en la silenciosa caminata y en los pensamientos de Winn. La vio arquear las cejas y continuó, titubeando—: Hablando de Frederick Sutton... Cuando nos encontramos con él, dijisteis que yo antes era exactamente como él.

—Yo... Yo no pretendía ofenderos...

Jason levantó una mano.

—Sé que no, y no me ofendió. Sobre todo porque no es cierto. Cuando yo tenía la edad de Frederick Sutton, no era como él. Era como su amigo Henry.

—Henry... —Winn revivió mentalmente el encuentro—. ¿El que quería de verdad ver la casa de Durero?

—Pero al que disuadieron fácilmente y al que persuadieron para que siguiera por el mal camino —dijo Jason—. En algunos aspectos, me parece que yo era como Frederick. Al menos él no fingía sus intenciones.

Winn se detuvo y se volvió hacia Jason.

—¡Pero si dije eso hace días! No podéis haber estado dándole vueltas todo este tiempo.

Jason se encogió de hombros.

—Me ha tenido molesto. Quería dejarlo claro.

—¡Ah! —repuso Winn y, luego, mientras reanudaban la

marcha, añadió—: Puesto que estamos aclarando malentendidos, hay algo que tiene molesta.

Jason hizo un gesto de curiosidad y asintió para que continuara.

—No soy insignificante —puntualizó ella. Luego, refunfuñando, concedió—: Mido un metro y medio.

—¡Oh! —repuso Jason. Y luego, sin poder evitarlo, se echó a reír. A Winn le bastó aquella risita como disculpa y, cuando también ella se echó a reír, él supo igualmente que se estaba disculpando.

Siguieron caminando, riendo, hasta que el estómago de Jason volvió a rugir, añadiendo una tercera voz a su conversación sin palabras.

—Tenemos que conseguiros comida —dijo Winn, con los brazos en jarras.

—Y a vos, gorrioncito —dijo Jason.

Winn hizo una pausa y lo miró con curiosidad.

—¿Gorrión?

Jason bajó la cabeza, ruborizado, incapaz de responder a Winn.

—Vamos —rezongó—. Al final llegaremos a un pueblo o a una ciudad.

Esta vez, cuando Winn bajó los brazos, él acercó la mano y sus nudillos se rozaron como ella había supuesto que harían. Entonces Jason le cogió los dedos con el pretexto de tirar de ella hacia su destino, todavía desconocido. Winn se puso a trotar a su lado, sin que le molestara lo más mínimo.

15

En el que nuestra pareja
da un espectáculo

Lupburg era un pueblecito sin pretensiones, típicamente bávaro, construido en la ladera de una colina de la ondulante campiña que abundaba en el este de Bavaria, a diferencia de en el suroeste alpino. Dominaba la cima de esa colina la torre almenada de homenaje de la época medieval, al pie de la cual se alzaba la iglesia, en la calle Mayor, en uno de cuyos extremos estaba la panadería y en el otro la carnicería. Ocupaba una esquina de la plaza del pueblo la capilla de la Virgen María y en la opuesta había un tablón de anuncios para las noticias locales. Bajo el cielo azul del verano, el pueblo era una cinta de edificios blanqueados y un faro de esperanza para los dos cansados viajeros que, en cuanto lo vieron, se apartaron de la carretera principal. O más bien en cuanto lo oyeron.

Jason y Winn habían estado caminando por la carretera, cada uno de sus pasos acompañado por un ruido de tripas o por una molesta punzada de hambre, y su conversación había pasado por altibajos mientras cada uno pensaba en las ideas equivocadas que quería corregir.

—Me parece que creéis que no sé lo que vale un chelín —dijo Jason.

—¿Sabéis lo que vale? —le preguntó Winn.

Jason asintió enfáticamente.

—Por supuesto. Es lo que valen doce libras el día que gano a las cartas.

—¡Qué horror! —Winn se rio, sacudiendo la cabeza. Lo miró con el rabillo del ojo—. Me parece que creéis que no tengo noción del tiempo.

—Sólo cuando estáis en una biblioteca —repuso Jason. Seguía sin soltarle la mano y le dio un breve apretón—. O buscando entre cartas de tres siglos de antigüedad. O, quizá, cuando intento dormir por la mañana y vos dais vueltas por la habitación como un gigante por el bosque. Otras veces sois más precisa que un mecanismo de relojería. —Se llevó la mano libre a la barbilla y se mesó la barba de casi dos semanas mientras buscaba otro tema del que hablar—. Me parece que creéis que me hace falta un buen afeitado —dijo por fin.

Winn se detuvo a mirarlo. Jason notó cómo se ruborizaba bajo la barba y bajo su escrutinio.

—Da igual —murmuró antes de que ella pudiera responderle—. Es cierto que me hace falta.

Winn le sonrió, con aquella extraña sonrisa valorativa que le iluminaba los ojos y los hacía parecer joyas de ámbar.

—¡Oh, no sé...! —susurró, y luego dejó caer la idea. Le repasó la cara, la mandíbula... y, tras pensar un breve instante, dudó antes de aventurarse a decir—: Creo que pensáis que nunca me han besado.

Jason trastabilló. ¿Qué pretendía?

—Falso —respondió, decidiendo seguirle el juego.

—¿No lo pensáis?

—Sé que os han besado —dijo Jason, sonriente—. Yo lo he hecho. Dos veces. Aunque una de las dos fuisteis vos quien me besasteis a mí, así que no sé si cuenta... ¡Ay!

Dejó de burlarse cuando ella le asestó un puñetazo en el brazo, juguetona. Aunque luego se apartó, tal vez recordando la última vez que le había pegado con intenciones poco amigables. Jason hizo lo único que podía hacer: le apretó cariñosamente la mano otra vez.

—Puede que os hayan besado, pero sé que no estáis acostumbrada a que os tomen el pelo —comentó con suavidad.

Fue uno de esos momentos que se habían dado con tanta frecuencia en Nuremberg, tal vez antes incluso, en que los dos dejaban de hablar, los dos dejaban de buscar y simplemente se miraban. Jason quería acercarse a ella, atraerla hacia sí y llenar el espacio de aire frío que los separaba con su calidez. Y, si no malinterpretaba el brillo de los ojos de Winn, ella quería algo parecido.

Antes de que se moviera, antes de que diera aquel paso, Winn volvió la cabeza, como el gorrión que él creía que era, escuchando algo.

—¿Habéis oído eso? —le preguntó, mirando más allá de él. Se puso a dar vueltas a su alrededor, alejándose, y la fría distancia entre ambos aumentó—. Parecen... trompas.

Jason se concentró, aguzando el oído.

—¿Y... aplausos? —preguntó, sorprendido.

—Viene de ahí —dijo Winn después de escuchar un rato. Señaló hacia un bosquecillo que separaba la carretera de lo que había detrás. Iba a acercarse al bosque cuando Jason, que no le había soltado la mano, la detuvo.

—Esperad un momento. ¿Queréis cruzar un tenebroso bosque bávaro? —le preguntó, más que escéptico.

—Sí —repuso Winn—. ¿Por qué no?

—Decidme. En todo el tiempo que habéis pasado en la biblioteca, ¿habéis leído alguna vez un cuento popular? Describen los bosques bávaros y lo que se puede encontrar en ellos.

Winn volvió a sonreírle, esta vez de un modo socarrón e incrédulo que, si eso era posible, iluminó todavía más su rostro.

—¿Sabéis lo que pienso de vos ahora mismo? —le preguntó, salvando la distancia que los separaba y alborotando las ideas de Jason con su repentina proximidad—. Creo que sois un poquito mayor para creer en cuentos de hadas. —Y, sin más, tiró de él hacia el bosque.

Resultó que en aquel bosquecillo no había ogros, monstruos, lobos capaces de hablar, hadas ni nada de lo que cabía esperar encontrar en un bosque bávaro. Jason se llevó una pequeña decepción. Winn se había pasado todo el rato durante su paseo por Nuremberg estirando el cuello para ver a alguien con el traje típico, y a Jason le habría encantado volver a Inglaterra con una historia sobre el ogro con el que se habían topado durante su paseo por un bosque bávaro. No es que creyera en los ogros. Pero aun así, no deja de haber cierto placer infantil en algunas ideas terroríficas.

Se limitaron a seguir el sonido de las trompetas y los aplausos, que fueron oyéndose más fuerte a medida que avanzaban por el bosque y cuando salieron por el otro lado, donde encontraron una carretera similar a la que acababan de dejar, pero que en vez de atravesar la interminable campiña conducía directamente a una colina ocupada por una cinta de casas enjalbegadas que tenían que ser un pueblo. Ahora, además de oír el sonido de las trompetas y los aplausos, veían a la gente y las banderas avanzando despacio por lo que Jason supuso que sería la calle principal de la población.

—Es algún tipo de desfile.

En aquel preciso momento a Jason le rugieron las tripas más fuerte que antes. Dios... más fuerte que jamás.

—Madre mía —comentó Winn, asombrada, abriendo unos ojos como platos—. Parece que vuestro estómago ha detectado que hay comida a menos de un kilómetro.

—Ja, ja, ja —repuso Jason, incapaz de controlar el ruido de sus tripas.

—¿Lo veis? —Winn le sonrió—. Puede que no tenga costumbre, pero creo que ya le he pillado el tranquillo a eso de tomar el pelo que vos tanto apreciáis.

—Para que lo sepáis —dijo Jason, siguiendo a Winn cuando ésta tomó por la carretera que llevaba al pueblo—, hay mucho eco en este bosque.

La suposición de Jason de que aquello era un desfile resultó ser acertada, pero sólo en parte. Cuando él y Winn entraron en Lupburg, la fiesta del pueblo estaba en pleno apogeo. Había cintas tendidas entre los tejados, colgando sobre la calle Mayor, y todos los habitantes habían salido a la calle, a mirar desde las aceras a sus hijos predilectos cubrir el recorrido del desfile que iba desde la calle principal hasta la iglesia, haciendo sonar trompas y festejando. Había incluso una vaca enorme de papel y cuero manejada por cuatro hombres, uno por cada pata, mugiendo y corriendo por la calle, con una muchacha a lomos que arrojaba caramelos a los niños del público.

Todo el mundo comía y bebía.

Jason casi se retorció de júbilo cuando olió las patas de pollo que sujetaban con una mano grasienta algunos de los alegres paisanos que había cerca, cuyas carcajadas sólo cesaban cuando tomaban un sorbo de cerveza de la jarra que sostenían con la otra.

—¡Dios mío! ¡Esto es una tortura! —gruñó Jason. Se volvió hacia Winn y le sorprendió verla completamente pendiente de un pequeño que se metía en la boca con glotonería lo que parecía una torta de mazapán. Reprimió una sonrisa y tiró de ella para que lo mirara.

—En... ¿qué decíais? —le preguntó ella por fin, dejando de mirar el dulce.

—Parecíais estar contemplando seriamente la idea de quitarle el dulce a un niño —le comentó Jason con sarcasmo. Luego añadió—: Vamos, busquemos la fuente.

Caminaron entre la gente, y Jason abordó un paisano y le preguntó de dónde sacaban la comida. Le indicaron hacia los puestos de comida del otro lado del recorrido del desfile, junto a un pub y una posada abarrotada hasta los topes de gente que disfrutaba de la fiesta, de lo que había para ver y, sobre todo, de la cerveza.

—¿Cómo es posible que ya estén todos borrachos? —preguntó Winn, con una ceja levantada—. No pueden ser más de las diez de la mañana.

—Pero es la fiesta de... algo —repuso Jason—. Se empieza temprano cuando va a haber una fiesta. —Puesto que Winn lo miraba inquisitiva, Jason suspiró—: No iréis a decirme que nunca habéis estado en una fiesta. ¡En Oxford las hay cada dos por tres! ¡Lo sé porque yo iba!

—Suelen ser para los alumnos, no para las hijas de los profesores —dijo Winn.

—Pues bueno, ya podéis tachar otra cosa de vuestra lista: ir a una fiesta de pueblo.

—Si al menos supiera de qué va —rezongó Winn, y entonces fue su estómago el que se quejó.

—¡Ajá! —exclamó Jason—. ¡Tenéis hambre! Por un momento he llegado a pensar que erais uno de esos seres inhumanos que ayunan, capaces de subsistir un mes con un mendrugo de pan.

—¡Sólo porque no tenga que comerme una vaca entera en cada comida...!

Pero su rencilla tuvo que esperar, porque en aquel preciso momento Jason vio la última bandeja de patas de pollo que una mujer corpulenta entregó a un hombre entrado en carnes y feliz, al que inmediatamente asaltó la alegre multitud, que le lanzaba monedas a cambio de su deliciosa mercancía.

—En ese puesto, ahí. —Jason se agachó y le susurró aquello al oído para que prestara atención al espectáculo que se desarrollaba ante sus ojos—. Si podéis distraerlo, yo echaré el guante a una pieza y luego nos largamos corriendo de aquí.

—¿Cómo esperáis que los distraiga? —le preguntó Winn. Se le notaba que estaba preocupada.

—No lo sé. Gritando. Desmayándoos. Haciendo algo típico de mujer —le dijo, y se topó con la mirada dura de Winn, a la que aquello no le había hecho ninguna gracia—. ¿Sabéis a qué me refiero? ¿Os parece que podréis hacerlo?

Winn asintió, agarrando el guardapelo y dándole un leve tirón.

—¿Qué pasa? —le preguntó Jason. De repente parecía preocupado—. Sólo tiráis del guardapelo cuando estáis considerando algo.

—Es que... ¿por qué tenemos que robar la comida? —le preguntó en voz baja.

—Porque no tenemos dinero. —Jason estaba un poco sorprendido de tener que explicarle algo tan evidente, sobre todo teniendo en cuenta lo estrechamente que había controlado sus fondos durante todo el viaje.

—Ya lo sé, pero escuchad. —Se lo llevó aparte, para no estar en medio de la gente que pugnaba por acercarse a la ruta del desfile y tener más facilidad de acceso a las cosas que estaban repartiendo—. Si robamos esa comida y se dan cuenta, tendremos que correr... y no tenemos adónde ir corriendo, sobre todo con todo el pueblo persiguiéndonos. Pero si intentamos ganar un poco de dinero, entonces podremos comprar no solamente comida sino un pasaje..., tal vez no hasta Viena, pero al menos no tendremos que recorrer todo el trayecto hasta allí andando.

Jason se limitó a parpadear mientras rumiaba lo que ella había dicho. Mientras, Winn se apoyaba en un pie y luego en otro, aparentemente incómoda.

—Sé que opináis que nunca pienso las cosas, pero a lo mejor esta vez...

—No —la cortó Jason—. Es un buen plan. Sólo intentaba pensar qué podríamos hacer para ganar dinero.

La idea de ganar dinero era completamente ajena a un duque, se dijo Jason haciendo una mueca, de otro modo le habría gustado pensar que el plan se le había ocurrido a él. Pero, de ser así, no habría visto la sonrisa de alivio de Winn, tan ancha que se le marcó un hoyuelo en la mejilla izquierda... algo que hasta entonces él no había visto y que, de hecho, era digno de ver.

—Ah... no sé —repuso Winn—. ¿Qué sabéis hacer?

—Gobernar una de las haciendas mayores de Inglaterra y votar en la Cámara de los Lores —le respondió Jason—. Y cepillar un caballo. ¿Qué sabéis hacer vos?

—Escribir un artículo sobre la diferencia entre los bronces de Brunelleschi y de Ghiberti —bromeó Winn y, luego, tras pensárselo, añadió—: y discutir con el carnicero.

—Bueno... somos dos personas bastante inútiles —sentenció Jason—. Excepto por lo del carnicero.

—Y lo de los caballos.

En aquel preciso instante, las tripas de Jason y las de Winn protestaron al unísono.

—Será mejor que encontremos algo que podamos hacer de inmediato —dijo Jason en respuesta a la ruidosa protesta—. De lo contrario, robar será nuestra única opción.

Preguntaron en la posada de la calle Mayor, abarrotada de paisanos que bebían animadamente, si necesitaban algunos sirvientes más. Les dijeron que no. Preguntaron a los vendedores de los puestos si les hacía falta que alguien vigilara su género mientras se tomaban un descanso. Los rechazaron sin contemplaciones. Preguntaron incluso al cura si necesitaba que alguien limpiara la rectoría, pero les dijo que no amablemente y los encomendó a Dios.

—Bien por la caridad cristiana —rezongó Jason.

—No es que sea mala gente —repuso Winn, dando un mordisco a un palo de caramelo. Por suerte habían recogido bastantes de los que lanzaban los participantes en el desfile a la gente para calmar un tanto el hambre de Winn, pero aquellas pequeñas golosinas sólo habían servido para abrirle más el apetito a Jason. Estaba, si eso era posible, más hambriento que antes—. No nos conocen. Somos forasteros en su día de fiesta.

—¿Me estáis diciendo que el malabarista del desfile y el de los zancos son del pueblo?

—No, pero los han contratado. Nosotros pedimos trabajo. No es lo mismo.

Jason no pudo rebatírselo. Se quedaron en la placita como dos peces fuera del agua. La gente sentía curiosidad por el aspecto de inglesa de Winn y la ropa de buen corte, aunque completamente estropeada y sucia, de Jason. Más de un festivo paisano, celebrara lo que estuviera celebrando, los habían mirado con recelo. Al fin y al cabo, un festejo no sólo sacaba a la calle a los miembros esforzados de la comunidad sino también a los menos deseables: los carteristas y los ladronzuelos eran un peligro conocido.

—A lo mejor deberíamos rendirnos y buscar en otro pueblo —susurró Winn, derrotada.

Jason la miró horrorizado.

—Winn, no me arriesgaré a acercarme más a Viena hasta que tengamos un poco de dinero o de comida, o ambas cosas. Ahora, vamos. Ya hemos probado en todos los negocios del desfile... quizá podríamos probar en alguno que no esté en el recorrido.

Así lo hicieron.

Tomaron por una calle lateral y casi de inmediato se toparon con un posadero tan entusiasmado por su presencia que Jason retrocedió.

—*Mein Herr! Fräulein!* —exclamó el hombre, que continuó expresándose en su lengua nativa, tan emocionado que a Jason le costó lo suyo seguirlo—. ¿Tenéis hambre? ¿Estáis cansados? Venid a sentaros, venid y comed y ved el desfile... que pasa justo por ahí mismo.

Los hicieron pasar por el patio de la posada y, más allá de los establos, hasta una mesa preparada en el exterior que daba a una callejuela que permitía ver de refilón el desfile.

—Tenemos los mejores trozos de carne y el mejor *spaetzle* de todo Lupburg. Mi querida Heidi ha sacrificado la ternera más grande para la ocasión. —El entusiasta caballero, que era calvo como un huevo pero al que le salía pelo de las orejas, prácticamente los obligó a sentarse. Dio una sola palmada y les pusieron delante dos platos humeantes y llenos a rebosar de la comida más deliciosa que Jason había visto jamás.

—¿Desean tomar cerveza? ¡Pues claro que sí! ¡Tenemos la mejor de toda Bavaria! ¡Fermentada en los barriles de mi propia bodega! —les dijo, y dio otra palmada, tras lo cual les sirvieron dos espumosas jarras de deliciosa cerveza .

Bueno... Jason no pudo evitarlo. Estaba demasiado hambriento para no atacar el montón de comida que tenía delante. Era una tentación irresistible, un placer infinito, una satisfacción enorme notar la carne y las patatas en la lengua y bajándole hasta el estómago.

Ya había ingerido tres bocados cuando oyó un sonido estrangulado procedente del lado opuesto de la mesa. Levantó la cabeza y se encontró con la mirada de Winn.

—*Wunderbar!* —exclamó el posadero calvo cuando vio el apetito de Jason—. Vais a necesitar un segundo plato. —Por encima del hombre dijo gritando, para hacerse oír en la cocina—: ¡Heidi, amor mío, más comida!

—¡No! —dijo Jason inmediatamente, con la boca tan llena que tuvo que masticar y deglutir antes de continuar. Pero una última mirada a la comida que todavía quedaba en su plato le valió una patada en la espinilla de Winn, así que siguió hablando, reacio—: Lo lamento señor —dijo en el dialecto del posadero—, pero no debería haberme comido eso. No podemos pagarlo.

Observaron cómo la cara del calvo posadero pasaba del esperanzado júbilo a la desconsolada depresión en una fracción de segundo. Luego el hombre se derrumbó desesperado en el banco, junto a Winn.

—¡Por supuesto que no podéis pagar! —le dijo a Jason—. Los primeros clientes que hemos tenido en todo el día, ¡y son unos mendigos!

Enterró la cara en las manos y se echó a llorar de un modo tremendamente indecoroso. Se oyó un portazo en las cocinas del fondo. Evidentemente, pensó Jason con pesar, su amada Heidi era una persona compasiva.

Winn lo interrogó con la mirada y él vio que estaba desesperada por saber lo que ocurría, pero Jason se limitó a encogerse de hombros.

—Bueno, estamos más que dispuestos a trabajar por la comida... —le sugirió Jason al posadero en alemán—. *Herr*...

—Wurtzer —le respondió el posadero—. Lo siento, pero no tengo trabajo que daros. Cada año, el festival de *Sonnenwende* es el acontecimiento más importante para mi pub y mi posada. Viene gente de tres pueblos a degustar el *spaetzle* de mi querida Heidi.

—*Sonnenwende?* —preguntó Winn, que había logrado pillar una palabra del enrevesado discurso de Wurtzer—. ¡Claro! Jason, cómo podemos ser tan estúpidos. Es veintidós de junio, el solsticio. ¡Son las fiestas de San Juan!

—Estupendo —respondió él, con un ligero sarcasmo—. Ahora que hemos resuelto el misterio, a lo mejor podemos volver a centrarnos en el problema que nos ocupa. —Hizo un gesto de asentimiento hacia el lloroso Wurtzer, que sorbía entre sollozos.

—Todos los años viene gente a centenares. Pero éste... Este año el pueblo ha decidido cambiar el trayecto del desfile. Ahora pasa por delante del pub de Brauer... cuyo hijo acaba de casarse con la hija del alcalde, así que «no tengo ni idea» de por qué se ha tomado esa decisión... Al fin y al cabo, el pub de Brauer no está en la carretera principal. Es aquí donde tenemos las mesas más grandes, las mejores habitaciones... ¡Aquí están los caballos de refresco para el correo! —Wurtzer pasó de la congoja a la furia en un periquete—. Brauer... Su cerveza es prácticamente agua, pero como la gente puede ver el desfile desde allí, todos van para allá. ¡Incluso mis propios empleados! Me abandonan... me dejan sin nadie para servir las mesas. ¡Se marchan a ver el desfile y le compran a Brauer la cerveza aguada y la carne rancia! ¿Y por qué? Porque Brauer está en el trayecto del desfile y ha pagado a los magos y a los malabaristas para asegurarse de que la gente se quede incluso cuando el desfile haya terminado.

Winn le decía a Jason con la mirada que necesitaba que le tradujera todo aquello, así que le hizo un resumen sucinto de lo que Wurtzer le había dicho.

Casi de inmediato, Winn se llevó la mano al guardapelo y empezó a darle tironcitos. Aquello era, después de todo, un problema que había que resolver.

—Parece que *Herr* Wurtzer necesita algo que atraiga a la gente a su establecimiento cuando acabe el desfile —dijo—. Algo más escandaloso que los malabaristas y los magos.

—Supongo que sí —repuso Jason—, pero ni en vuestra lista de talentos ni en la mía hay algo más escandaloso que los juegos malabares o los trucos de magia.

—No —respondió despacio Winn—, pero vos habéis mencionado vuestra habilidad con los caballos.

Con un gesto de cabeza le indicó que echara un vistazo por encima del hombro. Cuando lo hizo vio los pequeños establos. Eran doce, en hilera, a lo largo del patio de la posada. Dentro, los caballos relinchaban o masticaban lentamente la paya y la avena de los comederos, tan aburridos de lo que veían como habría estado cualquier potencial cliente.

—¿Y bien? —le preguntó Jason—. Verme trabajar con los caballos no es un gran espectáculo, os lo aseguro.

—No, a vos no —le respondió Winn—. Pero ver al duque de Rayne trabajando en los establos sí que lo es. —A pesar de la mirada horrorizada de Jason, Winn prosiguió—: ¿Sabéis? A veces creo que olvidáis que poseéis un título nobiliario.

—Sé muy bien que lo tengo —dijo Jason, arrastrando las palabras—. Pero creía que hace mucho que habíamos convenido que sería mejor que no lo usara. El anonimato y todo eso...

—Las situaciones desesperadas requieren medidas desesperadas. —Winn se encogió de hombros—. Además, eso era cuando no queríamos llamar la atención. *Herr* Wurtzer necesita atención... atención que vos podéis atraer.

—¿Cómo? ¿Haciendo una cama de paja con una horca? —arguyó él.

—No... Actuando —le propuso Winn.

Jason inspiró profundamente y se pellizcó el puente de la nariz. Mientras lo hacía, vio el plato de comida, olió su perfume embriagador. También vio, sobresaliendo de debajo de la mesa los zapatos de Winn, completamente estropeados. Si hacía aquello a lo mejor podría ahorrarles a los pies de ella (y a los suyos) otra ardua jornada. Sin embargo, había otro elemento que tener en cuenta.

—¿Qué me decís de George? —le preguntó. Ella lo miró a la cara.

Winn hundió los hombros.

—George consiguió seguirnos la pista hasta Nuremberg y no estábamos usando vuestro título. Me parece que debemos renunciar a la idea de que tenemos algún talento para los subterfugios.

Aquello era muy cierto y Jason sonrió y soltó un amago de carcajada.

—A lo mejor tenemos suerte y George cree que ya estáis regresando a Inglaterra con las pruebas.

—Y si no la tenemos, nuestra mejor opción es correr más que él. —Se mordió el labio, mirándolo a la cara para ver su reacción—. Y nos moveremos más rápido si tenemos dinero.

Jason lo meditó.

—¿Qué proponéis?

Winn se enderezó, dispuesta a iniciar la negociación.

—*Herr* Wurtzer —empezó, y miró brevemente a Jason, que

interpretó que debía traducir sus palabras—. Puede que no lo sepáis, pero estáis ante uno de los aristócratas más famosos de Inglaterra. Este hombre es el duque de Rayne, conocidísimo por su capacidad para doblegar voluntades y romper corazones.

—¡Un momento! —la interrumpió Jason, pero la afilada punta de su estropeada bota le indicó que se limitara a seguir traduciendo.

—Desafortunadas circunstancias lo han traído a vuestra puerta —continuó Winn—. Pero, a pesar de su noble educación, es un hombre de moralidad, dispuesto a trabajar por lo que debe... e incluso más.

Wurtzer miraba a Jason y parecía bastante escéptico. Repasaba su rostro sin afeitar, su ropa sucia y arrugada. Mientras el posadero examinaba la poco imponente facha de Jason, Winn se aclaró la garganta e hizo un gesto hacia el sello ducal de oro, la única cosa de valor que le quedaba a Jason y que llevaba en la mano derecha.

Aunque Wurtzer arrugó la frente, siguió pareciendo poco convencido.

—Podríais haberlo robado —dijo, frunciendo los labios con desaprobación.

Cuando Jason tradujo aquel breve fragmento de, a decir verdad, enojosa información, Winn cuadró los hombros y lo miró directamente a los ojos.

—Jason... —susurró—. Tenéis que demostrar que sois un duque.

—¿Cómo?

—No lo sé... comportaos como tal.

—Soy duque, no tengo que comportarme como si lo fuera.

—Entonces levantad la nariz e imitad a Frederick Sutton. ¡Hacedle una reverencia! —exclamó.

Jason la fulminó con la mirada pero se envaró, levantó la nariz como le había indicado ella e hizo su mejor y más florida reverencia de cortesano, como si *Herr* Wurtzer fuera el mismísimo rey Jorge IV. Como medida complementaria, se sacó un poco el sello ducal, para que el escéptico posadero viera la marca pálida que el anillo había dejado en su piel: llevaba años sin quitárselo.

Por suerte, ya fuera por la reverencia o por la marca del dedo, *Herr* Wurtzer quedó lo suficientemente impresionado para creerlos y se tiraba del pelo de las orejas, meditabundo ante la expectativa.

—Imaginad a todo el pueblo abandonando la bebida aguada y los pasteles de carne de segunda categoría de Brauer para ver a un duque inglés colocando los arreos a los caballos en vuestros establos —le dijo Winn.

—¿Los arreos? —inquirió Jason.

—¿No se dice así? —preguntó Winn.

—No..., los arreos son el conjunto de correas que... da igual, luego os lo explicaré. —Jason suspiró y siguió traduciendo para *Herr* Wurtzer, aunque cambiando el error que había cometido Winn por ignorancia.

—Por supuesto, cuando vengan, los clientes se darán cuenta de que vuestra comida es muy superior. —Winn sonrió al reflexivo Wurtzer, que se tiraba de la oreja cada vez que uno de sus engranajes mentales encajaba—. Y se quedarán.

—¿Cuánto? —preguntó Wurtzer, achicando los ojos, haciendo cálculos.

—¡Ah, eso es lo mejor! —exclamó Winn—. De entrada, nada.

—¡De entrada nada! —Tal fue su sorpresa que a Jason casi se le quebró la voz... algo que no le había sucedido desde hacía una década.

—Nada de entrada aparte de la comida que ya nos ha servido —aclaró Winn—. Pero nos quedaremos con el quince por ciento de los beneficios que hayáis obtenido al final del día.

Herr Wurtzer bufó, mofándose, y Winn volvió rápidamente al ataque.

—Si el experimento no resulta, no perdéis nada. Tendréis los establos limpios y los caballos cepillados... todo ello por el precio de dos platos de comida. Pero si funciona y le robáis todos los clientes a Brauer... —prosiguió, con aquella voz extrañamente seductora y persuasiva que enervaba a Jason—, ¿no valdrá eso el quince por ciento de vuestras ganancias?

227

—¿El quince por ciento? —repitió Wurtzer—. *Nein.* Pero el diez por ciento...

—El doce —regateó Winn, y añadió—: y una habitación para pasar la noche.

—El doce —aceptó Wurtzer—, y podéis alojaros en los establos. Hay sitio en el altillo para los mozos de cuadra... que es lo que hoy será el duque.

Winn escuchó mientras Jason terminaba de traducir. Él contuvo el aliento viendo su cara: le ardía de excitación por el trueque, por el regateo... No pudo evitar imaginar lo gloriosa que estaría en los mercados de Budapest, de Marruecos o de Egipto.

Cuando Winn dijo «trato hecho» y tendió la mano para dar el apretón que sellaba el acuerdo, Jason no pudo disfrutar de su amplia sonrisa transformadora ni con la idea de que podría terminarse el plato de comida, porque lo asaltó una idea sombría que a punto estuvo (casi) de quitarle el apetito: no la vería regatear en los mercados de Egipto... porque él no estaría con ella.

16

En el que nuestra pareja come,
bebe y... lo celebra

Aquella noche, después de una larga jornada trabajando en los establos, Jason decidió que él y Winn tenían bien merecido un sitio cómodo cerca del calor de la fogata de la plaza del pueblo, así como las jarras de cerveza que *Herr* Wurtzer les había servido con un guiño y la promesa de llenárselas tantas veces como hiciera falta. Todo formaba parte de su sueldo, les había dicho.

Se sentaron en balas de heno, mezclándose con otras parejas y gente del pueblo, mirando cómo los bailarines interpretaban el último de los desestructurados rituales de *Sonnenwende*, dando brincos y moviéndose en alegres círculos alrededor del fuego, cuyas llamas eran tan altas que apagaban las estrellas. Los músicos aficionados, todos ellos hombres y mujeres de la localidad, tocaban los instrumentos con dicha y compensaban la falta de maestría con las ganas que le ponían.

Winnifred Crane estaba sentada frente a Jason, con una bala de heno entre ambos a modo de improvisada mesa, y el resplandor del fuego revelaba la profunda paz de su rostro.

Así que así era Winn cuando estaba contenta, se dijo, con una leve sonrisa. Normalmente la veía pensar a toda velocidad... incluso mientras dormía. Aunque, después de los acontecimientos del día, había pocas razones para que tuviera aquella cara de felicidad, la tenía.

—¿Cómo sabéis que no me pisotearán? —le había chillado

229

Winn en los establos cuando un caballo había demostrado un claro interés por comerse su pelo.

Jason se había partido de risa, al igual que la multitud de paisanos que observaban la escena de cerca, comiendo y divirtiéndose.

El plan de Winn había funcionado de maravilla, aunque no precisamente tal como ella esperaba. Jason se había ido a los establos inmediatamente después de comer, porque quería ver lo que tenía que hacer. Se encontró con un conjunto bastante bien mantenido de establos y una docena de aburridos y descuidados caballos de tiro. Descuidados, supuso, porque los placeres de la fiesta estaban en otra parte y los mozos de establo habrían abandonado sus puestos para ir a buscarlos.

Mientras Jason localizaba los morrales, la mezcla de avena y paja para alimentar a los caballos, los cepillos y las escobas, Wurtzer había mandado a su amada Heidi que empezara a divulgar la noticia del nuevo empleado que tenía. Más joven de lo que Jason había esperado, la mujer se marchó inmediatamente a la panadería a contar la extraordinaria historia del joven famélico y su diminuta compañera, que, como en los cuentos populares, había resultado ser un noble extranjero. La amada Heidi, nacida en Lupburg y que por tanto contaba con el afecto de las otras mujeres del pueblo, sabía perfectamente que con visitar a la mujer del panadero y seguidamente a la del carnicero, y haciendo algún que otro comentario aquí y allá entre la gente, bastaría para que el rumor corriera como la pólvora y que todos sintieran curiosidad. Al fin y al cabo, no hay un solo bávaro en el mundo que pueda resistirse a una buena historia.

Cuando empezó a congregarse gente y todos vieron a un hombre bien vestido aunque desarreglado y con buenos músculos cambiar la paja vieja del suelo de los establos por paja nueva, aquello les hizo gracia pero no los entusiasmó. Cuando Wurtzer se lo susurró, se esforzaron para verle la mano con el sello ducal (le habían dicho que se quitara los gruesos guantes de cuero que había encontrado, algo de lo que sus palmas acabarían por resentirse) y tomaban de vez en cuando un trago de cerveza; pero poco tenía aquello de espectáculo y poco tuvo hasta que

Winn entró en los establos para darle a Jason su jarra de cerveza.

La inglesita parecía tener pavor a los caballos, que opinaban de ella todo lo contrario: le daban empujoncitos con el morro y relinchaban cuando pasaba por delante de ellos. Además, si estaban fuera de su establo (lo que sucedía cuando Jason los sacaba para cepillarlos), bailaban a su alrededor, encantados de su presencia.

Fueron sus payasadas (los chillidos, el nerviosismo, las carreras para apartarse de los que debían ser los animales más dóciles de toda Bavaria), y no que el duque cepillara caballos de tiro, lo que constituyó un espectáculo que atrapó a la gente, que se quedó y compró comida y bebida en el establecimiento, a tal punto que, cuando Winn quiso escapar del establo, Jason tuvo que impedírselo.

—No os pisotearán, Winn. Les gustáis demasiado.

—No. Lo que les gusta es mi sabor. Dejad que me vaya... —gimió ella, mordiéndose el labio mientras una yegua, una vieja yegua con una preciosa crin gris llamada *Blume* (que significa «flor»), intentaba abrirle la mano con el morro para ver si tenía alguna golosina.

—Tenéis razón —suspiró Jason echando otra paletada de paja vieja en un montón que habría que retirar luego—. Estoy seguro de que Wurtzer ya ha ganado lo suficiente a estas alturas como para que nuestro doce por ciento nos baste para llegar a Viena.

Winn miró directamente al gentío, la presencia del cual por lo que parecía acababa de advertir, y vio que los congregados la miraban a ella, no a Jason; estaban pendientes de cada pequeño gesto que hacía, de cada gritito que daba... la seguían con creciente hilaridad.

Ella, no él, se había convertido en el espectáculo.

Suspirando, cuadró los hombros, tensa, y fue al encuentro de *Blume*; dubitativa, le acercó la mano.

Dio un paso atrás de inmediato, porque el animal intentó mordisqueársela, lo que arrancó una carcajada a los cada vez más numerosos observadores.

—Se diría que nunca han visto a alguien a quien le den miedo los caballos —murmuró.

—Es probable que no. En el campo se vive entre caballos: uno no puede temerlos si tiene que trabajar con ellos a diario —le dijo Jason, secándose la frente con la manga—. Lo que hace que me pregunte... Si crecisteis en el campo, ¿por qué estáis tan poco familiarizada con los caballos?

—No lo estoy. He viajado en carruaje, y el tiro es de caballos —respondió con petulancia Winn, alejándose unos cuantos pasos más de *Blume*... con lo que quedó a un pelo de distancia del caballo del siguiente compartimento, llamado *Wolfgang* (y menudo lobo,* porque prácticamente se agachó de tan deseoso como estaba de que Winn lo acariciara).

—Me parece que no estáis respondiéndome —le dijo Jason sonriente.

—¡Esto es a propósito, para fastidiarme! —exclamó Winn. Pero cuando Jason se volvió a mirarla, vio que aquel último comentario iba dirigido al pobre *Wolfgang*—. No me crie en el campo —puntualizó Winn, esta vez dirigiéndose a Jason—. Crecí en Oxford, prácticamente en la universidad. Y, como sabéis, puesto que vos estudiasteis allí, Oxford no es ni mucho menos el campo. Nunca tengo que ir muy lejos para obtener lo que necesito y, si tengo que ir a alguna parte, voy andando.

—De acuerdo, pero ¿cómo visitáis a la gente? —insistió Jason—. Seguramente habréis necesitado un cambio de aires y ver a otras personas una o dos veces.

Winn se limitó a sacudir la cabeza, lo que atrajo todavía más la atención de *Wolfgang*.

—Un grupo de gente nueva invade Oxford todos los años... nunca he tenido la necesidad de cambiar de aires. Son los aires de Oxford los que cambian.

Jason dejó de trabajar un momento para meditar acerca de lo que acababa de decirle. Sabía que no había estado en Londres antes de su incursión en la Sociedad Histórica, y ella había dicho que nunca había viajado hasta entonces, pero él no había creí-

---

* «Lobo», en alemán, es *Wolf. (N. de la T.)*

do que se refiriera a que no había ido jamás a ninguna parte. Antes de que pudiera comentárselo, sin embargo, Winn se puso otra vez a chillar, porque *Wolfgang* había logrado lo que no había podido hacer ninguno de sus compañeros de establo: le había sacado a Winn un mechón de pelo del moño medio deshecho y lo estaba masticando.

—¡No! ¡Para! ¡Caballo malo! —vociferaba ella, tirando del pelo para liberarse, con lo que, desafortunadamente, se ponía al alcance de *Blume*.

—Moveos dos pasos hacia aquí. —Jason suspiró y tiró de ella hacia sí—. Quedaos directamente delante de ellos. Así os ven peor.

—Lo que hace que me pregunte... —dijo Winn, tal como había hecho él antes, recelosa—. ¿Cómo es que sabéis tanto de caballos? ¿No tenéis cincuenta mozos de cuadra para que hagan por vos este trabajo?

Jason soltó una carcajada.

—Cincuenta no. —Luego arrugó la frente—. Al menos no en una única residencia. Es bastante posible que tenga cincuenta mozos de cuadra en total.

—Jason... —le advirtió Winn.

—Soy bueno en esto. —Jason sonrió mientras dejaba un compartimento del establo limpio y se ponía a limpiar otro—. Mi padre se aseguró de que supiera hacer los trabajos de la finca. Consideraba importantísimo que supiera hacer las cosas.

—¿De veras?

—Mientras me iba haciendo mayor. Como podéis ver, sólo una de esas cosas se me quedó.

Jason recordaba a su padre. Recordaba cómo era antes de que su salud empezara a deteriorarse. Recordaba su imponente planta, lo sociable que era. Era tan indulgente como severo. Cuando Jason tenía unos diez años, entre las clases de latín y las de esgrima, lo mandaba con los jardineros para que aprendiera a plantar un seto o un árbol. Luego lo mandaba con el halconero, después con el guardabosques y, tras eso, con el primer mayordomo... para que aprendiera a abrillantar la plata, por lo visto.

Todo aquello lo aburría mortalmente. Casi tanto como las clases de esgrima y de latín. Con el único que no se había aburrido había sido con el encargado de los establos, un hombre flaco como un alambre, cuya habilidad para calmar y controlar cualquier caballo, por salvaje e indomable que fuera, había fascinado a Jason.

Y cuando el chico había insistido, en su papel de lord de diez años altivo, como el amo que quería ser, en que le enseñara a hipnotizar de aquel modo un animal, el encargado le había dicho que lo haría en cuanto Jason probara su valía en los establos.

Así que Jason había aprendido. Había aprendido a cepillar un caballo y a limpiarle el cubículo. Había aprendido a sacarle las piedras de las herraduras. Había aprendido a hacerle ir al paso por un corral de adiestramiento. ¡Caray, incluso podía hacer de herrador si no había más remedio! Había acabado por volverse adicto a los caballos, a montar, a la vida en los establos.

—¿Sabéis? Encuentro esto incluso un poco relajante —dijo cuando terminó de contarle a Winn lo del encargado de los establos flaco como un alambre y su petición de que lo entrenara—. Limpiar los establos y eso, me aclara las ideas.

—¿Os aclara las ideas? —repitió Winn, retrocediendo un paso para permitir a Jason (y a su sucia horquilla) pasar cómodamente—. ¿Cómo es eso posible, con este hedor?

Jason recogió con la horquilla otro montón de paja sucia.

—Uno se acostumbra. —Se quedó pensativo un momento, recordando—. Me recuerda mi hogar.

—Bien, os prometo que yo nunca me acostumbraré. —Cruzó los brazos sobre el pecho, negando con la cabeza.

Aquello fue un error, como ya tendría que haber aprendido a aquellas alturas. Había retrocedido para dejar pasar a Jason y, al sacudir la cabeza para dar énfasis a su afirmación, Winn se había puesto al alcance y dentro del campo de visión tanto de *Blume* como de *Wolfgang*, que le alcanzaron el pelo y se lo metieron en la boca.

—Planteáoslo así —dijo Jason alegremente—. Una vez dijisteis que os gustaba vuestro pelo. Bueno, los caballos están de acuerdo con vos.

Mientras Winn volvía a gemir de dolor, la gente reía y aplaudía. Uno o dos caballeros le dieron explicaciones a gritos.

—¿Qué dicen? —le preguntó a Jason con voz de pánico.

—Dicen que *Blume* y *Wolfgang* no os dejan en paz porque tenéis el pelo del color del heno en verano.

—No, no es cierto. —Frunció el ceño—. Tengo el pelo castaño. Completamente castaño.

Pero no era cierto. Al menos, ya no lo era. Mientras viajaba, posiblemente porque no había vuelto a ponerse un sombrero desde que habían embarcado en el *Seestern*, en el pelo, que de hecho era castaño claro cuando la conoció, le habían salido mechas claras, color miel, y unos zarcillos rubios le enmarcaban la cara.

Había cambiado.

Mientras la miraba a la luz de la fogata, desde el otro lado de su improvisada mesa de paja, veía el cambio que se había producido en ella. Ya no tenía el pelo castaño. Ya no tenía la carita enterrada bajo el sombrero, sino el rostro despejado y radiante. Sus ojos, aquellos asombrosos ojos avellana, brillaban como el ámbar al sol, adquirían un tono burdeos al anochecer y, a la luz de las velas, cuando leía concentrada, eran casi negros.

Pero no sólo había observado cambios en Winn de cuello para arriba. En algún momento, a Winnifred Crane le había crecido el pecho. No es que antes no tuviera, porque, evidentemente, a una mujer de treinta años no le crece el pecho de la noche a la mañana, sino que Jason no se había fijado en aquel rasgo suyo hasta entonces. Al menos, no cuando le había parecido un pajarillo en el patio de Somerset House, ni mientras viajaba con Bambridge y Totty hacia Dover, exasperada pero aceptando a sus acompañantes. No. Tenía que haber sido entre su llegada a la posada de Stellzburg, donde había empezado la farsa de su matrimonio, y su partida de Nuremberg. Jason recordaba claramente sus pechos subiendo y bajando con la respiración mientras corría hacia él en el mercado, con el cuerpo lleno de energía e iluminado por el descubrimiento de las cartas y, por supuesto, los recordaba agitándose de fría rabia después de darle un bofetón hacia algunas horas. La curva que marcaban en su cuerpecito, lo reales que eran, no se le había revelado hasta que la noche anterior la había abrazado para que dejara de temblar de frío. Aquello despertó algo en su interior, algo de lo que su yo durmiente había sido muy consciente y que en aquel momento su mente se veía obligada a reconocer.

Nunca hasta entonces había tenido Winn el aspecto que tenía en aquel momento a la luz de la fogata. Con el cuerpo completamente relajado, observando a los que bailaban, tenía algo... Jason no era lo bastante poético para describirlo ni lo bastante talentoso para pintarlo. Era algo glorioso, esplendoroso. Y sus pechos...

El cuerpo del vestido, el mismo que llevaba desde hacía dos semanas, era similar a una camisa de hombre, con una hilera de botones en el centro hasta el cuello almidonado. Normalmente lo llevaba completamente abrochado, prácticamente hasta la barbilla, con el abrigo por encima. (Su camisón, al que Jason se había permitido echar un breve vistazo antes de que enterrara debajo de las mantas cada noche, tenía un escote igualmente escaso.) El abrigo, sin embargo, llevaba tiempo brillando por su ausencia y, aquel día, después de la caminata matutina y de una tarde entera en un establo lleno de caballos, y tras una velada en la que se había tomado alegremente toda una pinta de la excelente cerveza de Wurtzer, se había desabrochado los primeros botones del cuello del vestido y dejado al descubierto un fascinante pedacito de su elegante escote. La luz del fuego realzaba la depresión en la que descansaba el guardapelo de su madre, con la punta del corazón apuntando directamente hacia donde la mirada de Jason continuaba bajando hasta un valle que por desgracia desaparecía debajo de los botones sin desabrochar.

Movió nerviosamente los dedos mirando aquellos botones. No tenían nada de particular: eran redondos, pequeños y blancos. Pero... ¡Oh, lo que escondían! Apretó los puños, porque le fascinaba la idea de tocar aquellos botones, de desabrocharlos, de acariciar la suave piel que había debajo de ellos...

—¿He derramado algo? —le preguntó Winn, interrumpiendo el hilo de sus pensamientos.

—¿Perdón? —tartamudeó él, mirándola a la cara de golpe.

—Si me he ensuciado de cerveza —le aclaró ella, enderezándose y mirándose el cuerpo del vestido, donde Jason habían tenido los ojos clavados.

—Yo... Eh... yo no... —farfulló, y tomó un sorbo de cerveza.

¿Dónde demonios tenía la cabeza? Era la cerveza, decidió. La cerveza fuerte bávara, la perdición de hombres mejores que él, le había nublado el cerebro y pensaba lo que no debía. Eso, y lo duramente que había estado trabajando durante horas por la tarde, había debilitado su voluntad. Al fin y al cabo, era muy difícil seguir considerando a Winn un gorrioncillo que él podía proteger y que necesitaba su ayuda y su protección (lo admitiera ella o no) cuando era tan consciente de sus pechos. Y tenía que seguir considerándola un pajarito, pensó Jason volviendo a clavarle los ojos en el escote. Sería... mejor para todos.

—Da igual. —Winn se encogió de hombros, inspeccionándose la pechera, de un modo que poco contribuyó a disminuir el embarazo que sentía Jason al haber sido pillado mirándosela—. Estoy segura de que lo conseguiré antes de que acabe la velada —dijo, sonriendo, antes de tomar otro sorbo de cerveza.

Jason ladeó la cabeza.

—Me parece que estáis un poco borracha.

—Me parece que tenéis razón —repuso ella desenfadadamente, y luego frunció el entrecejo, concentrada—: Pero sólo un poco. —Lo miró arqueando una ceja—. Creo que creéis que nunca me había emborrachado.

—Yo... no pretendo saber...

—Me parece que tendríais razón una vez más —lo interrumpió Winn antes de que pudiera terminar la frase—. ¡Qué vida tan terriblemente aburrida he llevado! ¿No os parece? —le sonrió, de un modo que lo dejó sin aliento.

Tenía que ser la cerveza, tenía que ser eso. Le sonrió perezosamente.

—Bueno, otra cosa que podéis tachar de la lista —le dijo.

—¿Cómo? —le preguntó ella, mirándolo a los ojos de repente. Era curioso, pero se había estado fijando en las proximidades de su boca y, cuando él le había sonreído, ella...

Había sido el mismo extraño oscurecimiento de los bordes

237

de su campo visual, con toda la luz concentrada en Winn. Era la misma sensación que había tenido cuando ella le había besado cuando no lo esperaba en la casa de Durero o cuando le había preguntado si pensaba que nunca la habían besado, esa misma mañana, en la carretera. Esa perturbadora...

Inmediatamente, Jason se puso serio. Aquello no era conveniente. Aquello no era nada conveniente. Estaba bien que reaccionara a ella, hasta cierto punto, mientras estuviera seguro de que podía controlarlo. Pero si empezaba a reaccionar de aquella manera...

—¿No tienen agua? —preguntó, aclarándose la garganta—. Esta cerveza es un poco... fuerte.

—Creo que hay vino, en esas jarras. —Winn señaló hacia el lado opuesto de la fogata, donde otros juerguistas disfrutaban mirando a los que bailaban y uniéndose a ellos de vez en cuando.

El vino no era un sustitutivo válido, así que Jason se limitó a encogerse otra vez de hombros y tomar otro sorbo de cerveza. Tal vez fuera la causa de su estado mental, pero mientras bebía tenía las manos y la boca ocupadas; además, era el menor de los males.

—¿Encontráis esta cerveza demasiado fuerte? —Winn frunció la frente mientras se lo preguntaba.

—Lo es. —No estaba dispuesto a decirle la verdadera razón por la que seguía bebiéndosela, así que añadió—: Dudo que ni siquiera un gigante como George Bambridge pudiera bebérsela como uno de los de aquí. Pero es mejor que nada.

Ella se quedó callada, pensativa. Miró su cerveza, dando ligeros golpecitos con los dedos en la jarra con un leve nerviosismo.

—¿Qué pasa? —le preguntó Jason.

—Es algo que dijisteis ayer. —Inspiró profundamente—. Creo que creéis que he sido cruel con George Bambridge. —Se mordió el labio—. Que he estado jugando con su afecto.

Jason parpadeó dos veces, boquiabierto.

—Winn, nunca he pretendido decir que...

—Está bien —dijo ella precipitadamente, descartando con un gesto de la mano cualquier cosa que él pudiera querer decir-

238

le—. Sé lo que parece: que le he dado falsas esperanzas... que me he asegurado, si fracaso en esta loca empresa, de que al menos podré instalarme confortablemente en un matrimonio con un hombre al que puede que no ame pero al menos conozco. —Soltó el aire con fuerza—. A lo largo del tiempo, las mujeres han hecho cosas mucho peores por su propia comodidad. ¿Por qué ibais a pensar otra cosa de mí?

Jason abrió la boca para hablar, para protestar, pero se lo pensó mejor. Ella iba a darle una explicación, y estaba ansioso por oírla. Pero Winn se quedó muda. Abrió la boca y movió los labios, pero la voz se le encalló en la garganta.

Jason le cogió la mano por encima de la bala de heno y empezó a acariciarle el dorso con el pulgar, intentando aliviar sus miedos. Daba igual que sus propias terminaciones nerviosas suspiraran de alivio al tocarla. Daba igual que verla observar los movimientos de su pulgar fuera casi tan fascinante como aquellas caricias.

—Winn, no estáis obligada a contarme nada. No me debéis ninguna explicación.

—¡Pero quiero dárosla! —protestó ella, apartando la vista de sus manos unidas—. Quiero que lo entendáis... Pero para que lo hagáis tengo que empezar por el principio.

—¿El principio? —le preguntó él, bromeando—. ¿Vais a regalarme con una conferencia sobre los orígenes del hombre, del Adán y la Eva del cuadro?

—No. —Winn sonrió, tal como Jason pretendía que hiciera—. Temo que tendréis que conformaros con los orígenes de Winnifred Crane. —Volvió a ponerse seria—. Yo era una niña muy testaruda, y a veces estaba muy sola por culpa de ello. Hubo una época en que George Bambridge era mi único amigo.

»No digo que ahora tenga muchos, ni que lo haya rechazado en favor de alguien mejor; no es nada de eso. Pero cuando tienes quince años cualquier sensación es ridículamente importante. El hecho de tener a un millar de hombres jóvenes a mi alrededor y que ninguno de ellos se fijara en mí me dejó la impresión indeleble de que me faltaba algo: altura, belleza, una personalidad arrolladora, pecho... —En aquel momento a Jason los ojos se le fueron a los fascinadores botones, pero los apartó rápidamente—. Fuera lo que fuese, yo no lo tenía. Así que cuando por fin un hombre se fijó en mí, aunque su madre fuera prima de la mía y, por tanto, estuviera obligado a reconocer mi existencia... eso significó algo para mí.

—Cuando teníais quince años —afirmó Jason.

—Cuando tenía quince años —convino Winn—. Aunque me libré de aquella manera de pensar particularmente deprimente al cabo de unos años, por si acaso teméis por mí.

—¿Temer por vos? —repuso Jason—. Jamás. Temeros a vos, en todo caso... ¡Ay! —gritó, riendo, porque Winn se había picado un poco y le retorcía el pulgar con el que la había estado acariciando—. Está bien, está bien... vos ganáis, Winn. —Apartó de un tirón la mano—. Cada vez sois mejor en lo de que os tomen el pelo.

¡Winn se estaba riendo, Winn se estaba riendo tontamente! Como la niña coqueta que no había sabido ser y, por un instante, Jason estuvo completamente seguro de que el corazón había dejado de latirle. Sólo un segundo, el mundo que los rodeaba desapareció, se congeló, y lo único que existió fue la risa alegre y aniñada de Winn.

«Esto es un problema —pensó, mientras todo su cuerpo recuperaba poco a poco la percepción del mundo—. Es un problema que la risa de alguien te atrape hasta que te das cuenta de que estás paralizado...»

Pero la risita cesó tan de repente como había empezado y la expresión seria y ligeramente vulnerable se apoderó de nuevo de las facciones de Winn.

—George nunca me tomaría así el pelo, ¿sabéis? Lo consideraría indecoroso. —Al fin y al cabo, seguía teniendo una historia que contar—. No sabría decir si se declaró por un verdadero y profundo sentimiento por mí o si lo hizo porque era lo que se esperaba de él, pero yo estaba deslumbrada: era el primero que lo hacía y sospechaba que sería el último. Mi padre sospechaba lo mismo. —Agachó la cabeza, se miró las manos y suspiró—. Mi padre hizo cosas maravillosas por mí: me convirtió en su querida alumna, no me mandó a vivir con algún pariente al mo-

240

rir mi madre; pero lo mejor que hizo fue insistir en que el compromiso no se hiciera público, es decir, que no hubiera un compromiso formal hasta que yo fuera mayor, sin especificar hasta qué punto.

»Curiosamente, a George no le importó. En cuanto hubo obtenido mi mano, me ignoró. Después de todo, ya tenía lo que quería. Pasó un año y pasaron tres y luego cuatro, y mi padre empezó a celebrar aquellas cenas para sus alumnos, en parte porque quería que me diera cuenta de que había otras personas en el mundo.

—Pero vos no las disfrutabais —le recordó Jason.

—No. Todo aquello me parecía embarazosamente obvio, aunque apenas pensaba en George tampoco por aquella época. Estaba demasiado ocupada estudiando. Estaba demasiado ocupada soñando en antiguos cuadros y en cómo sería la vida fuera de Oxford, fuera de Inglaterra. Es posible que George presionara a mi padre, pero era una presión de la que papá me protegía. Pasó una década y, cuando mi padre murió, empecé a comprender que George tenía ciertas expectativas acerca de cómo iba a ser nuestra vida. Baste decir que no incluía que yo prosiguiera mis estudios ni que viajara. Lo máximo a lo que podría aspirar con él sería a escribir artículos usando un seudónimo y a corregir el trabajo de mi marido. —Inspiró profundamente, y expulsó el aire de los pulmones en una carcajada—. Es más duro de lo que creéis renunciar a una vida ya planeada. Se tarda mucho en tomar una decisión así, pero lo hice. —Volvió a agachar la cabeza parara mirarse las manos y dijo, con suavidad pero de manera categórica—: No he hecho esto porque quiera darle una lección ni nada tan típicamente femenino. Sólo sé que quiero una vida distinta, de más altos vuelos, más excitante.

—Pero ¿por qué no lo dejasteis en cuanto descubristeis eso de él? —le preguntó Jason—. ¿Por qué le disteis la esperanza de que, si perdíais esta apuesta, volverías a su lado?

Ella se rio con cierta tristeza.

—En algún momento, ya fuera del último año o de la última década, George dejó de escucharme cuando le hablaba. Él... puede llegar a ser muy dictatorial. Así que, cuando abordé el asunto, se limitó a darme palmaditas en la cabeza y decirme: «Es por la pena, Winnifred. No te preocupes, yo cuidaré de ti.»

—Bueno, eso lo resuelve —dijo Jason con fingida severidad—. Esa condescendencia mi indica lo que llevo tiempo sospechando.

—¿Y es...?

—Que George Bambridge no cuenta con la ventaja de haber crecido con una hermana.

Winn se rio, y fue una risa alegre en medio de aquella deprimente historia, pero enseguida volvió a ponerse seria.

—De lo siguiente que me enteré —dijo, suspirando— fue de que George había ejercido su influencia sobre mi herencia. Y no puedo ser quien deseo sin ella. No puedo salir al mundo sin poseer nada: ni dinero, ni posición, ni amigos... —Se mordió el labio—. Un hombre puede, pero una mujer no. Me ganaré lo segundo trabajando duro, pero me hace falta lo primero para empezar. De entrada, de no haber tenido la esperanza de recuperarme, George no habría hecho la apuesta.

—Os entiendo —dijo al cabo de un instante Jason con desenfado.

—¿De veras? —Lo miró asombrada.

—Sí —repuso él, un tanto perplejo de su incredulidad—. Una de las razones por la que no os he perdido de vista en todo el viaje es porque sé que este mundo es mucho más duro para el sexo débil. Os haga o no falta la protección de un hombre, la gente está mucho más dispuesta a daros el beneficio de la duda cuando la tenéis. Estáis en lo cierto: una mujer necesita dinero, posición y amigos para seguir su propio camino. Y si tenéis que recurrir a hacer algunas locuras para obtener de la vida lo que queréis... bueno, simplemente tendré que asegurarme de que tenéis éxito y ganáis la apuesta. Tan sencillo como eso.

—Tan sencillo como eso —repitió ella débilmente. Luego, de repente, se le empañaron los ojos de la emoción—. Gracias.

—De nada —le respondió cauteloso Jason, incómodo al tratar con las emociones femeninas—. ¿Por qué?

—Por entenderlo. —Suprimió las lágrimas—. Yo me habría juzgado con mucha más dureza.

Él se inclinó por encima de la mesa y le hizo señas para que se acercara, como si quisiera contarle un secreto. Ella se inclinó también.

—Para eso son los amigos, Winn.

Los ojos, ya húmedos, se le llenaron de lágrimas, una circunstancia que Jason habría evitado de haber podido. Así que se enderezó de nuevo y se puso a mirar el fuego.

El silencio se instaló entre ambos. Jason luchaba con la idea de preguntarle lo que quería saber. Porque quería preguntárselo. En cuanto la idea se le había ocurrido ya no le había abandonado.

—Eh... —dijo, tosió y volvió a empezar—: Así que, ¿nunca le habéis amado?

—¿Amado a quién? —preguntó Winn desconcertada—. ¿A George? —Abrió unos ojos como platos—. No, claro que no. Al menos no en ese sentido.

—¿En qué sentido? Porque, os lo advierto, recorrer el continente detrás de vos es un comportamiento propio de un hombre enamorado.

—O el modo en que actúa un hombre para acorralar lo que considera de su pertenencia —repuso ella cortante. Luego se quedó pensativa—. Nunca he estado enamorada de él. De hecho, creo que no sé lo que es eso. He experimentado el amor de los padres por sus hijos y viceversa, y el cariño de la amistad y, puesto que me crié en un lugar donde abundaban los hombres, estoy familiarizada con el deseo carnal...

Jason estuvo a punto de atragantarse con la cerveza.

—Pero ¿estar enamorada? —prosiguió Winn—. ¿El amor romántico? —Winn se encogió de hombros. Fue un movimiento leve que revelaba a la vez inocencia y tristeza—. He estudiado centenares de cuadros que supuestamente representan el amor pero sigo sin comprenderlo, se me escapa. No tengo ni idea de cómo es quedar rendida así por alguien.

Jason sonrió, perdido en sus recuerdos.

—Es sorprendentemente fácil —dijo—. Simplemente uno se lanza. Se abre a la otra persona. Empieza a decirle cosas acerca de sí mismo que ni siquiera sabe y la otra persona le acepta, y viceversa. Es embriagador y un secreto que quieres proclamar a voces.

Winn le miró a los ojos y, de nuevo, como le había sucedido toda la noche, se quedó sin aliento.

—Así que, ¿vos habéis estado enamorado? ¿Lo estáis?

Jason se acordó momentáneamente de Sarah Forrester, de su serena y tranquila belleza y de su alegre ingenio. La persona por la que estaba supuestamente loco. Sin embargo... estaba tan lejos. Lo que los separaba no era sólo la distancia en kilómetros. Llevaba semanas siendo un pensamiento lejano. Mientras, en primera línea, consumiendo hasta el último débil latido de su corazón, había estado aquella extraña mujer que tenía delante, que lo mantenía constantemente alerta y lo hacía reír en los momentos menos oportunos. La mujer cuya mano no había sido capaz de soltar desde hacía dos semanas.

Eran demasiadas ideas y demasiado profundas, se advirtió a sí mismo. Pero, mirándola a los ojos, Jason dio el primer paso en la cuerda floja y respondió con honestidad.

—No, no estoy enamorado. Pero lo estuve. Tan enamorado como un chico de diecinueve años pueda estar, supongo. —Se puso un poco colorado al recordarlo—. De Penelope Wilton. Le escribí unos poemas pésimos y varias cartas almibaradas. Fue un romance de verano, al final del cual volví a los estudios. Luego, ella se casó con un agradable abogado de Manchester. La amé antes de saber lo que es estar enamorado de alguien.

Winn le sostuvo la mirada mientras le preguntaba con sequedad académica:

—¿Y ahora?

Jason tuvo que pensárselo un momento.

—He visto a mis amigos comprometerse y contraer matrimonio. A algunos les ha ido muy bien, otros tienen a alguien con quien cenar y poco más, en unos cuantos casos apenas se hablan con su esposa y cada uno su vida. He sido testigo del matrimonio de mi hermana con un hombre de más baja condición, uno que no debería haber siquiera contemplado la idea de casarse con la hija de un duque... Sin embargo, lucharon por lo que tienen. No voy a mentir: al principio, yo fui uno de los obstáculos más difíciles que tuvieron que vencer; pero se tenían el uno al otro, y luchar... bueno, no les costó. Viéndola a ella, pienso que sé mejor lo que es amar a alguien.

Nuevamente, en aquel tono académico, como si estuviera estudiando un cuadro, buscando sus secretos ocultos, Winn le preguntó:

—¿Y cómo es?

—Es un amor paternal —le respondió pensativo—. Lo que pretende es proteger y mantener a salvo a la otra persona. También es un amor fraternal, de estima por el otro, se desea su compañía por encima de la de cualquiera. Y es deseo carnal —añadió, mirándola a los ojos, y fue recompensado por la dilatación de sus pupilas, su respiración acelerada y la pequeña exclamación que escapó de su clínica evaluación. Él esbozó una sonrisa seductora de depredador—. La necesidad física de otra persona, el pulso acelerado, el sudor. —Empezó a mover la mano, que seguía teniendo sobre la suya, dejando que los dedos le acariciaran la piel—. El conjunto de todo ello es superior a las partes que lo componen. Porque da como resultado algo distinto. Crea algo... firme. Una fuerza. No sé explicarlo bien porque sólo he sido un observador externo, pero sé que, de todas las relaciones de mis amigos, el matrimonio de mi hermana es el epítome de la gracia.

Sostuvo su mirada mientras ella lo estudiaba con sentido analítico. Algo encajó en su lugar, no supo qué, pero le sonrió con aquella semisonrisa que hacía que pareciera que lo sabía todo. Se inclinó hacia él, invitándolo a hacer lo mismo.

—Parece maravilloso —dijo, con la voz más aguda por el intercambio de secretos y seductora hasta un punto del que ni siquiera era consciente—. Pero no sé si puedo hacerlo.

—¿Hacer qué?

—Luchar por el todo. Me atrevo con las partes: el amor paternal, la amistad. Me atrevo con el deseo carnal. —Lo miró a los ojos mientras decía esto último, y Jason pensó que Winn Crane, la empollona y académica Winn Crane, sabía exactamente de lo que estaba hablando—. Pero no sé si estoy destinada a encontrarlo todo en una misma persona. Responsabilizarme de la felicidad de otro... no creo que esté hecha para eso.

Hecha para eso. Jason quería responderle, manifestarle su desacuerdo, asegurarle que cualquiera que se ocupara tan bien de su padre y sintiera tanta pasión por su trabajo como ella poseía desde luego la capacidad de amar, y la voluntad de luchar por el amor.

Pero en cuanto abrió la boca para decírselo se notó la garganta seca y le falló el valor; porque le asaltó una idea, una idea inquietante que desplazó el resto: estaba seguro de que Winn tenía la fuerza para luchar por lo que amaba, pero no sabía si él la tenía; dudaba que la tuviera. Era mejor bromear. Era mejor mantener la estabilidad que admitir sus temores en voz alta.

—No creo que yo pueda tampoco —admitió con una sonrisa—. ¿Intentar hacer a otra persona feliz y conseguirlo? Mejor que me pidáis que repase los libros de cuentas de todas mis propiedades de cabo a rabo. Soy demasiado perezoso, demasiado irresponsable. —Suspiró aliviado. Quizá por los efluvios de la cerveza, la conversación se había vuelto demasiado elocuente y se alegró de tener ocasión de bromear un poco. Pero aquel ligero sarcasmo no hizo reír a Winn como él esperaba. Al contrario, lo miró de un modo raro.

—¿Lo sois? —le preguntó.

—Si soy ¿qué? ¿Perezoso? ¿Irresponsable?

—Por lo despectivo que habéis sido con vos mismo, creo que os consideráis realmente un irresponsable y un perezoso.

Jason no supo qué responder a aquello, así que se dedicó a tomar lentamente un buen trago de cerveza.

—Y vos, ¿qué opináis? —le preguntó por fin, incapaz de mirarla a los ojos.

—No estoy segura del todo. Aseguráis que no sabéis cuantos mozos de cuadra tenéis en nómina, sin embargo, hoy habéis limpiado y ordenado esos establos con orgullo y pulcritud. Pretendéis no tener cabeza para los detalles pero, sea o no por capricho, lleváis las cuentas. Demonios, os leísteis los estatutos de la Sociedad Histórica antes de entrar en ella; dudo que haya un hombre de cada cien que pueda decir lo mismo.

»Habláis con ligereza del deber —prosiguió sagazmente—, y no parece que tengáis ninguna obligación acuciante en la vida

246

aparte de daros placer; no obstante, abandonasteis los placeres y las comodidades para ayudarme. Podéis decir lo que queráis, pero un perezoso no se comporta así.

Jason se quedó prendado un momento por sus ojos avellana, en cuyas profundidades danzaban las llamas, y por la exactitud de sus afirmaciones.

—¿Por qué lo hacéis? —le preguntó Winn—. ¿Por qué me estáis ayudando? Y no me respondáis que es porque os lo pidió lord Forrester. Creo que los dos sabemos que habéis ido mucho más allá de lo que el deber os exige.

Él habría podido negarlo. Habría podido encogerse de hombros con desenfado e intentar bromear otra vez. Pero habían avanzado en el terreno de la honestidad aquella noche y Jason... no quería que aquello se terminara.

—Por muchas razones —dijo, sin poder ocultar su vulnerabilidad a pesar de que se reía—. Me sentía un poco culpable. Fue por mi culpa que la carta de presentación de vuestro padre fue a parar al agua de la fuente.

—No, la culpa de eso la tuvo George —comentó ella con chispitas en los ojos.

—De no haberos incitado yo cuando cruzasteis las puertas de la Sociedad Histórica, no habríais logrado ver a Forrester ni desafiarlo para embarcaros en este viaje de locos.

—¿Primero os culpáis por haberme perjudicado y luego por haberme ayudado? ¿Por haberme dado acceso a algo que quería? —Winn caviló—. Los hombres tenéis una mente verdaderamente retorcida.

A Jason se le fueron los ojos a los botones del cuerpo de su vestido otra vez mientras le respondía:

—Vos no tenéis ni idea, pero...

—¿Pero...?

—Me impliqué. Me impliqué con vos, con vuestro plan, desde el principio. Y creo que, por una vez, quise terminar algo. Mi hermana me hizo un comentario que... no creo que sea consciente de lo que me dolió. —Como ella lo miraba sin pestañear, embelesada, prosiguió, incómodo—. Cuando era más joven y mi padre enfermó de muerte, yo no era como vos. No

247

le cuidé ni ayudé a llevar la hacienda. Eludí las responsabilidades.

—Pero seguramente ya no las eludís.

—No, no lo hago, pero fue una dura lección. Porque, según mi hermana, aunque ya no eludo mis responsabilidades... delego. No tengo que prestarle demasiada atención a mi vida: tengo mayordomos y secretarios y criados y jardineros que hacen funcionar la maquinaria. Podría haber hecho fácilmente lo mismo con vos. Podría haberos llevado hasta Dover y regresado, dejándoos en manos de a quien correspondiera ocuparse de vos a continuación. Pero me parece que os busqué en los muelles, os localicé en el barco equivocado, me quedé con vos en Hamburgo y luego en Nuremberg porque... porque no quise delegar. Quise llegar hasta el final en esto.

Jason contuvo el aliento mientras ella lo observaba, con las sombras del fuego danzando alrededor, y el resplandor de las llamas iluminándole la cara y haciéndola parecer un instante pensativa, otro perdida, al siguiente poderosa, sin que cambiara por ello la posición de su boca, el extremo exterior de la ceja un tanto levantado, el leve fruncimiento de labios.

Fue apenas un momento, cosa de segundos. Pero más tarde, en el aire frío invernal, cuando Lupburg y el *Sonnenwende* eran apenas un recuerdo lejano, Jason recordaría aquel instante, con la luz y las sombras del fuego jugando sobre sus rasgos, como el momento en que lo supo.

Pasó, sin embargo, como pasan todos los momentos. Aquél de manera placentera, porque Winn volvió a esbozar una sonrisa taimada.

—Así que supongo que es algo que podéis tachar de vuestra lista de cosas nuevas que probar.

—¿Qué? —Jason levantó una ceja a juego con su sonrisa.

—Ver cómo acaba algo.

—Todavía no he llegado al final —le respondió.

—Y yo todavía no he terminado de emborracharme. —Levantó su jarra de cerveza—. Aunque vos ya habéis tachado eso por mí.

—Sí, bueno... —soltó una carcajada y le bajó la jarra hacia la

248

mesa de heno—. Los efectos del alcohol se juzgan mejor desde fuera.

—Como la nobleza —repuso ella, mucho más sobria de lo que Jason temía. Le sostuvo nuevamente la mirada mientras los músicos se ponían a tocar una nueva melodía, rápida y alegre.

Winn se volvió hacia la procedencia del sonido. El tambor y el violinista habían sido recibidos con aplausos y, claro, la gente bailaba.

—Eso es algo que también querría tachar de mi lista —le confió Winn.

Jason levantó la otra ceja. Se le pasaron por la cabeza algunas ideas poco decorosas.

—Bailar alrededor de una fogata en *Sonnenwende*.

Inmediatamente Jason se echó hacia atrás en el asiento, rehuyendo la idea, a pesar de que ella se levantó y lo agarró de la mano, intentando obligarlo a levantarse.

—No, no, no, no —protestó.

—Por favor —le rogó ella—. Será divertido.

—Yo... Yo no bailo, Winn.

—Ni yo. Hagámoslo ahora.

—Winn...

—Esto no es un salón de baile. Nadie os obliga a recordar los pasos de un vals, algo de lo que yo tampoco soy capaz, dicho sea de paso.

Jason echó un vistazo a los bailarines. Era cierto. Lo que de formal pudiera tener el baile se había esfumado durante el transcurso de la velada, con la densa cerveza alemana fluyendo sin cortapisas. Aquello se había convertido simplemente en una expresión de la felicidad, la tradición y la noche veraniega.

Aun así, Jason no tenía la seguridad de poder hacerlo.

Winn seguramente captó su reticencia porque le sonrió con aquella semisonrisa omnisciente y luego, inclinándose, acercó mucho su cara a la de él, que seguía sentado, y le susurró al oído:

—Vamos, excelencia. No deleguéis esta responsabilidad. Simplemente... seguidme a mí.

Él notó la calidez, la suave presión de los labios de ella contra

249

su mejilla. Fue apenas un besito, un detalle, pero bastó para encenderle la sangre y hacerle saltar del asiento.

Winn le guiñó un ojo y le dio igual que su propia fascinación y la transformación de la Winn Crane académica en la Winn Crane tentación se debieran al alcohol o a la noche o a la larga jornada, porque era lo bastante feliz en aquel momento para confiar en ella, con el corazón latiendo al ritmo de la música y moviéndose unidos de las manos... bailando.

17

En el que las decisiones tomadas surten efecto y la suerte cambia

Entraron en el establo de Wurtzer, a tientas pero pegados el uno al otro, labio contra labio, cogidos de las manos, cuerpo a cuerpo. En el torbellino de sentimientos que cegaba a Winn, que le impedía ver incluso los temidos caballos, que le impedía ver otra cosa que no fuera Jason, se alegró de haber conseguido llegar hasta allí y del valor que había requerido para hacerlo, aunque no tuviera demasiado claro cómo había llegado de hecho al establo porque había estado centrada en otra cosa.

Habían bailado fatal, porque su falta de destreza minaba la confianza que le daba la cerveza. Una vez más, Jason no le había ido a la zaga, por lo que había sido divertido y alegre. Había estado bien. Otras parejas bailaban a su alrededor, con seguridad porque se sabían los pasos, así que, durante uno o dos minutos, Jason y Winn habían intentado imitarlas. Pero, después de haber chocado tres veces, se habían mirado a los ojos y se habían echado a reír.

—¡Ya te había dicho que no sé bailar! —le había gritado Jason, haciéndose oír por encima de la música, el fragor del fuego y las voces.

—¡Ya te había dicho que no me importa! —le había respondido Winn. Y luego, algo, ya fuera por la cerveza o la atmósfera, las estrellas o la compañía, Winn se había sentido... libre. Libre para moverse como el cuerpo le dictara al ritmo de una canción interpretada con una trompa y un violín.

Eso había hecho, por tanto.

Había dado un paso sin saber cuál sería el siguiente. Se había movido sin tener una idea preconcebida de lo que debía hacer a continuación. Había girado y saltado con más elegancia que nunca. Más tarde, mucho más tarde, la reflexión atribuiría su magnífico equilibrio y su ausencia de temor a caerse al alcohol, pero en aquel momento se sentía en la gloria. Se quitó los lazos y las horquillas del pelo, dejando que le cayera suelto sobre los hombros. Su pobre y masticado cabello, cuyos mechones habían sido la tentación del pobre *Wolfgang*, el caballo, y en aquel momento...

Se volvió y vio la expresión de Jason, el modo en que seguía sus movimientos, sus manos, su pelo... En aquel momento era una tentación para él.

¡Qué raro! ¡Qué tremendamente raro era ver el deseo en sus ojos! Un deseo del que nunca había sido objeto, pero tan básico y reconocible como una sonrisa, un fruncimiento de cejas o una mueca. Deseo.

Jason la deseaba. La deseaba a ella. Sintió un hormigueo por todo el cuerpo. Diminutos alfilerazos ardientes le recorrieron la piel mientras su cuerpo asimilaba la idea de ser deseada, la idea de ser considerada hermosa. Era una sensación muy extraña y muy poderosa.

Él imitó sus saltitos, sus movimientos sin estilo pero acompasados, que seguían el ritmo que los dedos imprimían en las cuerdas. La sociedad no los estaba juzgando, eran libres, libres incluso de sus propias preocupaciones y, durante el escaso y glorioso tiempo que duró la música, simplemente bailaron.

Pronto no fueron los únicos que habían renunciado a los pasos establecidos para bailar alegremente con libertad a la luz de la fogata. Otras parejas, impulsadas por la alegría y el alcohol, los estaban imitando, y la melodía se volvió más ligera y la algazara del gentío se incrementó.

Jason la rodeó y la agarró por la cintura, arrancándole un placentero gritito de sorpresa. Luego la cogió de las manos y la hizo girar como hacen los niños para marearse. Y se mareó, de hecho. El remolino de sentimientos mezclados con el alcohol hizo que las estrellas se convirtieran en pinceladas blancas de pintura sobre una tela negra. Tuvo que parar para tranquilizarse, para recuperar el aliento, y para sonreír. Estaba exultante.

Vio que Jason la miraba, que no dejaba de mirarla.

—¿Qué pasa? —le preguntó, preocupado, haciéndose oír por encima de la musica y las risas.

—¡Nada en absoluto! —Le dio risa lo preocupado que parecía—. Simplemente, pensaba que nos hemos vuelto paganos de repente. —Hizo un gesto hacia el gentío, hacia la enfebrecida danza, hacia el fuego que ardía en la noche. Cuando se volvió, se dio cuenta de que Jason no había dejado de mirarla. Su mirada era oscura e intensa y le quemaba la piel.

—¿Sabes? —le dijo, salvando el escaso espacio que los separaba, con voz almibarada y ligeramente aguda—: Creo que tienes razón. Me parece que todos somos paganos.

Winn lo miró con curiosidad. Vio su intención y, luego, mirándole los labios, le permitió cumplirla.

Jason no necesitó que se lo pidiera dos veces.

Aquel beso no fue la breve presión que había apaciguado a los parroquianos de Stellzburg. Tampoco fue la impulsiva muestra de gratitud que le había dado ella en casa de Durero. Aquel beso... Así que aquello era la pasión. Era voluntad en acción, necesidad y esperanza mezcladas. Jason apretó los labios contra los suyos sin miramientos y, cuando ella por fin empezó a devolverle el beso, no lo hizo con calma. Aquello era algo nuevo que explotó en su cerebro y en su cuerpo, como una vez que un estudiante anónimo de Oxford había lanzado fuegos artificiales sobre la Cámara Radcliffe: algo completamente inesperado, totalmente espectacular.

«Otra cosa que puedes tachar de tu lista.» El pensamiento la asaltó de pronto y la hizo sonreír sin despegar la boca de sus labios, con la barba de él rascándole la mejilla.

Al sonreír abrió la boca un instante y él no perdió tiempo y se la invadió. De repente, mientras ella se permitía jugar con su lengua de maneras que hasta entonces desconocía, todas aquellas sensaciones, todos aquellos fuegos artificiales espectaculares que la habían sacudido palidecieron en comparación.

Podía tachar otra cosa de su lista, sí, pero quería más. Cuando lo pensó, una descarga le recorrió el cuerpo. Jason lo notó, porque se aparto y la miró fijamente a los ojos. Winn sabía exactamente lo que quería, y decidió hacerlo.

—Ven conmigo —le dijo, con dulzura. Tenía la voz espesa. Le tomó de la mano y lo apartó del fuego.

—Winn, espera, ¿adónde vamos? —le preguntó Jason, trotando detrás de ella, con una mezcla de deleite y confusión.

Llegaron a la esquina de la plaza, lejos de las voces, del movimiento, del fuego. El aire frío acarició las mejillas encendidas de Winn, su piel.

—Winn, lo siento, no pretendía asustarte...

Ella se detuvo, obligándolo a parar de golpe. Luego, con toda la valentía que la jornada, la noche y la cerveza habían desatado en su alma, acercó la cara de Jason a la suya y lo besó.

Lo besó lenta y profundamente, sujetándole la nuca y apretujándose contra su cuerpo, ese cuerpo junto al que había dormido noche tras noche sin disfrutar de él, hasta la última, cuando él se había pegado a ella para impedir que muriera de frío. El hombre con el que había pasado horas ese mismo día, mirándolo levantar paja y sacudir mantas. Se había arremangado y dejado al descubierto sus brazos fuertes y, levantando cargas y sudando, la camisa se le había pegado a los músculos de la espalda de un modo curiosamente satisfactorio.

Agarrada a esa espalda, levantó la cara para mirarlo a los ojos.

—Sígueme —le susurró con un hilo de voz.

Los ojos de Jason, que ya eran oscuros al resplandor de la fogata, se volvieron negros como la hulla en la fracción de segundo que tardaron en pasar del asombro a la comprensión. Asintió en silencio, sin mover otro músculo de la cara que las comisuras de los labios, apenas, en una sonrisa casi imperceptible de sobrecogimiento.

Estuvieron oyendo palmas y risas durante todo el trayecto hasta el establo. Retozaron entre besos mientras subían la escalera hacia el altillo. Luego... luego todo fueron dedos deshaciendo lazos y desabrochando botones... aquellos tentadores botones. Aquellos botones engorrosos, se dijo Jason maravillado por su diseño pero maldiciendo su existencia. Había conseguido sacar uno del ojal y tenía ganas de haberlos desabrochado todos pero sus dedos eran demasiado grandes y demasiado torpes.

—¡Estúpidos botones! —jadeó, mientras Winn le cubría de besos la sien.

—¿Te cuesta? —Sonrió sin apartar los labios de su piel, pasándole las manos por debajo del abrigo a la altura de los hombros para quitárselo y arrojarlo al suelo. Le dejó en mangas de camisa, luchando con aquellos condenados botones.

—No... Es sólo que quiero disfrutar de todo tu ser.

Los siguientes botones se soltaron milagrosamente y pudo deslizar la mano bajo la sarga y tocar su sedosa piel. Con las yemas de los dedos y las palmas encallecidas por dos semanas de viaje y aquel día de duro trabajo, le acarició los pechos, arrancándole un jadeo.

Aquel ligero sonido le enardeció y la sangre se precipitó hacia su entrepierna y le endureció el sexo. Su cuerpo ansiaba más ruiditos, más jadeos suaves, más piel sedosa. Enterró la cara en la dulce curva de su cuello, sin dejar de explorar con los dedos el valle entre sus pechos, la sorprendente plenitud de aquellos senos (¿dónde había estado guardándolos aquella diminuta mujer?), y encontrando sus pezones, con lo que ella soltó un grito ahogado. Jason no pudo evitar reír sin apartar los labios de su cuello.

—¿Te gusta? —le preguntó con la voz ronca, desabrochándole un botón con la otra mano, y otro más.

Ella asintió tímidamente, con el pecho insoportablemente expuesto.

—Bien —dijo Jason, y volvió a hacerlo—. Quiero descubrir todo lo que te gusta.

—¿Todo? —preguntó Winn, con la voz rota.

—Todo —repitió él—. Por ejemplo... —Le puso una mano en la nuca, en aquel trocito que hacía tanto que consideraba suyo, y empezó a mordisquearle el lóbulo de la oreja mientras con el pulgar le acariciaba los tendones del cuello—. ¿Te gusta esto?

Fue recompensado por un suspiro de asentimiento y Winn le abrazó y se pegó a él.

—¿Qué me dices de esto? —le susurró al oído, y luego tiró de los lacitos de cierre de la camisa, ahora al descubierto, dejando que el frío aire le tocara la piel. Agachó la cabeza y sopló con dulzura encima de los pezones.

—Ja, ja. Esto es divertido —se rio Winn, pero le acarició los hombres y le pasó los dedos por el pelo.

—¿Qué hay de... esto? —Bajó la mano por su espalda hasta las nalgas y la atrajo hacia su miembro viril.

—¡Para! —gritó ella, con los ojos desorbitados, repentinamente inmóvil, completamente rígida.

—¿Qué? ¡Ah, sí...! —Jason suspiró, aunque su sangre protestaba contra lo que decía. Pero tenía que decirlo—. Sí, tienes razón. Hemos ido demasiado lejos. Debemos parar. Esto es una mala idea. Has bebido mucho y...

Incluso mientras su cuerpo gritaba agónico, su mente racional se imponía a sus actos. Aunque sólo se habían tomado unas cuantas cervezas cada uno, la escasa corpulencia de ella y lo poco habituada que estaba al alcohol hacía que fuera más propensa que él a emborracharse. Tal vez ahora le parecía bueno: verdadera, increíble e innegablemente mejor que cualquier cosa que hubiera experimentado en la vida, pero por la mañana se arrepentiría. Bastaba con que dejara de pasarle la mano por la columna, arriba y abajo, de sujetarle las nalgas para acercarla, de buscar sus labios.

—No me refiero a dejar esto —le corrigió ella. Luego bajando la mano hasta la cadera, cambió de dirección y se la metió en el bolsillo para sacar las preciosas cartas que guardaba en él—. Tengo que ponerlas en un sitio mejor, en algún lugar donde no se arruguen —le explicó. Después, doblándose y permitiendo que una imagen alucinantemente perversa se formara en la mente de Jason, recogió el abrigo que hacía un momento había arrojado al suelo sin contemplaciones. Se levantó y lo sacudió, y metió las cartas en el bolsillo de la pechera, con la muñeca que ya contenía.

—Teniendo en cuenta que me robaron la bolsa de ese bolsillo, yo no diría que ése sea el lugar más seguro del mundo.

—¿Quién te va a robar aquí? ¿*Wolfgang*? —sonrió y luego,

apartándose de él (apenas unos pasos pero lo suficiente para que Jason lamentara la distancia), colgó el abrigo de un gancho del muro, normalmente destinado a los arreos. Después volvió a acercársele, salvando la distancia que los separaba, y se echó en sus brazos—. Bueno... —dijo, y su voz, habitualmente tan seca y académica, era dulcemente seductora—. ¿Por dónde íbamos?

¿Por dónde iban? Veamos... Tenía una mano aquí... y la otra allí... y su cabeza había estado dándole vueltas a que aquello tal vez no fuera la mejor idea... ¡Demonios! Ahí estaba la duda: muy leve, apenas un ápice, pero su lado ético seguía despierto y funcionando.

—Winn —le dijo, maldiciendo cada sílaba que pronunciaba—. Tal vez no deberíamos hacer esto.

—¿Por qué? —le preguntó, acercando los labios a su lóbulo e imitando lo que él había hecho antes para seducirla... de un modo condenadamente eficaz.

—Ah... porque... —Su confuso cerebro intentaba centrarse—. Porque... porque hemos bebido y todavía nos falta camino por recorrer antes de llegar a Viena, así que...

—No estarás asustado, ¿verdad? —repuso ella, bajando con los labios de su oreja a su cuello.

—No. —Sacudió la cabeza, negando. Aquella idea le dio risa, aunque se quedó un momento en blanco, dudando—. Pero tú... Tú no los estás. Quiero decir que... esto es algo nuevo para ti, y...

Pero su cuerpo y su cerebro se rindieron sin condiciones cuando ella entrecruzó los dedos por debajo de la cinturilla de su pantalón y lo acercó a sí sujetándolo por las nalgas.

—¿Cómo puedo convencerte de que deseo esto y que quiero hacerlo contigo? —le preguntó frotándose contra él, buscando su calidez, la presión de su sexo.

Fue la mirada que había en sus ojos, ligeramente depredadora, totalmente segura excepto por un levísimo puntito de vulnerabilidad en sus profundidades avellana, bien escondido. Winn siempre había tenido el cuidado de ocultar lo que sentía realmente pero, de alguna manera, Jason siempre había logrado descubrirlo.

Vulnerable. Insegura. A pesar de las ganas que tenía, todavía tenía que ser persuadida en parte para dejar de ocultarse.

—¿Crees que podrás? —Le dedicó una encantadora sonrisa torcida—. ¿Podrás convencerme?

Fue aquella sonrisa. Aquella sonrisa burlona y juguetona que lo convertía todo en un juego, en algo divertido. El corazón de Winn estaba lleno de temor: de temor por lo que podrían hacer, de temor de que no llegaran a hacerlo... pero cuando él se burlaba, todo resultaba fácil.

—Mmm. —Le sonrió—. Veamos si encuentro algo convincente. ¿Qué te parece esto? —Le desabrochó la camisa, con dedos más diestros que los de él.Una vez desabotonada, deslizó la mano debajo de la tela de la camisa, sobre el vello del pecho, por los músculos de su pecho.

—Esto es... agradable —jadeó él, sonriéndole, y Winn soltó una risita.

—¿Qué me dices de esto? —le susurró, bajando la cabeza para trazarle una línea de besos en el pecho, imitándolo de nuevo, juguetona, pero añadiendo a la acción su propio toque: pasándole los dientes por el pezón.

Él la agarró cuando notó que se le doblaban las rodillas y la tendió en el suelo, en el montón de mantas que Wurtzer había subido al altillo para que estuvieran cómodos. Se tendió encima de ella, con cuidado, para no chafarla con su peso, y la miró a los ojos.

—Esto no es justo, quería hacértelo a ti primero. —Gimió y acercó la cara a su pecho.

Ella se rio, ebria de poder. Todo excepto el hombre que tenía encima había adquirido un tono brumoso, borroso. Veía a Jason con nitidez: su pelo rojo, a la pequeña fracción de luz de luna que entraba por los listones del establo; su nariz, que de tan cerca tenía muchas pecas, el último resto de juventud que cabía encontrar en él. Era como si sus ojos hubieran descubierto que nada más en el mundo aparte de él les importaba y, en aquel momento, nada le importaba.

Buscó entonces su boca y tomó lo que tenía que ofrecer. Eso... eso era exactamente lo que había sentido cuando giraban y bailaban junto a la hoguera. ¿Por qué bebía la gente pudiendo besarse? Pero no todo el mundo besaba como Jason Cummings.

Fueron desabrochando botones con una frenética necesidad de estar piel contra piel. Jason se apoyó en los codos para librarse de la camisa, que apartó luego sin miramientos. Volvió a mirarla a los ojos y se detuvo un momento, dudando.

—Esto no es buena idea —le advirtió a Winn.

—Al contrario. —Se incorporó un poco y lo besó con toda la pasión del mundo—. Creo que es la mejor idea que he tenido desde hace tiempo.

«¡Oh, maldita sea! —pensó Jason—. Da igual si me arrepiento. Al fin y al cabo, ¿qué es la vida sin nada que lamentar?» Tendría aquel momento, aquel delirante y mareante momento bajo la influencia de la cerveza y de... ella, de Winn, la sabihonda y demente mujer que le había infectado la sangre con su sonrisa y sus planes. Se sumergió en ella... Ya que no había nada que los detuviera, no lo hicieron.

La ropa no les hacía ninguna falta. Winn, a pesar de ser friolera, parecía capaz de incendiar la yesca seca de los establos de Wurtzer. Tenía la piel caliente y sudorosa. Por tanto, decidieron que su vestido sobraba. Los zapatos de Jason, las medias de ella, pantalones y enaguas, todo quedó junto en un montón desordenado en el suelo del altillo. Cada prenda los liberaba de otra inhibición, de otro miedo y, de pronto, allí estuvieron, completamente expuestos.

—Pareces una estatua —le dijo ella, sobrecogida, con sólo una ligerísima risita.

—¿Una estatua? —Bueno... ¡Caray, estaba sin duda tan tieso como una estatua.

—Como esas estatuas griegas y romanas de las colecciones del Museo Británico, las de Montague House. Totty vive bastante cerca y me aseguré de ir a verlo cuando fui a Londres. Tú eres... bueno...

La besó, en parte porque lo deseaba y en parte porque no quería que lo pusiera violento, pero tuvo que tomárselo con calma, con tanta calma como le fue posible.

—Tú eres muy hermosa —le dijo con voz ronca, mirando cada curva, cada prominencia de su cuerpo.

Winn se ruborizó y se mordió el labio.

—¡Soy tan... menuda para ser hermosa!

¡Qué extraño, qué asombroso encontrar aquel atisbo de inseguridad en la desenvuelta señorita Winnifred Crane, que había entrado en la Sociedad Histórica y exigido una audiencia! Le sonrió.

—Tal vez cuando eras más joven —le respondió, besándole el cuello y pasándole la mano encallecida de manera juguetona por todo el cuerpo—. ¡Ahora, nada de eso! Es evidente. Te has convertido en una mujer muy... muy proporcionada.

Ella lo miró fijamente. Se le notaba que estaba desconcertada.

—Te lo dije hace una eternidad. No es posible que no se te haya olvidado en todo este tiempo.

Jason se encogió de hombros.

—Me tenía preocupado.

Esperaba una respuesta aguda y cínica, pero en aquel momento deslizó la mano por debajo de su ombligo hasta el dulce valle en que encontró el objetivo que buscaba. Winn contuvo el aliento y ya no pudo decir nada.

A partir de aquel momento ya no siguieron bromeando. Dejaron que sus manos y sus cuerpos hicieran aquello con lo que con su conversación y sus ocurrencias habían estado jugando durante tanto tiempo: tocar, presionar, forcejear para estar más juntos como querían ambos. Él le abrió más las piernas con una rodilla y, como continuó tocándola, Winn no pudo hacer otra cosa que dejar que Jason llevara la batuta.

Jason sabía perfectamente que estaba siendo glotón, pero había estado esforzándose demasiado para contenerse en vez de, simplemente, tomarla, de tomar aquel cuerpecito que llevaba una semana durmiendo a su lado y que, sin embargo, permanecía fuera de su alcance. Permitió que su cuerpo la incitara, se abrió paso con el duro miembro entre sus piernas, persuadiéndola con la mano de que se mantuviera abierta, sin dejar de cubrir de besos sus ojos, su cuello, sus pechos.

Para Winn fue algo profundo. Lo sintió como un gran descubrimiento justo fuera de su alcance...

Se pegó a él y, antes de darse cuenta, ya estaba alentándolo a que la llenara, arqueándose en busca de lo que deseaba. Jason, por su parte... no tuvo la fortaleza de oponerse.

La penetró con prontitud. En la batalla entre su mente y su cuerpo venció este último, que fue incapaz de seguir moviéndose despacio ni con gentileza.

Por supuesto, fue entonces cuando todo se fue al garete.

Winn se envaró. Todo su cuerpo reaccionó a la invasión, al dolor. Soltó un gritito, negándose a relajarse, tiesa como un palo.

Jason apoyó la frente en su hombro, intentando denodadamente quedarse quieto. ¡Estaba tan excitado!

—Lo siento. Lo siento mucho. Sólo será esta vez, creo —logró decir, con los dientes apretados, de manera agónica.

Winn cerró los ojos para acostumbrarse a aquella sensación nueva de estar llena, mientras Jason luchaba con cada fibra de su ser, que le pedía que se moviera, para mantenerse mortalmente quieto.

—¿Podemos... quedarnos así un momentito? —le preguntó ella con docilidad, ruborizada de un modo que hasta entonces Jason jamás había visto.

Le besó la frente con dulzura. Lo haría. Lucharía en aquella maldita guerra contra su cuerpo y vencería. Recuperaría el control y se quedaría quieto como la estatua que ella creía que era hasta...

Hasta que ella se movió debajo de él.

Fue un movimiento mínimo, uno que podría haberle pasado desapercibido de no haber tenido la ventajosa perspectiva que tenía, pero se movió. Luego volvió a hacerlo, con un poco más de confianza esta vez. Arqueó ligeramente la espalda, levantando las caderas... efectuando los movimientos que toda mujer conoce por instinto y que llevan hechizando a los hombres desde hace milenios. Jason empezó a moverse acompasadamente y, mientras danzaban, los dos entregados al tacto y a las sensaciones, ocurrió algo de lo más curioso. Al menos a Winn se lo pareció. Encontró aquella sensación de plenitud, incluso de excesiva presión, aquel profundo descubrimiento que había buscado y buscado... Se hizo con su pulso, con los latidos de su corazón, y los llevó al límite. Se hizo con su centro y allí creció: epicentro de oleadas de placer que le recorrieron todo el cuerpo, que se propagaron por el altillo, por el pequeño pueblo que bailaba alrededor de la fogata y, mientras asimilaba por completo la novedad de su cuerpo, se apretó más contra Jason, que estaba asombrado del completo abandono de Winn y deseaba aceptar la invitación de su pasión, hundirse más en ella y quedarse allí, derramarse por completo en su cuerpo acogedor.

Sin embargo, en la batalla entre su mente y su cuerpo, a su mente le quedaba un ápice de fuerza. Supo que no podía hacerlo. En el momento crucial, se retiró y eyaculó en la paja, a su lado, tras lo cual el corazón empezó a recuperar el ritmo normal y su cuerpo entró en un estado de entumecimiento, saciado de placer. Al cabo de un momento se volvió hacia ella, buscando su mirada y, cuando la encontró, el corazón se le detuvo.

Ella lo miraba confusa, completamente callada.

«Soy un completo canalla», pensó Jason. Luego se estiró hacia los pies de ambos, donde había quedado una de las mantas, y tiró de ella para cubrir a Winn.

—Estarás cogiendo frío —susurró, arropándose y arropándola, dejando que su cuerpo le diera calor.

Winn continuó sin decir nada.

—Winn... Me estás asustando un poco. Me parece que hasta ahora no habías estado nunca callada tanto tiempo —le comentó con una risita, intentando quitar hierro al asunto, aunque sin conseguir que no se le notara la preocupación—. ¿Estás bien?

—Sí —respondió por fin ella, con un breve asentimiento de cabeza—. Estoy bien. Un poco cansada, creo.

Jaso tuvo que creerla. Después de todo, ¿qué otra opción le quedaba? Así que, a pesar de lo que sentía, dejando que su cuerpo volviera a tomar las riendas de su mente, la abrazó y no cedió a las exigencias de su casquivano deseo.

Winn estaba cansada pero, más que cansada, estaba asombrada. Asombrada por la reacción de su cuerpo, asombrada por lo mucho que le había gustado su modo de abrazarla. Normalmente se habría abalanzado sobre la nueva información y la habría procesado y asimilado a lo que ya sabía, pero aquello... Aquello era demasiado y tenía la mente demasiado confusa. Así que, en vez de eso, se dijo que debía dormir. Tenía que hacerlo. Incluso mientras se dejaba arrastrar por el sueño, sin embargo, y todo le daba vueltas por la bebida y por lo que acababa de hacer, llegó a una conclusión con absoluta seguridad: había sentido demasiado. Había notado demasiado el aire frío en su piel caliente y sudorosa. Había notado demasiado el peso de su cuerpo sobre ella, demasiado su corazón latiendo al ritmo del suyo. Había llegado a un lugar más profundo que el centro de su cuerpo. Era como si, invadiéndola, Jason hubiera logrado vencer la resistencia de una parte de su ser que siempre había estado cerrada, a salvo: su corazón.

Aquello... Aquello no debía pasarle. Aquello la asustaba más que ninguna otra cosa.

18

En el que la propensión a salir corriendo le viene muy bien a nuestra pareja

Jason se despertó plenamente lúcido. No ni un minuto o dos con los ojos cerrados, en éxtasis, creyéndose en una cama, en casa, con la mejilla apoyada en la coronilla de una hermosa mujer... auque esto último era verdad.

No. Jason sabía exactamente dónde estaba, con quién estaba y cómo había llegado hasta allí. Sabía exactamente lo que habían hecho hacía escasas horas, y sabía que había sido apenas hacía unas horas porque el cielo empezaba a clarear y el sol todavía no había salido. Sin embargo, alguien estaba aporreando la trampilla del altillo.

—¡*Herr* duque! —Le llegó el susurro desesperado de Wirtzer entre los tablones del suelo—. ¡*Herr* duque, debéis iros! ¡Ahora mismo!

Jason frunció el ceño. ¿Irse? ¡Si todavía no había amanecido! Pero Wurtzer insistía en su llamada y se vio obligado a soltarse del abrazo de Winn, a quien también había despertado el ruido y se desperzaba soñolienta. Buscó los pantalones y se los enfundó.

—¿Qué pasa? —preguntó, con la voz rasposa.

—No lo sé. —Jason sacudió la cabeza—. Quédate aquí. Voy a enterarme.

Se abrochó los pantalones al mismo tiempo que caminaba descalzo por el suelo de tablones astillados cubierto de paja del altillo. Abrió la trampilla y se encontró con la cara preocupada de Wurtzer, que había subido la escalera.

—¡Oh, *Herr* duque! —le dijo el hombre en alemán, con evidente alivio, pero siguió hablando—: Acabo de volver de la fogata, o de lo que queda de ella porque ya se ha apagado. Brauer sigue allí y está muy borracho. Dice que vendrá por el inglés que le ha fastidiado el negocio.

Jason, si bien estaba vigilante, tuvo que hacer memoria para identificar a Brauer (junto a la hoguera, había tenido la cabeza prediciblemente en otra parte). Cierto que era un hombre joven, pero era bajito. Demonios, si Winn habría podido imponerse a él en una pelea justa.

—Yo no me preocuparía mucho por Brauer —respondió Jason en la lengua del otro—. Las bravatas de borracho han acabado con más de un hombre.

—No es Brauer quien me preocupa. Tiene hermanos: siete; todos muy protectores con su «hermanito»... y el sustento de su familia, que sale del pub.

En aquel momento Jason oyó un ruido. Se oía jolgorio, lejos, fuera del altillo, más allá de la calle en el que estaba el negocio de Wurtzer. Se asomó a mirar por la ventana. Vio a lo lejos las últimas brasas de una fogata en la plaza del pueblo y un grupo de lo que tenían que ser los hombres más borrachos y corpulentos del pueblo. Estaban despiertos e iban de camino hacia allí.

—Vale —dijo Jason, volviendo a agacharse para hablar con Wurtzer—. Probablemente será mejor que nos vayamos.

—Mi querida Heidi intentará distraerlos en el patio. Tendréis que salir por la puerta trasera del establo e ir por el callejón hasta la calle de abajo. ¿De acuerdo?

—Sí, pero... —Jason achicó los ojos, se inclinó hacia Wurtzer y lo agarró del brazo para impedir que se marchara corriendo, como era obvio que el hombre tenía ganas de hacer—. Todavía no nos habéis pagado el trabajo de ayer.

Wurtzer se tanteó los bolsillos hasta que encontró una bolsa pequeña de monedas.

—Tened. Esto es todo lo que llevo encima. El resto está seguro y no creo que éste sea momento de ir a buscarlo.

Jason sopesó la bolsa.

—Esto no basta ni para empezar. Acordamos que...

—Lo sé. ¡Lo siento! —exclamó Wurtzer—. Pero, por favor, tenéis que marcharos. Les he dicho que os fuisteis ayer por la noche, pero si os encuentran aquí harán pedazos mi establo, hundirán mi taberna... y el hijo de Brauer está casado con la hija del alcalde, así que no seré capaz de...

Jason puso los ojos en blanco. No sólo llevaba la de perder en la discusión sino que estaban perdiendo tiempo.

—Está bien, entonces. ¿Qué me decís de unos caballos? —le preguntó—. Prestádnoslos. Me aseguraré de que os los devuelvan.

Wurtzer ponderó su proposición demasiado largamente, teniendo en cuenta lo mucho que se acercaban las voces de los hermanos Brauer a cada segundo.

—¿Hacia dónde vais? —le preguntó finalmente a Jason.

—Hacia el sureste.

—Llevaos dos caballos. Dirigíos hacia Regensburg. Dejadlos en la posta de la calle Hohenfelser. La dirige un hombre llamado Hecht. Él se asegurará de devolvérmelos.

Era justo, decidió Jason. Teniendo en cuenta lo deprisa que se acercaban aquellos borrachos, era un trato que le convenía, además. Le estrechó la mano a Wurtzer.

—Recordad: por la puerta de atrás del establo y al callejón. ¡Deprisa! —Aún no había terminado de decirlo que ya se había ido.

Jason fue al encuentro de Winn, que ya se estaba atando las botas.

—¿Tenemos que irnos? —le preguntó, como si ya supiera la respuesta.

—Sí. —Jason buscó los zapatos y los calcetines—. Nos ha pagado lo que ha podido y deja que nos llevemos unos caballos, pero sí, tenemos que irnos y tenemos que hacerlo ahora mismo.

—Un caballo, querrás decir —lo corrigió. Descolgó el abrigo de Jason del gancho, localizó las cartas en el bolsillo de la pechera y, con cuidado, las pasó al de su vestido antes de devolvérselo.

—Winn, no tenemos tiempo de discutir acerca de tu estúpido temor a los caballos...

—Tienes razón, no lo tenemos. Pero créeme si te digo que nunca he logrado subirme a la silla por mí misma. Si tengo que cabalgar me caeré y me romperé el cuello. Además de ser un engorro, eso nos retrasará considerablemente.

—¡Pues montaremos los dos un mismo caballo! —repuso Jason en un susurro acelerado.

—Pues caminaré a tu lado —le contestó ella y, sin admitir discusión, cruzó el altillo, abrió la trampilla y bajó por la escalerilla.

Jason se resignó. Lo último que quería era tener que discutir con ella en aquellos momentos. De hecho, no era precisamente eso lo que tenía pensado para la mañana siguiente: habrían despertado con la luz del sol y habrían iniciado el día como... otras actividades. En vez de eso tenían que poner pies en polvorosa y cualquier otra actividad, así como cualquier discusión, tendría que esperar.

—Está bien —dijo Jason (hablando consigo mismo por lo visto) cuando Winn ya había bajado la escalerilla, y la siguió—. Pero lo primero que haré en cuanto volvamos a Inglaterra será enseñarte a montar a caballo.

—En realidad, Winn, cabalgar no es tan difícil. En quince días, tres semanas como mucho, serás capaz de sentarte en la silla tú sola y galopar —le dijo Jason con toda tranquilidad, protegiéndose los ojos del sol de mediodía mientras buscaba una postura más cómoda apoyado en el abeto del que se había apropiado para dormir la siesta.

—No deberíamos entretenernos aquí —arguyó Winn, dando tironcitos al guardapelo y sin parar de caminar de aquí para allá delante de Jason—. Debemos ponernos en marcha, llegar a Regensburg y luego...

—Luego a Viena, ya lo sé. —Jason suspiró.

—Entonces ¿por qué hemos parado? Tendríamos que estar andando por la carretera.

—Lo estaremos... en cuanto *Wolfgang* haya descansado un poco. No es una máquina, por si no te has dado cuenta.

Wolfgang, masticando la hierba que tenía a su alcance, bajó la cabeza hacia el abeto, en un gesto que Jason interpretó de agradecimiento. Luego, claro, siguió masticando.

—Tenías que elegir el único caballo del establo que quiere comérseme —refunfuñó Winnifred.

—No. Sencillamente he escogido el único caballo del establo lo bastante robusto para que ambos lo montemos —retrucó Jason—. Y, puesto que carga con ambos, *Wolfgang* se cansa con más facilidad y tiene que descansar un poco, así que tardaremos más de lo que te gustaría en llegar a Regensburg. —Abrió un ojo y observó atentamente a Winn. Tenía los hombros rígidos y no paraba de andar. Decididamente, algo le pasaba.

—¿Qué te pasa? —le preguntó con suavidad.

Winn dio un traspié al oírlo.

—Nada —repuso—. Es sólo que estoy deseosa de que nos pongamos en marcha.

Pero eso no era. Algo la tenía inquieta prácticamente desde el instante en que se habían despertado. Desde que habían tardado en sacar a *Wolfgang* subrepticiamente del establo y llevarlo por el callejón hasta las silenciosas calles de Lupburg y luego hasta que había amanecido el nuevo día. Winn apenas le había dicho nada a Jason desde que se habían puesto en camino y él había tenido envidia más de una vez de la posición de ella, de través en su regazo, porque había supuesto que aprovecharía para dormir unas cuantas horas más. Pero, en vez de eso, había permanecido completamente despierta e insoportablemente tiesa en la silla, como si intentara mantenerse a una decorosa distancia de él. Así que no se movía con ellos de manera acompasada sino que se movía a contracorriente. Cada vez que pisaban un bache del camino o que intentaba azuzar a *Wolfgang* para que se pusiera al galope, su cuerpo envarado chocaba con el suyo y le golpeaba la nuca con la barbilla o bien ella le golpeaba la nariz con la sien.

Lo intentaba, por decir algo.

¡Qué distinta estaba de la noche anterior!

Jason no era de los que acusan los efectos de haberse tomado unas cervezas, así que recordaba con sorprendente claridad la noche anterior. Cada grito ahogado, cada gemido, cada centímetro del cuerpo de Winn a la luz de la luna estaba grabado en su cerebro como con un hierro candente. Cada movimiento, cada suave y entusiasta movimiento de aquel cuerpo bañado por la luz de la luna le pertenecía y le pertenecería para siempre. ¡Se había entregado a él con tanta libertad! Y él había tomado hasta la última pizca.

—¡Oh, Dios, soy idiota! —se reprendió Jason, apartándose de golpe del tronco y enderezándose.

—¿Por qué? —le preguntó Winn sin dejar de caminar.

—Ven, siéntate —le pidió, persuasivo, aunque lo único que hizo Winn fue mirarlo levantando una ceja.

—Vuelvo a preguntártelo. ¿Por qué? Ya he estado sentada el tiempo suficiente en ese maldito caballo. —Aquello le valió una mirada dolida de *Wolfgang*, cuya admiración por Winn estaba disminuyendo a marchas forzadas.

—Soy un completo bruto y un idiota, Winn. —La miró implorante—. Debes de estar enfadada. Después de lo de anoche... Ir a caballo toda la mañana seguramente es lo último que habrías querido hacer.

Winn lo miró de un modo raro, sin dejar de caminar.

—No seas ridículo. Estoy perfectamente.

—¿Lo estás? —repuso Jason con escepticismo—. Lo sé... Sé que te hice daño anoche.

—¿Me lo hiciste?

—Sí, y por el modo que tienes de andar, envarada, diría que estás sufriendo las consecuencias.

Winn sacudió la cabeza.

—Lo que pasa es que llevo cabalgando mucho rato. Te lo repito: estoy bien.

En aquel momento a Jason se le ocurrió una idea. Él recordaba perfectamente lo sucedido, pero ella estaba bastante más borracha, era mucho más menuda y estaba menos acostumbrada.

—Winn... Lo que hicimos anoche... ¿recuerdas lo que hicimos, verdad?

—¡Pues claro que lo recuerdo! —repuso ella inmediatamente, más colorada que un tomate—. Lo que no entiendo es por qué insistes en hablar de ello.

—Está bien —respuso Jason, haciendo un gesto de rendición—. No tenemos por qué hacerlo. —Y mientras que su mentalidad de hombre suspiraba profundamente aliviada de no tener que conversar acerca del significado de sus actividades de la noche anterior, su conciencia, su maldita moralidad, sabía que no podía rehuir aquella conversación, y ella tampoco—. De todos modos, en algún momento tendremos que abordar el tema —le dijo.

—No veo por qué. —Winn suspiró.

—Porque eso cambia las cosas entre nosotros, por eso. —Se incorporó y, luego, sonriendo, añadió—: Realmente, para ser tan inteligente, a veces eres muy lenta de entenderas.

Bastó que bromeara un poquito para tener toda su atención. Winn dejó de andar y lo miró con los párpados entornados. Luego, decidiendo entre aplazar lo inevitable y afrontarlo y optando por lo último, le preguntó:

—¿Qué cambia?

¿Qué cambiaba? Jason se la quedó mirando, perplejo. Lo cambiaba todo y, por alguna razón que desconocía, un acto que tendría que haberlos unido lo estaba distanciando más del asustadizo gorrión. Tenía la sensación de no poder tocarla, de no poder siquiera cogerle la mano o poner la suya en su nuca durante semanas.

—Esto cambia las cosas porque ahora estamos... ligados emocionalmente.

—¿Y por qué no estábamos ligados emocionalmente antes? Tú y yo llevamos juntos desde antes de salir de Dover. Diría que estamos bastante ligados emocionalmente.

—¡Oh, por el amor de Dios! —Jason puso los ojos en blanco, sabiendo perfectamente que sus explicaciones eran como poco inútiles. «¿Por qué demonios será que las mujeres hablan constantemente de sus sentimientos y he tenido que dar con la única del mundo que haría cualquier cosa menos ésa?»

Se sacudió los pantalones y se puso delante de ella. Luego, poniendo a prueba sus límites, la agarró de los hombros. Winn se estremeció ligeramente, lo que enervó a Jason, pero no se apartó.

—Lo que quiero decir es que... nuestros sentimientos están en juego. Algo ha sucedido entre nosotros, algo básico y primario, y...

—Y estábamos borrachos —terminó por él Winn, mirándolo directamente a los ojos—, y pasó, y eso es todo.

—No, no es todo. —A Jason se le notaba que estaba irritado—. Pero en algo aciertas: pasó, y habíamos bebido, así que no tendría que haber pasado, pero es innegable que pasó, así que...

—Espera. —Winn levantó una mano para hacerle callar—. ¿Por qué no debería haber pasado?

—Porque... Porque estabas intacta. —Que el diablo se lo llevara, pero dar con los eufemismos para aquella conversación era tarea difícil. Así que Jason decidió ir directo al grano—. ¡Oh, maldita sea! Eras virgen, Winn. No sabías lo que hacías y me aproveché de eso, y tú...

Winn, sin dejar de mirarlo a los ojos y con la mano todavía levantada, se quedó muda. Luego soltó una carcajada, y otra. Al final se echó a reír sin parar.

—No esperaba esta reacción —le dijo Jason, apartando las manos de sus hombros y cruzando los brazos.

—¡Oh, Jason! ¿Honestamente crees que no sabía lo que hacía al cogerte de la mano y llevarte al altillo?

—Bueno... algo así —repuso él. Recordó cómo se le había acercado con la mirada lúbrica, su baile de sirena, recién descubierto y elegante a la vez: eran los movimientos de alguien que se adentra en un mundo nuevo y desafiante.

—Por desgracia, confundes inocencia con ignorancia, Jason. He leído todos los libros que hay en la Bodleian. He leído toda la poesía y estudiado todas las pinturas. Sabía exactamente lo que hacía. —Bajó la mirada e hizo acopio de valor antes de volver a mirarlo a los ojos—. No hay ningún sentimiento en juego, ninguna emoción en juego, en absoluto. —Le sostuvo la mirada.

Jason sintió que el suelo se hundía bajo sus pies y se esforzó por no caer.

—Eso no puede ser verdad —dijo con la voz ronca cuando por fin la recuperó.

—¡Oh, me gustas! —exclamó ella, dando un paso hacia él, pero Jason, que en aquel momento no quería que lo consolaran, retrocedió—. ¡Claro que me gustas! Seguramente no podría haber hecho lo que hicimos con alguien que no me gustara.

—Seguramente no —repuso Jason con sarcasmo.

—Y me gustó, claro que sí —prosiguió ella, en un intento de calmar su orgullo herido. Sin embargo, cada palabra que pronunciaba hundía más el puñal—. Al menos encontré la velada interesante y... agradable. Pero fue una experiencia, nada más. —Lo miró con tristeza, pero él no le dio cuartel—. Sólo quería saber cómo es. Sigo deseando llevar la vida independiente por la que he estado luchando. Una noche no cambia eso.

Jason la miró de los pies a la cabeza, con frialdad, desapasionadamente.

—Tendrás que perdonarme, Winnifred, pero no me gusta que me utilicen.

Winn retrocedió como si la hubiera abofeteado.

—Yo no... No era ésa mi intención...

—¿De veras? —repuso él fríamente, imprimiendo a su tono toda la autoridad de un duque—. ¿Me estás diciendo que no me cogiste de la mano y me llevaste al altillo para poder tacharme de tu lista imaginaria?

Winn parpadeó, incapaz de negarlo, y que no pudiera sostenerle la mirada fue lo mismo que si lo admitiera.

—Lo hiciste. —Por fin lo entendía, por fin le entraba en la mollera—. ¡Cielo santo! Lo hiciste. Pensaste: «Aquí hay algo que todavía no he probado. Puedo hacerlo y tacharlo de mi lista.»

—Eso no es justo —empezó a decir Winn, pero Jason, a pesar de su frialdad, estaba empezando a estar bastante encendido.

—¡Maldita sea, Winn! —gritó, distrayendo a *Wolfgang*, que dejó de masticar—. ¿De verdad eres tan egoísta, tan insensible?

—Anoche te lo dije. No creo tener lo que hace falta para querer a alguien, así que ¿por qué estás tan...?

—Porque, a diferencia de ti, yo tengo sentimientos. —Sentía una rabia sin precedentes, pero era más que eso: sentía dolor, una punzada que se le hundía en el pecho, la sangre espesa y caliente. Inspiró profundamente, intentando controlar la furia y el dolor—. Lo sabía. Anoche sabía que lamentaría mis actos por la mañana, pero desde luego no se me ocurrió que sería por esto, de este modo.

—Lo siento —dijo ella mansamente, lo que le valió una carcajada sardónica de Jason.

—¡Y esto es lo más irónico! —rugió—. Se suponía que iba a ser yo quien te pidiera perdón. Si fueras cualquier otra mujer, y si estuvieras cuerda, ¡clamarías contra mí por haberme comportado como un bruto estando bebido!

—¡Por todos los demonios! ¿Estás enfadado conmigo porque no estoy furiosa contigo? —Winn hizo un gesto apaciguador con las manos—. Vale. Estupendo. Me quedaré aquí con *Wolfgang* hasta que se te pase, si no te importa.

—¿Y qué demonios quiere decir eso? —preguntó Jason mientras Winn se acercaba con precaución al enamorado caballo, que estuvo más que contento de tener cerca a su amada y, por tanto, bajo su protección.

Winn miró a Jason con una calma enervante.

—Significa que... ¿cuándo podré enfadarme yo contigo? —Suspiró cansada—. Me chillaste en la cubierta del *Seestern*, me has estado censurando por cualquier cosa y casi me arrancaste la cabeza cuando salimos de Nuremberg. Aunque has conseguido convertir mi viaje en un infierno de complicaciones, creo que no he perdido los estribos.

A Jason le habría gustado decirle que estaba minimizando la importancia de haberle dado una bofetada que había resonado en toda Bavaria apenas dos días antes, pero se mordió la lengua.

—Así que, cuando renuncies a seguir discutiendo, hazme saber cuándo me toca a mí enfadarme contigo —terminó ella, y cruzó los brazos sobre el pecho.

Aquello era el mundo del revés, se dijo Jason frotándose los ojos, de repente muy sensibles a la luz, un síntoma inequívoco de que empezaría a tener dolor de cabeza.

—Winn, ¡deberías estar enfadada conmigo! Tomé tu virginidad anoche.

—Te la ofrecí, más bien.

—¡Y yo tendría que haber sido lo bastante caballero para no

tomar lo que me ofrecías! Porque los actos, sobre todo los actos como éste, tienen consecuencias.

—Si te refieres a un embarazo, estaba lo bastante despierta como para darme cuenta de que eyaculaste en la paja. Por tanto, no estoy particularmente preocupada por las consecuencias.

—¡Por el amor de Dios! A estas horas tu famila debe de estar señalándome con el dedo, ¡van a obligarnos a pasar por el altar!

—Mi padre no puede obligarnos ya, y me niego a que nadie me obligue a nada. —Lo miró, sin apartarse un ápice de él, lo bastante cerca para tocarlo, aunque no lo intentó—. Quería saber cómo es lo que impulsa a los poetas a escribir y lo que inspira a los artistas a tomar los pinceles, y eso hice. Ahora, en marcha.

—En marcha —repitió él, débilmente—. Winn, crees que no dependes de la sociedad, que escapas a su atención, pero no es así. Tú y yo deberíamos ca...

—No te atrevas a decirlo. —Le tapó la boca con la mano—. Nunca te haría eso. Nunca te... atraparía de ese modo. —Tenía los ojos sospechosamente brillantes—. Así que no te atrevas a hacerme eso.

—Winn, yo...

—No. ¿No lo ves? Aproveché la oportunidad que se me presentaba sencillamente porque no tenía que preocuparme de llegar a formar parte de tu vida. Cuando esto se acabe, no vas a volver a Inglaterra y me enseñarás a montar a caballo. Eso es una locura. Volverás a tu ducado y una joven dama apropiada para ti aceptará casarse contigo. Tú, excelencia, recuperarás tu vida. Yo intentaré empezar la mía.

Jason era incapaz de dejar de mirar sus serios ojos avellana, así que fue ella la que acabó por apartarlos.

—¡Oh, sí! Podemos encontrarnos en algún acto de la Sociedad Histórica, en el caso de que después de toda esta locura me admitan. —Se rio brevemente—. Sin embargo, nuestros caminos se separan.

En aquel momento a Jason se le cayó el alma a los pies y le flaquearon las rodillas. El alma se le hundió en la oscura tierra alemana y allí se le quedó, porque ella tenía razón: aquello había sido un interludio para él; unas vacaciones, por locas que hubieran sido, lejos de la responsabilidad de escoger esposa y hacer vida casera. Había hecho lo que le había prometido a Jane no hacer: había huido corriendo y, cuando aquello se terminara, tendría que volver a casa. No obstante, la sola idea de que ella lo hubiera utilizado en un experimento elemental para descubrir el... eso le sonaba a falsedad. No podía ser. Era una completa y absoluta sandez. No le dijo nada más, sin embargo, ni ella a él tampoco. Él iba de acá para allá por el camino de tierra, y ella, exhausta, se sentó junto al árbol que Jason acababa de dejar. Tampoco se dijeron nada cuando, al cabo de unos minutos, Jason dejó de deambular de golpe y desató a *Wolfgang*. No le dijo ni una palabra a Winn hasta que la tuvo sentada en el regazo y la hubo sujetado por la cintura. Entonces, ignorando su envaramiento, su deseo desesperado de mantener la distancia entre ambos, la acercó a sí y puso la boca a escasos milímetros de su oreja.

—Me importa un bledo lo que digas —le susurró, y ella inspiró profundamente—. Estábamos los dos ahí anoche, Winn; los dos sabemos que no fue sólo «interesante», que no fue sólo «agradable», y que fue algo más que un experimento.

Antes de que ella pudiera responderle, antes de que pudiera siquiera respirar, Jason puso a *Wolfgang* al trote. Después de todo, el interludio había terminado.

Debían proseguir su viaje.

19

En el que...

Llegaron a Regensburg antes de que cayera la noche y encontraron la posada de la calle Hohenfelser con bastante facilidad, tras detenerse sólo una vez para preguntar hacia dónde ir. Regensburg era una ciudad floreciente, tanto en riqueza como en población, todavía en reconstrucción desde la batalla de Ratisbona, en 1809, donde Napoleón había recibido el impacto de una bala en un tobillo. No era tan bulliciosa como Nuremberg, pero desde luego no estaba dispuesta a quedar anticuada. Los antiguos edificios estilo Tudor estaban siendo sustituidos por otros de estilo georgiano con columnas a pasos agigantados, cuyas fachadas, pintadas de colores pastel, contrastaban vivamente con el paisaje gris. Estaban adoquinando las calles y Hohenfelser se encontraba justo al lado de una de las vías principales.

Winn quería preguntarle a Jason qué aspecto tenía la ciudad la última vez que había estado en Alemania, en caso de que hubiera pasado por allí, hacía seis años, durante su *grand tour* europeo. Quería hacerlo, pero no lo hizo. Incluso una conversación tan banal como ésa habría sido una carga demasiado pesada en aquel momento.

En el patio de la posada se apearon de *Wolfgang*. Winn estaba más a gusto con el animal después de haber pasado la mayor parte del día sentada en su lomo. No había intentado comerle el pelo ni una sola vez durante las paradas que habían hecho para que *Wolfgang* pudiera beber en el arroyo cercano. Esta vez, como las otras, Jason se bajó primero y luego bajó a Winn levantándola por la cintura. Las otras veces no le había dicho palabra y ésta tampoco. Simplemente se dio la vuelta y se alejó hacia la puerta de la posada.

Sin la distracción de la conversación, Winn siguió dando vueltas mentalmente a las últimas palabras que le había susurrado Jason: «No fue sólo agradable... no fue sólo interesante... fue más que un experimento.» Horas de silencio, horas de carretera por delante y no podía concentrarse en Durero ni en cuál sería la identidad de Maria F. ni en dónde podría encontrar las cartas en caso de que existieran. No. No podía pensar en otra cosa que en las palabras de Jason.

Dejó a un afligido *Wolfgang* en manos de un joven mozo de cuadras y cruzó el patio (despacio, porque, le hubiera dicho lo que le hubiera dicho a Jason, estaba dolorida de la noche anterior y más dolorida aún de haber cabalgado todo el día) para entrar detrás de Jason, a quien encontró conversando, inclinado hacia el propietario, Hecht.

El sol poniente se colaba por la ventana e iluminaba su pelo rojo, que parecía de fuego. Su larga y esbelta silueta se marcaba debajo de la camisa de lino, sucia y gastada. Conocía aquellos músculos más de lo que le habría gustado admitir en aquel momento, pero seguía sin poder apartar los ojos de ellos.

Jason hablaba gesticulando y sonriendo de vez en cuando con su sonrisa más encantadora, mientras explicaba, supuso Winn, cómo había llegado *Wofgang* a sus manos y las instrucciones recibidas de dejarlo allí. Hetch respondió con una carcajada y, sin más, los dos se echaron a reír del destino o de aquel disparate o de alguna otra cosa propia de hombres.

Algo en el interior de Winn la traicionaba y anhelaba acercarse a Jason, abrazarlo, escuchar pacientemente la conversación que mantenía y pedirle que se la tradujera. Sentir su mano en la nuca y que todo volviera a ser «normal» como antes.

No podía hacerlo, sin embargo. Sabía que no podía. Porque las largas horas de incómoda meditación le habían revelado algo fundamental: que aunque la noche anterior hubiera sido un experimento, los resultados la habían pillado completamente desprevenida.

Había sentido demasiado. ¿Por qué no había escrito nadie poemas acerca de la abrumadora atracción hacia el otro que sentía su alma después de haber hecho el amor? O a lo mejor alguien lo había hecho pero ella no había prestado atención a ese detalle porque lo había considerado ridículo, más bien. Al fin y al cabo, ella y nadie más que ella gobernaba su alma, y estaba decidida a seguir haciéndolo, a sacudirse cualquier idea sentimental acerca de la silueta de Jason a la luz del sol poniente.

¡Cómo lo deseaba, sin embargo!

Al infamante deseo físico se unió el profundo sentimiento de que podía caer fácilmente en sus brazos, que era donde debía estar, pero se dijo que no estaba hecha para aquello, ni para él. Por tanto, eso no podía pasar ni pasaría. Se mantendría en guardia.

Por eso precisamente estaba siendo tan cruel con él, comprendió por fin. Se tenía bien merecida la opinión que tuviera de ella: no por querer ser independiente, ni siquiera por haber llevado la ocasión que se le había presentado la noche anterior hasta sus últimas consecuencias, sino por la mentira. Le había dicho que sus sentimientos no habían tenido nada que ver con sus actos.

Tenía que mantener aquella muralla a su alrededor y aguantar, pero no podía mantenerse apartada del deseo.

—Buenas noticias —dijo Jason, interrumpiendo el curso de sus pensamientos y rompiendo el silencio que habían mantenido desde que le había susurrado aquello al oído.

¡Dios, qué confundida estaba! ¡Ni siquiera le había visto acercarse!

—Sale un simón hacia Austria, hacia Linz, dentro de una hora. Los billetes son un poco caros para nuestros posibles, pero Hech nos ofrece un trato.

—¿Qué clase de trato? —le preguntó ella, sorprendida de su debilidad.

Jason sonrió.

—No costará la mayoría sino todo el dinero que nos queda. Por desgracia, *Herr* Wurtzer no me dio lo que nos había prometido ni de lejos, aun con el préstamo de *Wolfgang*, pero poco podemos hacer ya al respecto.

Winn asintió débilmente, procesando la información.

—Bueno. Iré a comprar los billetes. Aquí tienes —dijo, llevándose la mano al bolsillo y sacando una moneda—. Compra algo de comer. No has probado bocado en todo el día.

«Ni tú», habría querido decirle Winn, pero, en vez de eso, cuando se volvía ya, lo agarró del brazo impulsivamente.

—Jason, espera.

Él se volvió con una ceja levantada, expectante.

—¿Y si...? ¿Y si prosigo el viaje sola? —dijo de corrido, sin mirar más arriba de su cintura—. Tú... Tú ya has hecho mucho por mí. Coge la mitad del dinero y quédate aquí, en Regensburg, unos días. Escribe a tu secretario pidiéndole fondos para regresar a Inglaterra. Sabes que no te lo reprocharé. Sobre todo... Sobre todo después de lo de anoche y de lo que te he dicho antes. Te mereces... Bueno, te lo mereces. Eso es todo.

Jason la miró un segundo. Fue un segundo intenso. Luego la cogió del brazo firme pero gentilmente y la apartó de la gente que iba y venía por las salas frontales de la ajetreada posada para llevarla a una pequeña alcoba. Allí, con el rostro crispado, agachó la cabeza y la besó.

Fue un beso enérgico, salvaje. Con la boca imprimía su marca en ella y la reclamaba como suya; pero cuando Winn logró hacerse a la idea ya se había acabado.

Lo miró a los ojos, ardiente, perpleja. A él le costaba respirar, pero su expresión seguía siendo la misma.

—Te lo dije —le aseguró en voz baja pero en un tono duro como el acero—. Tengo intención de llegar hasta el final.

Sin otra palabra, la dejó en la alcoba para ir al encuentro de Hecht y comprar los billetes para Austria. La dejó con la moneda en la mano y un hambre que no procedía de su estómago.

La había dejado sin aliento.

Winn decidió hablar únicamente del tiempo. Por suerte, se puso a llover.

La lluvia empezó a caer a las afueras de Linz. Antes, la conversación había sido acartonada, apretujados como iban en un caluroso simón con otros pasajeros. Winn intentaba mantenerse a la mayor distancia física posible: no quería inclinarse hacia él o chocar con su costado.

El simón realizó varias paradas en pueblos, y los ejes eran delicados, lo que enlentecía su viaje, hasta el punto de que un viaje que habría sido de un día y medio les llevó casi dos. Winn notaba acrecentarse su inquietud por la tardanza, pero no podía comentárselo a Jason, ni siquiera podía buscar el tranquilizador contacto de su mano.

Después de besarla en la alcoba no había vuelto a tocarla.

Se daba cuenta de que Jason procuraba no mirarla y se mantenía distante, porque eso era lo que ella quería, lo que ella le había ordenado. Sólo hablaban si era necesario y de lo que era educado hablar. A Winn le dolía como si llevara clavado un cuchillo en el costado y ella misma lo estuviera empuñando. Culpa y determinación, todo junto.

Entonces estalló una tormenta de verano y empezaron a caer grandes gotas con violenta furia. En el cielo retumbaban los truenos y brillaban los relámpagos. Como llevaban dos días en un carruaje, el aire fresco fue un alivio... durante los primeros veinte minutos. Después, la lluvia empapó incluso el interior del vehículo. Todos los pasajeros, un grupo variado de viajeros que iban cambiando con las paradas, estuvieron contentísimos de refugiarse en la posada que constituía su destino final en Linz.

—¡Estoy calada hasta los huesos! —exclamó Winn en el alboroto que se produjo mientras entraban en la posada. Su simón no era el único que había buscado allí refugio de la tormenta. El comedor y las escaleras estaban abarrotados de clientes igualmente empapados, en un estado miserable.

—Es imposible que durmamos en la entrada esta noche —refunfuñó Jason, pasándose una mano por el pelo para escurrir el agua.

Las dos noches anteriores, cuando el vehículo se había detenido para que los viajeros pasaran la noche, Jason y Winn no habían tenido dinero para pagarse una habitación. La última moneda había sido la que Winn había usado para comprar una hogaza de pan, que les había durado hasta el día anterior. En la primera posada les habían permitido dormir en el comedor, pero habían tenido que esperar a que se vaciara, bastante más tarde de la medianoche. En la segunda, le había permitido ocupar dos sillas cómodas en la entrada principal y dormir allí, pero Winn se había estado despertando cada vez que se abría la puerta, lo que sucedía cada dos por tres. ¡Dios, qué falta le hacía dormir bien por una noche!

—Creo que tienes razón —le dijo Winn, observando el hacinamiento. La puerta se abría cada vez que entraba alguien y dejaba entrar una ráfaga de viento y lluvia que mojaba hasta dos metros de suelo de la habitación y, algunas veces, el viento la abría por su cuenta.

—Voy a preguntar por los establos —dijo Jason, chocando con ella porque otro viajero lo empujaba, ansioso por llegar al mostrador de la posada. Se apartó de inmediato. Los dos días de alejamiento que le había impuesto Winn habían surtido en él el efecto deseado. Ya no intentaba tocarla—. Veré si podemos intercambiar trabajo por un lugar donde dormir.

Winn le hizo un gesto de asentimiento.

—Yo puedo pedir lo mismo en la cocina.

Jason se volvió y salió a la intemperie.

Winn notó una oleada de culpa en cuanto lo perdió de vista. A pesar de lo fría que estaba siendo con él seguía haciendo todo cuanto estaba en su mano para protegerla, para ocuparse de ella. Incluso seguía procurándolo ahora que habían llegado a Linz, cuando ya no tenían dinero ni tampoco manera de obtenerlo porque no iban a pasar por ninguna población en la que hiciera falta un duque para limpiar los establos, ni siquiera un inglés común, ni donde fueran a necesitar a Winn para limpiar la cocina. Lo hacía por ella. Hacía lo que debía hacer.

Desde que habían cruzado la frontera austríaca, Winn tenía la sensación de que su objetivo estaba próximo, terriblemente cerca. Todo lo que tenía que hacer era llegar a Viena, y llegaría, se dijo, dando tironcitos del guardapelo como hacía siempre que estaba preocupada. Tras dormir bien una noche, proseguirían.

Miró al posadero, a quien acosaban los viajeros que querían una habitación. Cuadró los hombros y se le acercó. Ya era hora de que ella hiciera lo debido.

—No lo entiendo —dijo Jason cuando Winn entró en la pequeña habitación que le había asignado el posadero.

Era la habitación más pequeña en la que se habían alojado, con una ventana tan diminuta que no habría servido de aspillera en un castillo medieval, pero no tenía goteras y estaba encima de las cocinas, de modo que recibía el calor de los hornos. Sumando a eso las sábanas limpias y (se sentó con cuidado en la cama) el no demasiado incómodo colchón de paja, era el lugar más agradable que habían visto desde hacía días.

—¿Qué te ha dicho el posadero? —le preguntó Jason con cara de escepticismo.

—Ha dicho que esta habitación apenas se usa, y que si le prometía ayudar a limpiar el jardín por la mañana, porque la lluvia lo dejará hecho un desastre, nos servirán aquí el desayuno y, esta noche, la cena.

—Es muy amable —repuso Jason, todavía de pie en el umbral. No había otro lugar donde sentarse aparte de la cama y seguía empapado—. Pero, considerando la cantidad de gente que hay abajo, me parece un poco excesivo.

—A mí... no me lo parece —dijo Winn, incapaz de mirarlo a los ojos—. A veces la gente es amable porque sí. Acuérdate de *Frau* Heider o de *Herr* Wurtzer. A ninguno de los dos le hacía falta ser tan amable con nosotros. A lo mejor el posadero es también como ellos.

Jason se le acercó, no de un modo amenazador. Lo hizo despacio, tendiendo en cuenta que Winn habría querido encogerse en la silla, y se quedó justo delante de ella, de pie, con la cabeza ladeada, estudiándola.

—Winnifred, ¿dónde está el guardapelo? —le preguntó por fin.

Ella se estremeció cuando le oyó pronunciar su nombre completo y la mano se le fue sin querer al cuello, a pesar de saber que no llevaba nada colgado de él. Suspiró y hundió los hombros.

—A lo mejor el posadero no ha obrado únicamente por amabilidad, pero tampoco es un mal hombre. Hemos conseguido esta habitación y la cena. Además, si trabajamos en el jardín, podremos desayunar por la mañana. De hecho, dudo que un prestamista nos hubiera dado el equivalente a eso.

Cuando vio que Jason no decía nada y seguía con aquella expresión dura y calculadora, sintió la impulsiva necesidad de llenar el opresivo espacio que los separaba.

—Además, ten en cuenta el gentío que hay abajo. Ninguno de los dos habría podido dormir y, con lo que hemos pasado las dos últimas noches, que durmamos es esencial. Lo sé, Jason. Sé que podremos llegar a Viena si podemos dormir como es debido una sola noche y comer como personas. Así que, a cambio de eso, he entregado el guardapelo de mi madre. Bien lo vale. ¡Maldita sea! Podemos llegar a Viena andando: el Danubio une las dos ciudades. No tenemos más que seguir su curso hacia el este unos cuantos días. —Lo miró, y vio que la miraba desapasionadamente mientras divagaba.

—No me mires así —le ordenó—. He hecho lo que hacía falta. Eso es todo. Creía que te complacería estar seco y seguro por una noche. ¡Bueno, di algo!

Él asintió, con los labios y la mandíbula aún apretados.

—Espera aquí —le dijo finalmente. Tras lo cual, salió por la puerta y la cerró tras de sí.

Winn se quedó en aquella diminuta habitación, sola, sentada en la cama, inmóvil. De lo único que estaba segura era de que, a pesar de todos sus estudios, el macho de su especie seguía siendo para ella un completo misterio.

20

En el que nuestros viajeros duermen bien una noche

Dos horas antes, Jason había regresado a la posada. Seguía lloviendo a cántaros y estaba calado hasta los huesos. Cuando subió pesadamente las escaleras hasta la pequeña habitación que Winn había alquilado a cambio del guardapelo, no miró a nadie, ni al posadero, según ella «bienintencionado», ni a los otros clientes de la taberna.

Su collar. Jason no sabía por qué se había enfurecido tanto al ver que había desaparecido... No parecía la misma sin él. No tenía nada con que juguetear mientras pensaba. En su indumentaria no había otro elemento ni remotamente femenino (incluso el vestido era camisero) y la sola idea de su fino cuello sin el brillo del collar le turbaba de un modo muy desagradable. Así que hizo algo completamente estúpido: abrió la puerta de la diminuta habitación y encontró a Winn sentada en la misma posición en la que la había dejado. El único indicio de movimiento era el plato de estofado con patatas a medio comer que había en una bandeja, junto a ella.

—¿Adónde habéis ido? —le preguntó.

Como respuesta, Jason arrojó el guardapelo a la bandeja.

Winn intentó aparentar indiferencia cuando lo acarició, lo recogió y lo sostuvo en su mano. Lo intentó, pero, a los ojos expertos de Jason, no tuvo éxito.

—Pero si sólo se lo di al posadero... —empezó a decir ella con un hilo de voz.

—Y el posadero ya se lo había dado a un chico para empeñarlo. He tenido que localizarlo a él y luego encontrar la tienda donde lo había vendido —replicó Jason con brusquedad.

—Pero si no tenemos dinero. ¿Cómo...? —Entonces apartó la vista del guardapelo y lo miró.

Jason sintió aquella mirada deslizarse por su cuerpo hasta su mano desnuda.

Winn saltó de la silla, volcando la bandeja con estrépito, y le gritó a un palmo de sus narices:

—¡No deberíais haberlo hecho!

—Probablemente —convino él con rencor. Y se volvió hacia la puerta.

—Jason, no deberíais haber hecho eso. ¡Es vuestro sello ducal! —Fue tras él—. Vale cien veces más que mi collar.

—Entonces peor aún que el chico se lo haya vendido a un estafador —replicó Jason, con enfado—. No he podido conseguir más que vuestro collar a cambio.

—¿Por qué? —exclamó ella, llorando y echándose las manos a la cabeza—. Jason, ¿por qué no me habéis permitido ni tan siquiera hacer esto... para que pudiéramos dormir una noche cómodamente antes de continuar mañana?

—No lo sé. —Abrió la puerta y bajó los primeros escalones en tromba, sabiendo que ella le pisaba los talones—. Tal vez porque en mi casa tengo cien mil objetos que me recuerdan mi título, mientras que vos sólo tenéis como recuerdo de vuestra madre ese estúpido guardapelo. Tal vez porque no parecéis tener más corazón que ése y creo que es mejor que os lo guardéis. O tal vez porque estaría perdido si os permitiera sacrificar una sola cosa más para llegar a Viena, porque mientras que yo regresaré a mis lujosas mansiones y a las corbatas de seda y a todas mis otras ridículas posesiones cuando esto termine, a vos os quedará poco más que ese guardapelo y vuestra fuerza de voluntad para guiaros el resto de la vida. Así que lo he hecho y no pienso deciros en qué tienda está mi anillo; haceos a la idea.

Ella retrocedió impresionada, deslumbrada por la furia de su discurso. Jason, por su parte, también estaba sorprendido por la fuerza de sus argumentos. Se miraron fijamente en la estrecha escalera que bajaba a las ruidosas cocinas, él respirando agitadamente y ella sin aliento, hasta que Jason acabó por darse la vuelta y seguir bajando, plantando con fuerza sus botas húmedas en los escalones.

—Esperad... ¿adónde vais? —exclamó Winn corriendo tras él.

—Dijisteis que la cena está incluida; me voy a la taberna a bebérmela.

—Esperad... Jason, quedaos un momento, por favor. —Le alcanzó, lo agarró del brazo y él se volvió. Allí en la escalera, dos o tres escalones más arriba que él, estaba a su misma altura, así que no le hizo falta ponerse de puntillas para besarlo.

Con cuidado, suavemente, posó sus labios sobre los de él.

—Gracias —le dijo al atónito Jason.

En aquel momento Jason supo que no podía continuar manteniéndose a una educada distancia. Se apoderó de su boca, decidido a besarla tanto si ella quería como si no. Por la manera en que Winn le abrazó el cuello para besarlo, supo que estaba tan deseosa como él de hacerlo. Subió los escalones sosteniéndola en volandas, apoyada en la pared de la escalera, sujetando con firmeza su pequeño cuerpo. No le importaban lo más mínimo el estrépito de las cocinas ni las voces extranjeras, cada vez más familiares, pidiendo las raciones de asado y de pollo; tampoco la posibilidad de que los propietarios de aquellas voces subieran y los vieran. Lo único que ocupaba su pensamiento era que, después de dos días infernales sentado junto a ella en el carruaje, podía por fin tocarla, tocarla de verdad, de una forma que no era educada ni necesaria.

Aunque, pensándolo bien, sí que tenía necesidad de tocarla. Bajó desde sus labios a su cuello, aspirando su fragancia y sintiendo sus latidos. Winn jadeaba y le metió las manos debajo del abrigo húmedo, atrayéndolo hacia sí para estar más cerca de su piel.

—Dime que me deseas —le susurró Jason al oído.

Ella hizo un gesto desesperado de asentimiento.

—¡Dilo!

—Te... te deseo —suspiró.

Jason ardía de deseo. La levantó. ¡Dios! ¿Cómo era posible que una criatura tan liviana pudiera ejercer tanta influencia sobre él? Con un brazo por debajo de sus piernas y el cuerpo de ella apoyado en el otro, la subió sin dejar de besarla mientras Winn le acariciaba el pelo. Sin dejar de besarla, abrió la puerta y, sin cerrar, la dejó sobre el colchón, derribando la bandeja de estofado sin terminar. Continuó besándola mientras iban cayendo al suelo las botas, la camisa húmeda, el vestido y los pantalones. No dejó de hacerlo hasta que estuvo maravillosamente desnuda, completamente entregada. La vela ardía todavía y su luz parpadeaba sobre la preciosa piel de Winn. Sólo se oían el sonido de la lluvia y la respiración de ambos.

Jason yacía desnudo junto a ella y, de pronto, desapareció la urgencia. ¡Oh, el deseo seguía presente, por supuesto! El deseo estaba siempre presente. Pero era como si hubiera estado aguantando la respiración y hubiera tomado una gran bocanada de aire y en aquel momento... necesitaba respirar de nuevo sin agitación, despacio.

—¿Qué pasa? —le preguntó ella nerviosa, acariciándole el pecho.

—No, espera. —Le sujetó la mano. Winn parpadeó, confundida. Él le besó los párpados para tranquilizarla—. No abras los ojos —le ordenó.

Ella yacía desnuda a la luz de la vela; parpadeó brevemente y luego cerró los ojos, confiada. Con dolorosa suavidad, Jason le recorrió la piel con las yemas de los dedos, rozándola apenas. Empezó por su cintura, estrecha y suave. Ella se tensó bajo su caricia, sobresaltada, pero después se relajó y permitió que deslizara la mano por su cuerpo.

Los dedos de Jason continuaron subiendo por sus costillas hacia los pezones como gotas de lluvia, que respondieron a su caricia como él respondió a la de Winn.

—Son perfectos, ¿sabes? —suspiró acariciándole uno con el pulgar.

Ella levantó una ceja con escepticismo, pero no abrió los ojos. Jason sonrió maliciosamente.

—He soñado con tenerte así. Con cabalgar a *Wolfgang* contigo apretada contra mí, rodeándote con el brazo justo... justo así. Pero te mantenías completamente fuera de mi alcance.

Ella abrió los ojos, buscando los suyos.

—No voy a pasar los próximos días guardando las distancias, Winn —la amonestó suavemente—. No puedo más, no tengo la suficiente disciplina.

—No te pido que lo hagas —suspiró ella.

Él se inclinó sobre su rostro y la besó, respetuosamente aunque ardía de deseo. Le acarició el hombro y el cuello, levemente...

—Espera. —Se apartó y empezó a buscar frenéticamente alrededor de la cama—. Te falta una cosa.

Por fin la encontró. Del montón de ropa del suelo separó una cadena de oro y volvió a recostarse a su lado, balanceando el collar encima de su cara, y luego lo dejó caer en el hueco de la base de su garganta, de modo que su frío contacto la hizo estremecer. Deslizó la cadena por su piel y, con más destreza de la que creía poseer, se la abrochó en la nuca.

Estaba perfecta.

Después de aquello ya nada los separaba. Se volvió atrevido; le acarició todo el cuerpo, descendiendo por debajo de su cintura, deteniéndose en el ombligo, en la suave mata de pelo castaño de su sexo.

Ella, aún más atrevida, le acariciaba sensual. ¿Cómo había podido mantenerse alejada de él tanto tiempo? Dos días de rigidez, saltando con cualquier roce accidental... cuando lo que quería era aquello, aquellas deliciosas caricias.

Enardecida por el deseo, dejó que sus manos descendieran por el cuerpo de Jason hacia el erecto miembro que deseaba y temía a un tiempo. La vacilante caricia le arrancó un gemido a Jason y a Winn se le escapó una risita.

Tal vez su atrevimiento o el encanto de su risa, algo le enloqueció lo suficiente para agarrar la mano de Winn por la muñeca y guiarla para que le sujetara la nuca mientras la empujaba entre las almohadas. Su embestida la hizo estremecer y sonrió, aturdida por la impresión.

—¿De qué te ríes? —le preguntó Jason.

—No lo sé. —Sonreía abiertamente—. Del poder de una caricia de las yemas de mis dedos.

La cara de Jason se iluminó con una sonrisa malévola y encantadora cuando metió su mano entre las piernas de Winn, que gimió de placer.

—¡Oh, mi vida! —Jason movía hábilmente los dedos, de manera que ella no podía ni ver ni comprender. Únicamente sabía que quería más, más caricias suyas, más de él. Cuando ya pensaba que no podría seguir viviendo sin ese «más», él se lo dio.

En ese momento no hubo sufrimiento, ni dolor, ni lágrimas, sólo la abrumadora certeza de estar exactamente donde quería y necesitaba estar. Winn levantó las piernas para rodearle los fuertes muslos a Jason, las caderas estrechas, atrayéndolo hacia sí, intentando unírsele aún más mientras él se movía rítmicamente, acariciando aquí, empujando allá, conduciéndola hacia un clímax que parecía inalcanzable.

Jason, por su parte, apreciaba la buena suerte que había tenido de bajar la cabeza para besarla en aquel momento. Hizo suyos sus gritos cuando ella finalmente se liberó. Su calor, su doloroso abrazo le envolvía, y se permitió unos gloriosos momentos de disfrute de aquel feliz abandono antes de apartarse de su dulce cuerpo, vaciarse y alcanzar el clímax él también.

En los momentos que siguieron, cuando se abrazaron y recuperaron los sentidos y el entendimiento, se dieron cuenta de que todavía llovía. También de que habían estado en un estado tal de frenesí que no habían usado las mantas... y un pensamiento singular los asaltó a ambos, aunque distinto: Winn pensaba que podía oír el corazón de Jason latiendo en su pecho al mismo ritmo que el suyo. Jason que, habiendo vivido sin preocupaciones, tranquilamente, hasta entonces, se las había arreglado para conducir su existencia hasta aquel momento y sabía que era ahí exactamente donde debía estar.

Y no le asustaba en absoluto.

Winn se despertó justo antes del amanecer con el cuerpo enroscado al de Jason. Ya no llovía, sin embargo notó en la espalda desnuda una corriente de aire frío que se colaba por la diminuta ventana. Cuando se arrebujó, Jason protestó y la atrajo, abrazándola.

—Quédate aquí —le ordenó, sin ni siquiera abrir los ojos.

Era lo que ella más deseaba. Quedarse en su pequeña habitación, en su pequeño mundo. Pero...

—Sabes que no podemos quedarnos para siempre aquí —musitó.

Sus palabras cayeron como losas. Su significado estaba tristemente claro: no podían quedarse; sus caminos se separaban.

—Lo sé —dijo Jason, triste también pero resignado—, pero quédate un rato.

—Un rato —convino ella.

21

En que conocemos a nuevos
e interesantes personajes

El último tramo del camino iba a ser quizás el más difícil.

Se pusieron en marcha a la mañana siguiente, después de realizar sus tareas habituales y de que el posadero cumpliera su trato y les sirviera un desayuno decente. La mujer del posadero les dio disimuladamente panecillos calientes recién salidos del horno, que ellos aceptaron con gratitud, y que guardaron para comérselos por la tarde, cuando se encontraran bajo un árbol, en las márgenes del Danubio, a millas de distancia de cualquier ciudad o pueblo.

—No deberíamos haber parado —dijo Winn, atacando su panecillo—. Podríamos fácilmente caminar otras dos horas esta noche.

—Llevamos caminando las últimas doce. Dales un respiro a tus pies —repuso Jason, besándole la frente.

Era como si hubieran alcanzado un acuerdo. Como si hubieran discutido sin palabras y llegado al acuerdo de que, mientras durara el viaje, no tendrían ni idea de cuándo éste iba a terminar. Si no tenían ni idea de cuándo iba a terminar, no había razón para actuar como si fueran meros conocidos, así que Jason se sentía libre para besar la frente de Winn y Winn se sentía libre para apretujarse contra él, bajo su brazo, que parecía hecho a medida para ella y para nadie más.

No había entre ellos ni dificultades ni fingimientos, aunque ambos sabían que llegaría el momento en que tendrían que dejar de consolarse mutuamente. Y Jason tenía el presentimiento de que ese momento sería cuando llegaran a Viena.

¡Si por lo menos Winn no hubiera tenido tanta prisa por llegar!

Los días eran pesados, de mucho sol. Jason sabía que, a pesar de su dureza, eran mágicos. Hablaban sobre libros que habían leído, sobre carreras a las que habían asistido. Hablaban de su hogar, revelando cosas de su vida que querían que el otro supiera.

Ocasionalmente recorrían un trecho en carro. Algún viajero o granjero amable les permitía montar hasta la próxima ciudad en la parte trasera, dándoles un pequeño respiro. Pero la mayor parte del camino lo hacían a pie, tomados de la mano, o con el brazo de Jason rodeando el hombro de Winn o acariciándole la nuca.

La magia duró solamente mientras tuvieron fuerzas y humor suficientes, y la dureza del camino minó ambas cosas con rapidez.

La dificultad no residía en el camino por el que viajaban, ya que seguían el curso del río, de modo que no subían colinas empinadas ni daban rodeos inesperados, sino en que con el paso de los días estaban cada vez más hambrientos y, en consecuencia, sus movimientos eran más lentos. Además estaban sedientos: terrible e insoportablemente sedientos.

—Tenemos el agua del río —dijo Jason

—Necesitamos la de una fuente —contestó Winn.

—La última ciudad en la que encontramos una fuente fue Melk y eso fue ayer —razonó Jason—. El río está aquí, su agua es buena, los peces la beben. Toma un sorbo.

Jason decidió que la sed fue lo que le llevó a tomar aquella decisión, aun a sabiendas de que era arriesgado beber, casi una locura. Por lo tanto, la sed fue la culpable de la desgracia que sobrevino.

Ambos enfermaron a la vez. El exiguo contenido de sus estómagos se revolvió y pugnaba por salir de su cuerpo por la salida más próxima.

—¡Oh, Dios! —gimió Jason por al menos cuarta vez en la última hora.

—Te lo había dicho... —le regañaba Winn antes de esconderse a duras penas detrás de un árbol y de que el espantoso sonido de sus arcadas pusiera a Jason al corriente de su estado.

—No haberme hecho caso, pues —replicaba Jason, agónico.

Atormentados por la enfermedad como estaban, no podían quedarse junto al río, que era la causa de su mal.

—Tenemos que encontrar un camino que se aleje del río —dijo Jason, con la cara sudorosa por el esfuerzo de mantenerse en pie

—¿Por qué? —preguntó Winn—. ¿Por qué no podemos simplemente quedarnos aquí?

—Porque, si no conseguimos ayuda, es bastante probable que muramos —replicó Jason.

Ella le miró, pálida, con la cara brillante de sudor.

—Lo dices en serio.

—Así es.

No habían comido ni bebido agua potable desde hacía tiempo suficiente como para estar deshidratados y perder la consciencia si no conseguían ayuda. Tenían que encontrar el camino. Tenían que confiar en encontrar ayuda.

—De acuerdo —dijo Winn, haciendo acopio de la escasa energía que le quedaba—. Vamos.

Avanzaron un paso tras otro, hacia el norte, cruzando pastos y confiando en que el camino no estuviera demasiado lejos del río, con la esperanza de que estuviera tras la próxima subida.

Al cabo de una hora habían recorrido tal vez una milla. Pasó otra hora, y habían recorrido cerca de dos.

Winn se apoyó en Jason, en su brazo, aprovechando la fuerza que él creía ya no tener, pero no paró ni cedió en ningún momento al agotamiento.

Hasta que divisaron el camino.

—¡Oh, gracias, Dios mío! —exclamó Winn, dejándose caer en los brazos de Jason.

—Está bien. —Él suspiró aliviado—. Lo hemos conseguido. —La levantó y cargó con ella los últimos metros. Luego la sentó junto a un tronco caído al borde del camino.

—Gracias —murmuró Winn, y se quedó profundamente dormida.

Jason se aseguró de que estuviera cómoda, por lo menos de que su cabeza no reposara sobre ninguna roca. Después se sentó en el tronco y se puso a vigilar el camino.

—No te preocupes, Winn —dijo, con el cuerpo pesado por la enfermedad—. En cualquier momento pasará un carruaje por este camino, y saltaré sobre él y lo detendré. Tú descansa. Estoy aquí, a tu lado.

—¿Qué demonios es eso? —oyó Jason que preguntaba una chica.

Había oído el traqueteo del carruaje que había parado unos segundos antes y el trajín de los pasajeros al apearse, pero era incapaz de moverse. Habría podido de haberlo intentado. Sin embargo, permaneció donde estaba, acostado junto al tronco, a unos diez metros del borde del camino, con el brazo alrededor de Winn, igualmente agotada y dormida.

—No es más que un montón de basura —oyó que decía otra juvenil voz femenina—. Ya te he dicho que no paráramos. Padre nos espera en la ciudad antes de que anochezca.

—Le diré que quería esperar a tener la luz adecuada para pintar las montañas —repuso despreocupadamente la otra chica—. Además, no es un montón de basura... se mueve.

Al cerebro de Jason le costó un rato asimilar que las chicas se referían a él y a Winn. Tenía sentido. Después de los tres días que llevaban caminando y de otros tres sin bañarse ni cambiarse de ropa, Jason y Winn habían adquirido una pátina que los camuflaba con el entorno. La otra cosa que le llevó algunos momentos asimilar fue que aquellas dos chicas hablaban en inglés.

—¿Se mueve? —exclamó la que estaba más lejos—. ¡Evie, vuelve aquí! ¡No te acerques a esa cosa!

—No es una cosa, son un hombre y una mujer —replicó la llamada Evie—. Aparentemente.

—Me temo que debo insistir en que no os acerquéis más, señorita Alton —dijo un hombre. Por el modo en que arrastraba los pies, Jason supuso que era el cochero—. A vuestro padre no le gustaría enterarse de que os ha asaltado un vagabundo.

Jason decidió que había llegado el momento de hablar.

—Me temo que no estoy en condiciones de asaltar a nadie —dijo débilmente, arrastrando las palabras, con la boca seca. Cuando abrió los ojos se topó con la mirada de unos grandes ojos azules pertenecientes a una damisela de buena posición, a juzgar por su vestimenta, y compasiva, teniendo en cuenta lo mucho que se le había acercado.

—¡Cielos, es inglés! —exclamó Evie Alton y, volviéndose hacia la otra chica, de pelo más oscuro, que se había apeado del carruaje pero permanecía indecisa a varios pasos de distancia, gritó—: ¡Gail, son ingleses!

—Y se trata de un caballero, a juzgar por su acento —conjeturó Gail, ladeando la cabeza.

—Señor, ¿estáis bien, vos y vuestra acompañante? ¿Qué estáis haciendo al borde del camino? —preguntó Evie en un tono quizá ligeramente demasiado alto.

—¡Por el amor de Dios, Evie! No hace falta que grites. —Gail sonrió, sacudiendo la cabeza.

—¡Oh, perdonadme! Es mi primer rescate —le dijo Evie a Jason, ruborizándose.

Jason le sonrió.

—No importa —dijo, sacudiendo la cabeza. ¡Dios! ¡Qué seca tenía la garganta! Entonces miró a Winn, acurrucada entre sus brazos, buscando su calor incluso en su profundo, hambriento y exhausto sueño. No se había despertado con el alboroto, lo cual era mucho más preocupante que el hambre o la sed—. Perdonad, pero ¿podrías darnos un poco de agua? —le preguntó a Evie.

Evie miró a Gail y luego se volvió hacia él, con una sonrisa pícara.

—Tenemos agua, por supuesto, pero creo que podemos hacer algo aún mejor por vos.

22

En el que se presentan pruebas

Winn despertó en una habitación digna de una reina... o, por lo menos, de sus damas de compañía. Era mayor que cualquier habitación en la que hubiera descansado anteriormente, así que aquello tenía que ser el cielo y seguramente ella estaba muerta.

«¡Qué raro!», pensó débilmente. No tenía ninguna expectativa de ir al cielo.

Más raro aún: el cielo era... amarillo (del célebre tono amarillo que solían tener los edificios de Salzburgo, Innsbruck o Graz) y las cortinas eran de chintz. Era raro que en el cielo hubiera chintz.

—¡Oh, Dios, señorita, os habéis despertado! —Una alegre voz con el acento propio del norte de Inglaterra llamaba desde la puerta—. Creíamos que ibais a dormir todo el día.

Winn volvió la cabeza para ver a la joven sirvienta que entró cargada de toallas y de ropa de cama.

—¿Dónde estoy? —preguntó Winn. Su sentido común le decía que el cielo debía ser un lugar igualitario y que, por lo tanto, no habría sirvientas en él.

—No os acordáis de nada, ¿verdad? No os culpo. —La joven sirvienta charlaba mientras colocaba las sábanas en diversos cajones. Luego fue al armario y sacó una colección de vestidos—. Estabais completamente inconsciente, exhausta, o eso dijo su excelencia, tras haber caminado día y noche sin comer. Cuando las señoritas os encontraron, no movíais un solo músculo.

—¿Me encontraron? —preguntó Winn.

—Así es. Al borde del camino, con su excelencia. Las señoritas Alton, la señorita Evangeline y la señorita Gail, eso es, os encontraron, descubrieron que erais inglesa y decidieron que, puesto que su padre es enviado diplomático, era su cristiano deber socorreros.

—¿Enviado diplomático? —Winn intentó apartar las brumas de su cerebro.

—Ésta es la casa de sir Geoffrey —manifestó sonriente la joven sirvienta.

—¡Oh, no me puedo quedar aquí! —Winn saltó de la cama, pero estaba tan débil que se mareó y tuvo que sentarse de nuevo.

—Sentaos, señora. Tomad esto. —La sirvienta sostenía una taza de té templado y suave. En cuanto el líquido tocó los labios de Winn, ella bebió con avidez.

—Su excelencia dijo que hicisteis exactamente lo mismo mientras dormíais, cuando os dieron agua por el camino —añadió la sirvienta.

—¿Dónde está su excelencia? —preguntó Winn, levantando su taza vacía para que volviera a llenársela—. Os agradezco vuestra hospitalidad pero, francamente, no puedo quedarme. Tenemos que llegar a Viena.

—Su excelencia también aseguró que diríais eso —dijo la sirvienta—. Pero ¡mirad qué suerte! Ya estáis en Viena.

—¿Cómo? —exclamó Winn excitada—. ¿Estamos en Viena?

—Sí. —La doncella asintió con la cabeza, contagiada por el entusiasmo de Winn—. Vamos a lavaros y a poneros un vestido nuevo, porque los que traíais estaban tan sucios que los hemos quemado.

—¡¿Quemado?! —exclamó Winn. Por primera vez se miró y vio que llevaba un camisón que no le resultaba familiar pero que le quedaba sorprendentemente bien de talla. A pesar de que sabía que no estaban, se palpó frenéticamente los costados donde deberían haber estado los bolsillos.

—¡No os preocupéis! —la tranquilizó la doncella—. Su excelencia se aseguró de sacar las cartas de vuestro bolsillo antes de entregarnos vuestra ropa. Tengo que decir que su excelencia fue tremendamente considerado con vos, milady: se ocupó de vestiros y desvestiros él personalmente, con tanto cuidado como si fuerais una criatura.

Winn levantó las cejas, sonrojándose vivamente.

—Bueno, yo no soy «milady». No soy más que señorita: la señorita Crane, para ser exactos.

La sirvienta abrió unos ojos como platos. Aquella manera de abrirlos no podía ser saludable, pensó Winn.

—¡Oh... esto es más interesante que lo de la noche que mi hermana salió con su novio y volvió con las enaguas del revés! —dijo la doncella con la cara sonriente—. Lo siento, lo olvidaba. Soy Olive.

—Eh... Hola, Olive. Yo soy Winn Crane.

—Bien, ahora que nos hemos presentado debidamente voy a prepararos un baño y vais a contármelo todo.

Winn salió de la habitación amarilla una hora más tarde, después de haber tomado té y haberse enterado de cómo había llegado hasta allí. Mientras se bañaba, Olive desgranó con su entusiasta parloteo el dramático relato del estado de postración de Jason y Winn y del heroísmo de las dos jóvenes damas. Teniendo en cuenta que ella no estaba presente durante el suceso, hilvanó una historia particularmente precisa. Después, por supuesto, la entusiasta charla de Olive derivó hacia la curiosidad... en especial acerca de Winn, que hizo cuanto pudo para evitar las preguntas más comprometidas. Sin embargo, el lujo del agua caliente y del jabón perfumado de rosas no sólo le relajó el cuerpo sino que le soltaron la lengua. Afortunadamente, las propiedades reconstituyentes del té le permitieron permanecer atenta y no revelar los detalles más íntimos, a pesar de que Olive no se daba por vencida.

Cuando Winn se hubo puesto la ropa interior limpia y el vestido color lavanda que Olive le había preparado (Gail, la pequeña de las Alton, era la más alta de las hermanas y, al parecer, una jovencita espigada de once años usaba la misma talla que una mujer bajita de treinta), estaba más que dispuesta a enfrentarse

298

al mundo, aunque no estuviera completamente preparada para hacerlo.

Desde luego no estaba preparada para lo que vio cuando entró en el vestíbulo.

Jason se le acercó presumiblemente desde la habitación que le habían asignado. Se había bañado al igual que ella y llevaba ropa limpia y cómoda. Además...

—¡Oh, Dios mío! —exclamó Winn, tapándose la boca.

Jason se llevó la mano inconscientemente al rostro recién afeitado.

—Lo sé. Y eso que quería conservarla para atormentar a Jane.

—Apenas te reconozco —dijo Winn, turbada. El Jason que ella conocía vestía de manera informal; iba desaliñado, con la camisa sucia y algunos botones desabrochados y, cuando sonreía, su deslumbrante dentadura asomaba entre la barba pelirroja. Aquel nuevo Jason, limpio, pulcramente afeitado, erguido... era el Jason de Londres: era un duque. Un duque que en aquel momento estaba observándola con una sonrisita.

—A mí también me cuesta reconocerte a ti —se burló—. ¿Por qué demonios vas vestida de niña?

—¿Qué quieres decir? —preguntó ella, tocándose la falda—. Es un vestido hasta los pies, como corresponde.

—Pero es tan... alegre. Y lleva volantes. Pareces muy joven con él. —Jason la repasó de pies a cabeza una vez más—. Me siento como un viejo verde, sabiendo lo que ese vestido esconde.

Winn se sonrojó vivamente y lo miró de soslayo. La broma de Jason no hubiera provocado en ella esa reacción de no haberse pasado la última hora evitando el tema con ahínco y, consecuentemente, sin pensar en otra cosa.

—Sí. Ah, bien... Creo que no estoy en situación de ser exigente —murmuró; luego añadió—: excelencia.

Jason le sonrió y la tomó del brazo.

—Olive, es decir, mi ayuda de cámara —le dijo Winn—, te llama «su excelencia». Debo admitir que he tardado un rato en darme cuenta de que estaba hablando de ti, me temo.

—Sí, bueno, sucedió algo completamente extraordinario —le comentó Jason bajando con ella las escaleras—. Incluso debajo de toda esa mugre alguien se dio cuenta de que soy duque.

—¡Por supuesto que me di cuenta de que erais vos! —dijo el afable sir Geoffrey Alton, campechano, sirviéndose otra ración de asado—. Nos conocimos hace tres años en una partida de cartas, en White's. Debido a mi trabajo nunca olvido una cara. Especialmente si es la de alguien que me ha ganado veinte libras.

Sir Geoffrey Alton, enviado diplomático de Gran Bretaña en Austria, se rio de su propio chiste. Sus hijas (las niñas que los habían rescatado) también le rieron la gracia, tal vez por compasión.

Sir Geoffrey y sus hijas eran una familia de buena posición. Por lo visto la esposa del caballero había muerto hacía varios años y él había preferido, en lugar de dejar a sus niñas al cuidado de un pariente, criarlas con la ayuda del suficiente servicio doméstico. Aparentemente a las muchachas les había convenido: eran capaces de mantener una fluida y educada conversación sobre temas de la más diversa índole. Evangeline, a la que su hermana llamaba Evie, de trece años, iba camino de convertirse en una belleza inglesa de hermosa cabellera, preciosa cara y buen carácter. Su hermana menor aunque más alta, Gail, era una curiosa mezcla de inteligencia y fragilidad. Si Jason no se equivocaba, las dos iban a traerle muchos quebraderos de cabeza a sir Geoffrey cuando se hicieran mayores.

Sin embargo, Jason no estuvo mucho tiempo pensando en los proyectos matrimoniales de las hijas de Alton porque sólo tenía ojos para la comida. Era una opípara cena, así que Jason se hallaba en su particular versión del cielo. Habían servido pato y cordero asados; patatas, panes, verduras, vino y natillas. Se puede decir lo que se quiera acerca de las carencias de la cocina inglesa, pero no hay nada mejor que un budín cuando uno lleva semanas sin probar su gelatinoso tembleque. Jason se comió tres raciones.

—Yo personalmente no podría vivir sin comida inglesa —declaró sir Geoffrey, palmeándose el repleto vientre—. Me aseguro de llevar a mi propia cocinera a todos mis destinos.

—Es verdad —intervino tímidamente Evangeline Alton—. Estuvimos viviendo en París, rodeados de los mejores chefs del mundo, y mi padre rabiaba porque no le ponían guisantes al estofado.

—¡Dios mío, Geoffrey! Sabía que erais un filisteo, ¡pero ignoraba hasta qué punto! —dijo una voz con acento sureño desde el extremo opuesto de la mesa, provocando la hilaridad de la joven y alta Gail Alton, sentada a su lado—. Por favor, no me digáis que habéis enseñado a vuestras hijas a considerar que no hay nada peor que un estofado sin guisantes —dijo el señor Henry Ellis con una sonrisa.

Si había sido sorprendente que sir Geoffrey Alton conociera a Jason, más sorprendente aún fue que el amigo de sir Geoffrey, el señor Henry Ellis, conociera a Winn.

—Por supuesto que os conozco —había dicho al encontrarse con ella antes de la cena—. De hecho, lord Forrester me pidió que os escoltara en vuestro viaje cuando llegarais a Calais. —El anciano tenía chiribitas en los ojos—. Pero nunca llegasteis a Calais, ¿no es así?

—Henry se dedica exactamente a lo mismo que vos, señorita Crane —apuntó sir Geoffrey—. Es miembro de la Sociedad Inglesa de Anticuarios (la conocida sociedad de vuestro rival, según creo, excelencia), y recientemente ha sido nombrado conservador del Museo Británico. Me sorprende que vuestros caminos no se hayan cruzado antes.

—Estoy seguro de que lo habrían hecho de haber estado yo en Londres cuando la señorita Crane causó impresión en la Sociedad Histórica —repuso el señor Ellis—. Sin embargo, estaba en Francia. Desde que recibí la carta de lord Forrester y hojeé algunos periódicos ingleses estuve impaciente por conoceros. ¡No os podéis imaginar mi decepción cuando no llegasteis en ese barco! Un caballero muy amable me dijo que habías escogido otro buque con destino a otro lugar.

—Ah, sí —intentó contemporizar Winn—. Parece que mi rumbo cambió de dirección y yo cambié de compañías.

Aunque Winn no lo supiera, aquel cotilleo ya le había llegado a su anfitrión. Por la tarde, cuando ella se estaba vistiendo, sir Geoffrey se había reunido con Jason en la biblioteca y le había hecho sentir como un niño travieso.

—Tengo entendido por mis criadas e hijas que habéis mantenido a la señorita en estrecha compañía... demasiado estrecha tal vez —le había planteado sir Geoffrey.

¿Qué podía decir Jason? ¿Debía decirle que, aunque hubieran estado el uno en compañía del otro durante todo el viaje, no había ocurrido nada entre ambos? Había ocurrido, de hecho. ¿Tenía que contarle que la señorita Crane era una mujer independiente y limitarse a observar el rictus educado de aquel hombre?

El silencio era la mejor respuesta que Jason podía dar, y sir Geoffrey se limitó a mirarlo.

—Es imposible saber lo que ha ocurrido en el camino hasta llegar aquí, así que no voy a dudar de vos. En Londres lo harían, pero estamos muy lejos de Londres y, por lo tanto, me guardaré mi opinión al respecto. Sin embargo, mientras permanezcáis en esta casa... —no terminó la frase.

Jason asintió, impaciente por dejar de ser un escolar en aprietos.

—Bien, yo había planeado en un principio dejaros en Suiza de camino a Viena —estaba diciendo el señor Ellis—. En vez de eso decidí acortar viaje y venir aquí directamente. Y, mira por dónde, acabáis al cuidado de mi amigo y os encuentro a pesar de todo.

Winn sonrió entonces, ya que el buen humor del señor Ellis era contagioso.

—Ahora contadme todo lo que me he perdido. He leído muy poco acerca de vuestro viaje y los motivos que os han llevado a emprenderlo —dijo Ellis.

Y Winn se vio obligada a hacerlo. Durante la cena, acaparó la atención de toda la mesa con el relato de sus aventuras para llegar a Londres, su primer encuentro con lord Forrester y, accidentalmente, con Jason. Contó que había revolucionado el mundo académico, sin dejarse en el tintero la mentirijilla que había contado acerca de la ubicación de las cartas. Las dos niñas se quedaron boquiabiertas.

—¡Oh, qué excitante! —dijo Gail.

—Querrás decir qué espantoso —contestó Evangeline—. ¿Verte obligada a ocultar tu destino mientras te lanzas al mundo sola?

—Bueno, afortunadamente no estaba sola —Winn miró a Jason, pero antes de que los presentes se dieran cuenta, continuó relatando su dramático viaje a Hamburgo y Nuremberg y lo que allí habían encontrado.

Aquello despertó la curiosidad del señor Ellis.

—¿Puedo ver esas cartas? —preguntó, y Winn las sacó.

—¿Las habéis llevado en el bolsillo durante todo el viaje? —preguntó Ellis horrorizado.

—Lo sé: ha sido una temeridad —repuso Winn—. Debería haber conseguido una piel o un pergamino para protegerlas, pero no tenía elección. Mi prima nos había dado alcance en Nuremberg y tuvimos que correr. He sido extremadamente cuidadosa con ellas, incluso cuando hemos tenido que dormir junto al camino o trabajar en las cuadras a cambio de comida.

—Creo recordar que yo hice la mayor parte de ese trabajo —terció Jason. Quería decir que Winn estaba bromeando, pero las niñas le interrumpieron.

—Es mejor que cualquier novela de la señora Rothschild —le gritó Gail a Evangeline, que asintió entusiasta.

—Podría inspirarse en vos, señorita Crane. Y, bien pensado, podría ser el tema de un cuadro.

Sir Geoffrey se rio con ganas.

—Mi Evie está loca por los cuadros y mi Gail por las novelas. Creo que habéis acertado con la única historia que les interesa a ambas.

Terminó Winn su relato contando el episodio del rescate, ya conocido por todos los presentes, que volvieron a prestar atención a la hasta entonces olvidada comida. La conversación regresó a los comentarios sobre juegos de cartas en White's, el budín inglés y el estofado con guisantes.

Pero cuando hubieron retirado la mayor parte de los platos,

retomaron la historia de las aventuras de Winn y, el señor Ellis, privado ya del delicioso budín, sacó las cartas del cajón donde las había guardado y comenzó a inspeccionarlas.

—Se han conservado considerablemente bien, dada su antigüedad —comentó Winn.

—Cierto —respondió Ellis, con los ojos fijos en la hoja de papel—. Pero tenéis razón al buscar una prueba suplementaria. Ésta siembra dudas pero no prueba la autoría de vuestra pintura de manera irrefutable. —Dicho esto se dirigió a otro integrante de la reunión—. Gail, ¿puedes venir a ver esto? Mi alemán es atroz.

—Si queréis una traducción, creo que lo hemos traducido de cabo a rabo —dijo Winn. Sin embargo, sir Geoffrey soltó una risita.

—No temáis por las cartas, señorita Crane —dijo—. Mi Gaily sabe cómo tratar documentos tan importantes, ¿no es así?

—Sí, papá —repuso la niña, cuyo rostro adoptó una expresión seria que suprimió la normal gesticulación propia de sus once años.

—Además, Gail tiene facilidad para los idiomas. Llevamos aquí solamente dos meses y podría tomarla por austríaca nativa si no la conociera de toda la vida.

Gail se sentó junto al señor Ellis y se puso a leer detenidamente.

—La firma no incluye el apellido. ¿Por dónde vais a empezar a buscar?

—Debo suponer que esta mujer se encontró tal vez en una única ocasión con el maestro Durero, en Basilea, siendo aprendiz, pero que mantuvieron una correspondencia, aunque estas dos cartas sean las únicas que se han encontrado. El simple hecho de que escribiera en el año 1500 apunta a que era una mujer de muy buena posición. Hay que añadir que tenía una indudable formación artística y, puesto que los dos se conocieron en Basilea, tenía los medios necesarios para viajar. Realmente debía ser muy rica —expuso Winn—. El único lugar que menciona es la catedral de San Esteban, así que hay una pequeña posibilidad de que allí conserven registros de las familias ricas o aristocráticas que asistían al culto.

—Creo que no encontraréis a su familia en la catedral de San Esteban —afirmó Gail desde su posición, asomada por encima del hombro del señor Ellis—. Al menos, no a su familia biológica.

—¿Qué quieres decir? Menciona a su madre en una de las cartas, ¿no es así? —preguntó Jason, intentando recordar la frase exacta del relato que le había hecho Winn en Nuremberg.

—«Mi madre, a quien en todo debo someterme», escribió cuando la reprendieron por estar tan orgullosa de su trabajo —dijo Winn, como si le leyera el pensamiento. Luego una expresión divertida le cruzó el rostro y posó la mano en el guardapelo—. A menos que...

—Exactamente —Gail le sonrió—. A menos que, como el escrito está un tanto emborronado, no haya en realidad coma y el final de la siguiente palabra sea...

El señor Ellis contempló a Winn como un profesor mira a su alumna favorita. Mientras ésta sacudía la cabeza, riéndose de su propia estupidez. El resto de los comensales estaban sentados al borde de los asientos, ansiosos por enterarse de qué iba aquello.

Como no es de extrañar, Jason fue el único que no pudo mantener la boca cerrada.

—Bien, entonces ¿qué dice en realidad? —exclamó, impaciente.

—Dice: «Mi madre superiora» —repuso Winn, sonriendo—. La autora de esta carta era monja.

—Lo cual tiene sentido... —comentó el señor Ellis en tono pedagógico—. En aquella época, una mujer de talento tenía muchas más oportunidades en un convento que en el matrimonio.

—Excelente —dijo Jason—, pero ¿hay alguna abadía ligada a la catedral de San Esteban?

—Ah... bueno, hay docenas de conventos en Viena cuyas monjas asistían a misa en San Esteban casi todas las fiestas religiosas —argumentó sir Geoffrey—. Dejad que me ponga en contacto con algunas personas y, si puedo, con el párroco, para que nos proporcione una lista.

—Entonces, parafraseando a Shakespeare, «nos encerraremos en un convento» —dijo Winn con una sonrisa.*

—En más de uno, parece ser —refunfuñó Jason, pero el resto de los comensales estaban demasiado excitados para captar su escepticismo.

—¡Oh, Jason, es fantástico! ¡Puede que lo consigamos! —exclamó Winn, emocionada. Jason dejó que su voz le envolviera cuando pronunció su nombre, cosa que había evitado hacer durante la cena y, en su fuero interno, comprobó que aquel sonido lo relajaba.

—¿Y cómo lo haremos? —preguntó—. Siento ejercer de abogado del diablo, pero aún tenemos que localizar la mitad de una correspondencia de hace trescientos años que, suponiendo que se haya conservado, es poco probable que haya sido debidamente.

—Cierto —convino Winn—, pero ¿desde cuándo en una iglesia se tira algo?

—¡Voy a brindar por eso! —exclamó sir Geoffrey y, dirigiéndose a un sirviente que estaba tranquilamente apoyado en la pared, le ordenó—: ¡Richards, trae el borgoña del 93!

Las miradas de Jason y Winn se encontraron, brotaron chispas, y el resto del mundo dejó de existir para ellos. De haber estado solos, la hubiera tomado en sus brazos y la hubiera abrazado para siempre.

Gracias al brindis con el prometido borgoña del 93, Jason renunció a la melancólica idea de que, al día siguiente, daría comienzo el fin de la aventura.

---

* *Hamlet*, tercer acto, escena primera. *(N. de la T.)*

23

En el que alcanzamos a otros viajeros

Totty estaba segura de que a George no tardaría en estallarle la cabeza, lo cual iba a ser una tragedia, porque le resultaría imposible limpiar la sangre y la materia gris de su traje de viaje... y solamente llevaba tres en el equipaje.

Por supuesto que *Frau* Heider podría prestarle uno, ya que las dos tenían la misma talla, pero prefería que el cerebro de George continuara dentro de su cráneo.

Sí. *Frau* Heider se había convertido en su compañera de viaje porque hacía mucho tiempo que Totty no tenía una amiga de su edad con la que charlar y George no era la mejor compañía en aquel viaje, puesto que estaba más hosco e imprevisible a cada día que pasaba.

La búsqueda de Winn no había dado resultado en Nuremberg. En dos días George no había sido capaz de localizar ningún rastro de ella. Estaban casi convencidos de que se dirigía a Inglaterra con las cartas, cuando sus pesquisas en el establo dieron fruto. Dieron con un chico que había sido engañado por una mujer y su compañero pelirrojo, y el muchacho estaba tremendamente ansioso por contarles adónde habían ido o, mejor dicho, dónde los había dejado el cochero al borde del camino.

—¡Nos vamos! —exclamó *Frau* Heider—. ¡Oh, qué emocionante!

Totty y George la miraron extrañados.

—Bien —razonó *Frau* Heider—. Me he ganado unas vacaciones. Además, estoy profundamente interesada en saber si la joven dama estaba realmente casada con el atractivo caballero con el que viajaba.

Cuando *Frau* Heider dijo esto, los dientes de George rechinaron.

Y, a pesar de todas las objeciones de George, cerraron la casa de Durero, lo que les llevó medio día de más, como recalcó George en más de una ocasión, y dejaron a los pobres estudiantes borrachos abandonados unos días.

El lugar donde el muchacho dijo que Winn y el duque se habían apeado reveló poca información, pero al menos los puso sobre la pista de su objetivo. Viajaron por los caminos hacia Múnich y se detuvieron por la noche en un pueblecito cercano a la frontera austríaca. Entonces descubrieron que tenían que dar media vuelta. Fue la afición de *Frau* Heider a estar rodeada de gente lo que los condujo en la buena dirección. George estaba siempre ansioso por conversar con hombres y sentía la necesidad de impresionar. No se molestaba en hablar con aquellos que no le pudieran ser útiles, así que alquiló un comedor privado, donde la chusma no le incordiase.

Totty también prefería evitar las aglomeraciones, y en aquellos momentos consideraba mejor no perder de vista a George, que se estaba poniendo cada vez más histérico.

Apenas había tomado unos sorbos de la cerveza más fuerte que hubiera probado fuera de Irlanda, cuando *Frau* Heider entró en el comedor acompañada de dos hombres con buen aspecto, aunque de clase trabajadora.

—Decidles lo que me acabáis de decir a mí —les pidió *Frau* Heider en su lengua nativa.

—Estábamos en casa de nuestra hermana, en Lupburg, para el *Sonnenwende* —dijo el más sonriente de los dos caballeros—, y no adivinaríais lo que vimos.

—No, nunca lo harían, así que se lo diré yo —intervino *Frau* Heider—. Vieron a un duque inglés limpiando establos cuyos caballos acosaban a la dama que lo acompañaba.

De pronto, Totty encontró la cerveza muy amarga.

Frau Heider estaba tan satisfecha consigo misma por haber

sido útil en el viaje, que Totty tuvo que esperar, para enfriar su entusiasmo, a que George, que saltó de la silla en cuanto oyó la noticia, fuera a preparar los caballos.

—Querida, la próxima vez que descubráis algo así —le dijo en un susurro— decídmelo a mí primero y sólo a mí.

—Pero ¿por qué? —preguntó *Frau* Heider con unos ojos como platos.

—Porque creo que deberíamos dar a Winn y su amigo cierto margen para que encuentren lo que buscan —argumentó Totty, mirando de reojo a George, que gritaba nervioso en alemán porque cargaban con lentitud su equipaje. Se volvió hacia su nueva amiga y vio que ésta cabeceaba solemnemente, temerosa y hundida hasta tal punto que Totty, en contra de su naturaleza, sintió la necesidad de consolarla—. No temáis, no habéis hecho nada malo. Los encontraremos, pero no hay prisa. No hay ninguna razón por la que no podamos tomárnoslo con un poco de calma. ¿De acuerdo?

El estado de ánimo de George, desde luego, no era de calma. Cabía esperar que, dado que la actuación de *Frau* Heider había sido clave para descubrir la dirección que habían tomado Winn y el duque, George tolerara mejor su presencia. No fue así.

—Por qué será que creo que esto será otra pérdida de tiempo —refunfuñó—. Regresar por donde vinimos en pos de un rumor...

—Es lo mejor que tenemos, George —dijo Totty, mordaz—. Además, seguir la pista de un rumor es una técnica de investigación y una habilidad muy preciada en tu profesión, ¿o no?

George se arrellanó en los cojines del carruaje y gruñó, pero al menos dejó de hostigar a *Frau* Heider.

El rumor sobre Lupburg resultó ser cierto, ya que todo el mundo en la ciudad los remitió a una posada regentada por un hombre llamado Wurtzer.

Y Wurtzer los envió a Regensburg, incluso les dio el nombre de las caballerizas donde habían realizado la siguiente parada. Sin embargo no fue capaz de decirles con precisión dónde podían encontrarlos, así que decidieron que era mejor que los acompañara en el carruaje, para que los guiara a fin de localizar la calle Hohenfelser.

—Después de todo —razonó el posadero—, no les pagué lo que les debía, y me gustaría saldar cuentas. Mi querida Heidi no querría enterarse de que estafé a los jóvenes amantes.

Mientras la expresión de George se ensombrecía, la de *Frau* Heider, con la que *Herr* Wurtzer había mantenido una agradable conversación, se volvió burlona.

—¿Tenéis a una querida Heidi?

—Sí, es mi hija. Mi esposa murió hace algunos años.

Después de aquello, *Frau* Heider y *Herr* Wurtzer entablaron una animada conversación en alemán. Hablaban tan rápido que les era completamente imposible seguirla incluso a los que mejor lo hablaban del abarrotado carruaje.

De Regensburg fueron a Linz, Austria. Totty hacía cuanto podía, con ayuda de *Frau* Heider (aunque a decir verdad la dama estaba muy pendiente de Wurtzer), para conseguir que George parara el carruaje una hora antes de lo normal o que se asegurara de que los caballos estuvieran bien herrados y lo comprobara doblemente cuando los alquilaban. Pero viajaron en relativa paz, puesto que tenían la sensación de que se le estaban echando encima a Winn. Esto fue así hasta llegar a Linz, donde todo cambió.

Permanecieron dos días allí, sin hallar ningún rastro de Winn y su supuesto marido. Aparentemente habían abandonado el hostal de postas y se habían volatilizado. Las pesquisas en las posadas y hoteles locales no dieron resultado alguno, aunque no les extrañó, ya que Wurtzer les había dado detalles de los medios económicos de los que disponían, o de los que carecían.

—¡No puedo sacarme de la cabeza a la pobre chica durmiendo al raso en la fría noche! —exclamó *Frau* Heider, apretando con fuerza el brazo de Wurtzer.

—Se lo merece —refunfuñó George—, por desobedecerme.

—¿Cómo dices? —replicó Totty, mirando con sorna a George que, por una vez, no se enfadó, sino que le sostuvo la mirada, retándola a cuestionarlo.

Ocurrió en una pequeña casa de empeños situada en una hilera de tiendas y restaurantes, a la sombra de las torres dobles de la iglesia de Postlingberg. George había subido por la calle preguntando por un comedor donde habían visto a una mujercita con un compañero pelirrojo. *Herr* Wurtzer y *Frau* Heider habían decidido dar un paseo hasta la iglesia para ver si Winn y el duque habían buscado refugio allí. Totty, por su parte, había preferido hacer algunas compras. ¿Qué eran unas vacaciones por el continente sin coleccionar unas cuantas baratijas?

Estaba echando un vistazo a un surtido de objetos de escaso valor, guardapelos de latón, pendientes y cosas parecidas, cuando vio un hermoso anillo de oro con un escudo familiar.

Totty no era una persona especialmente observadora que digamos. Su mayordomo, Leighton, había censurado más de una vez el juicio de su señora porque servía el whisky en una copa de brandy. Pero había tomado nota de aquel anillo, de hecho se había fijado en él mientras iban desde Londres a Dover, para distraerse del sonido de las arcadas de George vomitando por la ventana.

—¿Dónde lo conseguisteis? —le preguntó en su dialecto al rotundo propietario, que estaba detrás del mostrador.

El hombre, oliéndose el negocio, sonrió, codicioso.

—Perteneció a un conde austríaco del Imperio romano. Mi familia lo ha conservado durante siglos. Es una pieza de valor incalculable.

—No seáis imbécil —le espetó Totty—. Sé que es un sello inglés y que lo habéis conseguido durante esta última quincena. Pero no os preocupéis, os pagaré el precio que pedís si me decís cuanto sepáis acerca del hombre que os lo vendió y luego os olvidáis de que visteis alguna vez al hombre o el anillo.

El propietario sonrió ladino. Después de todo, un cliente desesperado era mucho mejor que uno estúpido.

—¡Oh, no sé si podría desprenderme de él...!

Justo en ese momento, en la periferia de su campo visual, Totty captó la silueta de George a través de la ventana, subiendo por la calle hacia la tienda.

—Os doy el doble de su precio —le dijo al propietario, en un susurro quedo, al tiempo que George abría bruscamente la puerta del establecimiento—. ¡Esconded el anillo ahora mismo!

—Bien, ha sido una pérdida de tiempo —dijo despreciativo y con su habitual expresión ceñuda George—. ¿Has encontrado alguna chuchería o has hecho algo útil para variar?

—No, creo que aquí no hay nada que valga la pena. ¿Nos vamos? —sugirió Totty, quizá con demasiado entusiasmo.

—Espera. ¿Qué es eso? —preguntó George, con su perspicaz mirada fija en el propietario, que estaba escondiendo la bandeja de baratijas en un estante, bajo el mostrador.

—Nada, George. —Totty intentó disuadirlo, pero él no se dio por vencido.

—¡Sáquelo! —le espetó al propietario, y el hombrecillo lo hizo.

En aquel momento, mientras George hurgaba entre los artículos, *Herr* Wurtzer y *Frau* Heider abrieron la puerta de la tienda, haciendo sonar la campanilla.

—En la iglesia no hemos encontrada nada —comentó la mujer—, pero de camino hemos visto un carrito de venta de pasteles de carne y...

—¿Qué es esto? —la interrumpió George, con el anillo en la mano—. ¡Es el anillo de Rayne! ¿Cómo ha podido pasarte por alto?

—Yo... eh... —titubeó Totty—. No sirvo para nada.

—Es imposible que no lo hayas visto. Intentabas ocultármelo —dedujo George. Se lo puso delante de la cara. Los dedos le temblaban por el esfuerzo que hacía para controlarse.

—No, *Herr* Bambridge. —*Frau* Heider irrumpió en el silencio—. Ella nunca os lo habría ocultado, jamás.

—¿Jamás? —preguntó George, avanzando airado y forzando a Totty a retroceder varios pasos—. Jamás. ¿Qué queréis decir? ¿Que lo habría guardado un tiempo y quizá me lo habría enseñado cuando Winn hubiera encontrado la prueba que está buscando por todo el continente? ¿Tal vez cuando estuviéramos de vuelta en Inglaterra y la deshonra cayera sobre mí?

—¡George, basta! —le ordenó Totty, categórica. Esta vez, sin embargo, George no iba a permitir que lo intimidara.

—¡No, no basta! ¡Me has obligado a seguir tu programa durante todo este viaje! ¡Has intentado evitar que encontrara a Winnifred y has involucrado a estos parásitos en tus planes! —señaló a sus amigos, tirando un jarrón sin querer con su gesto furioso—. Y luego te lamentas por lo que le pueda suceder.

—No seas absurdo —respondió Totty, ignorando el profundo temor que George, al que había visto crecer desde que era un niño hasta convertirse en el hombre enorme e iracundo que tenía delante, le inspiraba.

No debería haberlo ignorado, sin embargo, porque George ya no razonaba. Abofeteó a Totty con su manaza, arrojándola contra una lámpara de cristal y tirándola al suelo.

Totty escuchó los gritos horrorizados de los presentes con la vista nublada. Veía chiribitas.

—¡Oh, call... callaos todos! —vociferó George, tartamudeando de pánico. Luego Totty lo oyó arrastrar el mostrador y volcarlo, y el grito del propietario cuando lo agarró por el cuello—. Ahora vais a contarme exactamente todo lo que sepáis acerca de este anillo —Y perdió el conocimiento.

Cuando Totty volvió en sí tenía un tremendo dolor de cabeza y a *Frau* Heider inclinada sobre ella.

—¡Oh, se ha despertado! ¡Günter, se ha despertado! —Gritó *Frau* Heider llamando a *Herr* Wurtzer a su lado.

—¿Dónde está? —preguntó Totty, intentando incorporarse sin conseguirlo porque todo le daba vueltas—. ¡Oh! ¡Es la peor resaca que he tenido nunca!

—No intentéis moveros —le recomendó *Frau* Heider—. Os habéis hecho un corte en la cabeza con el cristal y el golpe ha sido fuerte. Había sangre y estábamos muy preocupados por vos. *Herr* Bambridge se ha ido. Günter intentó detenerlo pero... —dijo encogiéndose de hombros para explicar por qué un hombre de sesenta años no había sido capaz de parar a otro muchísimo más joven y con la corpulencia y la fuerza de un gorila.

—¿No habríais podido esconder ese anillo un poco más deprisa? —le dijo al propietario, que se retorcía las manos nervioso.

Totty no lo culpaba: que se muriese una inglesa en tu tienda no era bueno para el negocio.

—Lo siento, yo no pensaba, yo... Me ha obligado a decirle lo que sabía. Ese hombre me pidió por el sello una cantidad que le permitiera llegar a Viena. Pero estaba nervioso y le ofrecí menos. Solamente me sacó...

—Sí, sí —replicó Totty, agitando la mano—. No puedo creer que me haya pegado.

—Tampoco nosotros —dijo *Frau* Heider—. Ese hombre no está bien, Totty. Él... *Herr* Bambridge... ha cogido una pistola de aquella vitrina. Creo que se ha vuelto loco.

—Si no lo está ya, lo estará —dijo Totty oscuramente. Después, dirigiéndose al propietario, le pidió—: Traedme papel y pluma, y una bebida. Cuando acabe con George Bambridge, no sabrá qué ha sido lo que le ha golpeado.

24

En el que la búsqueda de nuestra pareja acaba, dramática y curiosamente, en una iglesia

Los problemas para encontrar el convento o la abadía que había cobijado a Maria F. trescientos años antes fueron diversos. Primero tuvieron que identificar las órdenes de religiosas cuyos miembros hacía tres siglos asistían a los oficios en San Esteban los días de precepto, y no era tarea fácil. Afortunadamente, sir Geoffrey habló con algunas personas influyentes y Winn y Jason obtuvieron audiencia con el párroco de San Esteban. Por desgracia, el amable y colaborador cura no pudo ayudarlos, ya que no había nacido hacía trescientos años y los archivos que se guardaban eran bastante generales y no habían sido estudiados detalladamente. Sin embargo, estaba en condiciones de proporcionarles una lista de las abadías que asistían a los oficios el día de Todos los Santos, el de Navidad y en otras festividades desde que él era el párroco. Desgraciadamente, la lista era de por lo menos cincuenta conventos.

—¿Qué se supone que debemos hacer? —preguntó Jason—. ¿Tenemos que visitar todos los lugares de esa lista y pasar varios días hurgando en cada uno de ellos?

—¡Cielos, no! —replicó Winn mientras salían de la catedral del centro de Viena camino de la Stephensplatz—. Será mucho más difícil que eso.

—¿Más difícil? —preguntó Jason, que aún no se había recuperado totalmente de la impresión de ver lo larga que era la lista.

—Sí, afortunadamente podemos eliminar cualquier iglesia o abadía que no existiera en 1500. Por otra parte, habrá algunos conventos que entonces existían pero ya no. Posiblemente fueron destruidos durante los siglos de dominación turca, o asimilados por instituciones mayores... En cualquier caso, tenemos que seguirles la pista. —Winn le sonrió alegremente—. Además, ni que decir tiene que María F, podría haber sido religiosa de un convento de fuera de Viena y que su visita a San Esteban fuera un peregrinaje. Por lo que sabemos, ya hemos pasado por el lugar donde vivió, en Linz o Melk o...

—Capto la idea —dijo Jason, atribulado, arrugando la nariz. Después contempló el semblante excitado de Winn—. Espera un momento. ¿Cómo es posible que estés disfrutando con esto?

—Porque es así como va esto, Jason. —Le sonrió abiertamente—. Hay una diminuta porción de información en algún lugar y así es como la buscamos. Exploramos, indagamos, buscamos hasta sacarnos los ojos. Todo con la esperanza de descubrir algo. Me divierto porque ésta es la parte divertida.

Jason sostuvo la mirada de la radiante persona que tenía delante y sacudió la cabeza. Esta vez no podría convencerla para pasear por las calles de la ciudad, visitando los lugares y conociendo a las gentes. No podría comprarle alguna bagatela como recuerdo de Viena, no ahora que la meta estaba tan cerca. Estaba a punto de conseguirlo y no iba a rendirse. Así de maravillosa era Winn, y él no quería que cambiara.

—¿Por dónde empezamos? —Jason suspiró y le ofreció su brazo para que lo guiara con entusiasmo hacia la primera iglesia de la lista.

Mientras se alejaban, estaban demasiado concentrados en la búsqueda para darse cuenta de los ojos que los vigilaban, unos ojos que los habían localizado por casualidad cuando iban hacia la catedral de San Esteban y que habían esperado pacientemente a que salieran. Unos ojos que los seguían a una prudente distancia porque, ¡que lo condenaran si perdía nuevamente de vista a Winnifred Crane!

En los libros sobre Viena se comenta la elegancia de la ciudad, se la describe como la única posible capital del Imperio austríaco, se habla de la sorprendente belleza del Danubio, de la música de la ciudad, de la Ópera y de los palacios, pero raramente se mencionan las iglesias.

«Es más: no reflejan correctamente el número de iglesias ni su ubicación en los callejones de la ciudad. Si es difícil localizarlas en un mapa, más todavía encontrarlas físicamente», pensó Winn, estrujando el borde de un volante lavanda de su vestido prestado.

Su entusiasmo por la investigación no había decaído. ¡Qué va! Los dos días que llevaban visitando cada iglesia de la lista que les había proporcionado el sacerdote le había servido de acicate para hallar la verdad. Pero ¿cuándo? ¿Cuándo daría con ella?

«Esto es lo que consigues jugándotelo todo a una carta», se decía, exhausta después de visitar otra iglesia más. Al tercer día aún no habían conseguido nada. Afortunadamente, gracias a la influencia de sir Geoffrey, el párroco de San Esteban no sólo les había proporcionado la lista de potenciales órdenes religiosas, sino también una carta de presentación para aquellos con los que necesitarían hablar en las diversas iglesias, abadías y conventos. Y, desde luego, habían tenido que hablar mucho.

Aquella misma mañana habían visitado la Ursulinenkirche, situada en un tranquilo rincón de Innere Stadt, en el distrito primero. La habían descartado inmediatamente al enterarse de que había sido construida en el año 1660, muy tarde para haber alojado a María F.

La Dorotheakirche era interesante, porque había pasado de ser católica a ser protestante durante la Reforma y no había recuperado su anterior condición con los Habsburgo, durante la Contrarreforma. Desgraciadamente habían pasado varias horas en la biblioteca de la iglesia con su capellán sin encontrar ningún indicio de que María F. hubiera estado allí, así que, en bien de la eficiencia, habían tenido que irse.

La tercera iglesia, la que acababan de dejar, era menor que una capilla e, indudablemente, la más decepcionante.

—¿Cómo es posible que este cuchitril acabara en la lista del párroco? —preguntó Winn alzando la voz, absolutamente frustrada.

—No está tan mal —repuso Jason—, excepto por la evidente miseria de las monjas.

—Bueno, otra iglesia más —dijo Winn, mirando la lista—, y, después, me va a hacer falta una pinta de cerveza.

Jason se rio con ganas y le quitó la lista de las manos.

—De acuerdo, pero yo escojo la próxima.

Y Jason eligió bien, porque fue en esa iglesia donde tuvieron por primera vez un poco de suerte.

La Franziskanerkirche era una capillita de estilo barroco situada en la Innere Stadt de Viena. Pertenecía a la Orden Franciscana. Estuvieron hablando durante varias horas con la madre abadesa de Santa Clara, que hizo cuanto estuvo en su mano por ayudarlos pero finalmente no pudo.

—Tenemos una abadía, en Döbling, a la salida de la ciudad —les dijo la seria abadesa—. Es ahí donde está nuestro colegio para jóvenes damas. —Miró fijamente a Winn como si creyera que ella hubiera recibido formación en los franciscanos—. Su existencia se remonta al siglo xiv y creo que hubo una hermana aproximadamente de esa época que tuvo una cierta fama en el mundo del arte...

Esta afirmación tuvo un efecto inmediato en el ánimo de los atribulados viajeros.

—¿Tenéis ese colegio? —preguntó Jason, saltando de la silla.

—¿Lo tenéis? —preguntó Winn al mismo tiempo, con los ojos de pronto muy brillantes.

La abadesa les anotó las señas de la abadía de Döbling y partieron a la mañana siguiente. Esta vez, sin embargo, su ánimo era distinto.

—No sé por qué, pero tengo un buen presentimiento acerca de este lugar —le dijo Winn a Jason cuando iban hacia allí en el carruaje de sir Geoffrey. Se lo había prestado generosamente aquel día con la condición de que Gail, Evangeline y el señor Ellis pudieran acompañarlos: Gail y Evangeline para que vieran si en el colegio había algo que aprender cuyo conocimiento no pudieran adquirir en casa y el señor Ellis porque... simplemente porque sí.

—¿Por qué decís eso, señorita Crane? —preguntó este último.

Winn sacudió la cabeza.

—Porque en ningún otro lugar habíamos conseguido ni un rumor, ni un soplo de esperanza, y que éste entre mil nos lo haya señalado una abadesa de las clarisas parece un buen augurio. Lo mismo que cuando *Herr* Heider me escribió por primera vez hablándome de las cartas de su colección.

—Eso se llama instinto, señorita Crane —dijo Ellis, sonriendo—. A cualquier investigador o buscador de la verdad le hace falta tenerlo.

—Y a ella le sobra —comentó Jason.

Winn lo miró y suspiró. ¡Si hubieran estado solos en el carruaje! Le habría cogido la mano. Pero no podía hacerlo porque estaban en presencia de aquella buena gente y no le estaba permitido expresar... ¿Gratitud? ¿Amistad?

Winn sabía que Jason simplemente había sido cortés en presencia de otros, por la misma razón que, durante los últimos días, cuando no habían estado bajo la estricta vigilancia de dos niñas, su padre o un respetado historiador, Winn había apretado la mano de Jason tal vez con más fuerza de lo habitual o había tomado su brazo con algo más de entusiasmo. Tenía que dejar de hacerlo, sin embargo, porque, a medida que el carruaje se aproximaba a la pequeña ciudad de Döbling, se estaban acercando al final. Así que entrelazó las manos en el regazo, se mordió la lengua para no responder a Jason con ningún comentario y centró su atención en lo que tenía por delante, lo que estaba a punto de conseguir.

Las hermanas de la Orden de Santa Clara, conocidas también como Clarisas Descalzas, ya que su fundadora fue una seguidora de San Francisco de Asís y regaló todo su dinero y posesiones, eran tan complacientes como su nombre indicaba. El colegio de Döbling, el convento (el dormitorio de las monjas y las niñas internas) y la iglesia eran edificios independientes, arquitectónicamente poco destacados pero originales para la época medieval en que fueron construidos. Habían sido hechos diversos añadidos modernos al conjunto para adecuarlo al crecimiento del colegio, así que tenía el aspecto de un pequeño castillo en una colina con algunas ventanas de estilo barroco y muros del gótico tardío. Una tapia que circundaba sus terrenos mantenía a las monjas y su piadosa dedicación aisladas de la ciudad. Había algunos andamios dentro y alrededor de la modesta iglesia, pero les dijeron a los visitantes que no se preocuparan, que el techo simplemente se había derrumbado.

—Como estábamos fuera de la ciudad, no fuimos blanco de las incursiones turcas —les dijo amablemente la superiora, la madre Agnes, mientras los guiaba entre los edificios del colegio hacia el convento y la capilla. Hablaba en alemán, naturalmente, pero esta vez Winn no contaba solamente con Jason para que le tradujera lo que decía, porque Gail Alton demostró que su alemán era muy correcto. También parecía que las Alton se ocupaban de su propia educación y estaban deseosas de dedicarse a ella. Gail planteó todo tipo de preguntas acerca de la escuela y el programa educativo y tradujo las respuestas a su hermana, menos dotada para los idiomas. Preguntó si apreciaban las ciencias y las matemáticas, si hablaban o no todos los dialectos alemanes además de latín... Finalmente, Winn, por su propio bien, tuvo que intervenir.

—Madre Agnes, estamos buscando a la posible autora de estas cartas —empezó a decir, tímidamente, con el corazón acelerado por la posibilidad de que la superiora levantara la mano con la autoridad de quien ha pasado la vida educando a niñas revoltosas.

—Me han puesto al corriente sobre vuestra investigación, mi niña —dijo amablemente—. Interrumpir no os acercará más a vuestro destino.

Winn notó cómo se ruborizaba por la merecida regañina que estaba recibiendo.

—¿No creéis que tal vez sea mejor que dividamos el grupo? —preguntó entonces la madre Agnes, y se volvió hacia una joven novicia—: Por favor, llevad a las señoritas Alton a ver el colegio.

La novicia sonrió respetuosa y guio a las niñas hacia el vestíbulo del colegio, dejando a los adultos de la reunión libres para seguir a la madre Agnes.

—Sé de vuestra investigación porque me escribió mi hermana de Franziskanerkirche, aunque me temo que aquí podremos ofreceros poca ayuda.

—¿Y eso, por qué? —preguntó Jason mientras cruzaban el pequeño patio que había entre la escuela y el convento, entre una fila de escolares.

—Porque pertenecemos a la Orden de Santa Clara y practicamos la pobreza en un grado que otras órdenes consideran extremo.

—Esto encaja con nuestra teoría. Como podéis ver, la autora de estas cartas regaló sus pinturas —dijo Winn, sacando las cartas que había guardado hasta entonces en la funda de pergamino y cabritilla que el señor Ellis les había procurado, además de un portafolio que sujetaba fuertemente.

La madre Agnes les echó un vistazo a las cartas pero declinó leerlas con un gesto.

—Nuestras creencias hacen muy improbable que cualquier correspondencia que mantuviera vuestra autora se conservara ni siquiera mientras ella vivía y, mucho menos, después de su muerte.

Ante el silencio de Winn y la expresión inquisitiva de Jason, Ellis intervino:

—Pero tenéis una biblioteca, ¿no es así? —preguntó—. ¿Documentos importantes, textos litúrgicos, quizás un registro de los miembros de vuestra Orden?

—La tenemos y podéis consultarla libremente —dijo la madre superiora, guiándolos al interior del convento y bajando a una modesta habitación con poco más que un ordenado pupitre, unos armarios cerrados y una sencilla ventana por la que entraba la luz—. Es mi despacho. Toda la información que buscáis debe de estar en estos armarios. —Se sacó una llave de las profundidades del hábito y los abrió con movimientos suaves y mesurados. Dentro había libros y apuntes contables pulcramente ordenados por antigüedad—. Por favor, sed cuidadosos con los documentos más antiguos. —La religiosa les dedicó una discreta inclinación de cabeza—. Os dejo con vuestra búsqueda.

—Madre Agnes, perdonadme —dijo Winn, reteniendo a la mujer en la puerta de la espartana habitación—. Hemos venido aquí porque ha llegado a nosotros el rumor de que hubo una hermana con cierta reputación artística...

—A mí me contaron lo mismo cuando era novicia —repuso la monja con una sonrisa—, sólo que, en lugar de ser una artista que pintaba con Durero, era una astrónoma que estudiaba con Galileo. Lo siento, querida, cada lugar tiene sus propias leyendas.

Todos los sentidos de Winn, todo el instinto que el señor Ellis le había atribuido, se sublevaron, clamando contra lo que la madre Agnes acababa de decir. Porque, si eso era cierto, estarían otra vez en el punto de partida: tendrían que volver a la lista, una lista de la que ya habían comprobado más de la mitad de los nombres. Perderían la esperanza y dudarían...

Pero se guardó aquel pensamiento para sí, cuadró los hombros y se volvió hacia sus compañeros, hacia sus queridos amigos. ¡Qué gracioso considerarlos de aquel modo y cuán completamente correcto!

—Bien, caballeros —dijo, con una sonrisa—, hay que aprovechar el tiempo.

Cada uno eligió un armario y comenzaron. La luz fue avanzando por el suelo a medida que el sol se movía por el cielo y la mañana se convertía en tarde. Las campanadas de la iglesia daban las horas. Oyeron a las niñas salir de clase. Si Winn hubiera levantado la cabeza de los libros un instante, se habría preguntado adónde habían ido Gail y Evangeline... una pregunta que obtuvo su respuesta cuando el señor Ellis le preguntó a la novicia que les llevó un pequeño refrigerio de pan y queso acerca del paradero de las dos y ésta les dijo que las jóvenes habían decidido asistir a algunas de las clases de la escuela.

El señor Ellis hizo honor a su reputación. Era meticuloso, cuidadoso y concienzudo en su investigación. Jason, después de todo el tiempo pasado en Nuremberg y en las bibliotecas de iglesias de Innere Stadt, también había desarrollado una extraordinaria afición por los aspectos más silenciosos y áridos del estudio. Winn se sorprendió más de una vez viéndolo escudriñar algún oscuro manuscrito alemán. Bueno, era una estupidez, pero estaba orgullosa de él.

Una estupidez porque... él siempre había sido así, al menos con ella. Siempre había sido firme y voluntarioso. No había razón para que se sintiera orgullosa, pero lo estaba, profundamente orgullosa.

Jason levantó la vista y captó su mirada. Sonrió. Ella agachó la cabeza inmediatamente. Tenía que dejar de hacerlo. Su aventura llegaba al final y el de buscar sus ojos era un hábito que tenía que romper. Tenía que mantener las distancias,

Aquellas miradas tiernas, profundas e intensas, no debían existir.

Al cabo de una hora Winn ya tenía claro que no encontrarían nada: ni la otra mitad de la correspondencia, ni registros de una hermana de la Orden de Santa Clara de alrededor del año 1500, ni ninguna otra pista. No obstante, pasaron seis antes de que cerrara el último libro del último armario. El sol poniente iluminaba con reflejos amarillos y anaranjados el polvo que flotaba en el aire.

Nadie dijo nada durante unos minutos. Todos se frotaron los ojos y estiraron la espalda y, de nuevo, su mirada se encontró con la de Jason.

—Bien, creo que iré a examinar la capilla antes de que se vaya la luz —dijo el señor Ellis, saliendo del despachito—. Me interesa muchísimo ver cómo pretenden reparar el techo. —Le oyeron, más que verle, casi chocar con el pequeño altar del fondo del vestíbulo—. ¡Uf!, espero no causar más desperfectos.

—El señor Ellis es la discreción personificada —dijo Jason, arrastrando las palabras y mirándola con una leve sonrisa que ella no fue capaz de devolverle.

—Nunca voy a encontrarla, ¿verdad? —Se apoyó en el escritorio de la madre Agnes.

—¡Por supuesto que sí! —repuso Jason, apoyándose junto a

ella y cruzando los brazos sobre el pecho, imitándola. Aunque tal vez no la imitaba sino que estaba tan exhausto como ella—. ¿Cómo puedes pensar eso? Todavía nos queda media lista de conventos de Viena que visitar.

—Lo sé. —Winn sacudió la cabeza—. Por supuesto, mañana habrá otras iglesias, daremos con otro rumor y se abrirán nuevas posibilidades. Pero ¡estaba tan segura de que éste era el lugar! ¡Tenía tantas esperanzas! Es muy duro perderlas de nuevo. —Se arriesgó al contacto y le dio una palmadita en el hombro—. Me estoy concediendo un momento de autocompasión, pasará pronto.

Pareció por un momento que él iba a decir algo, porque una especie de anticipación cruzó su semblante, pero luego desapareció y se encogió de hombros despreocupadamente, como solía hacer.

—¿Autocompasión? —Jason sonrió abiertamente—. ¿Cómo es posible que hayas llegado tan lejos en este viaje sin permitirte la autocompasión?

—No lo sé. —Winn le sonrió—. Creo que habría sucumbido a ella mucho antes si no hubieras estado conmigo a cada paso del camino, asegurándote de que no me sucediera ninguna desgracia irreparable. Me habrían robado, o llevado en un viaje por toda Alemania o habría acabado en un harén turco. Te doy las gracias por ello.

Jason la miró con su perezosa sonrisa, que le confería sin embargo un aspecto de honestidad.

—En realidad —dijo en un susurro—, creo que te habrías arreglado bien sin mí. No sé cómo, pero habrías encontrado la forma.

Winn estaba al borde de las lágrimas. Hizo lo que pudo para tragárselas, pero...

—¡Oh, por Dios bendito! ¿Qué te ocurre? —le preguntó Jason, apartándose del escritorio, preocupado, como si las lágrimas fueran el síntoma de una enfermedad. Afortunadamente, a Winn le dio risa su reacción.

—No, no es nada malo. —Se reía, tragándose las lágrimas—. Simplemente es la cosa más bonita que me has dicho nunca.

—¡Oh! —Jason se apoyó otra vez en la mesa, aliviado—. Bien, es cierto. Habrías salido del paso, Winn. Y que conste que no he cuidado de ti: te he acompañado.

Ella echó atrás la cabeza y soltó una carcajada.

—¡Oh! ¡Sí que has cuidado de mí! Has cuidado de mí varias veces y de varias maneras.

Jason bufó pero acabó por agachar la cabeza, asintiendo.

—Bien, de acuerdo, te he cuidado una cuantas veces, no siempre.

—¿No siempre? —preguntó ella, observando su cara. Le pareció que lo había dicho con sincera honestidad.

—Quiero que sepas que ésta es la mejor aventura que he vivido —dijo él, y suspiró.

—Ésta es la única aventura que he vivido yo —dijo ella.

Se quedaron allí, con el polvo flotando a su alrededor. El sol dorado dibujaba alrededor de Jason un halo rojizo que amenazaba con turbarla tanto como la conversación. Aunque turbada, sin embargo, se resistía a que el momento pasara.

—Quiero que sepas otra cosa —dijo él. Jane contuvo el aliento. ¿Qué quería que supiera? No tenía ni idea. ¿Y si... y si era algo que ella no soportaría oír?

—Hay cuarenta y ocho trabajadores a mi servicio en cuadras de cuatro países diferentes. El número fluctúa en más o menos cinco, dependiendo de si contrato chicos del lugar o visito mi coto de caza —dijo con una sonrisa de oreja a oreja—. Suelo votar medidas fiscales conservadoras en la Cámara de los Lores, pero me convierto extrañamente en Tory cuando se trata de temas sociales. Vuelvo a mis secretarios y compañeros del partido Whig* completamente locos. Sé lo que cobra mi mayordomo y que voy a tener que dragar cada año las tierras del castillo de Crow, donde reside mi familia, si no quiero que las cosechas se echen a perder.

Winn estaba boquiabierta.

—Deja de mirarme como un pez —farfulló Jason, resoplando.

* Partido liberal británico. (N. de la T.)

—¿Cuarenta y ocho trabajadores?

—Cinco más, cinco menos.

—Hablamos de eso hace mucho.

Él se encogió de hombros.

—Me tenía preocupado.

Ella suspiró profundamente. Era un alivio. Tenía la sensación de que aquella confesión de Jason había sido más una cuestión de responsabilidad que de... cualquier otra cosa. No quería reflexionar más, sin embargo, así que se enjugó las lágrimas, se enderezó y se apartó del escritorio.

—¿Vamos con los demás? —preguntó, con una sonrisa, y Jason la siguió. Del brazo, salieron al vestíbulo—. Mañana será otro día de recorrer iglesias. Tengo que encontrar alguna prueba sobre María F., porque no quiero volver a Inglaterra como la prometida de George Bambridge. —Continuó caminando, pero Jason se paró, tomo su mano y la obligó a detenerse y darse la vuelta en el diminuto vestíbulo del convento.

—Hay una tercera opción —le dijo, muy serio.

—¿Cuál? —preguntó ella

—Otra aparte de encontrar a Maria F. o que te cases con Bambridge, Winn. Hay una tercera opción.

En aquel momento el pánico la invadió. Tenía la mano entre las de él y se esforzó por mantenerla ahí en lugar de apartarla y echar a correr...

—No hay una tercera opción, Jason —dijo, con una voz más débil de lo que hubiera deseado.

—Sí. La hay —contestó él—. Sé que piensas que estás en deuda con él, pero si ya estuvieras cas...

—No, Jason. No hay tercera opción —repitió ella, esta vez categórica—, porque tampoco hay segunda. —Sacó la mano de entre las suyas y vio cómo la expresión de Jason, de abierta y esperanzada, pasaba a ser dura y aristocrática—. No me casaré con George por la sencilla razón de que no fracasaré en esto —dijo—. No puedo fracasar, tengo que encontrar la prueba. La vida que quiero está al alcance de mi mano.

—La vida que quieres está muy bien, pero hay otras vidas posibles —argumentó Jason—. ¿Por qué tienes tanto miedo?

—¡No tengo miedo! —prácticamente gritó. Después, con más calma, añadió—: Pero no puedo evitarlo, Jason. Te he dicho que necesito tener mi propia vida, mi independencia. No quiero tener que apoyarme en nadie ni que nadie me necesite, nunca más. Es lo que siempre he querido y, si renunciara a ello, me odiaría para siempre. Se miró la punta de los pies, incapaz de contemplar ni un momento más el impacto que su respuesta a la pregunta que él no había formulado había causado en su semblante—. Por favor, dime que lo entiendes —susurró.

Cuando Jason habló por fin, fue para decir con severidad:

—Lo entiendo. Así pues, ¿has tomado una decisión?

Ella le miró, insegura. Estaba pálido, sobrecogido y evitaba mirarla directamente. De hecho tenía los ojos clavados en algún punto situado detrás de ella, al final del corto pasillo.

—Recorreré todos los conventos y monasterios de Viena, o de Europa si es necesario, para ganarme la vida que quiero —prometió.

Jason sacudió la cabeza, respiró profundamente y dijo:

—Entonces, date la vuelta.

—¿Que me dé la vuelta? —Winn pestañeó, confusa. Los ojos de Jason buscaron los suyos y asintió, todavía inexpresivo. Así que ella se dio la vuelta y siguió la dirección de su mirada hasta el final del corto corredor, hacia el punto en que éste doblaba a la izquierda. En la esquina estaba el pequeño altar para oración con velas votivas que el señor Ellis había estado a punto de derribar, aunque tal vez lo que había estado a punto de derribar había sido una de las sillas que había a su lado. Aquello no era lo que captaba la atención de Jason y ahora también la de Winn, sin embargo.

Encima del altar había un pequeño tríptico pintado sobre gruesa madera de pino, por lo que se aguantaba de pie. La tabla central acababa en arco y no podía medir más de cuarenta y cinco centímetros de altura por treinta de anchura. Las dos tablas laterales, unidas a la central por bisagras, eran la mitad de anchas, de modo que podían cerrarse, como las puertas de una iglesia.

Mientras que la tabla central era una representación renacentista de Jesús en la cruz, las dos laterales resultaban mucho más

327

interesantes. Una contenía la representación de Adán y la otra la de Eva, con el árbol de la ciencia dividido entre ambas. Y ambas eran copias exactas de las figuras de Adán y Eva del controvertido cuadro, incluida la serpiente enroscada en el tobillo de Adán.

—¡Oh, Dios mío! —exclamó Winn, dando unos pasos vacilantes hacia el altar porque las piernas le flaqueaban. Se preguntaba si la estaría engañando la vista. Pero no, no, lo que veía era real, completa y absolutamente real—. El primer hombre y la primera mujer. A eso se refería María F. en sus cartas —citó Winn, con la respiración agitada—, pero no era el título, ¡era un primer boceto! ¡Esto debe de ser la obra definitiva! —Se fijó en la esquina inferior—. ¿Es eso...? ¡Oh, Dios mío, Jason! ¡Oh, Dios mío! ¿Es eso una firma? —Lo examinó con atención, cuidadosamente. Siempre con mucho cuidado, lo levantó y utilizó la luz de una vela votiva para observar la esquina inferior derecha de la tabla central.

—Bien, desde luego no es la firma de Durero —comentó Jason, con la nariz tan cerca de la tela como ella.

—Así es, Jason —convino ella, irguiendo pero sin soltar el tríptico—. Con esto y las cartas... Es una prueba irrefutable. ¡Y pensar que ha permanecido olvidado en esta pequeña abadía de Döbling durante los últimos trescientos años! —Le miró con los ojos brillantes—. Tú la has encontrado, Jason, has hecho el descubrimiento de tu vida.

Él abrió la boca para contestar, para decir algo sobre aquel descubrimiento, sobre lo que ella le había dicho apenas unos segundos antes... pero no pudo decir nada. Porque otra persona contestó en su lugar.

—¿El descubrimiento de vuestra vida, excelencia? —la voz de George Bambridge emergió de las sombras del fondo del corredor—. Mi enhorabuena. Es una pena que vuestra vida vaya a ser tan corta.

25

En el que termina la historia

George salió de la oscuridad del largo pasillo, precedido por el brillo de la pistola que empuñaba.

—¡Santo cielo, George! ¿De dónde has sacado eso? —preguntó Winn, algo sorprendida por su propio tono.

—De Linz —repuso George. Luego hurgó en el bolsillo con su mano libre—. Os dejasteis algo allí, excelencia... —Sostuvo en alto el anillo ducal de oro, que brillaba bajo la tenue luz, y se lo lanzó a Jason, que lo cogió y lo deslizó nuevamente en su dedo.

—Gracias, Bambridge —dijo en un tono mucho más cauteloso que el de Winn. Despacio, se desplazó para interponerse entre Winn y George, protegiéndola.

—Vaya, vaya —dijo Bambridge, viendo las intenciones de Jason—. No deis ni un paso más, excelencia.

—Vamos, George, sé razonable. Acabamos de hacer un gran descubrimiento. Es muy importante —dijo Winn.

—¡No! Tú ya no me das órdenes. Tu padre fomentó tu independencia, algo que nunca debió hacer. Una mujer diciéndome lo que es importante y lo que es bueno —le espetó, avanzando hacia ella—. ¡Estoy harto de aguantarlo! Ahora vas a escucharme.

En ese momento Winn se percató de dos cosas: la primera, que había un inquietante silencio en el dormitorio del convento; no había allí nadie aparte de ellos. ¿Dónde estaba Totty? ¿Dónde estaban las hermanas, la novicia que había ido cada cierto tiempo a comprobar cómo estaban? ¿Dónde estaba el señor Ellis? El silencio le dijo que nadie iría a salvarlos. Un escalofrío le recorrió la espalda.

La segunda cosa que notó fue que George Bambridge había perdido la razón durante las últimas semanas. Sin embargo esto último era algo que debería haber comprendido en cuanto vio que empuñaba una pistola.

Era un aspecto del que Jason tomó nota y levantó las manos en un gesto de rendición.

—De acuerdo, Bambridge. Vos ganáis. —Con cuidado, tomó el tríptico de las manos de Winn y cerró los laterales sobre el tablero central, de forma que sólo se veía la cara externa de madera. Las bisagras, que llevaban obviamente mucho tiempo en la misma posición, chirriaron, y a Winn le dio un vuelco el corazón.

—Esto es lo que queréis, ¿no es cierto? Ésta es la prueba de que Winn siempre tuvo razón. Tomadlo —Jason le tendió el tríptico guardando las distancias.

George le echó una ojeada, indeciso. Después se acercó con cautela, estirando el brazo izquierdo, momento en que el cañón de la pistola que empuñaba con la derecha descendió unos centímetros.

Jason arrojó el tríptico y, de repente, todo sucedió al mismo tiempo: George se lanzó por él, tirando la pistola al suelo, que afortunadamente no se disparó. Antes de que llegara a tocarlo con los dedos extendidos, Jason ya se había abalanzado sobre él, derribándolo. Cuando George chocó contra el suelo también lo hizo la pintura, y el grito ahogado de Winn hendió el aire. Ésta intentó recuperarla; pero, en la refriega, George le dio una patada al pequeño altar de velas votivas y lo derribó. Fue en ese instante cuando las cosas empezaron a ponerse realmente interesantes.

El altar era viejo y de madera inflamable como la yesca. Prendió rápidamente. Winn quedó a un lado del mismo y, Jason, George y el tríptico, al otro. Fue una de las pocas veces en que Winn no supo qué hacer

—¡Jason! —gritó mientras George rodaba sobre él y le daba puñetazos en las costillas.

—¡Corre! ¡Ve a buscar ayuda...! —le ordenó Jason sin apenas aliento.

—¡No te voy a dejar! —gritó ella—. ¡Oh, cielos! —El fuego estaba prendiendo en la silla. ¿Cuánto tiempo aguantarían las vigas?

—¡Oh, por Dios bendito! —se quejó Jason, momento en que, con un certero golpe en los testículos de George, consiguió cambiar las tornas y obtener ventaja. Se puso de pie rápidamente, cogió el tríptico, lo lanzó por encima del fuego y Winn lo atrapó milagrosamente.

»¡Ve a buscar ayuda!

—Jase...

—¡El fuego se extiende! ¡Ve ya!

Winn corrió por el pasillo hacia la anaranjada puesta de sol del exterior. Miró frenética a su alrededor sin ver a nadie.

—¡Socorro! —gritó, una y otra vez, pero nadie apareció. Tanto las hermanas como las alumnas estaban seguramente en la escuela para rezar antes de la cena, puesto que la iglesia estaba en obras. La iglesia era lo que estaba más cerca.

—¡Señor Ellis! —llamó, corriendo hacia las puertas de la capillita que servía como lugar de culto del convento. Era un espacio muy práctico, con filas de bancos de madera a ambos lados de una nave central, orientados hacia el altar. No tenía nada que envidiar a ninguna iglesia excepto por los andamios y el techo derruido. Cruzó las puertas y algunas palomas que anidaban en la nave levantaron el vuelo. El eco de sus aleteos llenó el vacío—. ¡Señor Ellis! ¡Señor Ellis! —llamó de nuevo Winn, hasta que por fin el caballero apareció en la tarima del altar.

—¡Oh, gracias a Dios! Señor Ellis, tomad esto. —Winn prácticamente le lanzó el tríptico—. Es terriblemente importante y vos tenéis que ir a buscar ayuda. ¡Hay un terrible fuego en el dormitorio!

—Pero ¿qué diablos, chiquilla? —El señor Ellis miró el tríptico que tenía entre las manos.

—¡Señor Ellis, hay fuego en el dormitorio!

Con esto fue suficiente. El señor Ellis salió corriendo hacia la escuela por la puerta lateral, con el tríptico.

Winn volvió por el ábside a las puertas principales por las que había entrado y que conducían al dormitorio. Tenía que volver con Jason. Tenía que sacarlo de...

Entonces lo oyó: las aves, que habían vuelto a sus nidos, se disponían a alzar el vuelo.

Se tiró al suelo, entre los bancos, justo en el instante en que las puertas se abrían de golpe y George entraba en tromba en la pequeña iglesia. Se agazapó cuanto pudo, respirando quedamente, acurrucada entre los reclinatorios y los asientos, a gatas, tan agachada como podía, mirando el ábside, escuchando las pisadas.

—Winnifred. Sal ahora mismo. Sé que estás aquí. Debo decirte que erraste eligiendo al ganador. Le he derribado con dos golpes en la cabeza. —Los pasos se acercaban—. Tiene gracia, ¿no? Nunca me ha gustado boxear —se rio, con una risa salvaje y hueca que Winn no había oído antes y que le produjo escalofríos.

Por desgracia, su silencio no había sido suficiente.

—Aquí estás. —George, en su fila, se había apoyado en el banco.

Winn no se había fijado antes porque sólo le había prestado atención a la pistola —que, afortunadamente, ya no llevaba—, pero George iba hecho una piltrafa: con el abrigo gastado por el uso, el rostro erizado de barba, la camisa y los pantalones manchados de ceniza. Normalmente, George se preocupaba mucho de su aspecto, tanto que llegaba a ser irritante.

George la miraba con calma absoluta cuando le dijo:

—Lo menos que podrías hacer es levantarte, ¿no te parece? —Arrastraba las palabras, elevando la voz cada vez más—. ¿Vas a obligarme a ir a buscarte? ¿Harás que te persiga todavía más? Llevo persiguiéndote quince años. Me parece que ya es suficiente, ¿no?

Winn comprendió que era la ira lo que mantenía tranquila su mirada. Se había tragado la furia que normalmente ventilaba y ésta había penetrado en su alma. No tuvo que mirar hacia atrás para saber que no tenía manera de escapar. No le quedaba otra opción que levantarse e ir a su encuentro.

—¿Dónde está Jason? —le preguntó.

—Donde lo he dejado.

—¿Y dónde está Totty? —Winn tragó saliva, dando con lentitud un pequeño paso atrás.

—Donde la he dejado. —George sonrió burlón—. No temas, las heridas de su excelencia son bastante más graves que las de Totty. Por lo menos eso espero.

Winn retrocedió otro cauteloso paso. Casi había llegado al ábside, de modo que el banco los separaba. Pero George no se movía, no avanzaba, no le hacía falta.

—¿Quieres decir que has herido a Totty del mismo modo que a Jason? —le preguntó.

—No, no quiero decir eso... —le respondió George, con creciente desesperación—, pero debería haberlo hecho. Ella me impedía encontrarte. Lo único que yo quiero es que todo vuelva a la normalidad, Winnifred. Tú y yo en Oxford. Por favor, compréndelo. Era la única manera, Winnifred, la única manera. Totty no quería callarse. Ella y sus amigos...

Winn sintió que le ardían las orejas. Una furia enterrada en lo más hondo de su ser se abría paso de manera impetuosa hacia su mente, y ya no veía al viejo amigo George al borde de la locura sino a su carcelero, a su opresor, a alguien que había herido a sus amigos.

—Para ser alguien acosado por las voces de las mujeres, nunca las escuchas. —Winn respiró profundamente, mirándolo fijamente—. Intenté decírtelo, pero me ignoraste. Así que escúchame ahora: nunca me casaré contigo. Se acabó la farsa.

George entornó los párpados y la ira que lo guiaba finalmente se reveló. Winn supo, en la fracción de segundo antes de que se lanzara por ella, que la había escuchado.

—¿Una farsa? —rugió, avanzando como un oso hacia ella. George era grande y fuerte, pero Winn era sorprendentemente veloz y se le escapó—. ¿Llamas a la vida que he planeado para ti una farsa?

Había muy pocas vías de escape. George dominaba el ábside

central, dirigiéndose hacia las puertas principales que ella tenía detrás.

—¿El amor que te he profesado todos estos años es una farsa?

La puerta por la que el señor Ellis había salido estaba al otro lado de la iglesia.

—Incluso cuando mis amigos me decían que me buscara a otra, que tú eras un frígido quebradero de cabeza, yo siempre volvía contigo.

Ella notó el calor de su mano cuando, a milímetros de distancia, estuvo a punto de agarrarla. Corrió para salvar su vida, corrió en círculos, consiguiendo apenas mantenerse fuera de su alcance hasta que no le quedó hacia donde correr, excepto hacia arriba.

—He soportado la humillación de tu educación, de esos artículos de Marks, de tus estúpidas investigaciones, ¿y ahora me rechazas?

Winn, agarrándose a los travesaños de los andamios, subió hacia el tejado desvencijado. Los tablones crujían bajo su peso. Se movía rápidamente: hacia arriba, un poco más. Ya casi había llegado al enorme agujero del techo cuando notó que el andamio se sacudía violentamente, se inclinaba y crujía. Miró hacia atrás y vio que George había iniciado su propio ascenso tras ella. Dobló el paso. Cuando alcanzó la cima, usó todos los músculos de sus brazos, acostumbrados a levantar poco más que plumas, para subirse al agujero. Luego, de una patada, derribó el andamio.

La estructura crujió y se dobló bajo su peso mientras caía hacia un lado. Las cuerdas se partieron y todo se vino abajo con gran estruendo. Volaron por los aires palos, madera y polvo, y George cayó.

Winn oyó su grito entre el estruendo mientras agotaba sus últimas fuerzas para sacar las piernas por el agujero. Rodó sobre las tejas de pizarra, que patinaban bajo de ella. Respiraba pesadamente. Tardó unos segundos en recuperar las fuerzas y centrarse. Cuando lo hizo, se puso de pie y trató de mantener el equilibrio sobre la vertiente del inestable tejado. Por primera vez en su vida se alegraba de ser bajita y tener bajo el centro de gravedad. Miró por el agujero hacia dentro de la iglesia. No vio nada entre la nube de polvo que se había levantado, pero comprobó que nada se movía en el suelo.

Era gracioso, pero la nube de polvo olía a... ¿A humo?

Levantó la cabeza. No, el humo estaba en el aire. Se subió precariamente al caballete del tejado para ver mejor. Desde allí vio que salía humo por dos de las ventanas del dormitorio. El fuego se había extendido. Monjas y alumnas bien organizadas formaban cadena llevando cubos de agua desde el pozo hasta el incendio para sofocarlo. Winn distinguió al señor Ellis, que todavía llevaba el tríptico, y a las hermanas Alton, pero no vio a Jason.

Caminó a lo largo del caballete del tejado, y estuvo a punto de perder el equilibrio en su prisa por alcanzar el campanario, frenética. Achicó los ojos contra la puesta de sol, pero no vio a Jason por ninguna parte.

«Sigue todavía dentro», pensó horrorizada Tenía que bajar y llegar al dormitorio. Tenía que encontrarlo.

¿Cómo iba a bajar?

Miró a su alrededor, desesperada, hasta que vio la gran campana metálica y la larga cuerda sujeta a la melena y que colgaba hasta el suelo. Se subió a la cornisa del campanario y, con toda la cautela de la que fue capaz, asió la cuerda y se deslizó fuera de la cornisa.

Dada su inteligencia, tal vez no fue una de sus mejores ideas.

Un tañido.

El mundo entero vibró y se agitó ante sus ojos cuando su peso hizo sonar la campana. Fue zarandeada arriba y abajo mientras la campana se balanceaba adelante y atrás.

Otro tañido.

Se esforzó por no soltarse de la soga mientras la campana se estabilizaba.

Otro más.

Despacio, puso una mano debajo de la otra. Los brazos le ardían por el esfuerzo de sostener su cuerpo. Mano tras mano, fue bajando, bajando.

Y otro.

La cuerda empezó a agitarse violentamente.

—¿Necesitas ayuda para bajar, Winnifred? —Era la maliciosa voz de George la que oía a sus pies. Miró hacia abajo y vio que éste, cubierto de polvo, tenía agarrado el extremo de la cuerda con sus finas manos y la sacudía, zarandeándola a ella.

—¡No! —gritó Winn, aferrándose desesperadamente a la vida mientras se sacudía en el aire, a mitad de la cuerda—. ¡Para! ¡Por favor!

Pero él continuó sacudiendo la cuerda, con la cara colorada por el esfuerzo y la rabia.

Tenía que aguantar. No debía soltarse.

De repente se abrieron de golpe las puertas y hubo un estruendo.

Ya no la zarandeaban. Miró de nuevo hacia abajo. Una figura envuelta en humo y llamas había tirado a George al suelo y estaba luchando con él con la furia de una bestia infernal.

Pero no era fuego la llama que lo envolvía. Era pelo rojo que brillaba a través del polvo y el hollín.

—¡Jason! —gritó, bajando por la cuerda. Pero si la oyó, su atención estaba en otra parte.

George tenía dos ventajas: su estatura y una piedra. Estaba luchando con uñas y dientes.

—¡No la vas a tener! —rugió, arañando y golpeando frenéticamente a Jason.

Winn terminó de bajar con rapidez. Era feliz de tener nuevamente los pies en el suelo, pero no era el momento de demostrar su alegría. George se había apoderado de uno de los maderos del andamio esparcidos por el suelo. Lo enarbolaba y estaba a punto de descargar un golpe con él cuando Winn corrió con todas sus fuerzas y le saltó sobre la espalda.

No supo qué la inspiró, pero le mordió una oreja.

—¡Ahhhh! —gritó asombrado el ogro sobre el que estaba montada, que dejó a Jason, tiró el madero y derribó a Winn al suelo.

La joven aterrizó de espaldas en el ábside y se golpeó la cabeza contra un banco. El mundo, que ya estaba loco, de repente se volvió de mil colores.

Aquel momento de distracción fue suficiente. Winn vio la silueta negra de George abalanzarse hacia ella. Estaba a punto de atraparla cuando Jason, cubierto de polvo, sudado y ensangrentado, apareció por detrás, blandiendo el trozo de andamio. Lo descargó con una furia tremenda y George se desplomó como un fardo a su lado.

Jason la miraba fijamente.

—¿Estás bien? —le preguntó, jadeando.

—Creo que sí —repuso ella con un susurro cuyo eco resonó en los muros de la iglesia.

—Intenta sentarte. —Jason se arrodilló delante de ella para ayudarla. Todo le daba vueltas pero, con una mano de Jason en la espalda y pasándole el brazo por encima de los hombros, se sintió suficientemente firme. Sus ojos se encontraron y, de repente, se quedó sin respiración. Porque todo estaba allí. Vio todos los sentimientos que siempre había querido evitar en el fondo de sus pupilas. Él estaba serio, con el semblante severo, mientras la ayudaba a ponerse en pie. No dejaba traslucir ninguna emoción, excepto a quien sabía dónde buscar.

Y entonces apareció todo el mundo. En las puertas principales de la iglesia, que Jason había abierto de golpe, estaban las hermanas Alton, el señor Ellis, y un buen número de monjas.

—¡Hemos apagado el incendio! —exclamó Gail Alton.

—No llegaba a ser un incendio; sólo han ardido algunas sillas y unas cuantas cosas —dijo Evangeline.

—¿Quién diablos es este bestia? —preguntó severamente la madre Agnes. Su irreverencia arrancó varios gritos ahogados y más de una de las benditas presentes se santiguó. George, tumbado en el suelo, se quejaba.

—Señorita Crane, ¿qué es eso tan importante que habéis encontrado? —El señor Ellis se abrió paso a codazos sosteniendo todavía con cuidado pero firmemente el tríptico.

—No hay derecho. Ella es mía, siempre lo ha sido —gemía George en su delirio.

—No, no lo es —le espetó Jason. Tomó el tríptico de las manos del señor Ellis y, mirándola a los ojos, se lo entregó a Winn—. Ella nunca ha pertenecido a nadie más que a sí misma.

Mientras las niñas Alton hacían un montón de preguntas y las monjas rodeaban a George formando un negro envoltorio; mientras el mundo se convertía en una cacofonía de emociones y explicaciones, Winn, que aún se sentía como si flotara, buscó el consuelo de la mano de Jason. No lo encontró, sin embargo, porque, en la confusión, había permitido que la multitud la envolviera y la arrastrara al exterior, y le había soltado.

26

Seis meses después, comienzan nuevas aventuras

Enero de 1823

Los treinta y uno son una edad excelente para que un hombre se case. A esa edad se renuncia a la aventura y se abraza la responsabilidad. Es una edad que requiere una adecuada dignidad, no se es demasiado viejo ni demasiado joven, pero, lo más importante, ya no se considera uno en absoluto joven. Para lord Jason Cummings, en particular, era la edad en la que podía por fin considerarse completamente adulto y este hecho era la causa de la celebración de aquella noche, una hermosa noche para una fiesta.

La nieve había empezado a caer suavemente. Aquélla era la primera nevada del invierno, justo después de Año Nuevo, cuando todo el mundo regresaba a la ciudad tras su estancia en las residencias en el campo.

Durante las Navidades, Jason por fin se había declarado.

Parecía una tontería postergarlo más. Después de todo, habían pasado cada minuto de los últimos meses juntos. Y Jane le había dicho a Jason que, si tenía que quedarse en Londres y hacer de carabina más tiempo, iba a enviar a Byrne tras él, con una escopeta y una licencia especial para que la usara a su antojo. Así que, un día que la visitó en Navidad, Jason hincó una rodilla en el suelo, como era costumbre, y le pidió la mano a la señorita Sarah Forrester.

Ella aceptó.

Naturalmente, sus padres estaban entusiasmados. Lady Forrester, al borde del llanto, ahora que tenía a la mayor de sus tres hijas prometida, ¡con un duque nada menos!, podía preocuparse de la siguiente. Lord Forrester le dio un rudo apretón de manos a Jason, radiante, declarándose encantado de que su hija hubiera escogido a un miembro de la Sociedad Histórica.

Jane también estaba entusiasmada, pero su alegría se parecía sospechosamente al alivio. Pensaba en Byrne, quien, después de seis meses en Londres, estaba desesperado por volver a la pequeña ciudad de Reston y a la casa en la Tierra de los Lagos. Por eso estrechó la mano de Jason con alegría y llamó al servicio para que hiciera el equipaje... eso, claro, antes de que Jane le dijera que no podrían irse hasta después de la boda.

—Las carreteras del norte son apenas transitables en esta época —le recordó Jane a su alicaído marido—. Deberíamos quedarnos hasta la primavera.

Byrne refunfuñó y miró a Jason con absoluto desdén. Como si la nieve invernal fuera culpa suya.

La mayoría se alegraban por la feliz pareja. Sin embargo, Phillippa Worth estaba pálida. ¡Oh!, no por Jason y Sarah y su felicidad, sino porque no se le había permitido dar el baile de compromiso.

—¡Pero si se conocieron en mi fiesta al aire libre! —arguyó Phillippa.

—Sí, pero el baile de compromiso recae sobre la familia de la novia. ¿Le negarías a lady Forrester el placer de organizar el baile de su propia hija? —replicó Jane, poniendo los ojos en blanco y, para disimular, tomando un sorbo de ponche de la copa de cristal tallado.

Phillippa miró a su alrededor. En la sala de baile de la mansión de los Forrester las parejas bailaban, las conversaciones eran alegres; cualquiera habría considerado la ocasión espléndida. Sin embargo, Phillippa no hacía más que quejarse.

—Si hubiera podido meter mano, habría sido el acontecimiento de la Pequeña Estación. En lugar de eso, tenemos manteles de lino crudo y muchos más miembros de la estirada Sociedad Histórica de los que se puede razonablemente soportar.

—Jason es miembro de esa estirada Sociedad Histórica —le recordó Jane a su amiga.

—Por eso me ha costado tanto encontrarle novia —concluyó Phillippa.

—¿Tú encontrarle novia? —A Jane estuvo a punto de caérsele la copa de ponche—. Estás reescribiendo la historia.

—Perdona, pero fuiste tú quien me pidió que diera una fiesta al aire libre, porque eras incapaz...

En ese momento, Jason decidió que era prudente alejarse de su hermana y de Phillippa para tomar un poco el aire.

Mientras cruzaba el salón de baile, todo el mundo le daba la enhorabuena y más de uno intentó entablar conversación y hablar con él acerca de sus planes para la boda o de cómo conseguir la catedral de San Pablo para la ceremonia, de lo cual Jason se veía obligado a reconocer que no sabía nada. También le preguntaban acerca de su reciente donación para encontrar un nuevo profesor de historia del arte para Oxford, puesto que carecían de un candidato adecuado para el puesto desde que George Bambridge había caído en desgracia, o acerca del último cotilleo de la Sociedad Histórica sobre de uno de sus miembros más recientes y el libro que se rumoreaba que estaba escribiendo.

Esto último le recordó su desesperada necesidad de tomar el aire.

En algún momento, Jason le había perdido la pista a su futura esposa. La había tenido a su lado la mayor parte de la noche pero, antes de que fuera a hablar con Jane, a Sarah la había arrastrado su madre para atender alguna pequeña emergencia relativa a apasionantes centros de mesa o cuberterías. Sin embargo, tendría que haber regresado ya. Recorrió con la vista la concurrencia y, aliviado, la localizó. La rodeaba un grupito de mujeres jóvenes que hablaban, reían y admiraban el anillo de esmeraldas de su madre, que había colocado en su dedo apenas hacía quince días.

Le invadió una sensación de calma cuando captó su mirada. Por eso había decidido finalmente pedirle matrimonio, por ese sentimiento, por esa sensación de satisfacción. Sarah era todo lo que el duque de Rayne necesitaba de una duquesa. Era adorable, bien educada, amable e inteligente. Además, tenía un fino sentido del humor y generalmente era agradable estar con ella. Eso era lo que quería en su vida.

Se le iluminó la mirada cuando lo vio al otro lado de la habitación. Pero estaba prisionera en el grupo de chicas y no pudo hacer nada más que poner los ojos en blanco para indicar que sus amigas la tenían atrapada.

Jason le sonrió. Señaló la puerta de la terraza y se abanicó con la mano para darle a entender que tenía calor y necesitaba aire.

Ella hizo lo mismo: «Cielos, sí. Yo también.»

Él le hizo señas para que se reuniera con él: «Bien, vamos, pues.»

Ella levantó cinco dedos: «Me encontraré contigo dentro de cinco minutos. Ve delante.»

Él sacudió la cabeza, levantando a su vez los cinco dedos: «Cinco minutos.»

Ella volvió a su conversación, dejando a Jason sin otra cosa que hacer más que escurrirse hacia las puertas de la terraza para salir al frío aire invernal... y toparse directamente con la mano de la señorita Winnifred Crane.

Fue como si el mundo se detuviera, y el tiempo con él. Winn se disponía a coger el picaporte y se dio la vuelta para mirar atrás. En esta ocasión no le golpeó la cara, afortunadamente, sino que su mano aterrizó en algún lugar próximo a la cintura de Jason. Fue un golpe bajo y, cuando la miró a los ojos, muy abiertos por la sorpresa, aquel golpe accidental se extendió por todo su cuerpo, le bajó por la espina dorsal y lo dejó sembrado, aunque las rodillas le temblaban por el esfuerzo de mantenerse erguido.

—Lo siento —acertó a decir ella finalmente—. Yo... no te he visto.

—Está bien —dijo Jason apenas, incapaz de decir nada más. Llevaba seis meses pensado en aquel momento y, de repente, se había quedado sin habla.

Seis meses: el tiempo que llevaba desde que la había visto por última vez, apretando el tríptico firmemente contra su pecho en la nave de la pequeña iglesia del convento de Döbling. Él se lo había dado, le había dado la libertad, y ella se había marchado de la iglesia sin mirar atrás. Él había confiado en el señor Ellis para que le proporcionara fondos para alojarse en un hotel y comprar el pasaje de vuelta. Mientras, Winn se había quedado en casa de los Alton, donde se había reunido con Totty.

No se habían visto desde entonces.

Jason se había quedado en Viena unos días para asegurarse de que George Bambridge pagaba por lo que le había hecho, incluidos los daños causados en la iglesia al quemar el altar y las sillas, sillas que habían resultado tener cerca de cuatrocientos años y ser, por lo tanto, bastante valiosas. Le habían costado a George Bambridge todos sus ahorros y se había quedado sin dinero para sobornar al anticuario de Linz a quien había robado un anillo y una pistola y roto un jarrón. Debido a eso había tenido que pasar varios meses en una desagradable cárcel alemana.

Sin embargo, los estropicios en la iglesia y el haber birlado algunas antigüedades en el extranjero no habrían sido más que una divertida anécdota en Inglaterra. Jason no sabía con certeza por qué motivo Winnifred y la señora Tottendale no habían presentado cargos por asalto o intento de asesinato contra George. Él podría haberlo hecho, sin duda, y estaba más que dispuesto, pero sir Geoffrey Alton, a quien sus contactos debían haber asesorado, le dijo que las damas le pedían que no lo hiciera. George era de la familia, después de todo. No sería perdonado, pero no era conveniente que quedara constancia legal de que un miembro de una familia había presentado cargos contra otro miembro de la misma familia. Las mujeres tienen mejores métodos que los hombres para vengarse, le había dicho a Jason.

Y así fue. En cuanto Totty recuperó la conciencia en Linz, escribió una carta a Phillippa Worth contándole la traición de George. Ésta se aseguró de que esa información fuera del dominio de todos, de forma que, cuando le llegó el momento a George de volver a Inglaterra, supo que, si lo hacía, nadie iba a recibirle. Se rumoreaba que estaba en Irlanda, intentando enseñar en el Trinity College, como si los irlandeses fueran más proclives al perdón que los ingleses. George tendría que irse a

343

América si quería encontrar una escuela dispuesta a contratarle. O quizás aún más lejos.

Si Jason se aseguraba, a través de un tercero, de que George Bambridge nunca más le levantara la voz a una mujer, bien... ¿quién iba a saberlo?

Pero George Bambridge no merecía ni un solo pensamiento más. Al cerebro de Jason le venía justo asimilar que Winnifred Crane estuviera allí, de pie, delante de él. Después de seis meses.

Seis meses. Tenía el aspecto... tenía el aspecto de Winn. Su Winn. Llevaba el cabello recogido y un traje de seda fina, pero seguía siendo la mujercita que se había hecho un ovillo bajo las mantas mientras él dormía encima; la Winn que se había encorvado sobre la colección de documentos y pinturas de *Herr* Heider durante días, hojeándolos con unos guantes, esperando encontrar alguna prueba de que su presentimiento sobre la pintura de Adán y Eva era acertado; la Winn que se había reído hasta las lágrimas cuando habían visto la botella de borgoña del 93; la Winn que tiraba de su guardapelo en forma de corazón cuando una idea cruzaba su mente. El guardapelo en forma de corazón que ahora reposaba sobre su pecho y que había brillado sobre su piel desnuda a la luz de la luna en la habitación de Wurtzer.

—¿Jason? —dijo ella, reclamando su atención.

—¿Qué decías? —le preguntó él débilmente.

—Te he preguntado cómo estás —repuso ella sin desviar la mirada.

—Estoy bien. Voy... voy a casarme. —Hizo un gesto hacia la fiesta que se desarrollaba en la habitación que tenían detrás, la fiesta que, a pesar de haberse detenido el tiempo, continuaba con sus luces y risas.

—Lo sé —dijo ella—. Bueno, en realidad no sabía... Lord Forrester me invitó al baile de compromiso de su hija. No mencionaron quién era el novio.

—Los novios son bastante superfluos en estas cosas, según me han dicho. —Jason se rio sin ganas de su propio chiste.

¿Qué habría hecho de haberlo sabido?, quería preguntarle. ¿Habría ido de todos modos? A pesar de sus sentimientos por él o como prueba de que no los tenía.

—Enhorabuena —lo felicitó ella en voz baja.

—Gracias. —¿Qué otra cosa podía responder?

Se quedaron ahí, a pesar del frío invernal. El vapor de su aliento se veía a la luz que proyectaba el resplandor de la fiesta tras las puertas de cristal. En algún momento la puerta se cerró, pero Jason no lo recordaba. Tampoco recordaba haber caminado varios pasos alejándose de las puertas hacia un rincón menos iluminado, pero lo habían hecho. Quizás era el vino, pensó brevemente, que le impedía pensar en otra cosa que no fuera la mujer que tenía delante. Pero, por supuesto, no lo era. Era una locura creer eso.

—He estado en Francia —dijo Winn de pronto.

—¿En Francia? —preguntó Jason—. Todos nos lo hemos preguntado, en la Sociedad Histórica, quiero decir.

—Bien, sí. —Ella se ruborizó, mirándose las puntas de los pies un momento y luego buscando dónde fijar su atención, como un gorrión asustado—. Nos quedamos en Viena, acogidas por los Alton, pero, cuando me llegó la noticia de que había recibido mi herencia, no quise esperar más para ver mundo.

—¿De veras? —no pudo evitar preguntarle—. Ver mundo, eso es.

—No el mundo entero. —Winn sonreía—. Ni siquiera la mayor parte. Todavía no. Pero he visto el Mediterráneo. Tenías razón en lo del color azul.

De repente Jason sintió que se le rompía el corazón. Era una idea absurda, especialmente teniendo en cuenta lo que se estaba celebrando con aquel baile, pero había albergado la esperanza de ser testigo de aquel momento: el momento en que los ojos de Winn se posaran en el azul del Mediterráneo. Le habría gustado estar con ella y ya nunca estaría.

«Así que me lo he perdido —pensó Jason—. Un momento que he dejado pasar.»

—Yo he estado aquí —dijo, en un vano intento por reanudar la conversación—. En Londres.

Sí, había estado allí. Nada más volver a tierras inglesas, su hermana Jane estaba esperándole para regañarle por haber desatendido sus obligaciones.

—¿Qué era tan importante para que tuvieras que ir dando tumbos por Europa durante varias semanas? —le había dicho Jane después de abrazarle y darle un sonoro beso en la cabeza.

A él le habría gustado decírselo. Le habría gustado contarle que hacía algo importante para alguien. Que estaba ayudando a un amigo, y en ese proceso, se había enamorado locamente de una mujer que no le quería. Sin embargo, ella nunca le habría creído.

Sir Geoffrey era un hombre de palabra y no le mencionó a nadie su presencia en Viena. El señor Ellis llegó unas semanas más tarde a Inglaterra, y a Jason le bastó con hacerle una visita a aquel honrado caballero para que guardara silencio. Se enteró, además, de que, en su carta a Phillippa, Totty no le había mencionado, puesto que cuando la había escrito no podía confirmar la identidad del acompañante de Winn. La alta sociedad sabía únicamente que se había separado de Winn en Dover, nada más. Puesto que lo último que le había dicho a Bonos había sido: «Esta pequeña aventura va a ser más larga de lo que pensaba», cuando tardó una larga temporada en volver todos supusieron que se había embarcado hacia tierras lejanas. ¿Por qué contradecir la reputación que se había labrado durante tanto tiempo?

—Estaba en Dover y pensé que hacía mucho que no había estado en París —había dicho, encogiéndose de hombros tranquilamente—. En realidad, Jane, no he hecho más que divertirme un poco. ¡Oh! ¡Deja de pegarme!

—La próxima vez que decidas dejar el país y abandonar a tu hermana y a la dama con la que me has dicho que deseas casarte, ¡avisa a alguien! —le había recriminado Jane, enfadada.

Afortunadamente para él, Sarah era mucho más indulgente que su hermana.

Si, mientras suplicaba el perdón de su hermana y de Sarah, se aseguraba de paso de que un cierto lote de pinturas fuera devuelto a su verdadera dueña, utilizando todo el peso de su título para para presionar a su antigua universidad, ¿quién pestañearía siquiera? Después de todo, estaría haciendo lo correcto por la candidata más reciente a la Sociedad Histórica, una persona avalada por su futuro suegro.

Y si, también se aseguraba, mediante intermediarios anónimos, por supuesto, de que esas pinturas salieran a subasta por una suma desaforada y fueran donadas luego a Oxford por el nuevo y anónimo propietario, con lo que volverían al punto de partida y se quedarían en casa, ¿quién lo sabría? ¿A quién iba a importarle?

Pero Winn no contestó a su estúpida afirmación de que había permanecido en Londres todo ese tiempo, sino que miró a Jason a los ojos y le formuló la única pregunta que nadie en toda su vida se había planteado hacerle porque todos daban por sentada la respuesta.

—¿Eres feliz?

¿Lo era? Había creído que sí... hasta hacía unos minutos. No podía contestarle eso, sin embargo, no podía contestarle nada, ni en serio ni en broma, porque cualquier respuesta habría resquebrajado el muro que necesitaba mantener firme.

—Estás temblando —comentó, intentando distraer su mente de la pregunta.

—Hace frío aquí afuera y yo soy muy friolera.

—Lo sé. He oído que estás escribiendo un libro —dijo Jason de pronto, cambiando de tema.

Ella asintió con la cabeza.

—Acerca de tus aventuras en busca de las cartas sobre el Adán y Eva.

Ella asintió de nuevo.

—Quería novelarlas, pero mis editores dijeron que era una historia demasiado buena para no ser contada como cierta.

—¿Salgo en ella? —preguntó él, lacónico.

Winn lo miró en silencio un momento.

—No saldrás si no quieres —le contestó.

—No saldré si no quiero —repitió él, sin comprender.

—Nadie te conoce, es decir, nunca le has dicho a nadie que estuviste conmigo. Comprendo que... alteraría tu vida que lo hicieras: tu boda con la señorita Forrester, tu posición en la alta sociedad. —Se miró nuevamente las puntas de los pies, llevándose la mano al guardapelo que llevaba al cuello, pero se detuvo.

»Nunca te haría eso —dijo, enderezándose y mirándolo directamente a los ojos—. Puedo... escribir la historia sin incluirte, dando a suponer que hice el viaje sola, si tú quieres.

Él asintió con la cabeza, débilmente. Comprendía su razonamiento aunque no lo compartiera.

—Bien, entonces está decidido. —Winn se encogió de hombros—. Debería irme —dijo finalmente, con una sonrisa demasiado ancha para ser sincera, y se inclinó en una reverencia.

»Os deseo toda la felicidad del mundo, excelencia. —Se dirigió rápidamente hacia las puertas del salón de baile.

—Winn, espera —la llamó él, pero ya se la había escapado y había vuelto al mundo real, cruzándose por el camino con Sarah, que se acercaba a Jason y no la vio.

—Oh, perdonad —le dijo Sarah a la silueta de Winn que se escabullía. Después, volviéndose hacia Jason, buscó su mirada con alegre sorpresa—. ¿Era Winnifred Crane? —preguntó.

Jason afirmó con la cabeza, incapaz de dar otra respuesta.

—¿Adónde va? Tenía muchas ganas de conocerla. Mi padre me dijo que quería invitarla, pero yo creí que no vendría, porque estaba viajando por Europa.

—¿Lo sabías? —la interrumpió Jason de pronto—. ¿Sabías que vendría?

—Sí —contestó Sarah con cautela y, después, al cabo de un momento, añadió—: Pero no sabía que la conocieras.

—Sólo un poco... —dijo Jason, tartamudeando y haciendo memoria—. Su padre era profesor mío en el colegio... y luego, el día que ella quiso entrar en la Sociedad Histórica, yo estaba allí y...

—¡Oh, ahora me acuerdo! —exclamó Sarah con una sonrisa de alivio—. La ayudaste a entrar en Somerset House y a conseguir que mi padre la recibiera. He oído que está escribiendo un libro sobre sus peripecias intentando ser admitida en la Sociedad. —Los ojos de Sarah relucían como carbones encendidos—. ¿Crees que saldrás en él? Tú desempeñaste un papel fundamental al abrirle las puertas de la Sociedad.

—¡No! —exclamó Jason, cruzando los brazos sobre el pecho y caminando nerviosamente—. Precisamente no me va a mencionar. ¿Cómo puede... cómo puede alguien hacer eso, literalmente echarte de su vida?

Si Jason hubiera prestado más atención, habría visto toda la alegría y todo el color desaparecer de la cara de Sarah al escuchar sus febriles e hirientes palabras, pero estaba demasiado ensimismado, demasiado inmerso en su pasado con Winn, para fijarse en la mujer con la que pensaba construir un futuro.

Oyó, eso sí, la compresión en la voz de Sarah cuando ésta por fin habló.

—Jason... Yo... Bueno... ¿hasta qué punto conoces a miss Crane?

—Ya te lo he dicho, de cuando era estudiante... —empezó a decirle, pero ella sacudió la cabeza negativamente.

—No. Yo creo que la conoces mejor que eso —replicó con suspicacia.

Jason guardó silencio y vio la palidez en la cara de Sarah, sus ojos desorbitados.

—Sí, es cierto —susurró.

—Creo que me gustaría sentarme —suspiró Sarah. Jason se apresuró a tomarla del brazo y guiarla hasta un banco de piedra cercano, más lejos de la luz. Lo que ella tenía que preguntar y lo que él tenía que contestar sería difícil de decir a las claras.

»¿Cuándo? —preguntó ella una vez sentada.

—¿Cuándo? —contestó él, sin comprender.

—¿Cuándo conociste a la señorita Crane? ¿En la facultad?

—Después.

—¿Antes de conocernos? —preguntó ella esperanzada, y la suya era una esperanza que él iba a disipar.

—No... este verano, cuando estuve en Europa varias semanas.

—Ah... —respondió brevemente y con aflicción Sarah.

—Sarah, me voy a casar contigo, no te preocupes. Y seremos... seremos felices —dijo Jason apresuradamente—. Lo que... hubo entre Winn y yo fue consecuencia de las circunstancias. Se acabó.

—No, no se ha acabado —contestó Sarah, mirando hacia la fiesta, su fiesta de compromiso, que se desarrollaba detrás de las cristaleras—. Te he estado observando estos meses. Has sido mi tema favorito. Y has sido muchas cosas conmigo: jovial, chistoso, alegre... pero nunca feliz. No, no realmente feliz. Tampoco te he visto nunca tan enardecido como lo estás después de pasar apenas unos minutos con la señorita Crane.

Él sacudió la cabeza.

—Esto no quiere decir que tú y yo no vayamos...

—Jason, mírame.

Él la miró con temor, y la encontró tan mesurada como correspondía a su educación

—Si me vas a romper el corazón, hazlo ahora, no dentro de tres meses, después de que hayamos hecho nuestros votos, ni siquiera mañana. Hazlo ahora. Ten la fortaleza de decir lo que quieres y de obrar en consecuencia.

Jason se levantó de golpe, incapaz de quedarse quieto. Pero no se fue, no paseó de un lado a otro. Simplemente miró hacia la fiesta que había detrás de las puertas. Toda aquella gente riendo, feliz, buena gente. Y la única persona a la que él quería ver... ya no estaba.

Se dio la vuelta y miró a la cara a su prometida, que estaba empezando a flaquear. El brillo de sus ojos amenazaba con derramarse sobre sus mejillas. Un ligero temblor era su única concesión al frío. Era buena. Era tan buena que él le dijo lo único que podía decirle:

—Lo siento... —susurró.

Y así era verdaderamente. El eco del sonido del corazón de una mujer al romperse cruzaba el aire de la noche y no había nada más que decir.

Sarah sacudió la cabeza, las fuerzas la abandonaban y su cuerpo se inclinaba con resignación. Pasaron unos segundos antes de que recuperara la compostura lo bastante para sonreírle a Jason con indulgencia.

—¿Qué hora es? —preguntó éste saliendo de su ensimismamiento.

—Cerca de medianoche —le respondió Sarah con toda naturalidad—. En cualquier momento mi padre hará su brindis.

—Entonces debería ir a hablar con él —dijo Jason, acariciándose la mandíbula.

—No. —Sarah puso la manita sobre su brazo, sujetándolo—. Deja que lo haga yo. Evitaré el brindis formal y demás, pero déjalos que continúen con su fiesta por ahora.

—¿Qué les dirás? —preguntó él.

—Que tenías jaqueca y te has ido a casa. Mañana les diré la verdad.

Jason se acercó, tomó su mano y la besó, respetuosamente, por última vez.

—Deberías irte —susurró ella con la tristeza dibujada en el rostro.

Jason se volvió para irse, para salir discretamente por el jardín, pero se detuvo.

—Sarah —dijo, poniendo en ello todo su corazón—. Por favor, créeme, sé que hubiera sido tremendamente feliz contigo de no haberla conocido...

—De no haberla conocido —convino ella.

Si no la hubiera conocido.

El eco de aquellas palabras resonaba en su cerebro mientras caminaba por Grosvenor y cruzaba Berkeley Square. Nevaba más intensamente, pero él no lo notaba. No veía más allá de sus pensamientos.

Si no la hubiera conocido.

¿Cómo era posible que algo tan simple como un minuto de conversación con Winn Crane causara estragos en su vida?

Si no la hubiera visto aquella noche.

Si no la hubiera seguido a bordo de aquel barco en Dover.

Si no hubiera corrido hacia ella en el patio de Somerset House.

Un solo segundo de diferencia y su vida habría sido diferente. Se hubiera conformado con Sarah Forrester como novia, habría pasado aquel verano sin seguir un plan demencial recorriendo la mayor parte de Alemania. Nunca habría tenido el corazón a punto de estallar y luego vacío a causa de una mujer con ambiciones.

Sí, su vida habría sido diferente, pero ¿habría sido mejor?

Cuando lo pensó se detuvo en seco, con la negra noche envolviéndolo en su frío abrazo. Miró hacia el cielo y dejó que los blancos copos cayeran a su alrededor, deshaciéndose cuando tocaban sus febriles mejillas.

No, su vida no habría sido mejor. Más fácil tal vez sí, pero Jason sospechaba que siempre lo había tenido demasiado fácil. De no haber conocido a Winn Crane, no habría conocido el verdadero amor, ese amor con tres facetas: la de protección combinada con el respeto de la amistad y la pasión del deseo. Tres aspectos unidos que daban como resultado... algo más. Estaba ahí, a su alcance. Sabía también, de una forma visceral, que estaba ahí, al alcance de Winn.

La idea de que ella negara no solamente lo que sentía, sino también lo que habían vivido juntos durante aquellas semanas, las más terribles y llenas de aventuras, las mejores semanas de su vida, le hacía hervir la sangre más que ninguna otra cosa. Así que caminaba furioso por la calle adoquinada.

¿Qué había dicho? Que no saldría en su historia si él no quería. ¿Por qué demonios no iba él a querer salir? ¿Y por qué demonios pensaba ella que él no iba a querer? ¿Sólo porque no había querido irse de viaje al principio? Había seguido adelante, ¿o no? ¿Tal vez porque sencillamente la había acompañado sin decirle nunca que quería implicarse en su aventura?

Jason se paró, dejó de respirar. Se quedó de pie bajo la nieve y las estrellas con todo su ser enfocado en una sola idea.

¡Oh, mierda!

Nunca le había dicho que quería formar parte de su vida. Ella le había disuadido con mucha destreza, en el camino, después de pasar la noche en la buhardilla de Wurtzer, diciéndole que no quería aprisionarle o sentirse prisionera, que había sido una simple experiencia. Y él la había dejado alejarse, había dejado que buscara su camino, pero nunca le había dicho que deseara esa prisión.

Ambos habían asumido simplemente que sus caminos iban a divergir, que la vida de un duque en Inglaterra nunca volvería a cruzarse con la de alguien que quería ver mundo.

Algunas veces, sin embargo, hay que hacer que los caminos se junten. Él no sabía cómo, pero lo haría. Aunque no iba a ser fácil. Los proverbios se equivocaban: el amor no siempre es paciente y amable.

Iba a ser una dura tarea, pero, por una vez en la vida, Jason estaba deseoso de emprenderla.

Dónde estaría Winn, pensaba a ciegas, mirando alrededor. En su meditabunda caminata había pasado por delante de las tiendas de Oxford y Bond Street y había llegado casi hasta Russell Square. Estaba a sólo unas manzanas de la residencia de la señora Tottendale, en Bloomsbury. Lo sabía porque había encontrado la dirección de Totty y había pasado una o dos veces por ahí con la masoquista esperanza de encontrar abierta la casita.

En su última visita, hacía algunos meses atrás, había dejado la muñequita de madera en el escalón de la puerta.

Sus pies debían haber seguido el rumbo de sus pensamientos, llevándole a donde sabía que ella estaría. Ahora era consciente de sus pasos e iba en una dirección conocida, con un claro objetivo.

Jason no tenía ni idea de lo que diría o de lo que haría, sólo sabía que tenía que verla.

Winn llegó a casa de Totty casi una hora después de marcharse de la fiesta de compromiso de Sarah Forrester con el duque de Rayne. Había salido por la puerta de casa de lord Forrester casi enseguida, cierto, pero el chófer del carruaje de Totty, normalmente bastante diestro, se había quedado atascado en la locura del tráfico de St. James, que la nevada había empeorado y además obligaba a conducir con más precaución. Winn no podía culparlo, únicamente deseaba haber sido ella algo más cauta.

El coche de caballos había sido una cámara de tortura. Como iba sola porque Totty se había quedado en casa, sólo se tenía a sí misma y sus pensamientos. Cuando cruzó la puerta de casa de Totty, estaba emocional y físicamente exhausta. Apenas reconoció a Leighton cuando tomó su capa; apenas se daba cuenta de nada. Un solo pensamiento la consumía con un murmullo sordo en su cabeza.

Jason iba a casarse. Jason pertenecía a otra.

Cuando Leighton se fue, Winn apoyó la espalda contra la puerta de entrada, respirando profundamente. ¡Qué manera tan tonta de tomarse la situación! Para empezar, Jason nunca le había pertenecido a ella, y era natural asumir que algún día pertenecería a otra. ¡Pero nunca había imaginado que sería testigo de ello!

Se restregó los ojos cansados. Siempre había pensado que la noticia le llegaría cuando ya hubiera sucedido, meses, quizás incluso años después. Alguien la visitaría en el pequeño apartamento que habría alquilado en París o le escribiría una carta con todos los cotilleos de Londres en la que mencionaría que el duque de Rayne acababa de tener otro hijo con su esposa, y ella recibiría la noticia con un poco de tristeza pero, en definitiva, su sufrimiento por el hecho consumado sería breve y privado.

«¡Ya estamos otra vez! —se dijo—. No puedes lamentarte por lo que has rechazado.»

—¿Qué te pasa, querida? —le preguntó Totty, que bajaba la escalera con una copa de jerez en la mano.

—Nada, Totty. —Winn apartó las manos de los ojos y la miró con lo que esperaba que fuera una cara inexpresiva.

—¿Cómo ha ido la fiesta? —quiso saber Totty.

—Bien —contestó Winn con toda la tranquilidad de que fue capaz.

—¿Has visto a Phillippa Worth? Espero que le dijeras cuánto he sentido no poder asistir, pero estos dolores de cabeza... cada vez son menos frecuentes pero siguen siendo muy molestos. —Totty tomó un sorbo de su automedicación—. El jerez es lo único que me ayuda.

—No, lo siento —murmuró Winn—, no he tenido ocasión. —Había llegado tarde y, al enterarse de quién era el novio, había sentido la necesidad de respirar aire puro y había salido a la terraza.

—Ah, bueno. —Totty se encogió de hombros—. Cuando Phillippa me escribió acerca de la fiesta, tuve la impresión de que ella sería quien la daría, así que al menos no me he perdido uno de sus acontecimientos.

Winn, que tenía la mirada perdida, de repente fijó la vista en Totty.

—Cuando Phillippa te escribió acerca de la fiesta —repitió.

Totty, a pesar de su habilidad para la manipulación social, parecía una niña pillada en falta. Se puso colorada y apartó la mirada,

—¡Lo sabías! —la acusó Winn, apartándose de la puerta y acercándose al pie de la escalera.

—¿Saber qué, querida? —Totty intentaba parecer inocente sin conseguirlo.

—Yo no hubiera venido de Francia. ¿Quién cambiaría Francia por Inglaterra en invierno? —exclamó Winn—. Pero llegó la carta de lord Forrester invitándome al baile de compromiso de su hija, y tú dijiste que querías ir a Londres unos días después de Año Nuevo, para ocuparte de algunos asuntos.

—Y me he ocupado de algunos asuntos —repuso Totty a la defensiva—. Teníamos que ver a tu editor para enseñarle los dos primeros capítulos. Tenía que dar instrucciones a Leighton sobre la manera correcta de embalar las cosas, porque, si lo hace a su manera...

—Totty... —Winn suspiró—. Sabías lo de Jason.

—Bueno, por supuesto que lo sabía —admitió cándidamente la anciana.

—Lo sabías y me dijiste que asistiera a la fiesta de todos modos, que me convenía reanudar mis contactos personales con la Sociedad Histórica.

—Bien, tú refutaste la teoría de que el autor de una de sus pinturas más valiosas era quien ellos creían. Tienen todo el derecho a estar irritados contigo. A pesar de todo, te han admitido como candidata. Su buena voluntad merece una recompensa. Además —Totty continuó bajando la escalera despacio pero decidida—, ¿qué importancia tiene que el duque de Rayne haya resultado ser el prometido de la señorita Forrester?

Qué importaba, en realidad. Ella nunca le había contado a Totty hasta qué punto estaba implicada sentimentalmente con Jason. Sólo le había dicho que éste, por casualidad, se había convertido en su compañero de viaje. Nada más. Había supuesto que la mujer, mayor y más experimentada, daría por sentadas ciertas cosas pero que era lo suficientemente sensata como para no juzgarla ni comentárselo.

Tampoco Jason se lo había contado a nadie.

Winn hacía la vida que había elegido, la vida por la que había luchado. Sería feliz. Era feliz.

Además, esa relación se había terminado hacía seis meses. No la habían mencionado desde entonces. ¿Cómo sabía Totty...?

—¿Le viste? —preguntó Totty, porque Winn se había quedado callada.

Winn asintió con la cabeza.

—¿Y bien? —la acicateó Totty.

Winn miró a su amiga con expresión resuelta, sin delatarse.

—Será muy feliz. La señorita Forrester es encantadora. No era necesario que me engañaras para que fuera.

La tristeza tiñó la expresión de Totty.

—Es mejor así —le aseguró—. ¿No crees? Ahora... ahora ya nunca tendrás que preguntártelo.

—¿Preguntarme, qué? —repuso Winn, sacudiendo la cabeza—. Jason y yo... nos hubiéramos hecho desgraciados el uno al otro. Yo tengo la vida que quiero y no incluye a otra persona. Tengo un trabajo en que ocupar mis esfuerzos y el mundo entero para hacerme compañía. Voy a correr otra aventura, y luego otra más. Así que no me compadezcas.

Winn no estaba segura de que a Totty la convencieran esas bravatas, porque ni siquiera la convencían a ella. Tampoco supo cuál habría sido la reacción de Totty, si habría abrazado a su amiga, le habría pellizcado la nariz o le habría servido un poco de jerez, porque en aquel preciso momento oyeron unos fuertes golpes provenientes del exterior y unos gritos.

—¡Winn! ¡Winnifred Crane, sal ahora mismo! —La voz de Jason resonaba a través de la robusta puerta principal de roble de la casa de Totty.

Winn volvió la cabeza hacia la puerta, pero el resto de su cuerpo se quedó helado. Era como un pájaro atrapado justo antes de alzar el vuelo.

—Debe conocerte bastante bien para llamarte así —dijo Totty, con sorna pero pendiente de lo que sucedía al otro lado de la puerta.

—Así es —murmuró Winn.

—Sé que estás en casa —dijo Jason—. El cochero de Totty me ha dicho que acababa de dejarte. Winn, abre la puerta, por favor.

Otra larga pausa. Winn era incapaz de moverse, incapaz de responder.

—Si no quieres verme, entonces... escúchame —le ordenó Jason.

—¿Qué hago? —preguntó Winn en un susurro, y Totty le respondió parpadeando y abriendo mucho los ojos.

—Escúchale —contestó.

—Eres una completa idiota —dijo Jason, jadeando después de haber estado caminando a paso rápido, incluso corriendo a ratos, y por el esfuerzo inesperado de tener que gritar a través de una puerta. Sin embargo, se sentía en la gloria, con la sangre corriéndole por las venas, seguro por primera vez en seis meses de lo que hacía, aunque siguiera sin tener ni idea de lo que iba a decir. Así que decidió, justo después de dar el primer golpe en la puerta, que, simplemente, lo diría todo—. Así es, te he llamado idiota. A pesar de toda tu facilidad para analizar cuadros y escribir tratados sobre tus teorías y de tu capacidad para convencer a los posaderos de que nos entreguen parte de sus ganancias si montamos un espectáculo, eres una completa idiota. —Jason se puso a dar vueltas, yendo de un lado a otro de la pequeña puerta de Totty—. Eres idiota al pensar que podrás eliminar a alguien de tu relato, que podrás borrarme de tus recuerdos; formaré siempre parte de ellos, quieras o no. Nunca olvidarás el tiempo que pasaste en Nuremberg y en Viena, y yo estoy ligado a esa época. Ésas son mis ciudades, su recuerdo me pertenece.

»Pero lo más gracioso es que yo también fui un completo idiota al creer que podría regresar a Inglaterra y olvidarte. Ambos hemos cometido el mismo error: pensábamos que podríamos relegarnos mutuamente al pasado. Yo pensaba que, con el tiempo, te olvidaría, pero al verte esta noche... No eres el pasado para mí. Sé que tampoco lo soy yo para ti. Winn, has cometido un error. Dijiste que no me mencionarías en tu libro si yo no quería que lo hicieras. Lo has dicho porque crees que, si lo haces, eso causará estragos en mi vida, que la tuya será una locura, que destruirá tu reputación; pero, si te hubiera dicho que quería que me mencionaras en tu relato, lo habrías hecho. Habrías dejado que se desencadenara la locura porque quieres que aparezca en él. Sí. Me quieres en tu vida. Todo eso que mantienes acerca de tu independencia no vale nada. Es más, me necesitas. Necesitas a alguien que sepa lo en serio que te tomas tu trabajo. Necesitas a alguien que te recuerde que debes acostarte y que te lleve a la cama en brazos cuando te duermas sobre tus papeles. Necesitas a alguien que te considere hermosa cuando te sujetas el pelo con lápices. Necesitas a alguien que quiera viajar contigo hasta los confines de la tierra, pero que te proporcione un lugar al que puedas llamar hogar. Necesitas a alguien que te haga bromas y te enseñe cómo devolverlas, porque llevas cerca de treinta años intentando acabar con tu sentido del humor.

De reojo, Jason vio que se iban encendiendo las luces de todas las casitas de Bloomsbury Street, a medida que la curiosidad de los vecinos se imponía a su deseo de dormir. Todos estaban mirando al duque de Rayne abriendo su corazón a la puerta de la casa de la señora Tottendale. Nevaba copiosamente y el aliento de Jason era blanco. Se estremeció, pero su cuerpo estaba demasiado lleno de todo, de esperanza, de miedo, de vino, de terror, de alegría, para fijarse.

—Y... te necesito. Te necesito para que mi vida sea... menos previsible, es demasiado previsible la vida de un duque. Necesito que me recuerdes mis responsabilidades, pero, una vez hecho, que estés dispuesta a seguirme en mis travesuras o yo pueda seguirte en las tuyas. Necesito tu pasión. Necesito verte mirar el Mediterráneo; me lo perdí. ¡Lo deseaba tanto! Y necesito que me sonrías por lo menos una vez al día. Cuando sonríes parece que lo sabes absolutamente todo. ¿Te das cuenta? —Jason se tomó un respiro, mirando la puerta de frente. Abrió los brazos, mostrándose vulnerable—. Así que te pongo en evidencia, Winn. Quiero que me incluyas en tu historia. Quiero formar parte de tu vida. Quiero la locura que eso acarreará. Estoy aquí y, si tú no puedes decirlo, te quiero. Te quiero de las tres maneras posibles. Sé que tienes miedo, pero si sientes lo mismo, ¡demonios! Si sientes sólo un poco de lo que siento yo, entonces... Entonces lo que tienes que hacer es abrir la puerta y dejarme entrar. Por favor, Winn, abre la puerta.

Jason guardó silencio. Había terminado su discurso y ya sólo le quedaba esperar la respuesta.

Al otro lado de la puerta, Winn no se había movido. Casi ni se atrevía a respirar. Cada palabra, cada sílaba que Jason pronunciaba se clavaba en su piel como una flecha. Estaba allí de pie, sangrando, perdida en el pequeño recibidor de Totty, sujetándose al remate de la barandilla de la escalera para no caerse. Fuera no se oía nada, pero sabía que Jason no se había ido, que estaba esperando una respuesta.

—No sé qué hacer. —Suspiró y se movió por fin. Agarró la mano de Totty y se la apretó con todas sus fuerzas. La anciana le devolvió el apretón.

—¿Qué quieres hacer? —le preguntó con dulzura.

—He... ¡He trabajado tanto para conseguir mi independencia! Y acabo de obtenerla. Es lo que siempre quise.

—¿Todavía la quieres? —le preguntó Totty.

—¡Sí! —gritó Winn, con las lágrimas que llevaba reprimiendo desde que había salido por la puerta de lord Forrester aquella tarde corriéndole por las mejillas—. Pero le he echado de menos, más de lo que creía posible.

Era cierto, le había echado de menos. Cuando había alquilado el apartamento en París habría querido decirle que era casi tan pequeño como la buhardilla de Wurtzer, pero que era su hogar. Cuando había visto un cuadro de Adán y Eva en el Louvre habría querido preguntarle si le parecía mejor o peor que el de la hermana María que los había arrastrado por toda Europa. Cuando había visto el Mediterráneo por primera vez...

—Tiene razón en una cosa —dijo Totty, sacudiéndole la mano—. Eres una tonta.

Winn la miró, confusa.

—La independencia no equivale a la soledad. La independencia consiste en tener derecho a tomar tus propias decisiones. —Totty sonrió—. Y parece que ahora mismo tienes que tomar una.

Winn inspiró por primera vez en los últimos minutos. Su mirada la traicionaba mientras se acercaba a la puerta. «Lo único que tienes que hacer es abrir la puerta —había dicho él—. Si sientes sólo un poco de lo que siento yo.»

—¿Qué harías tú? —preguntó Winn por fin, con su determinación a punto de desmoronarse.

—No soy yo quien debe decidir —dijo Totty, encogiéndose de hombros—, pero te haré una pregunta. ¿Le quieres? —Totty le soltó la mano, le dio unas palmaditas y, volviéndose para subir las escaleras, sentenció—: Contesta a esa pregunta y el resto se responderá solo.

Los segundos pasaban en la congelada escalera de entrada a la casita de Totty, en Bloomsbury Street. Jason esperaba quieto, sin argumentos, con el cuello del abrigo levantado por el frío, con las manos embutidas en los bolsillos, sin apartar los ojos de la puerta.

Minutos. Jason llevaba minutos esperando, sin aliento. Minutos y la puerta no se había abierto. A medida que el tiempo pasaba, un presentimiento se apoderó de él, atenazándole la boca del estómago. Le flaquearon las rodillas.

Winn no saldría.

Jason no se hacía ilusiones de que tal vez no le hubiera oído: la calle entera lo había hecho.

«Así que esto es el final», pensó. Había desnudado su alma ante una puerta y no iba a recibir ninguna respuesta. Intentó reírse, pero el cuerpo no le obedeció. No podía moverse, estaba congelado, entumecido. De hecho, la única parte de su cuerpo que podía mover eran los pies. Así que se miró las botas, dio media vuelta y bajó el primer escalón hacia la calle.

En ese momento oyó la cerradura. Las bisagras chirriaron y una franja de luz proveniente de detrás iluminó su camino.

En ese instante, en el silencio de la noche invernal, en una pequeña calle del centro de Londres, alguien había tomado una decisión.

Winn abrió la puerta y le dejó entrar.

Querido lector:

Escribir una novela histórica es un ejercicio de equilibrio. Una intenta ser lo más fiel posible a la vida respetando al mismo tiempo lo que no puede ser alterado. No podría, por ejemplo, contar una historia en la que el palacio de Buckingham estuviera en la Luna. Bueno, podría, pero entonces se trataría de otro género literario.

Por lo tanto, una acaba con una mezcla de hechos históricos y, cuando la documentación no aporta lo que le hace falta a la narración, de ficción plausible.

La Sociedad Histórica de Arte y Arquitectura del Mundo Conocido es mi versión en la ficción de una de las sociedades culturales inglesas, como la Royal Society, fundada en 1660 (dedicada a las ciencias), y la Society of Antiquaries of London, fundada en 1717 (dedicada al arte y los objetos arqueológicos). Ambas sociedades estaban, a principios del siglo XIX en Somerset House, en Londres. Así que decidí que la Sociedad Histórica tuviera sus locales también allí. Tanto la Royal Society como la Society of Antiquaries siguen existiendo en nuestros días, aunque ahora están en Carlton House Terrace, Londres, y en Burlington House, Picadilly, respectivamente.

Igual que en la Royal Society y la Society of Antiquaries, los nuevos miembros deben ser aceptados por los socios antiguos. Sin embargo, mi Sociedad Histórica imaginaria supera a sus equivalentes reales en un aspecto: la London Society of Antiquaries no admitió a mujeres hasta 1921; la Royal Society no lo hizo hasta 1945.

Alberto Durero (1471-1528) está considerado uno de los principales maestros del Renacimiento. Sus pinturas, grabados, cuadros y xilografías cubren las paredes de los museos de todo el mundo, incluido el Louvre.

Cuando contaba poco más de veinte años, Durero viajó a Basilea, Suiza, para estudiar xilografía y perfeccionar su técnica. Durante su vida viajó mucho por Europa. Llegó hasta Italia, donde pintó algunos de los primeros paisajes con acuarelas de la historia del arte. Estuvo también en Bruselas, donde pintó el retrato del rey Cristiano II. Vivió la mayor parte de su vida en Nuremberg.

Alberto Durero siempre ha sido un artista popular, pero, a principios del siglo XIX, su popularidad creció.

Durante el año 1828, la ciudad de Nuremberg celebró el tricentenario de su muerte. Encontrar un cuadro de este artista habría sido un triunfo para una organización como la Sociedad Histórica.

Que yo sepa, la correspondencia entre Durero y una monja llamada María F. no existe, y el cuadro de Adán y Eva es una invención mía.

La casa de Alberto Durero en Nuremberg todavía sigue en pie. Hoy en día es un museo, testimonio de su obra y de la vida de un artista del Renacimiento alemán. Fue adquirida por la ciudad de Nuremberg en 1825 (según algunas fuentes la adquisición tuvo lugar en 1828). Antes era de propiedad privada y estaba abandonada.

En *Sigue mi ejemplo*, *Herr* Heider, un admirador de Durero, compra la casa y la está rehabilitando. *Herr* y *Frau* Heider también son imaginarios, así como su colección de cartas y documentos de Durero.

Aunque estas y algunas otras cosas, como la Universidad de Oxford, la topografía del sur de Alemania y la presencia de la

Orden de las Clarisas en Austria, han influido y ayudado a dar forma al viaje de la señorita Winnifred Crane y el duque de Rayne a través de Europa, en definitiva, ésta es la historia de Winn y Jason. Espero que hayáis disfrutado tanto leyendo acerca de esta pareja tan dispar como yo lo he hecho escribiendo sobre ella.

Kate Noble